U0919054

商务印书馆（成都）有限责任公司出品

收

中国文言小说的
最后五十年

庄逸云 著

商务印书馆
SINCE 1897
The Commercial Press

序 | 说两句话

屈指算来，逸云离开我已经有十五年了。她不急不躁，如今将当年的博士论文几经打磨、交付出版之际，希望我写几句话。我在忙乱之中，就挑两句话，简单说说我的感想。

一句话是，我很感慨她当年能耐得了孤寂，下得了工夫。本来，做学问也有凑热闹的，一窝蜂，你上我上大家上。这里我并不是说一窝蜂不好，人多主意多，热气高。中间也总有人能别出心裁，利用现存的材料而发出非同一般的高论；也有人能另辟蹊径，独自下工夫再去挖出些新的材料来推动研究的深入，像好一阵子的《红楼梦》研究就是如此。怕只怕是多数人只是附和陈说，东抄西抄一大抄，那就无补于学术的进步了。而有一种学问是着眼于前人没有做过，而现在看来还是值得去做一做的工作，像逸云要做的关于清末民初文言小说的研究就是。她将清末民初的文言小说看成是一种“收官”性质的作品，但在白话文浪潮的冲击下，长期以来人们认为这时的文言小说已经是走到了“穷途末路”，属于“没落”“守旧”乃至“腐朽”的一类，因而几乎没有人认真地去过问它。她一切都要从头做起。想当年，还没有现在那么多的数据库，所以非得一天一天从复旦大学到上海图书馆，一头扎进海量的资料堆里，一本一本翻出来看。多孤寂，多辛劳啊！一个弱女子，终于挺过来了。我现在不好说这本书写得如何如何好，但至少可以说它把清末民初文言小说的基本情况勾勒出来了。想在清末民初那个时代里，陈石遗曾说写诗要“不屑流俗之喧好”“勿寂与困之畏”，这样才能写出个性。做学问也要做出个性，做出成绩，恐怕难免要走一段“荒寒之路”。这“荒寒之路”，又难免是崎岖不平，要披荆斩棘，要经受“孤寂”的心理考验。但只有走过了这一段路，才能找到自己真正想要的真东西，才能有真正的快乐。

第二句话是，我欣赏她能用一种“通”与“变”眼光，去面对一时小说新与旧的激变，去面对一部文学史。“通变”论，本是我们老祖宗的事物发展观。事物发展总是穷则变，变则通；变中有通，通后又变。但是，大概从甲午战争以来，我们的舆论压倒性的倾向是强调变与新，这是大势所趋，时代的需要。影响所及，我翻翻过去编的一些有关中国古代文论的资料集，几乎是清一色的只讲“变”，很少有人去关注我国古代阐发有关承前启后，脉络贯通的文学理论。有之，一时也不能引起人们的兴奋。而在眼睛盯着求新谋变时，又往往简单化地向西方看。于是民族传统在不知不觉中慢慢地被销蚀，看待清末民初后的小说一古脑儿地唯“新”是好，一部文学史就只成了“新”文学史。实际上，文学之“新”与“旧”总是相对的，今日为新，明日即旧，新中有旧，旧中有新；而文学的好坏之根本又不在于“新”与“旧”，而在于能否写出一个时代的真、善、美，广大百姓的理、事、情。如今逸云的这本书，既赞扬了当时的小说在“诸多方面都出现了程度不同的新变”，又看到了当时的文言小说所内蕴的一些精神和意识“却一直遗响犹在，为一些现代小说家所继承和发展”。当然，这个“现代小说家”应当包括所谓“新文学家”与“旧文学家”。我感到不能满足的是，由于书题的范围所限，这个“遗响”没有进一步写下去。不过，我相信，这个“遗响”一定会有人认真地做下去的。我等待着。

本当打住了，但将题署日期时，发现今天是3月8号，就权当十八年来第一次送她的节日礼物吧！

黄霖

2019年3月8日

目录

绪 论

一

清末民初时期是中国文言小说发展的最后阶段。1908 年，晚清小说家徐念慈在《余之小说观》一文里曾特辟“文言小说与白话小说”一节，提到“就今日实际上观之，则文言小说之销行，较之白话小说为优”。在分析了当时小说读者的构成后，他进一步提出，“夫文言小说，所谓通行者既如彼，而白话小说，其不甚通行者又若是，此发行者与著译者，所均宜注意者也”①。目前也有学者指出，在清末民初，“尽管白话文运动日见发展，提倡白话小说者日见增多，可文言

① 徐念慈：《余之小说观》，《小说林》第 10 期，1908 年。

小说不但没有销声匿迹，反而大行其时，甚至揭开了文言小说史上最为辉煌的一页”①。这些论述表明，清末民初既是文言小说发展的最后阶段，也是十分重要的阶段，文言小说在该时期有重大的发展。鉴于此，本书选择以中国文言小说的收官阶段——清末民初时期的文言小说的发展变迁态势作为研究对象。

关于“清末民初”的时间概念，历来存在不同的阐述。如樽本照雄所编《新编增补清末民初小说目录》即以1902年小说界革命和1919年五四运动作为清末民初的上下限，但他又声明：“在必要的情况下，选取对象适当放宽到上自1840年，下到1919年之后。”②此种说法有一定的道理，但就文言小说而言，其发展又自有异于他种文学样式甚至异于白话小说的规律。本书拟以1872年申报馆的成立和1921年《小说月报》的改版作为“清末民初”的上下限。作为在中国出现的第一家具有现代出版业品格的出版机构，申报馆采用先进的印刷技术，其所推出的“申报馆丛书”无论在约稿、编辑还是在行销方面皆体现出诸多新的特征，一直相对封闭的文言小说领域受到冲击并产生变化，应当是从此时开始。申报馆印行小说的若干举措，使得“已维持三百余年的出版传播、作者、理论、官方的文化政策与读者五个要素共同制约小说发展的系统平衡在这时被打破，新的平衡以及各要素间的联系因此而重新构建”③。创刊于1910年的《小说月报》是清末

---

① 陈平原：《二十世纪中国小说史》（第1卷），北京大学出版社1997年版，第194页。

② 樽本照雄：《本书的使用方法》，载樽本照雄编：《新编增补清末民初小说目录》，齐鲁书社2002年版。

③ 陈大康：《打破旧平衡的初始环节——论申报馆在近代小说史上的地位》，《文学遗产》2009年第2期。

民初时期最为重要的小说期刊之一，它在1921年的改版可视为中国文言小说史宣告终结的一个标志性事件。此前的五四新文学革命虽然进行得如火如荼，但林纾等人还在为文言文学的生存权利奔走呐喊，《小说月报》的改版意味着文言小说正式退出了历史的舞台，即便之后仍不乏人创作，但也仅仅属于个体行为而已。以1872年和1921年作为“清末民初”的上下限，相信是吻合文言小说发展大势的一种合理界定。这也正好是大约五十年的时间，这一时长足以兼容一种历史久远的文体在陨落之前的各种渐变和骤变。还须说明的是，本书探讨的是文言创作小说的发展变迁，文言译作不在考查之列。

二

清末民初时期到底有多少文言小说呢？ 这是一个难以准确回答的问题。无论是晚清还是民初的小说刊物，大都声称“词句无论文言、白话”，即表面上对文言小说和白话小说持兼收并蓄的态度，但实际上这种声明并不能反映两类小说在刊物中的真实比例，更不能反映编者对待两种语言的真实心理，这也使得以量化的方式具体客观地呈现两类小说的消长成为必要。当时除了单行出版的小说之外，更多的小说作品是刊载于日报、小报、小说期刊及众多非小说期刊中，不少报纸和期刊或卷帙浩繁，或湮没残缺，要从中对文言小说加以准确统计，难度甚大。基于此，本书择取清末和民初的几种主要的小说期刊和刊载小说较多的他种刊物作为统计对象，通过呈现文言小说与白话小说的力量对比，以期管窥文言小说的发展大势。需要特别说明的是，清末的小说刊物所刊的白话小说大都为连载长篇，而文言小说大都为短篇，若以某刊物分别所载的白话和文言小说的种数进行比较，很可能得出两种小说数量差不多的结论，而这显然不能反映刊物选择语体的实际情形。以梁启超创办的《新小说》为例：《新小说》共24号，所刊白话创作小说仅8种(《洪水祸》《东欧女豪杰》《新中国未来记》《回天绮谈》《痛史》《二十年目睹之怪现状》《九命奇冤》《黄绣球》)，所刊文言创作小说共5种(《老学究叩阍记》《守旧鬼传》《新聊斋·唐生》《啸天庐拾异》《反聊斋》)——表面上看，白话与文言的比例似乎相差不大。但究其实，就每一期而言，白话小说与文言小说的比例远非如此，而晚清的其他小说期刊也大都存在这种情况，所以对于清末的小说期刊，本书将尽量呈现每一期白话小说与文言小说的数量对比。民初的小说期刊(包括创刊于宣统时期的《小说时报》《小说月报》)则往往以刊载短篇小说为主，且不少刊物期数甚多，为避免行文的繁杂，本书在统计中对分卷或分集的刊物只呈现每一卷或每一集(而非每一期)的两种小说的数量对比。此外，清末和民初的小说期刊大都刊有一些笔记性质的作品，其中的不少作品在古代当属于“小说”的一部分，但根据现在的小说观，则不能视为完整意义的小说。对此，本书采取折中原则，把被刊物自身明确标注为“劄记小说”或“笔记小说”的作品列入统计范围，凡是被刊物标注为“杂录”或“谐丛”等的，则不予统计。

清末部分除四大小说期刊之外，列入统计范围的还有：《新新小说》《新世界小说社报》《竞立社小说月报》《扬子江小说报》《中外小说林》《大陆报》《商务报》《复报》《竞业旬报》等。①

① 本书所统计的刊物为笔者所经眼于上海图书馆或复旦大学图书馆，个别刊物如《复报》《新世界小说报》等乃残帙。

1.《新小说》(1902年创刊，共24号)

第一年：

期号	1	2	3	4	5	6	7	8	9	10	11	12
总数	3	2	3	3	2	1	3	3	3	3	3	4
白话	3	2	2	2	2	1	2	2	2	2	2	3
文言	0	0	1	1	0	0	1	1	1	1	1	1

第二年：

期号	1	2	3	4	5	6	7	8	9	10	11	12
总数	4	3	4	2	4	4	3	4	4	4	4	4
白话	3	2	3	2	4	4	3	4	4	4	4	4
文言	1	1	1	0	0	0	0	0	0	0	0	0

在该刊中，白话小说占创作小说总量的85.7%，文言小说占总量的14.3%，文言小说的比例远远低于白话小说。

2.《大陆报》(1902年创刊)

共刊有创作小说5种，其中文言小说2种(《警世奇话》《国辱余谈》)，白话小说3种(《中国之军人》《二十世纪西游记》《新党升官发财记》)。不过，《中国之军人》和《二十世纪西游记》皆是短篇，而《警世奇话》则由多篇笔记体小说组成，且连载了多期，所以在该刊里，文言小说与白话小说的比例实际上基本持平。

3.《绣像小说》(1903年创刊，共72号)

该杂志共刊创作小说18种；其中白话小说有17种，且大都为中长篇，文言小说仅1种（科学小说《生生袋》，刊于第49～52号），因两种小说的比例甚为清楚，此处不再以表格说明。

4. 《商务报》（1903年创刊，共70期）

该刊几乎每期皆刊有小说，创作小说约20种，都为白话小说。

5. 《新新小说》（1904年创刊）

期号	1	2	3	4	5	6	7	8	9	10
总数	3	4	3	0	3	2	1	1	2	0
白话	1	1	1	0	2	2	1	1	1	0
文言	2	3	2	0	1	0	0	0	1	0

在该刊中，白话小说占创作小说总量的52.6%，文言小说占总量的47.4%，文言小说的比例略低于白话小说。

6. 《竞业旬报》（1906年创刊）

在所见到的41期中，共刊有创作小说14种，其中13种为白话，仅1种为文言。

7. 《复报》（1906年创刊）

期号	1	2	3	4	5	6	7
总数	1	2	2	1	0	1	2
白话	0	1	0	0	0	1	1
文言	1	1	2	1	0	0	1

在仅见到的7期中，白话小说占创作小说总量的33.3%，文言小说占总量的66.7%，文言小说的比例高于白话小说。

8.《月月小说》(1906 年创刊，共 24 期，另有增刊 1 期)

期号	1	2	3	4	5	6	7	8	9	10	11	12
总数	6	4	5	4	4	4	5	5	6	5	6	7
白话	5	3	3	3	3	2	3	4	3	5	6	5
文言	1	1	2	1	1	2	2	1	3	0	0	2

期号	13	14	15	16	17	18	19	20	21	增刊	22	23	24
总数	9	6	6	6	7	3	6	6	6	4	5	5	6
白话	7	5	5	5	4	3	4	5	4	1	4	3	4
文言	2	1	1	1	3	0	2	1	2	3	1	2	2

在该刊中，白话小说占创作小说总量的 72.8%，文言小说占总量的 27.2%，文言小说的比例远远低于白话小说。

9.《新世界小说社报》(1906 年创刊)

期号	2	3	5	6	7	8
总数	1	1	1	1	4	4
白话	1	1	1	1	2	1
文言	0	0	0	0	2	3

该刊仅见 6 期，其中白话小说占创作小说总量的 58.3%，文言小说占总量的 41.7%，文言小说的比例低于白话小说。

10.《中外小说林》(前身为《粤东小说林》，1906 年创刊)

丙午年(1906)仅见 3 期(第 3、7、8 期)、丁未年(1907)仅见 8 期(第 5、6、9、11、12、15、17、18 期)，各期所刊载的白话小说与文言小说的篇数如下：

期号	3	7	8	5	6	9	11	12	15	17	18
总数	3	2	3	4	5	4	4	4	4	4	4
白话	1	1	1	2	3	2	2	2	2	2	2
文言	2	1	2	2	2	2	2	2	2	2	2

戊申年(1908)仅见9期，各期所刊载的白话小说与文言小说的篇数如下：

期号	1	2	3	4	5	6	7	8	11
总数	4	4	5	3	4	5	5	4	4
白话	2	2	2	3	2	2	2	2	2
文言	2	2	3	0	2	3	3	2	2

在该刊的20期中，白话小说占创作小说总量的49.4%，文言小说占总量的50.6%，看似文言小说的比例略高于白话小说。不过，该刊所载之白话小说多为长篇，文言小说多为篇幅极短的短篇，若从小说的字数和在编者眼中的重要性而论，该刊白话小说的比重其实仍要略大于文言小说，至少也是处于基本持平的状态。

11.《小说林》(1907年创刊，共12期)

期号	1	2	3	4	5	6	7	8	9	10	11	12
总数	2	2	1	1	1	4	3	2	4	2	2	1
白话	2	2	1	1	1	2	2	2	2	1	1	1
文言	0	0	0	0	0	2	1	0	2	1	1	0

在该刊中，白话小说占创作小说总量的72%，文言小说占总量的

28%，文言小说的比例远远低于白话小说。

12.《竞立社小说月报》(1907 年创刊，仅见 2 期)

在仅见的两期里，共刊有白话创作小说 7 种(《歼鲸记》《过渡时代》《绍兴酒》《剖心记》《敝商战记》《飞艇》《赛马》)，文言创作小说 2 种(《空桐国史》《竹泉生异闻传》)，白话小说的比例远远高于文言小说。

13.《扬子江小说报》(1909 年创刊，仅见 4 期)

期号	2	3	4	5
总数	3	3	3	4
白话	2	2	2	2
文言	1	1	1	2

在该刊仅见的 4 期中，白话小说占创作小说总量的 61.5%，文言小说占总量的 38.4%，文言小说的比例明显低于白话小说。

下面将对民初的几种主要的小说期刊进行统计。《小说时报》和《小说月报》尽管创刊于清末的最后两三年，但其内容和风格迥异于晚清的小说杂志，而与民初的众多小说期刊类似，所以往往被学界定性为鸳鸯蝴蝶派的代表刊物，因此，本书将这两种杂志划进民初的小说期刊范围。

1.《小说时报》(1909 年创刊，共见 16 期)

期号	1	2	3	4	5	6	7	8
总数	3	2	2	0	0	0	1	1
白话	1	1	0	0	0	0	0	0
文言	2	1	2	0	0	0	1	1

期号	9	10	11	12	13	14	15	16
总数	2	3	2	0	0	0	0	0
白话	1	0	1	0	0	0	0	0
文言	1	3	1	0	0	0	0	0

在《小说时报》所见到的16期中，译作多于创作。其中白话创作小说占创作小说总量的25%，文言创作小说占总量的75%，文言小说的比例明显高于白话小说。

2.《小说月报》(1910~1920年，共11卷)

卷号	1	2	3	4	5	6	7	8	9	10
总数	11	34	28	35	45	74	46	46	51	27
白话	1	5	6	4	2	2	5	9	24	11
文言	10	29	22	31	43	72	41	37	27	16

《小说月报》的第1、2、9~11卷的主编为王蕴章，第3~8卷的主编为恽铁樵。因笔者所看到的第11卷残缺不全，所以第11卷未列入统计范围。由上表可看出，该刊的第1~8卷所刊文言小说的比例远远高于白话小说，其中文言小说占创作小说总量的89.3%，而白话小说只占总量的10.7%。但从第9卷(1918)开始，两类小说的力量对比发生了变化，白话小说的比例逐渐增大，其数量最终超过了文言小说。

3.《小说丛报》(1914 年创刊)

期号	1	2	3	4	5	6	7	8	9	10	11
总数	10	9	10	7	8	10	7	8	9	9	9
白话	1	2	2	0	0	0	0	1	0	0	1
文言	9	7	8	7	8	10	7	7	9	9	8

期号	12	13	14	15	16	17	18	19	20	21	22
总数	8	10	7	7	7	8	8	8	7	6	4
白话	1	1	1	0	0	1	0	0	1	0	0
文言	7	9	6	7	7	7	8	8	6	6	4

该刊共 22 期，其中白话小说仅占创作小说总量的 6.8%，而文言小说占总量的 93.2%，文言小说的比例远远高于白话小说。

4.《礼拜六》(1914 年创刊，共 100 期，1916 年中华图书馆汇订为 10 集出版)

集号	1	2	3	4	5	6	7	8	9	10
总数	52	63	32	54	19	58	48	64	0	
白话	2	9	2	6	4	10	10	8	0	
文言	50	54	30	48	15	48	38	56	0	

在该刊中，第 9 集全为译作而无创作，第 10 集乃前几集中所选的一些作品拼凑而成，所以亦不列入统计范围。在第 1～8 集中，文言小说占创作小说总量的 86.9%，白话小说占总量的 13.1%，文言小说的比例远远高于白话小说。

5.《民权素》(1914 年创刊)

集号	1	2	3	4	5	6	7	8	9	10	11	12	13	14	15	16	17
总数	6	8	9	7	8	10	11	10	11	13	12	12	11	12	12	12	12
白话	0	2	0	1	1	2	1	1	0	0	1	1	1	1	1	1	1
文言	6	6	9	6	7	8	10	9	11	13	11	11	10	11	11	11	11

《民权素》虽非专门的小说期刊，但其所辟“说海”一栏，刊载小说甚多。在该刊中，白话小说占创作小说总量的8.6%，文言小说占总量的91.4%，文言小说的比例远远高于白话小说。

6.《小说新报》(1915 年创刊)

卷号	1	2	3	4	5	6
总数	117	104	75	60	111	66
白话	6	6	5	7	33	29
文言	111	98	70	53	78	37

《小说新报》不止6卷，但第6卷(1920)以后，该刊所载之小说已以白话为主，所以此处只统计至第6卷。从上表可看出，在第1~6卷中，文言小说的比例高于白话小说。在第1~4卷(1915~1918)中，文言小说与白话小说的比例尤为悬殊，其中，文言小说占创作小说总

量的93.3%，而白话小说仅占总量的6.7%。

7.《小说大观》(1915年创刊，共15集)

集号	1	2	3	4	5	6	7	8
总数	3	6	5	7	6	3	4	4
白话	0	1	1	2	0	1	1	1
文言	3	5	4	5	6	2	3	3

集号	9	10	11	12	13	14	15
总数	4	4	7	6	4	5	2
白话	1	1	1	1	0	1	2
文言	3	3	6	5	4	4	0

《小说大观》起讫于1915～1921年，各集的译作颇多，创作小说较少。在第1～12集(1915～1917)中，白话小说占创作小说总量的18.6%，文言小说占总量的81.4%，文言小说的比例远远高于白话小说。

从上面的统计可看出，1902年后的晚清小说界基本上为白话小说所主宰，但文言小说的传统仍在延续；而大致从1909年开始，文言小说逐渐在小说领域获得主导地位，并在进入民国以后的十年间呈现出空前绝后的繁荣局面。

有关清末民初这一时段的文言小说的整理与研究，应是整个中国文言小说史研究的重要组成部分，缺少了这一段的文言小说史是不完整的。对此时期的文言小说进行充分的探讨，有助于实现中国文言小说研究及中国古代小说研究的完整性、全面性与系统性。另外，以清末民初的文言小说为观照对象，是切入考查古今文学演变的极佳视角。清末民初是中国小说从古代向现代转型最为集中的时期，在当时，确有部分小说仍在延续古代小说的传统，但也有相当多的作品可视为向现代小说迈进或过渡的产物，甚至有一些作品已经具有了颇为成熟的现代小说品格。在清末民初时期，用白话还是文言创作小说，是大家讨论的焦点问题之一。文言小说因其使用语言的缘故，在当时的不少作者眼里，仍具有雅文学的品格，不少作者一旦要以小说表达自己的情绪和心声，首先选用的还是文言小说，而不是白话小说。在此情形下，因创作者的青睐，在清末民初，文言小说往往比白话小说更易于向现代小说的进程迈进，更容易获得现代性的品格。事实上，现今看来，在当时更具实验性、先锋性和现代小说特征的作品几乎都是用文言写成。因此，如果要深入地探讨中国文学的现代转型问题，我们就不能不专门以清末民初的文言小说为考查对象——文言是维系文人的古典情怀的语体，小说是最利于“新民”的文体，而糅合了这二者的文言小说在我们讨论中国文学依恋传统与趋向新变的问题上，无疑具有颇为典型的启示意义。

三

清末民初文言小说以1921年《小说月报》的改版为标志，正式宣告终结。而相关的研究也自此拉开序幕。从20世纪20年代到现在，学界对清末民初文言小说的研究大致经历了四个阶段：民国时期为第一个阶段，可视为起步期；1949年后的30年间为第二个阶段，可视为沉寂期；20世纪80至90年代为第三个阶段，可视为发展期；进入21世纪后到今天的十余年为第四个阶段，可视为繁荣期。

民国时期涌现了多种小说史及小说研究论著，其中不乏述及清末民初文言小说者。张静庐的《中国小说史大纲》于1921年由泰东图书局出版发行，该书第九节“小说进化之时期”粗略谈及清末民初“散文长篇”与“骈散文长篇”流行的概况。他所提出的“散文长篇”即今人所谓的散体文言长篇小说，以《黄金祟》《断鸿零雁记》《碎琴楼》等为代表；民国三年至六年(1914～1917)则风行以《玉梨魂》《孽冤镜》《霣玉怨》等为代表的骈散文长篇小说①。鲁迅的《中国小说史略》在论述清代的拟晋唐小说及其支流时，简要提到了清末王韬的文言小说三种及俞樾的小说等。范烟桥的《中国小说史》于1927年由苏州秋叶社出版，该书第五章专辟一节“最近之十五年”，较为详细地论述了清末民初的小说发展概况，其中述及较多的文言小说作家及作品。书中的不少观点颇有见地，如认为《碎琴楼》“能自树壁垒”“为輓近文言长篇之眉目”②等。胡怀琛在其《中国小说研究》中提到，晚清民国存在摹拟前代小说的现象，而林纾的《技击余闻》为摹拟晋唐小说的代表。③总体而论，民国时期对清末民初文言小说的研究颇为粗略，尚处于酝酿和起步的阶段。

20世纪80～90年代的文言小说研究和小说史写作，对清末民初这一时段的重视程度经历了一个较为漫长的渐进过程。侯忠义、刘世林的《中国文言小说史稿》(北京大学出版社1990年版)和吴志达的《中

① 张静庐：《小说史大纲》，载陈洪主编，王振良、王之江副主编：《民国中国小说史著集成》(第1卷)，南开大学出版社2014年版，第67页。

② 范烟桥：《中国小说史》，载《民国中国小说史著集成》(第3卷)，第256页。

③ 胡怀琛：《中国小说研究》，载《民国中国小说史著集成》(第4卷)，第153页。

国文言小说史》（齐鲁书社 1994 年版）虽为通史，但下限都只及于清末光绪年间，1898 年以后的文言小说的发展状况未为这两部论著所反映。文言小说书目如袁行霈、侯忠义的《中国文言小说书目》（北京大学出版社 1981 年版）未将清末民初的文言小说列入其中，至于宁稼雨的《中国文言小说总目提要》（齐鲁书社 1996 年版），虽称以“五四运动为下限”，但该书以著录传统型的文言小说为主，因此诸多著名的文言小说作品如《碎琴楼》《玉梨魂》《断鸿零雁记》等均未被收入。在陆续出版的文言小说体裁史中，刘叶秋的《笔记小说概述》（中华书局 1980 年版）、吴礼权的《中国笔记小说史》（商务印书馆国际有限公司 1997 年版）皆未具体述及清末民初的笔记小说。1998 年，浙江古籍出版社推出了一套“中国小说史丛书”，其中苗壮的《笔记小说史》与薛洪勣的《传奇小说史》皆对清末民初的文言小说有了较大程度的关注。苗壮的《笔记小说史》在论及清代志怪小说、志人小说、琐言类小说、俳谐类小说的发展演变时，较详细地介绍了晚清及民初的部分笔记小说作品，包括《右台仙馆笔记》《南亭笔记》《趼廛剩墨》《新世说》《笑林广记》《俏皮话》等。薛洪勣的《传奇小说史》则专辟章节论述鸦片战争至五四运动前后传奇小说的发展概况，显示出对这一文言小说的转型期和终结期的重视。该书提出，“中国传奇小说史不是以所谓全面‘衰落’的形式终结的，而是以‘转型’的方式融入了新形态的近现代小说”①。该书对清末民初的传奇小说集和单篇传奇小说分而述之，涉及《夜雨秋灯录》《淞隐漫录》《践卓翁小说》《太仙漫稿》《苏曼殊小说集》等著名作品。不过，这两部论著均专论

① 薛洪勣：《传奇小说史》，浙江古籍出版社 1998 年版，第 367 页。

文言小说的某一体裁，且为跨度很大的通史，清末民初文言小说的整体风貌还是难以在这类体裁史中得到具体的呈现。

将小说乃至文学划分为古代与现代两个阶段进行分别研究是中国文学研究的常态，后来学界认识到近代的特殊性，又专门开辟了近代文学的研究。在此情形下，研究古代文言小说者较少把清末民初的文言小说作为专门的研究对象，因为这一时段似乎应是近现代文学研究者的领域。当然，近现代文学研究者也确实把这一时期的文言小说纳入了他们的研究视野。杨义的《中国现代小说史》(人民文学出版社1986年版)在第一章《从清末民初小说发展看“五四”小说革命的必然和必要》中，论及了清末民初的部分文言小说作家及作品，作者虽以批判为主，但对《碎琴楼》以及苏曼殊小说的评价较高，也肯定了以《京华碧血录》《雪鸿泪史》《鸳湖潮》《孽冤镜》《断鸿零雁记》等文言小说为代表的民初小说在艺术形式上的探索之功。陈平原的《二十世纪中国小说史》(第1卷)(北京大学出版社1989年版)展现出对清末民初文言小说的高度重视，作者高屋建瓴地指出，在1898年至1917年的“这二十年间，文言小说得到了‘空前’很可能也是‘绝后’的发展，形成清末民初‘新小说’的一大特色”①。该书不再限于介绍作家作品，而是辟有专章《文白并存的小说文体》，用以探讨清末民初文言小说与白话小说的消长起伏以及文言小说内部对古文与骈文文体的选择等重要问题。该书对清末民初文言小说的探究呈现出高度的前瞻性。此外，各种关于鸳鸯蝴蝶派的相关研究和论述也多多少

① 陈平原：《二十世纪中国小说史》(第1卷)，北京大学出版社1997年版，第196页。此书1989年首次出版。

少涉及清末民初尤其是民初的文言小说作品。不过就整体而论，近现代文学研究者的视野往往聚焦于足以体现文学的近代性或现代性的作品及文学现象，对于延续与继承了传统的作品重视不够。在分析文学的现代转型时，他们可以对一些重要的文言小说作品如《玉梨魂》《断鸿零雁记》或林纾的小说进行详细的论述，但文言小说作为一个整体、自古至今的传承与变化的脉络基本上不属于他们考量的范围。另外，由于研究者的切入角度不是文言小说的发展问题，所以陷于低谷的晚清文言小说在研究中往往处于缺席状态，甚至像阿英的《晚清小说史》及欧阳健的《晚清小说史》这样的断代小说史也未给予文言小说一席之地。

进入21世纪以后，随着古今文学演变问题的相关研究"升温"和近代文学研究成为热点，学界对清末民初文言小说的重视程度日益提升。无论是古代小说的研究者还是近现代小说的研究者，均对清末民初文言小说投注了极大的兴趣和研究热情，也取得了较为丰硕的成果。庄逸云的博士论文《清末民初文言小说史》(复旦大学2004年)是最早的一篇专门以清末民初文言小说为研究对象的博士论文，该论文对清末民初文言小说的生存环境、传统与新变、终结与遗响等问题进行了探讨。不过，该文所观照的小说文本主要为小说期刊所载之小说，而对小说单行本论述不多。郭战涛的博士论文《民国初年骈体小说研究》(华东师范大学2008年)对民初文言小说的一种重要类型——骈体小说进行了探讨。作为文言小说一个重要子类的民初骈体小说的整体风貌和特征在该文中得到了较为完整的梳理。张广兴的硕士论文《民初骈体小说文体学研究》(苏州大学2008年)与郭文有异曲同工之处，也是针对民初骈体小说进行整体的探讨，但其论述重在小说文体。该论文提出：骈体小说主要由四六骈文、古文、白话文与新名词、诗词等四大类文体构成；骈体小说的现代性不仅表现在叙事模式上，更表现在对传统叙事元素的更新和对当下性、变化的把握上。以上两篇论文均专门探讨骈文小说，清末民初古文小说的发展概貌及当时文言小说的整体变迁未得以呈现。张振国的《晚清民国志怪传奇小说集研究》（江苏凤凰出版社2011年版）致力于晚清民国的传统型文言小说，以时间为经、地域为纬，对1840年至1949年间的志怪、传奇小说集进行了考论。其中第四章《光绪前中期旧体志怪传奇集：桑榆晚景与末世辉煌》、第五章《清末民初志怪传奇集：守中求变与变中求生》集中钩沉和介绍了1875年至1919年间的传统型文言小说集。该论著用力甚勤，是文言小说研究的重要成果，但全书探讨范围仅限于传统型文言小说的单行本，而不包括清末民初大量的新变型文言小说，更未论及文言小说的整体嬗变情况。也有一些研究成果从语言角度述及清末民初文言小说。邓伟的《分裂与建构：清末民初文学语言的新变研究(1898～1917)》（中国社会科学出版社2009年版）在探讨清末民初文学语言的新变中，亦对当时的古文小说与骈文小说有所论及。何云涛的博士论文《清末民初小说语体研究》（南开大学2013年）将清末民初以文言语体写成的小说分为散体古文小说与骈文语体小说两类，分别论述了两类小说在语言上的特点。

尽管在清末民初文言小说的研究上，学界已取得了一些重要的成果，但仍有不少领域有待进一步的探索。如前所述，清末民初的文言小说大都发表于当时的报刊上，数量巨大，不管是对其进行阅读还是研究，工程都相当浩大。根据薛洪勣的研究，中国近代最早的兼载文学作品的报章和杂志大约是创刊于同治十一年(1872)的《申报》和

《瀛寰琐记》，光绪二十三年(1897)上海又出现了一些小报。此后报章杂志越办越多。据郑方泽的不完全统计，近代的报章杂志约有110种。据郑逸梅、魏绍昌以上海为中心的不完全统计，民国期间的杂志至少有150种，大报副刊至少有16种，小报至少有190种。这些统计，本身既不可能完全，也不包括其他地区。又据魏绍昌统计，民国“旧派”作家的短篇小说集有120种左右，这个统计也很不完全，也有地域等限制……由此可见，这一时期的文言小说的创作情况确实难于全面把握。①因此，若要对清末民初文言小说的发展全貌进行具体地把握，而不囿于几个名家、几部名作或一些外显的现象，我们还需要做大量的文献钩沉和整理的工作，再以此为基础展开探讨。就个案研究而言，目前学界对于清末民初的几位文言小说名家如王韬、林纾、苏曼殊、徐枕亚及一些重要的文言小说作品所展开的相关研究，已经取得了较为丰硕的成果；但还有大量的文言小说作品甚至其中不乏优异者，有待发掘与探究。就整体研究而言，学界既有的探讨或偏重于某一类作品如志怪传奇，或偏重于某一种语体如骈体小说，或偏重于语言特色，当时文言小说的全貌难以得到充分呈现。因此，我们很有必要在钩沉更多文献的基础之上，对当时的文言小说进行全面、深入、系统化的观照，并整合相关的研究成果，撰写一部反映清末民初文言小说发展变迁的整体态势和风貌的专书。

四

在文言小说的研究中，最复杂的问题往往是对文言小说的界定和

① 薛洪勣：《传奇小说史》，浙江古籍出版社1998年版，第381页。

分类。较之清末民初，界定的问题在研究古代文言小说时尤为重要，关于清末民初的文言作品，研究者一般采取比较严格的现代人对小说的定义加以取舍。至于分类，这个问题在研究清末民初的文言小说时仍然颇为重要，所谓“文章之道贵于辩体，辩体之道首在分类。故世之选文者不问其所选之善不善，先论其分类之精不精，盖分类不精，文体即莫由而明”①。对于清末民初的文言小说，本书除了在首章和末章探究其生存环境（影响其发展的外部因素）和终结大势外，将在第二、三章具体探讨传统型与新变型两类小说的发展状况。钱基博先生指出，近代文学的主要特点，乃“集旧文学之大成而要其归，蜕新文学之化机而开其先”②，清末民初的文言小说也不例外，沿袭传统与趋向新变是其发展的主要形态。受史传散文的影响，古代文言小说一般采用的是纪传体或纪事本末体的叙事体制。纪传体即“传”，纪事本末体即“记”，两者的区别，如纪昀在《四库提要·史部传记类》中所说，“叙一人之始末者为传之属，叙一事之始末者为记之属”。在清末民初，仍有相当多的文言小说承袭了古代文言小说的叙事体制，以纪传体或纪事本末体叙事，本书将这些作品称之为“传统型文言小说”。传统型文言小说具体地包括传奇与笔记两大类别以及中国古代的文言小说是否可以分为传奇与笔记两大类别、传奇与笔记各自的定义是什么，这些问题迄今仍然存在一定的争议，譬如李剑国先生在研究唐以前及唐宋时期的文言小说时，一般不采用“笔记小说”的说法，而使用“志怪”“传奇”这样的称谓。但大多数小说研究者同意

① 江山渊：《伪庵文谈》，《小说新报》第2卷第1期，1916年。
② 钱基博：《现代中国文学史》，上海书店2004年版，第10页。

将古代文言小说划分为传奇与笔记。如石昌渝先生在《中国小说源流论》中把古代小说分成章回、话本、传奇、笔记四体加以论述，陈文新先生的《文言小说审美发展史》也是将文言小说分成传奇与笔记两大流派。浙江古籍出版社1998年所出版的“古代小说史丛书”在“体裁史”这个单元中，也是把文言小说分成传奇、笔记两种体裁。本书认为，将古代文言小说仅分为传奇与笔记二体，略嫌粗糙，某些作品的确很难用这两个概念去涵盖，不过大多数作品基本符合这两大类别的类型特征，所以本书仍沿用了这一分类标准。

新变型文言小说，则是指受西方小说或其他因素的影响而产生的异于传统文言小说的作品，新变型文言小说的出现，应是清末民初的特有现象。本书认为，只要在叙事体制上对传统的纪传体或纪事本末体有所突破，即构成新变。当然，不同的作品，新变的程度也各有不同，有的小说除了在叙事体制上推陈出新外，在题材与主题、表现手法、审美旨趣等方面，也呈现出较大的新变甚至业已初具现代性。在新变型文言小说部分，本书专门就社会小说、写情小说与自叙传小说三种类别展开探究。这三类小说的题材内容或互有交叉，本书在对作品进行归类时择其重。自叙传小说就内容和主题而言，也应属于写情小说，但因其导源于古代散文，在审美旨趣上也与一般的写情小说迥异，所以专立一节加以讨论。当然，清末民初时期的新变型文言小说不止于这三种，如科学小说、侦探小说都是过去未曾出现的种类，但这两类小说作为新兴品种，在过去的文言小说中并无传统，它们不足以成为探索文言小说的古今演变的代表类型，因此本书不做专门讨论。清末民初的文言小说在发展过程中，出现了古文与骈文两种文体向小说渗透的现象，文章化是当时诸多文言小说的一个重要特征，本书第四章即就此问题展开探讨。

概言之，本书以中国文言小说发展的收官阶段即清末民初为考察的时间范围，以当时主要的小说期刊所刊载的文言小说及文言小说的单行本为最主要的观照对象，力求发掘具有代表性的作家和作品，清晰、细致地勾勒出该时期文言小说发展的整体脉络，该时期文言小说延续传统与趋向新变的双重特质将是本书写作的重要维度。

第一章　清末民初文言小说的生存环境

第一节　清末的白话文运动及知识界对白话小说的倡导

从 1895 年开始，尤其是 1902 年小说界革命之后，白话小说风行天下，四大小说期刊及其他一些代表性的小说刊物皆以登载白话小说为主。文言小说虽不乏人创作，但处于弱势的地位，这种情形延续至 1908 年左右，自 1909 年《小说时报》和 1910 年《小说月报》创刊后，文言小说式微的状况得以扭转。白话小说之所以在 1895 年至 1908 年大行其时，而文言小说相对式微，原因甚多，但主要还是导源于当时颇具声势的白话文运动及知识界对白话小说的倡导。

一、清末的白话文运动

自鸦片战争以降，中国一直饱受西方列强的侵凌，救亡图存成了近代的时代主题。1894 年中国在甲午战争中被作为蕞尔一岛国的日本击败，更是令举国震惊。为了改变落后现状，有识之士进行了种种探索，其中不少知识分子逐渐认识到思想启蒙即开通民智的必要。就中国而言，“天下通人少而愚人多，深于文学之人少，而粗识之无之人多”①，因此要实现启蒙的目的，文言自然不如白话。在此共识下，清末掀起了一场声势浩大的白话文运动。

作为白话文运动理论的先导者，黄遵宪率先在 1887 年的《日本国志·学术志二·文学》中提出语、文合一的主张：“盖语言与文字离，则通文者少，语言与文字合，则通文者多，其势然也。”“抑今之文字，沿自数千年以前，未尝一变，而今之语言，则自数千年以来，不啻万百千变，而不可以数计。”因文、言相离之害，“中国以文明号召于五洲，而百人中识字者不及二十人”。为了“令天下之农工商贾、妇女幼稚皆能通文字之用”，他主张“变一文体为适用于今、通行于俗者”。②梁启超于 1896 年作《沈氏音书序》，亦表达了类似的观点：“国恶乎强？ 民智，斯国强矣。民恶乎智，尽天下人而读书而识字，斯民智矣。”而唯有“文与言合”，“读书、识字之智民，可以日多”。③维新派的另一位代表人物谭嗣同在其《管音表自

① 康有为：《〈日本书目志〉识语》，载康有为：《日本书目志》，台北宏业书局有限公司 1987 年版。

② 黄遵宪：《日本国志》，上海古籍出版社 2001 年版，第 346～347 页。

③ 梁启超：《沈氏音书序》，载梁启超：《饮冰室合集》（第 2 册），中华书局 2015 年版，第 1 页。

叙》中也提出了改革文字、使言文合一的主张："文字即语言、声音，非有二物矣"，"求文字还合乎语言、声音，必改象形文字为谐声，易高文典册为通俗。"[①]黄、梁、谭等人的观点在当时产生了很大的影响，但是，他们在理论上、实践上都没有能坚决、彻底地提出废止文言文，也没有明确响亮地提倡白话文。在当时，敢于正式打出"崇白话而废文言"旗号的是裘廷梁。[②]1898 年 8 月，裘廷梁发表了著名的《论白话为维新之本》一文，比较系统地阐述了提倡白话文的主张，此篇文章因其"崇白话而废文言"的主张的系统性和坚定性，而成为晚清白话文运动的纲领性文字。作者旗帜鲜明地指出，文言是"一人之身而手口异国，实为二千年来文字一大厄"。关于使用白话的好处，作者则详细罗列了所谓的"八益"。[③]

伴随着理论方面的鼓吹，白话报刊开始出现。目前所知最早的白话报当属 1876 年《申报》发行的附刊《民报》，但白话报刊的大量、集中出现，还是在甲午战争落败、知识界鼓吹以白话开启民智之后。1897 年，《演义白话报》《蒙学报》在上海问世。1898 年，裘廷梁主办的《无锡白话报》（后改名为《中国官音白话报》）创刊。此后，各种白话报刊如雨后春笋，竞相面世。阿英曾谈及清末白话报刊的盛况："1904 年前后，出现了好多宣传革命的'白话报'。我所见到的最早一种是《觉民》。影响最大、发刊时间最长的有《中国白话报》。以地区名义为题的有《湖州白话报》《安徽白话报》《福建白话

① 转引自黄霖：《近代文学批评史》，上海古籍出版社 1993 年版，第 411 页。

② 黄霖：《近代文学批评史》，上海古籍出版社 1993 年版，第 412 页。

③ 裘廷梁：《论白话为维新之本》，《中国官音白话报》第 19 期，1898 年 8 月 27 日。

报》《江苏白话报》《吴郡白话报》《直隶白话报》《第一晋话报》《滇话》《扬子江白话报》，等等。真是万口传诵，风行一时，如半阙《西江月》所咏：‘爱国痴顽肠热，读书豪侠心坚。莫笑俺顺口谈天，白话报章一卷。’”①据不完全统计，清末民初的白话报刊至少有200种，蔡乐苏《清末民初一百七十余种白话报刊》一文对1897～1918年出版的白话报刊进行了统计，数量大致如下：1897年2种，1898年3种，1899年1种，1900年1种，1901年5种，1902年4种，1903年10种，1904年14种，1905年14种，1906年19种，1907年10种，1908年18种，1909年4种，1910年9种，1911年4种，1912年22种，1913年7种，1914年2种，1915年5种，1916年2种，1917年3种，1918年2种。②可以看出，创办白话报刊的高潮阶段是在1903年至1912年这十年间，民国二年(1912)之后创办白话报刊的热潮渐退。清末的白话报刊发行范围遍及全国多个省市，包括北京、上海、香港、广东、湖北、湖南、山东、山西、江西、东北、天津、伊犁、(内)蒙古等地。部分报刊的发行量甚大，如1904年8月创刊于北京的《京话日报》，发行量最多时超过万份。这些白话报刊大都视白话为开启民智的利器，它们的办报宗旨也因此大体相同，如《演义白话报》在其创刊号的《白话报小引》中声称：“中国人想要发奋立志，不吃人亏，必须讲究外洋情形、天下大事，要想看报，必须从白话起头，方才明明白白。”③《无锡白话报》在第1期上发表了裘毓芳的

---

① 阿英：《白话报——辛亥革命文谈三》，载魏绍昌主编：《中国近代文学大系·史料索引集一》，上海书店1990年版，第154页。

② 蔡乐苏：《清末民初一百七十余种白话报刊》，载丁守和主编：《辛亥革命时期期刊介绍》(第5集)，人民出版社1987年版，第493页。

③ 《白话报小引》，《演义白话报》第1期，1897年11月7日。

《劝看白话报》一文，文章称："这报是专门拣各样有用的书，与各种报上新奇有益处的事情，一齐演成白话，叫大家一点心思不废，一看就可以知道古往今来的事迹，又可以知道各国的一切的情形，还可以知道现在世界上的时势，所以无论念书人、生意人、乡下种田人，与女人小孩，这白话报总不可不看的。"①1901 年创刊的《杭州白话报》声明："中国语言与文字离，故报章虽极浅显，仍多未易领会者。《白话报》之创立，通文字于语言，与小说合而为一，使人喜看者亦如泰西之盛，可以变中国人之性质，改中国人之风气，由是以津逮于文言各报，盖无难矣。"②

当时的白话报刊互通声气、相互转载文章，形成了很大的舆论力量。受此影响，一些以文言为主的报刊也间载白话文，1904 年上海《警钟日报》刊载的一篇文章就谈及此："溯白话报之出现，始于常州，未久而辍。及《杭州白话报》出，大受欢迎，而继之者遂多。若苏州、若安徽、若绍兴，皆有所谓白话报，而江西有《新白话报》，上海有《中国白话报》。又若天津之《大公报》、香港之《中国日报》，亦时参用白话，此皆白话之势力与中国文化相随而发达之证也。"③总之，用语尽量浅俗、靠近白话，已成为这一时期报刊文体的总趋向。与此同时，各种白话书籍也开始大量印行，众多的宣传者纷纷选用白话作为他们思想的载体，各种教科书也开始采用白话编撰。倡导在师范学校及初等小学推广白话、使用白话教材的呼声尤其高涨，如有人在《东方杂志》上撰文呼吁："师范学校所授科目，悉用

---

① 裘毓芳：《劝看白话报》，《无锡白话报》第 1 期，1898 年 5 月 11 日。
② "《杭州白话报》书后"，《中外日报》光绪二十七年六月初三日。
③ 《论白话报与中国前途之关系》，《警钟日报》1904 年 4 月 25、26 日。

京话传授，小学课本又仿言文合一之例，将文语改为京语”，“语言文字为一国精神所寄，必出之浅显，便于记诵，夫而后一览了然，教育有普及之一日”。[①]大势所趋，清廷遂于1904年颁布的《奏定初等小学堂章程》中指示：初等小学堂的文字课“其要义在使识日用常见之字，解日用浅近之文理，以为听讲能领悟、读书能自解之助；并当使之以俗语叙事及日用简短书信，以开他日自己作文之先路，供谋生应世之要需。”[②]

二、清末知识界对白话小说的倡导

白话文运动在当时的诗界、文界、小说界也得到了不同程度的推广。对白话小说的提倡古已有之，但那还只是争取在文学边缘地带的小说及白话小说的生存权利。然而到了晚清时期，为了实现救亡图存的目标，以梁启超为代表的知识分子开始将小说的地位提升到“文学之最上乘”的地位。早在1897年严复、夏曾佑就于《本馆附印说部缘起》一文里提出，说部的影响力在经史之上，“天下之人心风俗，遂不免为说部之所持”。作者颇为详尽地阐述了叙事之书“五易传”“五不易传”的原理，其中稗史小说因使用“口说之语言”和“繁法之语言”及其他一些因素而能入人甚深、行世甚远。“若其书之所陈，与口说之语言相近者，则其书易传；若其书与口说之语言相远者，则其书不传。故书传之界之大小，即以其与口说之语言相去之远近为比例。”“简法之语言，以一语而括数事，故读其书者，先见其

① 《论教育普及宜注重初等小学及变通语言文字》，《东方杂志》第2年第3期，1905年。

② 转引自夏晓虹：《晚清社会与文化》，湖北教育出版社2001年版，第116页。

语，而此中之层累曲折，必用心力以体会之，而后能得其故。繁法之语言，则衍一事为数十语，或至百语千语，微细纤末，罗列秩然，读其书者，一望之顷，则恍然若亲见其事者然。故读简法之语言，则目力逸而心力劳，读繁法之语言，则目力劳而心力逸。”①因此，就传播效果言，“繁法之语言易传，简法之语言难传”。此篇文字以颇为系统的论述为白话小说鸣锣开道，并以西方的经验作为参照系，所以在当时产生了较大的影响，堪称小说界革命的先声。康有为、梁启超虽也同时撰文提倡以俗语为小说，但与该文相比，观点尚无突破。1902年，梁启超发表了著名的《论小说与群治之关系》一文，正式掀起了声势浩大的小说界革命。梁启超从心理学的角度出发，提出小说有“熏”“浸”“刺”“提”四种力，“感人之深，莫此为甚”，“故曰小说为文学之最上乘也”，因此，“今日欲改良群治，必自小说界革命始，欲新民，必自新小说始”。关于何谓新小说，梁启超并未进行正面的阐述，但新小说最好是以俗语写成，这一点则毫无疑问：“语言力所不能广不能久也，于是不得不乞灵于文字。在文字中，则文言不如其俗语，庄论不如其寓言。”②其实白话小说是否真的具有“感人之深，莫此为甚”的性质，且是否可因此而居“文学之最上乘”的地位，还是一个相当值得讨论的问题，但梁启超的主张呼应了救亡的时代主题，被视作改变现实的救命稻草，因而成为了晚清的主流声音。梁氏振臂一呼，应者云集，晚清至民初，白话小说如何有利于振国民精神、开国民智慧，一直是小说界反复阐述的问题。时人普

---

① 几道、别士：《本馆附印说部缘起》，载陈平原、夏晓虹编：《二十世纪中国小说理论资料》（第1卷），北京大学出版社1997年版。

② 梁启超：《论小说与群治之关系》，《新小说》第1号，1902年。

遍认为："盖小说固以通俗逮下为功，而欲通俗逮下，则非白话不能也。"①相应地，文言深奥难懂，不利于妇孺与愚氓理解，所以不宜正面提倡。

除了从感人之"深且捷"、有利于启蒙大众的角度出发倡导白话小说之外，当时的新小说家还以进化论为思想武器，论述白话小说成为最优文体的历史必然性。"一代有一代之文学"这种近乎于进化论的观点与循环反复论是明清时代流行的两种文学史观，但后者因根源于循环往复的天道观而居于主导的地位。只有到了清末严复系统地引进西方的进化论以后，以进化论考查文学变迁才成为一种主要的思潮。在进化论的影响下，并以西方文学的发展作为参照，当时的不少知识分子纷纷认识到以白话写小说是文学发展的自然趋势。1903 年，梁启超提出：

> 文学进化有一大关键，即由古语之文学变为俗语之文学是也。各国文学史之开展，靡不循此轨道。中国先秦之文，殆皆用俗语……故先秦之光明，数千年称最焉。寻常论者，多谓宋元以降，为中国文学退化时代。余曰不然。夫六朝之文，靡靡不足道矣。即如唐代，韩、柳诸贤，自谓起八代之衰，要其文能在文学史上有价值者几何？……自宋以后，实为祖国文学之大进化。何以故，俗语文学大发达故。宋以后，俗语文学有两大派，其一则儒家、禅家之语录，其二则小说也。小说者，绝非古语之文体而

① 管达如：《说小说》，《小说月报》第 3 卷第 5 号，1912 年。

能工者也。①

梁启超从扬白话抑文言的角度出发，对古代文学进行了一番重新定位，其观点不乏荒谬之处，但梁启超本人在晚清为思想界之巨擘，而且他借用的又是甚为流行的进化论，所以他的观点在当时还是有不少人响应的。狄葆贤即依循梁氏的思路进行了再发挥："饮冰室主人常语余，俗语文体之流行，实文学进步之最大关键也。各国皆尔，吾中国亦应有然。近今欧美各国学校，倡议废希腊、罗马文者日盛，即如日本，近今著述，亦以言文一致体为能事……十年以来，前此所谓古文、骈文家数者，既已屏息于文界矣，若能白尺竿头，更进一步，剥去铅华，专以俗语提倡一世，则后此祖国思想之言论突飞，殆未可量。而此大业必自小说家成之。"②狄葆贤以欧美各国的文学发展为参照，以祖国文明的突飞为前景来倡导白话小说，因此其主张虽然有欠笼统(如认为古文、骈文家数"已屏息于文界"等)，但仍甚有煽动性。梁氏与狄氏二人还是就文学的整体立论，成之(吕思勉)则专论小说，得出了逻辑相当严密的观点。成之的《小说丛话》虽然发表于1914年，但其中的诸多理论仍是晚清新小说家所持观点的延续和深化。在该文中，成之认为文学有从古文学演进到近世文学的自然趋势，古文学已不一定符合今人的审美好尚，今人需要的是以近世语言表达近世人美术思想的近世文学。在成之看来，近世文学具有"切近""详悉""皆事实而非空言"三个特质，而这三个特质，"惟小

① 饮冰等撰：《小说丛话》，《新小说》第7号，1903年。
② 楚卿：《论文学上小说之位置》，《新小说》第7号，1903年。

说实备具之”。由此，小说正是近世文学的最佳代表。在小说中，因为文言已不能充分表达近世事物、不能实现近世文学的三大特质，所以以近世语言即俗语创作的白话小说才是“正格”。①成之关于近世文学的认识虽有语焉不详之处，例如何谓皆“事实而非空言”，他并未做进一步的解释，但总体而言，他还是很敏锐地把握到了文学发展的脉络。随着城市生活成为现代社会生活的主体，市民阶层的需求开始成为主导社会发展的重要因素。因此，近世文学的发展的确有越来越世俗化的倾向，相对诗文而言，白话小说的确更适合充当近世文学的代言人，成之的观点颇具前瞻性。

当时的新小说家之所以倡导白话小说，又与他们对小说体裁本身的体认有关。随着小说攀升至“文学之最上乘”的地位，时人对小说这一文学体裁贯注了极大的理论热情，在反复的探讨中，他们对小说本体特征的认识不断加深，对小说的审美特质进行了较有说服力的辨析。1907 年黄人在《〈小说林〉发刊词》中，旗帜鲜明地提出：“小说者，文学之倾于美的方面之一种也。”觉我（徐念慈）则借鉴黑格尔的美学思想，从五个方面对小说合于理想美学、感情美学，而“居其最上乘者”的特质进行了阐释：其一是“合于理性之自然”，其二是富有具体的个性特征，其三是能引发苦痛快乐等种种情感，其四是具有形象性，其五是理想化。②黄人、徐念慈虽未具体论及小说的语言问题，但这种对小说文体的深入辨析，极易引发人们对语言的关注。在探究小说之美的同时，也有人立足于审美的层面为白话正名或争取地

① 成之：《小说丛话》，《中华小说界》第 1 年第 3 期，1914 年。
② 觉我：《〈小说林〉缘起》，《小说林》第 1 期，1907 年。

位。王国维即高度赞誉元杂剧“于新文体中自由使用新言语”，“古代文学之形容事物也，率用古语，其用俗语者绝无，又所用之字数亦不甚至多。独元曲以许用衬字故，故辄以许多俗语或以自然之声音开容之。此自古文学上所未有也，”因此元曲堪称“中国最自然之文学”。①在诸如此类对小说及白话之美学品质的理论探讨中，有文人意识到以白话创作小说才最能贯彻和呈现小说的审美特质，他们认为小说之作为小说、不同于诗文，主要在于“描写入微、形容尽致”或能活画人物的声口：“盖小说之所以感人者在详，必于纤悉细故，描绘靡遗，然后能使其所叙之事，跃然纸上，而读者且身入其中而与之俱化。”②1905年小说林社出版的《母夜叉》书前“闲评八则”称：“这种侦探小说，不拿白话去刻画他，那骨头缝里的原液，吸不出来。”次年，鹤笙在其翻译小说《新恋情》的书前“闲评”中，也表达了类似的观点：“况且翻译东西洋的小说，往往有些地方说话的口气、举动的神情，和那骨头缝里的汁髓，不拿俗话去描画他，到底有些达不出，吸不进，所以我说文话不如俗话。”小说本体既然具有这样的特点，相对于写人叙事状物难以穷形尽相的文言小说，白话小说能够尽情尽致、活灵活现，自然是小说文体的“正宗”。基于这样的认知，有文人开始从文体的角度给予白话小说高度的评价。1914年，梦生提出，“白话小说作得佳者，便是小说中圣手”，《金瓶梅》《水浒传》《红楼梦》三部白话体的小说是“中国小说最佳者”。③这种认为小说相对于其他文体具有尽情尽致的特征，因而必须写以白话的观

---

① 王国维：《宋元戏曲史》，中华书局2015年版，第112～116页。

② 管达如：《说小说》，《小说月报》第3卷第5号，1912年。

③ 梦生：《小说丛话》，《雅言》第1卷第7期，1914年。

点，应该说还是切中肯綮的。

随着对小说体裁分析的详细和深入，当时的部分文人还从叙事体制入手，论证白话小说优于文言小说。管达如把小说的体制分为笔记体与章回体两种，笔记体“据事直书，各事自为起讫”，章回体篇幅长，“所叙之事实极多，亦极复杂”。就高下论，章回体在创作上比笔记体更困难，但是其“趣味之浓深、感人之力之伟大”亦远远胜过笔记体。①既然文言小说多用笔记体，白话小说多用章回体，那么文言小说不及白话小说也就显而易见。与管达如的观点异曲同工的是成之分小说为单独小说与复杂小说的理论。成之认为复杂小说优于单独小说，而前者所代表的白话小说则优于后者所代表的文言小说：

> 单独小说，以描写一人一事为主，复杂小说则反之。单独小说可用自叙式，复杂小说多用他叙式，盖一则只须述一方面之感情理想，一则须兼包多方面之感情理想也……复杂小说，同时叙述多方面之情形，而又须设法，使此各个独立之事实，互相联结，成一大事，故材料须鸿富，组织须精密，撰著较难。单独小说，只述一人一事，偶有所触，便可振笔疾书。其措语，只一方面之情形须详，若其他方面，则多以简括出之。即于实际之情形不甚了了，亦不至不能成篇。二者撰述之难，实有天渊之隔也。
>
> 单独小说，宜于文言，复杂小说，宜于俗语。盖文言之性质为简括的，俗语之性质为繁复的。观复杂小说与单独小说撰述之

---

① 管达如：《说小说》，《小说月报》第3卷第5号，1912年。

难易，而文言与俗语，在小说中位置之高下可知矣。①

以笔记体或单独小说代表文言小说、以章回体或复杂小说指称白话小说，则未免有以偏概全之弊，而且认为文言小说的创作比白话小说简单的看法也是颇为片面的。但无论如何，从文体出发也就是从审美的层面出发探究文言小说与白话小说的优劣，说明当时对白话小说的理论探讨已达到了较为深入的程度。

还有文人根据小说的传统定义，求名责实，论证白话小说的正宗地位。如吴敬恒在《新华春梦记·序》中说："小说诚以记街谈巷说为唯一本职，则章回之体，亦当为其主祧之宗子。"②但是，从启蒙的角度、从进化论及审美的角度建立并巩固白话小说的地位，是当时理论界倡导白话小说的三条最主要的思路。后两条思路都超越了单纯的语言层次上的文言与白话之争，表明当时并不是如胡适所说的只有"白话文运动"而完全没有"白话文学运动"。可以说，白话小说倡导者的这三条思路在晚清都不同程度地发挥了作用。当然，在这三条思路中，启蒙的确居于绝对主导的位置，后两者的声势都远远不及它的浩大，而且在一定程度上只是启蒙思潮带来的衍生物。清末的白话文运动及小说界革命本就是由以改良社会为己任的思想界的精英人物所发起，他们既然以改良社会为第一要务，看重"觉世"远甚于"传世"，那么文艺的功能论自然比审美论及其他论调更容易进入他们的视野。

---

① 成之：《小说丛话》，《中华小说界》第1年第3期，1914年。
② 吴敬恒：《新华春梦记·序》，上海泰东书局1916年版。

清末白话小说的倡导者往往兼具理论宣传者、报刊编辑者和写作者等数重身份，他们比较容易以理论指导创作，所以清末白话小说运动的理论宣传和创作实践的方向基本上是吻合一致的。梁启超于1902年在日本横滨创办了第一份新小说杂志《新小说》，该刊虽然有“本报文言、俗语参用”的口号，并辟“劄记小说”一栏以刊登“如《聊斋》《阅微草堂》之类”的旧小说，但实际上该刊所载的小说，白话的比例高达85%以上(参见《绪论》中的统计数字)。即便如此，梁启超仍表示了不能纯用白话的遗憾：“惟中有文言、俗语互杂处，是其所短。然中国各省语言不能一致，而著者又非出自一省之人，此亦无可如何耳。”①此后接踵而至的几大小说杂志《绣像小说》《月月小说》《小说林》《中外小说林》的编辑者也都是小说界革命的响应者，他们给白话小说提供了远比文言小说更为宽广的空间。如1903年商务印书馆主人称其编印《绣像小说》的动机在于“以醒齐民之耳目”“借思开化乎下愚”②，要达到此目的，用白话写、译小说当然是首选。1906年陆绍明在《〈月月小说〉发刊词》中称当时“实为小说改良社会、开通民智之时代也”，为了“改良社会、开通民智”，《月月小说社》立志于改造白话小说：“呜呼！为白话小说者，往往蚁视小说，而率尔为之，此白话小说之所以不足观也。本社有鉴于此，不揣固陋，刊发报章，月出一册，光诙说部。”③

当时之所以文言小说处于弱势地位而白话小说大擅胜场，还与古

① 梁启超：《〈新小说〉第一号》，《新民丛报》第20号，1902年。

② 商务印书馆主人：《本馆编印〈绣像小说缘起〉》，《绣像小说》第1期，1903年。

③ 陆绍明：《〈月月小说〉发刊词》，《月月小说》第1年第3号，1906年。

代小说的自身传统有关。在中国古代小说的系统中，文言小说与白话小说一向双峰对峙、并行发展。二者的差异不仅体现于语言方面，还体现于材料选择、叙事体制、审美趣味等诸多方面。引用冯梦龙的话，就是一个面向“文心”、一个面向“里耳”，各自有不同的产生机制和阅读受众。白话小说虽然在清代出现了雅化的趋势，但它毕竟产生于市井，相对于诗文和文言小说，它天然地带有世俗文化的气息。它的与日用口语相去不远的语言、面向“看官”的亲切的拟说书方式，都使得它易于为平民大众所接受。另外，古代的长篇白话小说皆用章回体，每一回基本上就是一个小故事，回与回之间既相对独立，又环环相扣，这种结构方式也特别适合报刊的连载。因此，清末小说家的作品大都出以传统的白话章回体——因为这种体裁本身既符合开通民智的需要，又符合报刊定期出版的特点。

清末掀起的白话文运动及时人对白话小说的倡导，可谓轰轰烈烈、声势浩大，以白话及小说来开通民智、启迪愚氓的口号因应了时代的需求，因此1902年小说界革命之后，小说尤其是白话小说大盛，一个“小说之时代”正式到来。不过，清末白话文运动在理论上的致命缺陷很快即暴露出来，且最终遭遇了文言文学的强势反弹。首先，当时的白话文倡导者们虽提倡白话，但除了裘廷梁等少数人士，绝大部分人并不主张废弃文言，他们事实上持文言、白话兼容并包的观念，即便从进化论的角度，他们认为有朝一日白话必将取代文言，但那“有朝一日”绝不是当下。曾任《东方杂志》主编的杜亚泉批评“今日之提倡通俗文者，往往抱有一种偏狭之见，以为吾国今后文学上，当专用此种文体，而其余之文体，当一切革除而摒弃之”，“此种意见，实与增进文化之目的不合”，“无论何种文体，皆有其特具之兴趣，决不能以他种文体表示之”。他举例论证，“史汉文字之兴趣，非六朝骈体所能表，六朝骈偶之兴趣，非唐宋古文所能表。即同一白话文，《水浒传》之兴趣，不能以《石头记》之白话表之，《石头记》之兴趣，亦不能以《水浒传》之白话表之”，是以“杂多之文体，在文学之范围中，当兼收并蓄”。①杜亚泉的观点在清末民初颇具代表性。其次，作为文化和文学的载体，白话在审美层面上是如何优胜于文言的，这个问题在晚清的白话文运动中虽有所涉及，但并未得到充分的关注和讨论，更未产生实质上的大影响。

最后，清末白话文运动最大的弊端也最为五四新文学革命者诟病的一点在于，新小说家们对白话的导俗功能的过度强调，实际上降低了白话作为一种文学语言所可能具备的审美品格，强烈暗示了文言才是一种适合高等人的语言。周作人曾论及清末白话文运动在这方面的缺陷：“现在我们作文的态度是一元的，就是，无论对什么人，做什么事，无论是著书或随便地写一张字条儿，一律都用白话。而以前的态度则是二元的，不是凡文字都是用白话写，只是为一般没有学识的平民和工人才写的白话的。”“但如写正经的文章或著书时，当然还是用古文的。”“总之，那时候的白话，是出自政治方面的需求，只是戊戌政变的余波之一，和后来的白话文工团可说是没有大关系的。”②胡适对清末白话文运动的批判则更为尖锐：“他们的最大缺点是把社会分成两部分：一边是‘他们’，一边是‘我们’。一边是应该用白话的‘他们’，一边是应该做古文古诗的‘我们’。我们不妨

① 杜亚泉：《论通俗文》，《东方杂志》1919年第16卷第12号。
② 周作人：《新文学的源流》，岳麓书社1989年版，第12页。

仍旧吃肉，但他们下等社会不配吃肉，只好抛块骨头给他们吃去罢。”①总之，尽管清末的白话文运动声势浩大，但以文言为高雅、以白话为鄙俗的传统审美观在当时仍存在着相当强大的影响力。

第二节　复古思潮与文言小说的繁兴

中国古人向来习惯于从过去和传统中寻找资源，树立范本，用以指导现实中的因革，如儒学即以上古三代为理想社会，孔子心心念念，旨在恢复周礼，如此的思维模式使得中国文化和中国文学时常带有较浓厚的复古色彩。在特定的时势下，复古思想蔚然勃兴，“相与呼应汹涌，如潮然”，遂鼓荡而成为复古思潮。就清代思想与学术而论，乾嘉学派的兴起即带有复古色彩，龚自珍、魏源等持近代意识者的思想也不无复古的倾向，所以梁启超提出：“‘清代思潮’果何物耶？ 简单言之：则对于宋明理学之一大反动，而以‘复古’为其职志者也。其动机及其内容，皆与欧洲之‘文艺复兴’绝相类。”②在清末民初，随着西方列强的入侵和西学的涌入，国人实则面临了政治与文化的双重危机，王韬指出，“世变至此极矣，中国三千年以来所守之典章法度，至此而几将播荡澌灭，可不惧哉”③。正是这种深切的危机

① 胡适：《五十年来中国之文学》，载欧阳哲生编：《胡适文集》（第4册），人民文学出版社1998年版，第387页。

② 梁启超：《清代学术概论》，上海古籍出版社2000年版，第3页。

③ 王韬：《弢园文录外编》，载张岱年主编：《中国启蒙思想文库》，辽宁人民出版社1994年版，第290页。

感使得一些文人奋起而卫道，宣扬以中国之伦常名教为原本、以旧学为国粹，倡导中体西用，由此，在清末民初的文化界兴起了一股声势浩大的复古思潮。清末民初的复古思潮，与过去的最大不同在于，它是在西学的参照和进逼之下所形成，在捍卫传统的前提下，对西学兼具抵御与包容的双重特质。清末民初复古思潮的影响及于文学，诗文领域出现了同光体、南社，在小说领域则是直接促成了文言小说的繁兴。

一、复古思潮在清末民初的发展

清末复古思潮的滥觞，可追溯至19世纪60年代的曾国藩、冯桂芬、薛福成、郑观应、王韬等人。如薛福成提出："诚取西人器数之学，以卫吾尧舜禹汤文武周孔之道。"①郑观应称："中学其本也，西学其末也；主以中学，辅以西学。"②戊戌变法前后，思想界的领军人物康有为掀起了尊崇孔教的活动，提倡保教、保国、保种等观念。康有为在文化上实属"富于保守性质之人"，"其于中国思想界也，谆谆以保存国粹为言"③。康有为认为，"中国一切文明，皆与孔教相系相因，若孔教可弃也，则一切文明随之而尽也"④，从1890年至1902年，康有为撰写了《新学伪经考》《孔子改制考》《春秋董氏学》《礼

---

① 薛福成：《筹洋刍议》，载张岱年主编：《中国启蒙思想文库》，辽宁人民出版社1994年版，第90页。

② 郑观应：《盛世危言》，载张岱年主编：《中国启蒙思想文库》，辽宁人民出版社1994年版，第30页。

③ 梁启超：《南海康先生传》，载梁启超：《饮冰室合集》）（第3册），中华书局2015年版，第88页。

④ 康有为：《孔教会序二》，载汤志钧编：《康有为政论集》（下册），中华书局1981年版，第738页。

运注》《中庸注》《孟子微》《大学注》《论语注》《大同书》等系列论著，以宣扬其将儒学改造为宗教的宗旨。1902 年至 1905 年左右，文化舞台上出现了国粹学派，同时期官方也出台了保存国粹的种种举措，民间与官方的合流致使清末复古思潮的发展达到高峰。

1902 年，邓实、黄节等在上海创办《政艺通报》，发表《国粹保存主义》《国学保存论》等文章，揭起了国粹主义的旗帜。1905 年 2 月，《国粹学报》在上海创刊，它成为革命学术团体“国学保存会”的机关刊物。《国粹学报》的问世，标志着国粹学派正式宣告成立，其代表人物包括编辑者邓实、章太炎、刘师培、陈去病、黄节、黄侃、田北湖、马叙伦、罗振玉等。自甲午战争之后，中国国民的自信心遭到了空前的打击，官方及民间对西方文化均产生了不同程度的“艳羡心理”，趋新尚西的风气逐渐在社会蔓延。邓实称：“吾国三五青年，又复醉心欧化，联袂以相欢迎。不知爱吾祖国之文明，发挥而光大之；徒知爱异国之文明，崇拜而歌舞之。呜呼，吾恐不百年后，东洋之文明亡，文明亡而其发生此文明三千余年之祖国亦亡。”① 国粹学派的成立，正是出于对该现状的深切忧虑，他们在《国粹学报·发刊辞》中明确提出，该刊之志在于“保种、爱国、存学”，“本报以发明国学、保存国粹为宗旨”，试图以此方式来捍卫传统、重塑民族文化。邓实提出：“不明一国之学，不能治一国之事。乃若有兼通他国之学以辅益自国者，则兼材之能也，国杰之资也。然而不通自国之学，在古不知其历史，在今无以喻其民，在野不熟其祖宗之

① 邓实：《鸡鸣风雨楼政治小言·东西洋二大文明》，载邓实辑：《光绪壬寅政艺丛书·政学文编》（卷 5），台北文海出版社 1976 年版，第 185 页。

遗事，在朝则无以效忠于其子孙。知其历史，熟其遗事，则必以读本国之书、学本国之学为亟。”①国粹主义者多将国粹提升至国家与民族存亡的高度，如马叙伦认为：“国之立也，有大宝焉，是名曰国粹。国粹存则国存，国粹亡则国亡，国粹盛则国盛，国粹衰则国衰。”②许之衡持类似的观点：“国粹者，一国精神之所寄也。其为学，本之历史，因乎政俗，齐乎人心之所同，而实为立国之根本源泉也。是故国粹存则其国存，国粹亡则其国亡。”③

与民间的国粹学派相呼应，清廷也有不少人致力于保存国粹，张之洞是其中的代表。早在1898年写成的《劝学篇》中，张之洞就主张“中体西用”，所谓“中学为内学，西学为外学；中学治身心，西学应世事”。他认为在“新故相资”的前提下，弘扬中国的固有文化是国势强盛的必要条件。庚子之后，张之洞进一步申明其先中学后西学的治学次序。他虽然认为“故欲救中国残局，惟有变西法一策”，却指出西法的适用范围仅在于“政事”，且变西法的目的在于久存“孔孟之教”、久延“三皇五帝神明之胄”④。张之洞对于当时学堂中存在的“喜新忘本”现象深感不满和忧虑：“近来学堂新进之士，蔑先正而喜新奇，急功利而忘道谊，种种怪风恶俗，令人不忍睹闻。至有议请废罢四书五经者、有中小学堂并无读经讲经功课者，甚至有师范学堂改订章程声明不列读经专科者。人心如是，习尚如是。循是以往，

---

① 邓实：《国学讲习记》，《国粹学报》第2年第7期，1906年。

② 马叙伦：《中国无史辨》，转引自罗志田：《国家与学术：清季民初关于“国学”的思想论争》，三联书店2003年版，第103页。

③ 许守微：《论国粹无阻于欧化》，《国粹学报》第1年第7期，1905年。

④ 张之洞：《致西安鹿尚书电》，载张之洞：《张文襄公全集》（第4册），中国书店1990年版，第12页。

各项学堂于经学一科，虽列其目，亦止视为具文，有名无实。至于论说文章、寻常简牍，类皆捐弃雅故，专用新词。驯至宋明以来之传记词章皆不能解，何论三代。如此籍谈自忘其祖，司城自贱其宗。正学既衰，人伦亦废。为国家计，则必有乱臣贼子之祸，为世道计，则不啻有洪水猛兽之忧。”[1]为了改变这种现状、复兴中学，张之洞提出了兴建存古学堂等措施。存古学堂于1907年先在湖北试办，后推行至各省。张之洞在《创立存古学堂折》中提出：“后如无窒碍，即请学部核定通行，各省一律仿照办理。”宣统三年(1911)学部的《奏修订存古学堂章程折》提及存古学堂的建设情况：湖北“存古学堂已设立数年，各省亦渐有仿照设立者，惟章程迄未通行，未免彼此歧异”，特重新修订之，“以收整齐划一之效”[2]。虽然在创办过程中，出现了经费不足、师资缺乏等种种问题，但作为政府行为，存古学堂的设立，毕竟在社会上产生了一定的影响。

晚清时期，士人多抨击政府不足以救亡，所以民间与官方在政治上存在尖锐的对立，“但在文化方面，清季朝野皆曾有保存国粹的愿望和具体的努力；毕竟国粹学派的组织是国学保存会，其标志与同样明确以‘保存国粹’为口号的‘存古’取向非常相近，故朝野双方在此可见明显的共性，且都不同程度地倾向于中西调和的取向，对稍后所谓‘欧化’取容纳态度，而非完全排斥”[3]。正是民间国粹学派与官

① 张之洞：《创立存古学堂折》，载张之洞：《张文襄公全集》(第2册)，中国书店1990年版，第145页。

② 朱有瓛主编：《中国近代学制史料》第2辑下册，华东师范大学出版社1989年版，第524页。

③ 罗志田：《国家与学术：清季民初关于“国学”的思想论争》，三联书店2003年版，第83页。

方张之洞等人在保存国粹方面的殊途同归，致使复古思想在清末鼓荡而成为风潮。进入民国之后，这股复古思潮不仅没有消歇，反而因为受到袁世凯政府所采取的文化复古政策的推波助澜，声势变得更为浩大。

袁世凯在当上中华民国临时大总统以后不久，就在意识形态领域开展了复古尊孔的活动。1912 年 9 月，袁世凯发布《崇孔伦常文》，提出儒教“八德乃人群秩序之常”，人民应当“恪循礼法，共济时艰”。1913 年 6 月，袁世凯发布《尊孔祀孔令》，奉孔子为万世师表，提出通过“尊孔祀孔”“以正人心，以立民极”。1913 年 10 月，在袁世凯的操纵下，宪法起草委员会通过定孔教为国教的决议。1914 年 6 月，教育部发出“饬京内各学校中小学及国文教科书采取经训，务以孔子之言为旨归文”。1915 年 1 月，袁世凯颁布《特定教育纲要》，在“教育要言”中规定：“一、各学校均应崇奉古圣贤以为师法，宜尊孔以端其基，尚孔孟以致其用；二、中小学教员宜研究性理，崇习陆王之学，导生徒以实践，教科书宜采辑学案，以明尊孔尚孟之渊源……”在“教科书”部分，强调“中小学均加读经一科，按照经书及学校程度分别讲读，又教育部编入课程”，并对各级学校的读经科目做了具体的规定：“初等小学，《孟子》；高等小学，《论语》；中学，《礼记》节读，如《曲礼》《少仪》《大学》《中庸》《儒行》，《礼运》《檀弓》等篇，必须选读，中小学校国文教科书除编订者外，应读《国语》《国策》，并选读《尚书》”。在“建设”中规定：“经学院，宜于大学外独立建设，按经分科，并佐以京师图书馆以期发明经学之精微”，经学院“专以阐明经义，发扬国学为主”，“各省各处设立经学会，以为讲求经学之所，并冀以养成中小学校经学教员及升入经学院之预备，由教育部通咨办理”。[①]袁世凯政府对孔教的尊崇和对“国学”的倡导具体化为种种强制性的政策，不仅渗透到了学校教育中，还渗透到了日常生活里。如1912年10月，袁世凯政府通令全国，规定孔子诞辰日须“举行纪念活动，以表诚敬”。1913年，政府又通令全国，将孔子生日定为圣节，放假一天庆祝。

袁世凯政府的文化政策直接导致了复古思潮在民初的风行，其声势和影响远超过清末，对此，五四新文化运动者多次论及，如：“自1913年袁黄帝专政以来，复古潮流一日千里；今距袁黄帝之死已二年有余，而复古之风犹未有艾。”“清末亡时，国人尚有革新之思想；到了民国成立，反来提倡复古，袁政府以此愚民，国民不但不反抗，还要来推波助澜，我真不解彼等是何居心。”[②]且不论袁世凯采取复古尊孔政策的“居心”何在，至少从这段评述我们可以看出复古思潮在民初的甚嚣尘上。如果说，袁世凯恢复帝制的行为遭到了普遍反对、使其大失人心的话，其尊孔复古的文化政策则获得了朝野的不少支持。袁世凯推行文化复古政策的心理也许很复杂，但国民拥护该政策的“居心”其实并不难揣度——说到底，这是当时渴望价值重建的社会心理的体现。民初的读书人有一种相当流行的看法：美好的传统道德正在逐渐沦丧，无数的罪恶在假西方传入的“自由”之名以行，这种道德的沦丧又成为了社会动荡的根源，若要拯救世道人心，则有必要重建传统的价值体系。这种“伦纪日堕，吾滋恫焉”[③]的道德忧虑感

---

① 朱有瓛主编：《中国近代学制史料》第3辑上册，华东师范大学出版社1990年版，第46、48～49、52页。

② 宋云彬：《黑幕书》，载郑振铎编：《中国新文学大系·文学论争集》，上海文艺出版社2003年版，第377页。

③ 迦持：《兄弟寻亲记·跋》，《小说月报》第6卷第6号，1915年。

是否源自封闭保守的心态，姑且不论，总之，在时人看来，“有信教自由之明文，而无奉孔教为国教之明文，则世道人心将无所维系，而嚣然不靖之祸乱，正不知绵延之何极也”①。当然，这种渴望价值重建的心理归根结底，也就是在新旧价值观的碰撞所产生的思想混乱中，整个群体重新寻求身份认同的问题。只是当时的领导者和读书人囿于其知识结构，更倾向于从古老的文化中寻找认同感。史学界已有研究者提出，民初社会的复古潮流其实是时人的一种文化反思的结果：“20世纪初年，人们由单向追求西学，进而主张中西会通和向传统文化回归。这与其说是一种复古倒退，毋宁说是一次文化反思，即对19世纪中叶以来国人在中西文化关系上业已逐渐形成的思维定势的第一次反思。”②

二、文言作为国粹

“国粹”一词，是明治维新后日本学人的造作，首先将它引进中国的或为梁启超。1902年秋天，梁启超有创办《国学报》的计划，其理由为“养成国民，当以保国粹为主，取旧学磨洗而光大之”。该计划受到黄遵宪的反对而胎死腹中，但仍由章太炎力倡，而在1905年“国学保存会”创办的《国粹学报》刊行，才得以实现。③清末民初，朝野皆提倡保存国粹，“国粹”一词，遂成为当时的流行语。国粹的

① 中国第二历史档案馆编：《中华民国史档案资料汇编》（第3辑），江苏古籍出版社1991年版，第53页。

② 郑师渠：《晚清国粹派——文化思想研究》，北京师范大学出版社1993年版，第33页。

③ 朱维铮：《〈清代学术概论〉导读》，载梁启超：《清代学术概论》，上海古籍出版社2000年版，第27页。

内涵和外延在当时人的阐述中，不尽相同。如邓实称："学术至大，岂出一途。古学虽微，实吾国粹，孔子之学，其为吾旧社会所信仰者，固当发挥而光大之；诸子之学，湮没既千余年，其有新理实用者，亦当勤求而搜讨之。夫自国之人，无不爱其自国之学，孔子之学固国学，而诸子之学亦国学也。同一神州之学，乃保其一而遗其一，可乎？"①在邓实看来，国学或曰古学，即国粹，其涵盖范围包括孔子之学及诸子之学。张之洞在《创立存古学堂折》中提出："若中国之经史废，则中国之道德废；中国之文理词章废，则中国之经史废。国文既无，而欲望国势之强、人才之盛，不其难乎？"②据此，则经史、文理词章及与传统道德相关的礼教风尚尽在国粹之列。

国粹的涵盖范围虽不尽一致，但包括经史文章在内的传统文化皆属于国粹，这一点基本上是时人的共识，其中，作为传统文化的语言载体的文言又专门被知识界提出来，作为"国粹"之一种及一切国粹的基点，加以维护。文言的地位在过去并未受到挑战，所以它的优越性一直是不言自明的，但在晚清时期，文言的生存环境开始有了一些风吹草动。在以西方文化为参照的情形下，当时不少人开始对中国的语言文字产生怀疑，甚至有人提出废弃中国文字、采用"万国新语"的主张；黄遵宪、梁启超等人提出的"言文一致"的观点以进化论为裹挟，似乎在部分人群中也有"蛊惑人心"的力量。此外，在一些人看来，由于"东瀛文体"的流行，中国语文的词汇、文法等的纯洁性也开始遭到了破坏。"东籍之文，冗芜空衍，无文法可言。乃时势所

① 邓实：《古学复兴论》，《国粹学报》第1年第9期，1905年。
② 张之洞：《创立存古学堂折》，载张之洞：《张文襄公全集》（第2册），中国书店1990年版，第146页。

趋，相习成风，而前贤之文派无复识其源流”，此实为“中国文学之厄”。[①]“又若外国文法，或虚实字义倒装，或叙说繁复曲折，令人费解，亦所当戒。倘中外文法参用杂糅，久之必渐将中国文法字义尽行改变，恐中国之学术风教亦将随以俱亡矣。”[②]面临此种种忧虑，以保存国粹为要务者，觉得对传统语文的优越性实在有重新辩护并加以捍卫之必要。邓实在1903年提出，“自有世界以来，以文学立国于大地之上者，以中华为第一，立国之久而文学相传不绝者，亦以中华为第一”，故“文言者，吾国所以立国之精神而当宝之以为国粹者也。灭其国粹，是不啻自灭其国”。[③]到1905年《国粹学报》创刊，邓实在《略例》中明确表明了该报的语言定位：“本报撰述，其文体纯用国文风格，务求源懿精实，一洗今日东瀛文体粗浅之恶习。”维护文言、捍卫语言的纯洁性，实是清末民初朝野的共识。在晚清颇富文名的樊增祥称：“比来欧风醉人，中学凌替，更二十年，中文教习将借才于海外矣。吾华文字至美而亦至难，以故新学家舍此取彼。然人畏难而不学，将来公卿之奏议、郡县之申详、私家之议论、友朋之书札、名人之碑志，举以鄙倍、苦涩、凌杂、苟简出之，是使当世无文章，而后世无史料也。”[④]宣统二年(1910)四川提学使赵启霖在请设存古学堂的奏折中，对当时学子纷纷仿用翻译语言的现象表示忧虑：“各种学科多用译本，学子操觚率尔，非特捃摭新词，竞相仿效；即

① 刘师培：《论近世文学之变迁》，《国粹学报》第1年第3期，1905年。

② 《新定学务纲要》，《东方杂志》第1年第3期，1904年。

③ 邓实：《鸡鸣风雨楼独立书·语言文字独立》，载邓实：《光绪癸卯政艺丛书·政学文编》(卷7)，台北文海出版社1976年版，第174页。

④ 樊增祥：《批署高邮州学正王同德世职王伟忠禀》，载樊增祥：《樊山政书》(卷20)，中华书局2007年版，第592页。

文法句调，亦受病于无形。”他提出：“立国于世界，其政治、学术、风俗、道德所以经数千年递嬗而不可磨灭者，莫不寄于本国之文字，其优美独到之所在，即其精神根本之所在，非是则国无以立。中国以文教立国，政治、学术、风俗、道德见于经传记载，足以匡扶世教、范围事理者，甲于五洲，实由国文之优美，夐绝于五洲。”①这种对文言的维护一直持续到民国初期，甚至出现了康有为这样在晚清好用新名词，进入民国后却改弦更张的文人。康有为在1913年撰写的《中国颠危误在全法欧美而尽弃国粹说》中，长篇大论地批判了时人取法日本语言文字的现象：“盖日本书法，长累过甚，彼以旧俗，既牵汉文，又加英文法，不得不然。我国数千年之文章，单字成文，比音成乐，杂色成章，万国罕比其美，岂可自舍之？且以读东书、学东文之故，乃并其不雅之名词而皆师学之，于是手段、手续、取消、取缔、打消、打击之名，在日人以为俗语者，在吾国则为雅文，至命令皆用之矣。其他如崇拜、社会、价值、绝度、唯一、要素、经济、人格、谈判、运动、双方之字，连章满目，皆与吾国训诂不相通晓……若以难中国之旧人乎？抑以夸异文之新博乎？接前之文史，则不相通，垂后之文史，则不为尔雅。今之时流，岂不知日本书学皆出自中国，乃俯而师日本之俚词，何无耻也！始于清末之世，滥于共和之初，十年以来，真吾国文学之大厄也。”②

当然，对于当时以白话开通民智的现实需求，知识界大都持赞同

① 赵启霖：《本署司详请奏设存古学堂文》，载朱有瓛主编：《中国近代学制史料》第2辑下册，华东师范大学出版社1989年版，第517页。

② 康有为：《中国颠危误在全法欧美而尽弃国粹说》，载康有为著，姜义华、张荣华编校：《康有为全集》（第10集），中国人民大学出版社2007年版，第140页。

的态度，他们认为保护文言与推广白话并不矛盾，文言适用于高等人，白话适用于“中下之人”，二者在不同的领域各施其能。刘师培即主张：“近日文词，宜区二派：一修俗语，以启瀹齐民，一用古文，以保存国粹。恕前贤规范，赖以仅存。若夫矜夸奇博，取法扶桑，吾未见其为文也。”①在《广阮氏文言说》一文中，刘师培阐释了他对“文”的理解，进一步重申了他的雅文学主张：

故三代之时，凡可观可象，秩然有章者，咸谓之文。就事物言，则典籍为文，礼法为文，文字亦为文；就物象言，则光融者为文，华丽者亦为文；就应对言，则直言为言，论难为语，修词者始为文。文也者，别乎鄙词俚语者也。《左传》曰：“言之无文，行之不远。”又曰：“非文辞不为功。”言语既然，则笔之于书，亦必象取错交，功施藻饰，始克被以文称。②

根据刘师培的观点，文言文学中尚且存在“文笔之辨”，无藻饰者不足为文，那么用鄙词俚语写成的作品就更不能称之为文学了。严复亦对语言文字有自觉的追求，他称自己无意于“为近俗之辞，以取便市井乡僻之不学”，因为写作近俗之辞对于文界“乃所谓凌迟，非革命也”。面对梁启超关于他所译之书“过求渊雅”“难以导俗”的指责，严复明确表示：“文辞者，载理想之羽翼，而以达情感之音声也。是故理之精者不能载以粗犷之词，而情之正者不可达以鄙倍之

① 刘师培：《论文杂记》，《国粹学报》第1年第1期，1905年。

② 刘师培：《广阮氏文言说》，载刘师培著，陈引驰编校：《刘师培中古文学论集》，中国社会科学出版社1997年版，第183页。

气。中国文之美者，莫若司马迁、韩愈，而迁之言曰，‘其志洁者，其称物芳，’愈之言曰，‘文无难易，惟其是。’仆之于文，非务渊雅也，务其是耳。且执事既知文体变化与时代之文明程度为比例矣，而其论中国学术也，又谓战国隋唐为达于全盛而放大光明之世矣，则宜用之文体，舍二代其又谁属焉？ 且文界复何革命之与有？”①严复虽自称其为文并非务求“渊雅”，而“务其是耳”，但明显看出，他将司马迁、韩愈之文视为文章的最高典范，而对兼具“粗犷之词”和“鄙倍之气”的白话文是颇不以为然的。在文词有雅俗分野的观念下，刘师培、严复等人选择的是雅文词，梁启超虽然责难严复为文“过求渊雅”，他本人以写作“时杂以俚语韵语及外国语法”的报章体文字为任务，旨在“为中等人说法”，但在梁启超的心目中，他也认为这类文字“不过报章信口之谈，并非著述，虽复有失，靡关本原”②。在梁看来，文章分传世之文与觉世之文，前者藏之名山传之后世，后者是应于时势而发，“只能以被之报章，供一岁数月之遒铎而已，过其时，则以覆瓿焉可也”③。因此，就将语言分等级以区别对待的问题而言，无论是梁启超这样的白话文倡导者还是如刘师培、严复这样的国粹维护者，他们的基本态度都是一致的。事实上，很多主张保存国粹的人同时也是白话文运动的倡导者或追随者。

前文提到，清末白话文和白话小说的倡导者采用了流行的进化论

---

① 严复：《与梁启超书》，载王栻主编：《严复集》（第3册），中华书局1986年版，第516页。

② 梁启超：《与严幼陵先生书》，载梁启超：《饮冰室合集》（第1册），中华书局2015年版，第107页。

③ 梁启超：《〈饮冰室合集〉自序》，载丁文江、赵丰田编：《梁启超年谱长编》，上海人民出版社1983年版，第293页。

以证明白话取代文言的必然性，对此，时人的看法则不尽相同。即使是最早译介西方进化论的严复，对进化论思想也并未完全信服，“循环论”在他的心目中仍然占有重要地位。他站在《周易》的基础上来理解西方进化论，以中学为本位的知识结构在他身上有鲜明的体现。他认为，“不反则改，不反则殆，此化所以无往而不复也”①。造化既然“无往而不复”，遵循的自然是循环论而非进化论了。基于中国传统文化的标准，严复认为西方社会并非理想社会：“夫自今日中国而视西洋，则西洋诚为强且富，顾谓其至治极盛，则又大谬不然之说也。复古之所谓至治极盛者，曰家给人足，曰比户可封，曰刑措不用。之数者，皆西洋各国之所不能也。”②就政治与社会而言，西方社会都未必完美，又何况文学，在严复看来，司马迁与韩愈仍然代表了“中国文之美者”，梁启超关于文体变化与时代文明成正比例的观点是站不住脚的。章太炎对进化论的认识在当时非常具有代表性和前瞻性。在章太炎看来，“物竞天择、适者生存”纵然是一个普遍的自然规律，但这种进化未必就具有向善、向美的意义，社会的发展并不就是一个合目的的过程：

> 虽然吾不谓进化之说非也……若云进化终极，必能达于尽美醇善之区，则随举一事，无不可以反唇相讥。彼不悟进化之所以为进化者，非由一方直进，而必由双方并进，专举一方，唯言知

---

① 严复：《老子评语》，载王栻主编：《严复集》（第 4 册），中华书局 1986 年版，第 1084 页。

② 严复：《原强修订稿》，载王栻主编：《严复集》（第 1 册），中华书局 1986 年版，第 24 页。

识进化可尔。若以道德言，则善亦进化，恶亦进化；若以生计言，则乐亦进化，苦亦进化。双方并进，如影之随行，如罔两之逐影。非有他也，智识愈高，虽欲举一废一，而不可得。昔时之善恶为小，而今之善恶为大；昔时之苦乐为小，而今之苦乐为大。然则以求善求乐为目的者，果以进化为最幸耶？进化之实不可非，而进化之用无所取，自标吾论曰：俱分进化论。①

因为历史所自然选择的并非就是最向善、向美的，所以在伦理道德和文学艺术等领域内应遵从人的自主性，以美、善为追求之目标。这样的体认实则为以文言为国粹、在新的时代必须弘扬的观念提供了坚实的理论来源。章太炎曾于1906年在东京主持“国学讲习会”，专讲“中国语言文字制作之原”“典章制度所以设施之旨趣”及“古来人物事迹之可为法式者”。章士钊在起草的《国学讲习会序》中特别提到语言文字的问题：“中国立国已二千年，可得谓无独优之治法乎？言治法犹晦，中国之文字，于地球为特殊，可得谓无独至之文词乎？必曰无之，非欺人之言，则固未之学也。”②王国维在进化论问题上的立场在当时也有一定的代表性。王国维在焦循“一代有一代之所胜”的看法的基础上，提出“一代有一代之文学”③，他认为“故谓文学今不如古，余不敢信。但就一体论，则此说固无以易也。”④“文

① 章太炎：《俱分进化论》，载章太炎：《章太炎全集》（第4册），上海人民出版社1985年版，第386页。

② 章士钊：《国学讲习会序》，载章士钊：《章士钊全集》，文汇出版社2000年版，第179页。

③ 王国维：《宋元戏曲史·自序》，中华书局2015年版，第1页。

④ 王国维：《人间词话》，中华书局2015年版，第36页。

学今不如古，余不敢信”，这说明王国维在整体上是认可进化论的，认为文学的演进遵循了“天演”之规律，不过他又非常客观地认识到，就某一文体言，的确是今不如古，因此文学的发展自有其复杂性。王国维又提出，“美术者，天才之制作也”①，认为天才的出现是进化链条上的特例，天才的创作具有永恒的价值。“天才者，或数十年而一出，或数百年而一出，而又需济之以学问，帅之以德性，始能产真正之大文学。此屈子、渊明、子美、子瞻等所以旷世而不遇也。”②可以看出，进化论思想虽然在清季民初带来了较大的影响，但有相当一部分知识分子对该思想是持保守甚至批判态度的，这为视文言为国粹的论调提供了广阔的生存空间。具体到语言领域里的进化论问题，当时的国粹维护者还有一种普遍的认识——他们大体上认可俗语必将取代文言的规律，承认言文一致是文学的发展方向，但他们同时认为那将是一个渐进的漫长过程。如刘师培在《论文杂记》里提出，“就文字进化之公理言之，则中国自近代以来，必经俗语入文之一级”，但他同时声明，“然古代文词，岂宜骤废”③。看来，古代文词的废弃还是必然的，只是不能“骤废”而已。《小说月报》的主编恽铁樵也认为：“外国言文一致则可，吾国独不可。或曰：此拘墟之见，何妨沟通？ 然而失其国文性质，且此事在千百年以后则或可，今日骤强言文一致，必不可。盖凡事蝉蜕，循自然之趋势。藉曰可以勉

① 王国维：《古雅之在美学上之位置》，载王国维著、傅杰编校：《王国维论学集》，中国社会科学出版社1997年版，第298页。

② 王国维：《文学小言》，载王国维著、傅杰编校：《王国维论学集》，中国社会科学出版社1997年版，第312页。

③ 刘师培：《论文杂记》，《国粹学报》第1年第1期，1905年。

强，则是《诗》《书》可燔也。”[①]梁启超在当时的诗界、文界、小说界虽都提出了所谓的“革命”口号，但事实上他所掀起的与其说是“革命”，不如说是“改良”；其实文学也罢、政体也罢，时人所乐见的还是一种渐进的平稳过渡状态，而非骤然的废弃或替换。所以，恽铁樵所持的有关言文一致的态度在清末民初是相当具有普遍性的。

以文言为国粹的观念可以说贯穿了整个清末民初时期，它反映的不仅仅是一种固守传统的思维方式，它实则透露了时人在民族与文化危机面前寻求自我认同的问题。陈寅恪在悼念王国维时曾说道：“自道光之季，迄乎今日，社会经济之制度，以外族之侵迫，致剧疾之变，纲纪之说，无所凭依，不待外来学说之抨击，而已销沉沦丧于不知觉之间。虽有人焉，强聒而力持，亦终归于不可救疗之局。”[②]因“纲纪之说，无所凭依”，个人固有的价值体系随之而面临巨大的挑战，甚至是崩溃的命运，此时，自我认同的问题已不再是个人的问题，而成为了那一时代整个民族的追问和探索。在此情形下，不少人提出了保存国粹的思路，这实际上反映了重塑民族和个体的自我身份的渴望。因有这样一种曲折和复杂的心态，所以是用文言还是俗语写作，在当时就不仅仅是一个语体方面的争论。

三、文言小说在民初的繁兴

复古思潮在清末最后几年及民国初期的发展可谓甚嚣尘上，对当

① 恽铁樵此语见其与《小说月报》读者陈光辉的书信往还，《小说月报》第7卷第1号，1916年。

② 陈寅恪：《王观堂先生挽辞序》，载陈寅恪：《陈寅恪集·诗集》，三联书店2001年版，第12～13页。

时的文学界产生了很大的影响。在诗文领域，出现了以陈三立、郑孝胥、沈曾植、陈衍为代表的同光体和由陈去病、高旭、柳亚子等人所发起的南社。同光体诗人提出“诗莫盛于上元开元，中元元和，下元元祐”，又提出“诗有元祐、元和、元嘉三关”，三元重在宗宋，而推本于杜甫、韩愈，三关重在宗法六朝。南社成员在思想上大都受到章太炎以及刘师培的《国粹学报》的影响，以提倡民族文化来排满，在诗文方面他们或提倡重振唐音，或主张宗宋。清末湖南文坛又有王闿运，昌言复古，影响甚大。清末民初的这些文学流派或团体无论其宗法对象如何，皆是以古典和传统为模范，具有浓郁的复古气息。

复古思潮对小说界产生了巨大的影响。清末民初可谓一个“小说的时代”，笼统而言，清末白话小说盛，民初则文言小说盛。文言小说在民初的繁兴与声势浩荡的复古思潮有直接关联。在清末民初的复古思潮中，文言及以文言为载体的诗文经史等皆被视为国粹，这一观念为很多小说作者所认同、接受。如小说家蒋景缄借其小说《身外身》批评中国人已忘“固有之国粹”，同时提出，“吾国人虽不敢以凌美跨欧、驱奥策亚自诩，唯论及文艺，则断不能舍长从短，受人转移”①。《民权素》的编者刘铁冷、蒋箸超称当此“河山迟暮、国粹沦亡”之时，应“合负提携之责”。徐枕亚、吴双热所辑之《锦囊》的广告词亦称：“近今以来，国粹浸微，章句之学每况愈下，间有率尔从事者，类皆侈亵诨之词，不足为风骚之继，枕亚、双热两君，有见于此，因而有《锦囊》之集。”②特别值得一提的是，民初的小说家有

---

① 蒋景缄：《身外身》，上海进步书局 1916 年版，第 74 页。

② “《锦囊》广告词”，《民权素》第 2 集，1914 年。

相当大一部分属于南社社员，他们在思想文化上的复古保守倾向是很明显的。南社社员中的小说家大致有：《时报》的包天笑，《民立报》的叶楚伧、陆秋心，《申报》的王钝根、周瘦鹃、陈蝶仙，《神州日报》的王钟麒，《新闻报》的王蕴章，《太平洋报》的苏曼殊、胡怀琛、胡朴安、姚鹓雏，《民权报》的蒋箸超、刘铁冷、徐枕亚、徐天啸、沈东讷，《中华民报》的程善之，《民国日报》的闻野鹤，此外还有周桂笙、许指严、张冥飞、贡少芹、朱鸳雏、姚民哀、赵苕狂、谈善吾等。这些小说家或在某日报及小说刊物主持笔政，或频繁在报刊、期刊上发表小说，他们是民初小说界的中流砥柱。他们写小说时使用的语体不一，或文言或白话，但整体来看，大多数人的创作是以文言为主的。

清末倡导白话小说的第三条思路是文体审美，也即从小说所独有的文体特点出发，论证白话比文言更适合小说文体。当时以文言为国粹的人士大都对此种观点是颇不以为然的。在他们看来，文言在叙事与描写的能力方面并无缺憾，所谓的“穷形尽相”“惟妙惟肖”的效果，文言是可以达到的，反倒是粗鄙的白话不能表达细微曲折的情思。民初出版的吴双热的文言小说集《双热嚼墨》被评价为“墨雨缤纷，写出淋漓尽致”①，张冥飞的文言长篇小说《十五度中秋》在刻画人物方面也被叶小凤誉为“穷其形而极其相”②。这样的评价表明，在维护文言者看来，文言在实现文体审美方面并不具有局限性。此外，

---

① 包醒独：《双热嚼墨·序》，载吴双热：《双热嚼墨》，上海《小说丛报》社，1915年。

② 叶小凤：《十五度中秋·序》，载张冥飞：《十五度中秋》，民权出版部，1916年。

林纾用古文翻译西方小说的成功进一步强化了这种优越感。林纾所译之《巴黎茶花女遗事》于1899年一面世即引起了极大的反响，邱炜萲热情地评价道："中国近有译者，署名冷红生笔，以华文之典料，写欧人之性情，曲曲以赴，煞费匠心，好语穿珠，哀感顽艳，读者但见马克之花婚，亚猛之泪渍，小仲马之文心，冷红生之笔意，一时都活，为之欲叹观止。"①此后，林纾译作不断，被尊为"小说界之泰斗"，"问何以崇拜之者众？则以遣词缀句，胎息史汉，其笔墨古朴顽艳，足占文学界一席而无愧色"②。可见，在时人的眼中，以古朴顽艳的古文笔法写小说是完全可以创造杰作的，林译小说就是一个典范。当时小说界也有人承认，"小说之正格为白话，此言固颠扑不破"，但他们同时提出：

> 然必如《水浒》《红楼》之白话，乃可为白话。换言之必能为真正之文言，然后可为白话；必能读《庄子》《史记》，然后可为白话。若仅仅读《水浒》《红楼》，不能为白话也。阅者疑吾言乎？夫有取乎白话者，为其感人之普。无古书为之基础，则文法不具；文法不具，不知所谓提挈顿挫、烹炼垫泄，不明语气之扬抑抗坠、轻重疾徐，则其能感人者几何矣！③

民初著名的小说家包天笑曾在1917年的《小说画报》创刊号上检

---

① 邱炜萲：《挥麈拾遗》，载陈平原、夏晓虹编：《二十世纪中国小说理论资料》（第1卷），北京大学出版社1997年版，第45页。

② 徐念慈：《余之小说观》，《小说林》第10期，1908年。

③ 恽铁樵：《〈小说家言〉编辑后记》，《小说月报》第6卷第6号，1915年。

讨自己的创作历程："鄙人从事于小说界，十余寒暑矣。唯检点旧稿，翻译多而撰述少，文言夥而俗话鲜，颇以为病也。盖文学进化之轨道，必由古语之文学而为俗话之文学，中国先秦之文多用俗话，观于楚辞、墨、庄，方言杂出，可为证也。自宋而来，文学界一大革命，即俗话文学之崛然特起。即如小说一道，近世竞译欧文而恒出词章之笔，务为高古以取悦于文人学子，鄙人即不免坐此病，唯去进化之旨远矣。"

包天笑于此所表达的文学进化观，无非是清末梁启超的旧调重弹而已，不过他在此时表示悔其少作，倒预示了五四新文学革命的来临。包天笑此语明确指出，就他个人的创、译而言，是"文言夥而俗话鲜"的，且"恒出词章之笔，务为高古以取悦于文人学子"。另一位著名小说家许指严曾在1919年的《小说新报》上自叙其选文言而弃白话的小说创作历程：

> 不才弄翰三十余年，为制艺经说史考诗古文辞十之四，为小说笔记十之六。而小说中又为短篇文言者十之八，长篇章回白话者十之二……顾环视社会中识字者且不多，何论文言，且呕心沥血，其如人之不解何？彼《三国演义》《水浒传》《七侠五义》之类，久已衣被社会，则以白话之效力，比较上不止倍蓰也。乃亦试为章回白话体，而每一稿出，则为前辈所诃，又不敢自申其说，说亦恐无效……其欲以白话小说启迪社会而为文学界树一新帜之厦，竟成虚语矣。待客秋得读北京大学之《新青年》刊著物，中载诸名流之绪论，始服其肝胆过人，而益怅触不才之前尘

往事，其犹豫狐疑之状态，可笑亦复可怜也。①

在这段文字中，许指严也明确指出其创作使用文言语体是远多于白话语体的。无论是包天笑的以词章之笔，“务为高古以取悦于文人学子”，还是许指严的每一白话小说出“则为前辈所诃”，都充分反映出清末民初人在整体上的审美取向，即虽然白话小说可以启迪社会，但受欢迎和赞誉的还是文言小说。这种重文言轻白话的审美心理当然不是单纯的由传统积习所致，当时风行一时的复古思潮、推尊文言文学为国粹的观念无疑对这种审美心理起到了强化加固的作用。

需要说明的是，保存国粹的主张很早就已提出(《国粹学报》虽于1905年才创刊，但相应的观点之前即有)，晚清的白话文运动并非真正冲击到文言的优越性，但视文言为国粹的观念在小说的创作领域发生影响却要等到1909年《小说时报》和1910年《小说月报》创刊以后，也就是说，复古思潮在小说界的真正发酵和显现结果是在进入民国之后。个中原因如下。

首先，晚清时期的几大著名的小说刊物主要是由白话小说运动的倡导者创办的。《新小说》由梁启超创办，自不用说，《绣像小说》《月月小说》《小说林》的主编李伯元、吴趼人、徐念慈等也是小说界革命口号的响应者，《中外小说林》的主编黄伯耀、黄小配兄弟亦持以白话小说开通民智的主张。在这一个群体中，启迪愚氓的观念胜于保存国粹的想法，批判社会的激情胜于以写作自遣的念头，所以他们的刊物主要是白话小说的阵地。邓实、黄节等国粹学派虽然同时在民

① 许指严：《说林扬觯》，《小说新报》第5卷第4期，1919年。

间提倡保存古代语文，但他们并未写作小说或创办小说刊物，所以他们的保护文言的观念并未落实到小说创作中，而主张保存国粹的包天笑、陈景韩、王蕴章、恽铁樵所主编的以文言为主要语体的《小说时报》《小说月报》则是在晚清的最后一两年才创刊。

其次，进入民国以后，基于当时特殊的社会局势，那些奉文言为国粹者大量地投入小说创作中，以致于民国初年的小说界成了文言小说的天下，甚至文言小说在当时的走势可以代表整个民初小说的走势。可以说，正是民初特定的社会局势为复古思潮的发酵及文言小说空前绝后的发展提供了诱因。1912 年，清帝逊位，民国成立，但当时的人们发现，新政制的建立并未给社会带来预期的幸福，社会的不稳定因素反倒与日俱增。清廷虽被推翻，但在最后的十年，清政府尚倡导了一场较大规模的改革运动，晚清社会还具有一种普遍的变革热情。然而到了民初时期，这种热情已不复存在，中央与地方的兵燹不断、边匪乱作以及袁世凯政府急欲重谋帝制的诸种行径皆使人们深感失望。对于受旧式教育较深的部分读书人而言，以科举进身的道路早已不复存在，他们参与政治实践、实现个人价值的途径有限，变幻莫测的时代和政府对舆论的钳制也令他们失去了在公共空间批评社会的兴趣。在此情形下，很多人开始失去以文学救亡的责任感，何况晚清的“小说救亡论”已被现实证明了根本就是一个空想。包天笑在 1915 年《小说大观》的“宣言短引”里表明了“小说救亡论”的破产：“其推崇小说家也，曰大豪杰，曰大圣贤，曰大教育家，其位置之高，将升诸九天以上。今竟何如乎？则曰群治腐败之病根，将藉小说以药之，是盖有起死回生之功也；而孰知憔悴萎病、惨死堕落，乃益加甚焉！……向之期望过高者，以为小说之力至伟，莫可伦比，乃其结果至于如此，宁不可悲也耶！”

在民初时期，文学尤其是小说不再被当作救亡的工具，而成为了逃避现实和排遣郁闷的渠道。鸳鸯蝴蝶派的代表作家之一沈东讷在《民权素》第一集(1914)的《序言》里谈到：“抚兹一编，不禁伤心夫舆论之摧残殆尽，感喟夫民党之流连颠沛，深虑夫共和国之危急将坠。亡国哀者，万愁交集，如箕子过殷墟而作麦秀之歌，令人潸然零涕也。夫各国革命，大抵流血，然往往获政治上改革之益，而吾国独不然。昙花一现，幻影泡成，徒留兹《民权素》一编以供世之伤心人凭吊。”虽然《民权素》的编者自称在“近者河山迟暮，国粹沦亡”之时，有“合负提携之责”，但实际上，这种对于现实的感喟并未化为悲愤和激进的情绪，《民权素》更多的是一份展现作者的古典文学修养、充满怀旧气息的刊物。该刊在“提携”“国粹”方面或许有一些功劳，但缺乏指点江山、直面社会的政治热情。这种源于对现实的失望而借文学以消遣的心理在当时颇为普遍。羽白在《〈小说旬报〉宣言》里也声称：“时当大陆风云，千变万化，神州妖雾，惨淡弥漫。本同人哀国土之沦丧，痛人心之坠落，恨无缚鸡之力，挽救狂澜，愧无诸葛之才，振兹危局。整顿乾坤，且让贤者，品评花月，遮莫我侪，清谈误国，甘尸其咎。结缘秃友，编集稗乘，步武苏公，妄谈鬼籍，聊遣斋房寂寞，免教岁月蹉跎。”①因为济世的热情的丧失以及文学成为一种消遣和游戏，所以晚清所倡导的以俗语启迪愚氓的白话文运动自然就失去了过去的声势。文人在创作时，已不会勉强自己用白话创作，缺少了开通民智的束缚，文人们当然更宁愿采用他们一

① 羽白：《〈小说旬报〉宣言》，《小说旬报》第1期，1914年。

向认为深具美感、操作上也更为熟稔的文言作为书面语言。在逃离现实、借文字以遣愁的过程中，进行种种文字游戏如以古文笔法或骈文手段写小说的风气也随之得到了助长。既然是消遣和游戏，就似乎可以自由地选择文学体裁，当时的作者们也在创作传统的诗文，但他们有很多人投入小说的创作中，所谓“当夫甲乙之际，为项城全盛时代，草野能文之士，既不得志于政事，则相率退而治小说家言，以寄其感慨悲歌之思，于是小说潮流骤如风发泉涌”①。

最后还必须提及的是使用语言的难易程度对于小说创作的影响。对于从小即读古书、作古文的文人来说，使用白话进行创作的难度要远远大于使用文言。1902 年梁启超翻译《十五小豪杰》时，云：“原拟依《水浒》《红楼》等书体裁，纯用俗话，但翻译之时，甚为困难。参用文言，劳半功倍。”②类似的慨叹在清末民初时期很多，如有人提出“吾侪执笔为文，非深之难，而浅之难，非雅之难，而俗之难”③等等。在晚清时期，为了响应小说界革命的号召，尽管“作文言固不易，而作白话则尤难”④，但当时的新小说家仍然选择用白话而非文言创作小说。不过，这一知难而上的结果是导致了很多小说的语言或半文半白、不伦不类，或啰嗦累赘，俗而无味。到了民初，因无须再顾虑导俗启蒙的问题，所以新小说家们乐得重新采用他们熟稔的文言进行创作。鸳鸯蝴蝶派的代表作家吴绮缘曾论述创作的难易程度对于民初小说发展的影响：“以论势力，则在旧小说中似白话为优胜，延及

---

① 记者《对于本报第六年之三大希望》，《小说新报》第 6 卷第 1 期，1920 年。
② 梁启超：《〈十五小豪杰〉译后语》，《新民丛报》第 6 号，1902 年。
③ 宇澄：《〈小说海〉发刊词》，《小说海》第 1 卷第 1 号，1915 年。
④ 贡少芹：《敬告著小说与读小说者》，《小说新报》第 5 卷第 3 期，1919 年。

近代，则转以文言为重。苟必欲穷究撰著文言小说果难于白话，抑白话小说果难于文言者，是亦诚为一疑问。然细加观察，则白话小说确难于文言倍蓰，非有真实功夫，绝不敢率而操觚、妄成只字……治文言小说而不能精，则犹之刻鹄类鹜，虽无可观，尚不致尽为恶札。若不能为白话体裁而强为之，则诚所谓画虎类犬，支离佶屈，煞费解人。 以是之故，小说家多畏难而就易，故纯粹之白话小说几成绝响，即间有之，亦少精彩，不足步武前人也。”①吴绮缘并未对为何白话体裁难于文言体裁的结论进行充分的论证，不过考虑到语言操作的问题，对于当时的“出于旧学界而输入新学说”的众多作者而言，用文言确实比用白话写作更容易一些。如果没有一定的社会责任感作为支撑，如晚清和五四作家那样，“畏难而就易”则很容易成为作者的自然趋向。当时有大量的小说无关乎文体，仅仅是对某些黑幕类的社会新闻的纪录，用文言还是白话都无关紧要，但这些作品偏偏都采用了简单的文言，语言运用方面的“畏难而就易”的心态无疑是造成这一现象的重要因素。

第三节　清末民初的小说读者及其对语体的选择

作品经作者创作出来后，必须通过一定的传播渠道，为读者所阅读，如此作品才算真正得以完成。在这个运行的链条上，作者、文

① 吴绮缘:《小说琐话》,《小说新报》第5卷第12期，1919年。

本、传播、读者，诸因素缺一不可。作者在创作时，总是有假想读者或期待读者，即使不以作品牟利的古代士大夫，也往往以自己的士大夫圈子作为期待读者。在商业社会，文学一旦成为商品，要进入文化市场创造价值，读者就变成了尤其重要的考量因素，甚至在很多时候，读者的心理需求、阅读品位等，往往会左右作者和传播者。在清末民初，随着城市的崛起、市民人口的增长及文化市场的扩大，加之特定社会思潮的推波助澜，市场对于小说的需求量与日俱增，小说读者也就成为影响小说创作与生产的越来越重要的因素。读者的知识结构、文化层次、阅读心理不仅影响到小说的题材、内容、表现形式，还深刻影响到作者的语体选择。可以说，清末民初每一个阶段对小说语体的整体选择，都离不开对小说读者的考量。

一、1872～1894 年：城市人口的增长与士大夫作为小说读者

中国近代城市的崛起可以以上海为代表，近代小说的产生也主要集中于上海，因此若要剖析小说与读者之关系，上海是足以作为研究典型的。上海作为近代城市的发展，以 1843 年的开埠为起点。清政府在第一次鸦片战争战败后，被迫签订《南京条约》，该条约规定了中国开放五个通商口岸，上海为其中之一。1843 年中英双方签订的《虎门条约》规定，中国应在上海等通商口岸划出一定区域，准英人租房或建房居住，这成为殖民者在上海开辟租界的主要依据。1843 年 11 月 17 日，上海正式开埠。1845 年 11 月 29 日，作为租界根本法的《上海土地章程》签订，该章程具体规定了租地的范围、方法及租借地的管理原则等。该章程的颁布，也宣告了英租界的设立，此后，法租界、美租界相继辟设。租界管理引进了西方的现代城市管理模式，对上海

的政治、经济、文化都影响深远。根据《上海土地章程》，华人本不得居住于租界，1853 年小刀会起义军占领上海县城，致使城中富户及大量难民纷纷逃入租界寻求庇护，租界变成了事实上的华洋杂居。其后的太平天国运动，又致使大量难民涌入租界，难民带来了廉价的劳动力，其中的富户也带来了雄厚的资本。据不完全统计，1860 年至 1862 年，就有以苏州为主的约 650 万两银元的华人资本进入租界①，华洋杂居的局面更是促进了中西文化的交流。1895 年，在甲午战争中战败的清政府被迫签订《马关条约》，条约令日本取得在中国的通商口岸投资设厂的权利，其他各国也纷起仿效。1895 年后，各国在上海的投资猛增。1900 年，北方爆发义和团起义，英、俄、德、法等国组成八国联军实施镇压，华北一带陷入混乱。当时管理长江流域的封疆大吏张之洞、刘坤一等与英方签订《东南保护约款》《保护上海城厢内外章程》，实行东南互保，在客观上阻止了战火延烧至上海，保全了上海的城市发展。1905 年至 1911 年，上海士绅开展了地方自治运动，成立城厢内外总工程局、城厢内外自治公所等组织，推进租界以外的上海市政建设，包括改建城门、修筑道路等，其建设目标是向租界市政看齐。上海地方自治运动对于提高整个上海城市近代化水平，起到了积极的作用。进入民国后，上海的城市经济取得了更大的发展。1914 年至 1918 年，第一次世界大战爆发，在列强忙于战争之际，上海的民族工业获得了难得的发展机会，棉纺织、面粉、缫丝、卷烟、化妆品、皮革、火柴、机器制造等行业均发展迅猛。很多著名的上海企

---

① 张仲礼主编：《东南沿海城市与中国近代化》，上海人民出版社 1996 年版，第 646 页。

业都开办于这一时期，如申新纺织厂、福新面粉厂、南洋兄弟烟草公司、先施公司、永安公司等等。①上海的城市化进程虽然是在西方列强的侵入下展开的，带有半殖民地的诸多畸形特征，但不可否认，从1843年开埠到20世纪初，上海已经发展成为一个繁华的大都会。上海的繁华也屡屡见诸于时人的笔下，如晚清小说名家李伯元在小说《海天鸿雪记》第一回描述："上海一埠，自从通商以来，世界繁华，日新月盛，北自杨树浦，南至十六铺，沿着黄浦江，岸上的煤气灯、电灯，夜间望去，竟是一条火龙一般。福州路一带，曲院勾栏鳞次栉比，一到夜来，酒肉熏天，笙歌匝地。凡是到了这个地方，觉得世界上最要紧的事情，无有过于争逐者。正是说不尽的标新炫异，醉纸迷金。"②

城市的发展必然使得城市人口即市民的数量增加。19世纪初，中国的城市人口约有1200万，占当时中国3.5亿总人口的3%～4%。20世纪初，城市人口增长至1680万，占当时4.3亿总人口的5%～6%，城市人口的年增长率约为1.4%，略高于约0.8%的总人口年增长率。尽管从19世纪初至20世纪初这一百年间，城市人口的增幅不算大，但其稳定增长的趋势是一直存在的，尤其是19世纪后半期，城市人口的增长率有显著提升。而在1900年至1938年之间，城市人口的增长更是明显加快，其增长率几乎是总人口增长率的两倍。③就上海而言，

① 本段关于上海城市发展的叙述，主要参考了张仲礼、熊月之、潘君祥、宋一雷《近代上海城市的发展、特点和研究理论》，《近代史研究》1991年第4期。

② 李伯元：《海天鸿雪记》，载李伯元著、薛正兴校点：《李伯元全集》第3册，江苏古籍出版社1997年版。

③ 费正清编：《剑桥中华民国史》上卷，中国社会科学出版社2007年版，第35～36页。

1865 年，英、美租的公共租界有 9 万多人，法租界有 5 万多人；到 1895 年，公共租界的人口是 24 万多，法租界是 5 万多，加上华界，共有 80 多万人口。而到 1900 年，公共租界的人口增加至 35 万多，法租界增加至 9 万多，加上华界，上海的城市居民已经达到 100 多万人。[①] 城市人口的增长势必导致消费市场的扩大，城市居民生活方式的转变也会进一步拓展消费市场。在类似上海这样以商业和工业为主导的城市中，人们的作息不再受制于节气或昼夜等自然条件，而是有了更明晰和固定的工作与休闲时间，如白天上班，晚上和礼拜六休息等。街灯的设置、煤气灯及后来电灯的普及，也在客观上延长了人们的休闲时间。此外，在市场谋生方式下，人们的收入也不见得与投入的劳动时间和劳动量发生必然的关系，因此娱乐休闲活动很有可能成为人们日常生活的重要部分。

在以上海为龙头的大城市中，出现了一个日渐增长的消费群体和日渐扩大的消费市场，他们的消费需求当然也包括了书籍、报刊特别是小说这一类的文化消费品。自 1872 年申报馆的成立伊始，一些大型的近代出版机构的创立、报纸副刊及小说期刊的发行、小说单行本的出版等，皆是因应了这一文化市场的需求，读者的阅读需要成为影响这些出版物的重要因素。1872 年至 1894 年，小说的发展尚未受到社会思潮和文学运动的强势影响，在该阶段，小说读者的阅读需求是多方面的，其中的休闲娱乐需求成为多数出版者考量的重要因素。1891 年，韩邦庆在其主办的杂志《海上奇书》上连载吴语长篇小说《海上花列传》，每七天印两回，销量极好。采用吴语迎合了沪地多江浙移

---

① 袁进：《中国文学的近代变革》，广西师范大学出版社 2006 年版，第 36 页。

民这一地域特色。所写题材也是植根于都市色情业日益兴旺的背景，所谓“南部烟花日新月盛，凡冶游子弟倾覆流离于狎邪者，不知凡几”[①]。1897 年，李伯元创办《游戏报》，特设“记注倡优起居栏”，且为妓界“开花榜”，在十里洋场引发热议，大受追捧。《游戏报》的热销引起多家报纸效仿，上海每天均有十余种小报同时发行，以迎合读者低层级的文化消费心理。1872 年至 1894 年间，小说读者的构成、报刊对小说读者的定位，可以《申报》为例略窥一二。1872 年 4 月 30 日，《申报》在其创刊号的《发刊词》中提出：“至于稗官小说，代有传书。若张华志博物，干宝记搜神，齐谐为志怪之书，虞初为文章之选，凡兹诸例，均可流观。维其事则荒诞无稽，其文则典赡有则，是仅能助儒者之清谈，未必为雅俗所共赏。求其记述当今时事，文则质而不俚，事则简而能详，上而学士大夫，下及农工商贾，皆能通晓者，则莫如新闻纸之善矣。”这段文字说明，《申报》预期的读者是“上而学士大夫，下及农工商贾”，几乎涵盖社会的各个阶层。《申报》在创办之初，试图通过“记述当今时事，文则质而不俚，事则简而能详”的办报风格，吸引各阶层人士订阅该报，从而争取利润的最大化。生活于城市下层的流民、工人、小商贩不是没有订阅报刊的可能性，如清末有人谈及：“自有《申报》以来，市肆之佣夥，多于执业之暇，手执一纸读之。中国就贾之童，大都识字无多，文义未达。得《申报》而读之，日积月累，文义自然粗通，其高者兼可稍知世界各国之近事。乡曲士人，未必能举世界各国之名号，而上海商店佣夥，则类能言之，不诧为海外奇谈。是读《申报》之效，远

① 韩邦庆：《海上花列传》，人民文学出版社 2014 年版，第 1 页。

胜于《神通诗》《百家姓》及高等汉文诸书，已有明验。”①但整体而言，“农工商贾”中的“农工”订阅《申报》的数量应该不大，《申报·发刊词》中的内容及文字表述本身便不是一般的“农工”所能理解的，所以《申报》事实上的读者主要还是包括“学士大夫”及部分商贾在内的社会中上层人士。光绪丁丑年(1877)十月十七日，针对署名“寓沪远客”者在《申报》上刊登的照图编撰小说的启事，《申报》特地配发了题为《书请撰小说后》的评论：“近来稗官小说几乎汗牛充栋，然文人同此心、同此笔而所撰之书各不相同，实足以开拓心胸，为消闲之一助。但所阅诸小说，其卷首或有图，或无图，从未专有图而无说者。兹见本报后寓沪远客所登之请撰小说告白，似即征诗征文之遗意，文人雅士于酒后睡余，大可藉此消遣工夫，行见奇情状采奔赴腕下，而诸同人又得击节欣赏矣。”这段文字透露出《申报》对当时的小说作者及读者身份的认识，即小说的撰述者为“文人雅士”，其撰述目的乃“藉此消遣”和展露“奇情状采”，而小说的读者是同为文人雅士的“诸同人”。身为学士大夫(或曰文人学士、士大夫)的读者，他们自来的阅读传统是，既要读不登大雅之堂的白话小说，也要读隶属于子部的文言小说，因此申报馆在出版小说时，亦并未流露出对特定语体的偏好或倚重，其所出版的文言小说的数量或略多于白话小说，但大体上二者的数量是持平的。如1877年申报馆所刊《申报馆书目》，其中列入“新奇说部类”的文言小说共计14种，列入“章回小说类”的白话小说共计7种；1879年申报馆所刊《申报馆书目续集总目》，其中列入“说部类”的文言小说共计5种，列入

① 姚鹏图：《论白话小说》，《广益丛报》第65号，1905年。

"小说类"的白话小说共计5种；两年的书目合计，申报馆共出版文言小说19种，白话小说12种。①另据陈大康统计，咸丰元年(1851)至光绪二十年(1894)这40年里，申报馆出版了文言小说共计71种，白话小说共计53种。②两组数据对比，可以看出，在1895年前，选择白话或文言来写小说的问题并未受到外力的冲击，士大夫及部分商贾作为小说读者的主体，基本上还是秉承了旧有的阅读习惯，并未对小说的语体问题产生群体的关注自觉。文言小说的数量略高于白话小说，或基于文言小说多笔记性质，有增进学识之功效。另外，从1872年申报馆成立到1879年《申报馆书目续集总目》的刊印，申报馆在这数年间的年均小说出版量约为4种，这个数字高于过于年均1~2种的小说刊印种数。这说明，随着城市的发展，文化市场对小说的需求是在逐渐增加的。

二、1895~1911年：士大夫对小说语体的决定性影响

1894年后，因中日甲午战争及戊戌变法等系列大事件的发生，知识分子大力倡导白话文运动，并从改良社会的角度提倡小说，以引导文化消费市场。英人傅兰雅在1895年5月25日的《申报》上刊登"求著时新小说启"，严复、夏曾佑在1897年的《国闻报》上发表《本馆附印说部缘起》，皆可视为梁启超小说界革命的先声。1902年的小说界革命更是极大地刺激了白话小说的兴盛。1895年至1911年是小说生产突飞猛进的时期，当时的小说作者和出版者们往往将"中人以下"

---

① 据周振鹤编《晚清营业书目》统计，上海书店2005年版。

② 陈大康：《中国近代小说编年·前言》，华东师范大学出版社2002年版。

“愚氓”“妇女与粗人”等视为期待读者。如商务印书馆主人在《本馆编印〈绣像小说〉缘起》中称“借思开化乎下愚，遑计贻讥于大雅”，可见是把文化程度不高的“下愚”作为期待读者的。1906 年《新世界小说报》第 4 期发表了一篇文章《论小说的教育》，亦口口声声将“愚民”视为小说教育的对象：“不然，以国民四万万之众，而愚民居其大多数，愚民之中，无数之女子居其大多数，此固言教育者所亟宜从事，而寔不知所从事者也。说者谓：二十世纪之民族，必无不学而能幸存于地球之理。然则以至浅极易小说之教育，教育吾愚民，又乌可缓哉！乌可缓哉！”那么，这一时期事实上的小说读者真的是所谓的“愚民”吗？当然不是。1908 年徐念慈在《小说林》上撰文，十分明确地指出：“余约计今之购小说者，其百分之九十，出于旧学界而输入新学说者，其百分之九，出于普通之人物，其真受学校教育，而有思想、有才力、欢迎新小说者，未知满百分之一否也？”①作为时人及《小说林》的编辑，徐念慈的这段话自然有相当的参考价值，因此也广受征引。据其统计，当时的小说读者百分之九十是所谓“出于旧学界而输入新学说者”，即以旧学为根基又接受了新知的学士大夫，或曰士绅。这个看法是符合实际情况的。有学者认为，在上海这样的近代城市中，市民群体的构成大致如下：(1)资本家，主要来源于买办、进出口贸易商以及本籍和外地移居的绅商。(2)职员，主要来源于三个方面：①凭借新式职业谋生的市民阶层；②旧式职业从业人员的转型；③本世纪 20 年代后，成批接受过近代教育的青年被纳入各种社会职业。(3)产业工人，主要来源于农民，市民和熟练的手工业

① 徐念慈：《余之小说观》，《小说林》第 10 期，1908 年。

工人只占极少数，是一个由乡民汇集而成的市民群体。(4)苦力，主要指苏北逃荒来沪的农民，带有明显的地域色彩。①当然这个分析未见得全面，比如政府官员、家庭主妇、尚未进入职场的学生，也应隶属于市民群体。在清末民初的市民群体中，士绅阶层的分化又无疑是其重要的来源。“绅为一邑之望，士为四民之首”，原本在封建社会具有重要社会地位的士绅在进入近代社会后，出现分化，其中相当一部分成为绅商，从而成为市民群体的一个重要组成部分。所谓绅商，就是指绅与商两者合流之后产生的一个新的社会群体②。除了转化为商人和资本家，传统士绅阶层中还有相当一部分转化为近代新知识分子群体，成为编辑、记者、医生、律师、学校教员等，也即成为凭借新式职业谋生的市民阶层。不难看出，在近代市民群体的四大构成中，绅商和相当一部分的职员都是出自传统的士绅，而其文化素养也正是如徐念慈所概括的“出于旧学界而输入新学说”。这部分人士关心时局、有变革社会的意愿，他们一改过去视小说为小道末技的观念，极大地呼应了清末的白话文运动及小说界革命，开始热衷于写作和阅读小说。时人曾谈及小说受文人追捧的现象：“十年前之世界为八股世界，近则忽变为小说世界，盖昔之肆力于八股者，今则斗心角智，无不以小说家自命。”③“嗟乎！ 昔之以读小说为废时失事、误人心术者，今则书肆之中，小说之畅销，百倍于群书。昔之墨客文人，范围于经传，拘守夫绳尺，而今之所谓小说家者，如天马行空，隐然于文

---

① 张仲礼主编：《近代上海城市研究 · 政治社会篇》第4章，上海文艺出版社2008年版。

② 陶鹤山：《论中国近代市民群体的产生和发展》，《东方论坛》1998年第4期。

③ 寅半生：《小说闲评 · 叙》，《游戏世界》1906年第1期。

坛上独翘一帜。观阅者之所趋，而知著者之所萃。盛矣哉其小说乎！”[①]在近代城市中，曾经的士绅们虽然已经转化为市民群体中的绅商或编辑、记者等其他角色，其生存方式发生了较大变化，但其关注国是的传统与过去一脉相承，他们视小说为改良社会的利器，从而成为清末民初小说读者的一个重要构成，在小说读者中所占比例高达90%，如袁进所说：“小说市场的扩大主要不是由于市民人数的增加，而是在原有市民内部，扩大了小说市场。换句话说，也就是大量士大夫加入小说作者与读者的队伍，从而造成小说市场的急剧膨胀。”[②]除了士大夫们热衷于阅读小说外，当然也不乏“普通之人物”阅读小说，只是在小说读者中所占比例仅为9%，数量远远低于士大夫。徐念慈所谓的“普通之人物”大抵包括学徒、工人、商贩或部分职员等。这部分人士尽管文化素养普遍不高，但对小说中之言语浅俗者还是有阅读欲望的。1905年姚鹏图谈到“自有《申报》以来，市肆之佣夥，多于执业之暇，手执一纸读之”[③]，这段话虽是针对《申报》而谈，其实报刊所载小说在这部分人群中的接受情况，也大致可以依此类推。比如清末民初著名的侦探小说作家程小青少年时曾为钟表店学徒，“十二岁时，得《福尔摩斯探案集》读之，浸淫其中，寝馈俱废，一若别具慧心者”[④]。事实上，文化程度不太高的普通市民向来就是通俗小说的阅读者，他们被称为“里耳”，以与士大夫的“文心”相对应，冯梦龙编“三言”，就以普通人为诉求对象，“因贾人之

---

① 黄世仲：《小说风尚之进步以翻译说部为风气之先》，《中外小说林》第2年第4期，1908年。

② 袁进：《试论晚清小说读者的变化》，《明清小说研究》2001年第1期。

③ 姚鹏图：《论白话小说》，《广益丛报》第65号，1905年。

④ 魏绍昌主编：《鸳鸯蝴蝶派研究资料》，香港三联书店1980年版，第469页。

请，抽其可以嘉惠里耳者，凡四十种，畀为一刻”①。在清末，这个读者群仍然是存在的，只是他们的购买力远不如士大夫，对新小说的格调也较难适应，所以算不上小说读者的主力。

徐念慈所提到的第三类人群“其真受学校教育，而有思想、有才力者”，即所谓新式学堂学生或以学生出身的人士，在他看来，这部分人群在小说读者中所占的比例更小，可能不足1%。事实上，当时的学堂建设尚未全备、学生尚在成长中，这可能是学生在小说读者中所占比例甚小的重要原因。近代学堂的兴起可追溯至洋务运动时期，当时中国出现了最早的一批新式学校，近20所，包括京师同文馆、上海广方言馆、广州同文馆、天津水师学堂、湖北武备学堂、南京陆军学堂等。百日维新时期，清廷颁布了设立京师大学堂，筹办高、中、小各级学堂，改各省会书院为高等学堂等一系列教育改革措施，但因变法的失败，措施未能得以真正落实。所以，直到19世纪末，新式学堂仍较稀少。据周作人回忆：“在鲁迅的青年时代，中国还没有中学校。”“那时候还没有中学校，但是类似的教育机关也已有了几处，不过很是特别，名称仍旧是‘书院’，有如杭州的求是书院，南京的格致书院，教的是一般自然科学……幸而在这些文书院之外，还有几个武学堂，都是公费供给，而且还有每月津贴的‘赡银’。”②鲁迅出生于1881年，若以1891年至1898年算鲁迅的“青年时代”，那么这个时期中国的新式学堂是很匮乏的。直到20世纪初期，近代学堂才开始大量兴起。1901年9月，清廷谕令建各级学堂，“除京师已设大学

① 冯梦龙：《喻世明言·序》，载冯梦龙：《喻世明言》，齐鲁书社1995年版。
② 周作人：《鲁迅的青年时代》，河北教育出版社2002年版，第48～49页。

堂，应行切实整顿外，著各省所有书院，于省城均改设大学堂，各府及直隶州均改设中学堂，各州县均改设小学堂，并多设蒙养学堂”①，1905年清廷谕令自1906年起废止科举制度，更是为近代学堂的发展扫清了道路。到1908年徐念慈撰文分析小说读者的构成之时，学堂的发展已较为可观，甚至时人不无夸张地称：“或谓中国今日振兴学校，无论官立民立学堂，已遍地多有。”②据王笛先生统计，近代学堂的数量1903年为769所，1904年为4476所，1905年为8277所，1906年为23862所，1907年为37888所，1908年为47995所；学生人数1902年为8912人，1903年为31428人，1904年为99475人，1905年为258873人，1906年为545338人，1907年为1024988人，1908年为1300739人③，其增速不可谓不快。但就整体而言，新式学堂的建设时间甚短，其发展不可能在短短数年间趋于全备，所培养的学生尚在成长中。譬如清廷在1902年3月颁布的上谕中称：“前经通饬各省开办学堂，并因经费难筹，复谕令仿照山东所拟章程，先行举办。迄今数月，各省该如何办理，多未奏复。即间有奏到，亦未能详细切实。该督抚等身膺重寄，目击时艰，当知变法求才，实为当今急务。其各懔遵迭次谕旨，妥速筹画，实力奉行。即将开办情形，详细具奏。如再观望迁延，敷衍塞责，咎有攸归，不能为该督抚等宽也。”④于此可以看出，清廷在兴办学堂的过程中，存在诸多的阻力和困难。另外，在

---

① 朱有瓛主编：《中国近代学制史料》第1辑下册，华东师范大学出版社1986年版，第776页。

② 黄伯耀：《学校教育当以小说为钥智之利导》，《中外小说林》第1年第8期，1907年。

③ 王笛：《清末近代学堂和学生数量》，《史学月刊》1986年第2期。

④ 朱有瓛主编：《中国近代学制史料》第1辑下册，华东师范大学出版社1986年版，第779页。

上述诸年份的学生人数中，尚有相当部分是小学生，如小学生人数1903年为22866人，1904年为85213人，1905年为173847人，1906年为481659人[①]。所以综合来看，晚清时期“有思想、有才力、欢迎新小说的学生不足百分之一”的判断大致是切合实际的。

三、1912～1919年：学校青年成为小说读者的生力军

1912年进入民国后，中国城市的近代化进程进一步加快。从1912年至1949年，中国人口几乎以1%的年平均率增长，城市人口的增长率可能达到2%。1913年，中资工厂有698家，拥有工人270717名；1920年，中资工厂有1759家，拥有工人557622名。在民国的前十年间，外资和中外合资的企业也有增加，投资增长最快的时期，是在第一次世界大战刚刚结束后的几年。随着城市经济的发展和城市人口的增加，市民群体进一步壮大，小说读者的数量当然也随之增加。关于1912年至1919年间小说读者的构成，1919年刊载于《小说新报》的一封读者来信有所提及：“购读新小说者，以何如人占其大多数？林下士，其一也，世家子女之通文理者，其二也，男女学校青年，其三也；农商界及下等社会所读者，必非新小说。”[②]这封信件中的分析颇为粗略，且未见得妥当，如“农商界及下等社会”未必不读小说，事实上，商界中的部分商人、公司职员，下等社会中如部分商贩、店铺伙计、工人等，很可能是要读小说的，而且随着工商业的发展，这一群体在日益壮大，他们对文化消费品的需求也是与日俱增。不过，该

---

① 王笛：《清末近代学堂和学生数量》，《史学月刊》1986年第2期。

② “读者来信”，《小说新报》第5卷第7期，1919年。

书信将林下士、世家子女、学校青年视为小说读者的主力军，还是很有道理的。所谓林下士，即文人学士、士绅，近代城市中的官员、绅商、编辑、记者、教员等知识分子群体皆可隶属于林下士，其知识结构也大体如徐念慈所说，是“出于旧学界而输入新学说者”。世家子女与学校青年皆可归为学生这个群体，相较于清末，民初学生的数量增长更快，1912 年学堂数已达 87272 所，学生人数则上升至 2933387 人①。加上赴海外留学的学生，人数应该更多。沈从文在《从文自传》中回忆：“民三左右地方新式小学成立，民四我进了新式小学。”②偏远如湖南湘西一带，在民国三、四年亦有了新式学校，据此可管窥近代学堂在民初的蓬勃发展。经过十余年的建设，近代学堂的规模不仅增大、学制在探索中日趋成熟，如 1912 年 1 月 19 日教育部在《普通教育暂行办法通令》中就规定了教育改革的若干措施，包括“从前各项学堂，均改称为学校”“初等小学，可以男女同校”等③。相应地，学生对新知及西学的渴求与相关素养也都有所提升。在民国成立后的第一个十年间，学生成为小说读者的一个重要构成，在小说读者中所占比例较之清末应该有大幅的上升。以晚清小说界之巨擘林琴南的翻译小说为例，自 1899 年首部林译小说《巴黎茶花女遗事》问世以来，清末民初的广大学子就成了他的忠实读者。如鲁迅兄弟在日本留学时，林译小说一出版，二人必定购买：“我们对于‘林译小说’有那么的热心，只要他印出一部，来到东京，便一定跑到神田中国书林，

① 王笛：《清末近代学堂和学生数量》，《史学月刊》1986 年第 2 期。

② 沈从文：《从文自传》，北京十月文艺出版社 2008 年版，第 25 页。

③ 朱有瓛主编：《中国近代学制史料》第 3 辑上册，华东师范大学出版社 1990 年版，第 2 页。

去把它买来，看过之后鲁迅还拿到订书店去，改装硬纸板书面，背脊用的是青灰洋布。”[①]庐隐称，林译小说她“几乎都看过了”[②]，冰心则是11岁时就被林纾翻译的《茶花女》所吸引，这成为她以后“竭力搜奇”林译小说的开始，也是她追求阅读西方文学作品的开始。庐隐生于1898年，冰心生于1900年，林译小说风行时，她们正处于少年求学阶段。

概言之，从1872年到1919年这近五十年间，小说读者的变化主要呈现出如下特点：其一，随着城市的发展、城市人口的增加，小说读者的总人数也一直在相应地增长。其二，分布于多个职业领域的士大夫或曰士绅一直是阅读小说的主力军，尤其在1902年小说界革命之后，大量的文人学士加入小说读者的队伍，造成了小说市场的急剧膨胀。其三，进入民国后，近代学校所培养的学生人数增加、文化素养提高，他们成为小说读者的另一个重要来源。其四，所谓的“农商界及下等社会”也是不可忽视的一个小说读者群，虽难以精确估计他们的构成及人数，但其人数民初较清末肯定有所增长，他们对民初小说的消遣性、娱乐性特点的形成有一定的影响。有学者如是分析晚清小说读者的构成：“转型中的士大夫是晚清小说读者队伍的主力军，新型知识分子群体(新式学堂所培养的学生及学生出身者——引者注)为其生力军，而作为‘小说界革命’启蒙对象的下层市民则是其源源不断的后备军，他们构成了晚清小说读者的庞大队伍。”[③]其实，不仅晚

---

① 周作人：《鲁迅的青年时代》，河北教育出版社2002年版，第74页。
② 转引自阎纯德：《五四的产儿——庐隐》，《新文学史料》1981年第4期。
③ 王姗萍：《西学东渐与晚清小说读者的变化》，《西安外事学院学报》2006年第1期。

清如此，整个清末民初的小说读者的构成也大抵如此，只是越往民初，后两个群体在读者队伍中所占的比例越有增长，学生群体甚至跃升为小说读者的另一主力军。

在清末民初，既然大量的文人学士或曰士大夫加入了读者队伍，那么他们的价值观念和审美趣味必然会给小说带来强势影响，小说因此而发生的最明显的变化，当属语言。1895 年前，并无骤然而起的文艺思潮波及小说，士大夫作为主要的小说读者，对语言亦无特定的要求，不过是延续了过往的阅读传统，即在私底下既读文言小说，也读白话小说，在观念上则对带有笔记性质的文言小说更看重一些。此时期的文言小说与白话小说在数量上相差不大。1895 年后，白话文运动逐渐兴起，1902 年小说界革命发生，小说界大都视下层百姓为假想读者，所以一时间白话小说大为繁兴；但小说界很快即认识到小说读者的真正主力并不是下层百姓，而是士大夫，他们的阅读需求和品位才是最应该也最值得考量的因素。当时的士大夫们虽以各种渠道接受了新知的一些熏陶，但旧学毕竟是其思想的根基，传统学养已深入其骨髓，一旦小说的地位上升、成为“文学”之一种了，他们必然会思考小说的语言问题，长期以来形成的雅俗观念和阅读习惯都使得他们更青睐文言。1908 年，徐念慈很清楚地谈到当时文言小说较白话小说更受欢迎的态势：

> 文言小说与白话小说之二者，就今日实际上观之，则文言小说之销行，较之白话小说为优。果国民程度之日高乎？吾知其言之不确也。吾国文字，号称难通，深明文理者，百不得一；语言风俗，百里小异，千里大异，文言白话，交受其困。若以臆说断

之，似白话小说，当超过文言小说之流行。其言语则晓畅，无艰涩之联句，其意义则明白，无幽奥之隐语，宜乎不胫而走矣。而社会之现象，转出于意料外者，何哉？余约计今之购小说者，其百分之九十，出于旧学界而输入新学说者，其百分之九，出于普通之人物，其真受学校教育，而有思想、有才力、欢迎新小说者，未知满百分之一否也？所以林琴南先生，今世小说界之泰斗也，问何以崇拜之者众？则以遣词缀句，胎息史汉，其笔墨古朴顽艳，足占文学界一席而无愧色。然试问此等知音，可责诸高等小学卒业诸君乎？遑论初等。可责诸章句帖括冬烘头脑乎？遑论新学(余非谓研究新学诸君概不若冬烘头脑也，若斟酌字义、考订篇法，往往今不逮昔，即有文学彪炳者，试问果自学校中得来者否)。①

徐念慈主要是从士大夫的知识结构、鉴赏能力的角度分析了文言小说更为热销的原因，其实除了这方面的因素，作为主要读者的士大夫也往往容易受社会思潮的影响，自1905年左右就渐兴的复古思潮大力主张文言为国粹、倡导保存和捍卫文言文学，这无疑助长了士大夫们对于文言语体的选择。

进入民国后，士大夫仍然是小说读者的主要来源，他们的需求和品位继续在强势影响小说的语体选择。除此，学生及学生出身者成了小说读者的另一大来源，不过这一时期的学生依然颇具旧学的根基，他们也习惯于文言文学的阅读和写作。学生出身者如鲁迅，他于1898

① 徐念慈：《余之小说观》，《小说林》第10期，1908年。

年至1901年在南京的矿路学堂学习，1902年前往日本留学，1910年归国后任教，民元以后任教育部佥事。但在进入新式学堂前，他已接受了颇为完整的旧学的熏陶与训练。14岁时，他前往私塾三味书屋求学，16岁前已将四书五经读完，又读了《尔雅》《周礼》《仪礼》等。经书读完，他在私塾先生的指导下，学写八股文及试帖诗，以备科举考试。至于因个人兴趣所致而阅读的旧籍，包括《古诗源》《古文苑》《六朝文絜》《周濂溪集》《二酉堂丛书》《酉阳杂俎》《阅微草堂笔记》《淞隐漫录》等，则难以枚举。[①]鲁迅在私塾里所受到的一般性的训练可以代表与他年纪相当或者年纪更大的一批人，在这样的熏陶下，阅读与喜爱文言文学几乎是根深蒂固的习惯，五四前鲁迅写作与翻译小说皆是使用文言就说明了这一点。至于出生较鲁迅晚一些的清末民初学子，其旧学根基虽可能不及鲁迅一代人，但也有相当的旧学素养。清末存古学堂的学生须在长达七年的学制里穷研经书、博览史传、练习诗文词章，就是一般性的学堂，清廷亦规定“其教法当以四书五经纲常大义为主，以历代史鉴及中外政治艺学为辅”[②]。清末出生的一批人在这样的教学内容的熏陶下，旧学的修养自然得到了相当的积累。进入民国后，因复古思潮的盛行，他们的旧学修养事实上获得了进一步的涵容和滋养。民国政府虽在1912年宣布小学读经科一律废止，但数年后又在中小学校恢复了读经科目，1915年1月袁世凯在《特定教育纲要》中规定，小学生须读《孟子》《论语》；中学生须选读或节读《礼记》《左传》；在大学校外独立建设经学院，各省各处亦

---

① 周作人：《鲁迅的青年时代》，河北教育出版社2002年版，第23、29、42页。

② 《光绪二十七年八月初二日上谕》，载朱有瓛主编：《中国近代学制史料》第1辑下册，华东师范大学出版社1986年版，第776页。

设立经学会，以为讲求经学及养成经学教员之所。此外，在民国元年教育部所颁布的《普通教育暂行课程标准》中，可以看到小学校的国文一科基本上占了每周一半的学时。①这样的文化氛围为文言文学的盛行奠定了强有力的基础，学生及学生出身者欢迎包括文言小说在内的文言文学，势在难免。有文人回忆民初小说界的情况："那时候小说的作风，不是桐城古文，便是章回体的演义，《玉梨魂》以半骈半散的文体出现，以词华胜，确能一新眼界。虽然我前面曾经说过，文格不高，但在学校课本正盛行《古文评注》《秋水轩尺牍》的时代，《玉梨魂》恰好适合一般浅学青年的脾胃。时势造英雄，徐枕亚的成名，是有他的时代背景的。"②这一段话在总结骈文小说《玉梨魂》的畅销原因时，明确提到读者为"一般浅学青年"即学生，而在他们的学校教材中，《古文评注》《秋水轩尺牍》都是学习内容。学生作为主要读者之一，其受教育背景使得他们对文言小说颇具好感。总之，从清末最后几年到民国初期，文言小说热销，其数量和影响远远超过白话小说，究其原因，文人学士与学生成为主要的小说读者无疑是一个重要的因素。

---

① 朱有瓛主编：《中国近代学制史料》第3辑上册，华东师范大学出版社1990年版，第48～52页。

② 杰克：《状元女婿徐枕亚》，香港《万象》1975年第1期。转引自范伯群主编：《中国近现代通俗文学史》（上卷），江苏教育出版社2010年版，第211页。

第四节　文言小说的刊印及行销

在清末民初，文言小说的出版形态与行销方式呈现出多样化的态势。就刊、印机构而言，此时期的文言小说一方面仍延续了家刻与坊刻的传统；另一方面，采用铅印、石印等新技术手段的具有近代色彩的出版机构又开始强势介入，在文言小说的出版中逐渐占据主导地位。就小说的印刷与装帧方式而言，传统的雕版、线装仍为一些出版者所青睐，但大量的石印线装或铅印平装书进入市场，并且铅印平装书渐次成为主流。小说的宣传、行销手段，更是花样百出，展现出过去不曾有的丰富性和复杂性。多样化的出版形态及行销方式促成了清末民初文言小说的繁荣。

一、家刻、坊刻与文言小说

古代的书籍若以刻印单位来区分，有官刻本、家刻本和坊刻本。到了清末，包括文言小说在内的古籍刊刻仍然存在这三种类别。不过，官刻小说的比例既小，且影响不大，文言小说经私人及书坊刊刻行世的情况则是较为普遍的，其数量也远大于官书局所刻的小说。家刻与坊刻小说通常是采用传统的雕版印刷技术，书页对折单面印刷，以线装的方式装订而成。就数量而言，家刻与坊刻文言小说虽远不及后来居上的近代出版机构印行的小说，但它们仍是清末民初文言小说的重要组成部分。

家刻小说大致可分为两种：一种是藏书家刊刻小说，一种是私人筹资刊刻自著小说或先人、师长的作品。这两种情况下的刻书，均不以赢利为目的，刻成的书籍不作为商品流通。藏书家刻书并不鲜见，其大旨，如张之洞《书目答问·劝刻书说》一文所云："凡有力好事之人，若自揣德业学问不足过人，而欲求不朽者，莫如刊布古书一法。但刻书必须不惜重费，延聘通人，甄择秘籍，详校精雕(刻书不择佳恶，书佳而不雠校，犹靡费也)，其书终古不废，则刻书之人终古不泯……且刻书者，传先哲之精蕴，启后学之困蒙，亦利济之先务，积善之雅谈也。"[①]刊布古书可求不朽，且有裨于文化的传承，是以藏书家大都视刻书为己身之使命。小说虽难登大雅之堂，但名列子部，可"资考证、广见闻、寓劝诫"，也往往在"刊布"之列。当然，这里的小说主要是指以文言写成者，白话小说并不在正统目录学家的视野之内，藏书家亦鲜少视其为刊刻对象。

清末民初的藏书家在刊刻书籍时，多多少少都涉及了小说。如陆心源的《十万卷楼丛书》(光绪间归安陆氏刊本)收录了自汉至宋的文言小说多种，包括《十洲记》《洞冥记》《殷芸小说》《三水小牍》等。葛元煦的《啸园丛书》(光绪间仁和葛氏刊本)收录了《说铃》《幽梦影》等小说。徐乃昌的《随盦徐氏丛书》(光绪至民国间南陵徐氏刊本)收录了《述异记》《续幽怪录》等小说。清末民初的藏书家从事小说刊刻，最具代表性者，莫过于叶德辉与缪荃孙。叶德辉在宣统三年(1911)刊刻了《唐开元小说六种》(又称《唐人小说六种》)；在其《双梅景闇丛书》里又收有《板桥杂记》三卷、《吴门画舫录》五

① 张之洞：《张文襄公全集》(第4册)，中国书店1990年版，第700页。

卷等。缪荃孙所刻的《云自在龛丛书》共五集，其中第二集是小说，包括《三水小牍》二卷、《逸文》一卷，《北梦琐言》二十卷、《逸文》四卷。

藏书家们大都博学多闻，在目录学、版本学及书籍出版方面浸淫极深，他们特别注重书籍的品质，在出版的各个环节严格把关。首先是精选版本。譬如叶德辉对《说郛》《古今说海》《五朝小说》等小说总集收录的唐宋小说颇不满意，认为其“文有删节，又时多讹字”，因此一直希望寻访到刊刻精审的《顾氏文房小说》，最后“从长沙故家购得四十种全者，前有明遗老金孝章俊明印记题签，尚其手书”，遂“刻之以公诸天下”[①]。其次是审慎校雠与辑佚，且撰写序跋以考辨学术源流。光绪十七年(1891)，缪荃孙因不满于卢文弨刻本“有不可通处”及收罗不完备之弊，于是重刊了唐代皇甫枚所撰的《三水小牍》。在重刊过程中，缪氏对此书既有校订，也有补遗，更不乏考辨，体现出学者及藏书家的精锐眼光与严谨态度。缪氏广引《太平广记》《续谈助》《说郛》《说海》诸书并进行了校勘，“校得误处数十”[②]。卢氏刻本止二卷，而《宋志》《直斋书录解题》等书目皆云此书为三卷，缪氏遂从《太平广记》《续谈助》《琅邪代醉编》等书中辑佚十数则，补刻了《逸文》一卷。再次是慎选钞胥与刻工。叶德辉在觅得《顾氏文房小说四十种》后，先将《太真外传》《梅妃传》《高力士传》三种付梓行世，至于其余部分，则有俟异日遇到“工书者”，

---

① 叶德辉：《重刻唐人小传三种序》，载叶德辉辑：《唐开元小说六种》，宣统三年（1911）叶氏观古堂刻本。

② 缪荃孙：《三水小牍序》，载皇甫枚：《三水小牍》，光绪十七年（1891）缪氏云自在龛刻本。

再“影写其全”[1]，进行翻雕，其态度之严谨可见一斑。缪荃孙亦十分重视书籍的抄写与雕刻。据其本人在《艺风老人日记》中的自述，缪氏常年所聘的写手有喻青峰、饶心舫、夏丙泉、丁绍裘等，他所刻的书多出于湖北陶子麟和南京李贻、娄文卿之手。这些写手与刻工在当时的业界都有很好的口碑。[2]清末民初的藏书家从事文言小说的刊刻，还具有另外两个特点：其一，这些藏书家大都以保存旧文化为己任，刻书以古籍为主，所以他们刊刻的小说多为前代作品，时人所著者绝少。其二，所刊小说大都隶属于丛书，鲜少专门刊刻某部小说作品，令其单独行世。

家刻小说的另一种情况是私人筹资刊刻自著或先人、师长的作品。文人刊印书籍，或自存，或赠送他人，这一传统由来已久，在明代甚至成为一种士林风尚。不过，所刻书籍大都为文人的诗文集，小说较少。据程国赋的《明代家刻小说目录》一文，明代有家刻小说40余种，其中大都属于藏书家刊刻前人小说如《世说新语》《太平广记》等，刊刻自著小说者，仅李昌祺一人(宣德八年刻《剪灯余话》一卷)。清代的情况比明代好不了多少。不过，私人(藏书家除外)不以赢利为目的、自费刊刻小说的情形虽不多见，这一传统却仍是持续到了清末。古人以“立德、立功、立言”为三不朽，著书立说，莫不冀以藏之名山、传之后世，因此书成后，往往会“付诸梨枣”。小说虽为“小道”，但其中那些有补于史乘、有资于考证者，仍为文人所“不废”。在清末民初，私人(非藏书家)自刻小说，大致有以下特点。其

---

① 叶德辉：《重刻唐人小传三种序》，载叶德辉辑：《唐开元小说六种》，宣统三年（1911）叶氏观古堂刻本。

② 杨洪升：《缪荃孙研究》，上海古籍出版社2008年版，第340页。

一，一如前代，自刻小说的目的通常在于纪念先人或师友、彰显斯文、润泽后世，所以刊刻者十分强调所刻作品的补史或劝谕功能。如欧阳兆熊所撰《榾柮谈屑》一卷，系光绪二十一年(1895)由作者的孙子欧阳述谨刊刻而成。欧阳兆熊，湖南湘潭人，与曾国藩、胡林翼、江忠源等咸、同时期的湘籍名将有交谊。该书记作者的生平见闻及亲身经历，其中有不少关于曾国藩、左宗棠、江忠源等“中兴名将”的记载，既写他们的用兵决策，也写他们的逸闻趣事。书中也有部分叙事杂取街谈巷议，间涉虚妄。郭庆藩称该书“于当代嘉言善行与相从诸贤朝夕参稽，识解之异同、论议之得失，粲然略具梗概，他日徵文考献之士，或有取焉”，基于此，郭氏亲自“校其舛伪”[①]，并敦促作者的后人刊刻行世。其二，自刻小说者的态度大都较为严谨，通常会说明刻书缘起，对文字进行校订，且题署上校勘者的名字，以示慎重。如姚福均辑《铸鼎余闻》四卷，刊刻者刘广基系姚福均的同邑后学。刘广基在该书的跋文中，称姚氏的其他著作已由同邑诸君子雕镌行世，而此书“多详载里社祠宇，引证渊博，齐谐志怪、干宝搜神，亦足以广异闻、考逸事也”，遂“携归郡斋，俾同志校雠，即付剞劂。盖仰慕诸君之高谊，略表先生之苦心，乐助其成，用传诸远”。[②]在该书的卷末，题有“邑后学刘广基谨校刊”字样。又如《斯陶说林》12卷，王用臣辑，有光绪十八年(1892)深泽王氏刊本。在该书的卷末，题有“男仁度、仁廉初校，仁廙、仁广覆校”的字样。其三，

---

① 郭庆藩：《榾柮谈屑·序》，载欧阳兆熊：《榾柮谈屑》，光绪二十一年(1895)湘潭欧阳氏刊本。

② 刘广基跋文，载姚福均辑：《铸鼎余闻》，光绪二十五年(1899)常熟刘氏达经堂刊本。

用以自刻的小说也大都是符合子部小说家体例的作品，编、撰者的态度较严肃，小说的纪实性较强。如《斯陶说林》仿《世说新语》的体例，全书共分十门：箴规、轶事、文艺、考证、清谈、诙笑、技术、闺秀、祥异、随笔。前九门11卷皆为编者择录各书而成，第12卷“随笔”乃编者自撰。王用臣编纂此书前后用了十余年的时间，他在《例言》里称，“闺秀则不摹绘横陈，祥异则罕取乎鬼狐，以避淫邪幻妄之诮”，就是秉承的一种正统的小说观。

可以说，藏书家或私人介入文言小说的刊刻，丰富了文言小说的出版形态，提升了小说出版的品质。进入民国后，这种传统形式的自刻逐渐淡出了历史的舞台。当时也有小说家如亚东破佛等将自己的作品送到某书局印刷，发行人仍收归己有，但这已隶属于新型的出版形式，并非自刻小说的范畴了。

坊刻即书坊刊刻书籍的简称，此处的书坊主要指民间书坊。书坊刊刻小说的目的在于谋求经济利益，其所刻小说作为商品在市场上流通。因此，是否营利是区分坊刻与家刻的重要标准。在明清两代，书坊是刊刻小说的主力军。有研究者对明代坊刻小说的数量进行了统计：“在可以考知的坊刻小说之中，共有不同地区的144家书坊，刊刻小说270种，另外，所处地区不详的书坊39家刊刻小说47种，刊刻地区及书坊名称均不详者有小说92种，由此我们得出结论：包括翻刻本在内、包括现存的和已经散佚的，明代坊刻小说共有409种。”①清代的坊刻小说未见统计，但其数量应该远远超过明代。据王清原、牟仁隆、韩锡铎所编《小说书坊录》，清代单是光绪一朝刊刻小说的

① 程国赋：《明代书坊与小说研究》，中华书局2008年版，第7页。

书坊就多达379家。①

书坊刊刻小说，其目的在于营利，所以坊刻小说往往以白话通俗小说为主，不过像《聊斋志异》一类传奇型的文言小说，多述鬼狐精魅之事，情节离奇、叙述宛曲，也颇受书坊的青睐。另有一类笔记型的文言小说，虽为丛残小语，但多述异闻轶事，间杂学术考辨，仍有一定的读者市场，也时有书坊刊刻行世。到了清代末期，仍有书坊在采用传统的雕版印刷术刊刻文言小说，且所刊小说大都不离上述两种类型。晚清的坊刻文言传奇小说，名气较大的有：《里乘》（《留仙外史》）十卷，许奉恩撰，光绪五年(1879)抱芳阁刊巾箱本；《艳异新编》（《新闻新里新》）五卷，俞达撰，光绪九年(1883)上海王氏刊本；《醉茶志怪》四卷，李庆辰撰，光绪十八年(1892)津门刻本等。坊刻文言笔记小说，有葵愚道人撰《寄蜗残赘》16卷，同治十一年(1872)不惧无闷斋刊本；《椒生随笔》八卷，王之春撰，光绪七年(1881)上洋文艺斋刊本；《珊瑚舌雕谈初笔》八卷，许起撰，光绪十一年(1885)弢园木活字印本等。至于书坊翻刻的前代文言小说经典如《世说新语》《聊斋志异》等，则数量甚多，难以精确统计。

坊刻小说大都以市场的需求为首要的考量，所以一般说来不如家刻小说那么精审，但也不乏自我要求较高的书坊，王韬及其弢园刻书就是其中一例。王韬曾于光绪己丑年(1889)七月撰写过一份《弢园醵赀刻书启》。启曰："今拟设立弢园书局，醵赀刊印。如有诸友愿助

---

① 王清原、牟仁隆、韩锡铎编纂：《小说书坊录》，北京图书馆出版社2002年版。该书将具有近代色彩的出版机构如上海广益书局、上海进步书局、上海中原书局、上海集成图书公司、商务印书馆等也视作了书坊，一并列入。不过，即使将上述出版机构排除，清代书坊及坊刻小说的数量仍十分可观。

以刻赀者，皆作股份核算。每股二十五圆，自一股至二十股，各随其意，即书坊夥友有愿出赀得书者，亦可入股。”[①]该启事充分说明，王韬打算创设的弢园书局采用的是股份制的经营方式，那么进行商业运作及盈利分红皆为题中之义，因此王韬刻书当属坊刻的范畴，而不应视为家刻。王韬本人创作的小说多由申报馆出版，这留待下文“近代出版机构”讨论，此处仅探讨由其亲自刊行、具有坊刻性质的小说。王韬刊刻的小说，既有《西青散记》这样的前人的作品，也有同时代人的作品，如许起的《珊瑚舌雕谈初笔》。许起，字壬瓠，苏州人，生于道光八年(1828)，与王韬交谊深厚。《珊瑚舌雕谈初笔》撰写于太平天国运动爆发后至光绪九年(1883)期间，“皆纪平日之见闻，述迩年之阅历”，主要包括奇闻轶事、博物志怪等内容，间杂学术考辨和时事评议。王韬有意刊行此书，然“拟事刀削，屡请不获”，到光绪十一年(1885)，“因命钞胥者写副本，五日而毕，携申浦以沿字排版”[②]，才完成了该书的出版。该书采用木活字印刷，版心处除了题书名“雕谈初笔”外，又题“弢园王氏藏”“遯叟手校本”等。从该书的刊印过程到书成后的品相，都可看出王韬刻书是持十分严谨的态度的。

有的书坊为了节省成本、以较快的速度获取利润，在刻书时的确不大注重品质。书坊碍于财力，所雇写、刻工的水平有限，使用的纸张质地较次，这都还属于可以理解的正常现象。但有些坊刻小说存在页码缺漏、互窜及明显的文字舛误，就颇有粗制滥造之嫌了。更严重

① 王韬：《弢园著述总目》，光绪十五年（1889）弢园铅印本。

② 王韬：《珊瑚舌雕谈初笔序》，载许起：《珊瑚舌雕谈初笔》，光绪十一年（1885）弢园木活字印本。

的问题在于，有少数书坊在利益的驱动下，刻意作伪与盗版，给图书市场带来了恶劣的影响。坊刻小说饱受诟病的这些问题在清末仍然存在。如光绪元年(1875)，杭州的文元堂在刊行朱翊清所撰文言小说《埋忧集》时，就将分别撰写于道光二十五年的作者自序和道光二十六年的周士炳序改署为了同治十三年。盗版现象在当时也屡有发生，最为人所知的是对王韬小说的盗刻。王韬的《淞隐漫录》在《点石斋画报》上连载时，一个名为“味闲庐”的人即收集了《点石斋》上刊出的文字及图画，易名为《后聊斋志异图说》，抢先出版。申报馆主人美查得知后，怒斥盗版者：“彼既为捷足先登，我遂不觉瞠乎其在后，我则劳而无获，彼则安享厥成。言利则诚有得矣，揆之于理，窃未安也。”美查甚至称，要将“本斋所印数千部，尽当奉让，请给价值”①。王韬的《遯窟谰言》出版后，旋即有江西书商将此书与朱翊清的《埋忧集》合在一起，易名为《闲谈消夏录》翻刻出版。王韬本人对此多次谈及，亦深感无奈。

书坊在清末民初尤其是清末文言小说的出版中，扮演了重要的角色。随着石印、铅印技术的推行和近代出版机构的纷纷创立，部分书坊或被兼并，或遭淘汰，也有一些书坊与时俱进，引入最新的管理模式和印刷技术，逐渐转型为近代出版机构。以扫叶山房为例，这家据传创建于明代万历年间的书坊，先设于苏州阊门内，后于1880年设分店于上海城内彩衣街，又在租界棋盘街设立支店、在松江设立分店，它在清末民初时期适时地采用了石印技术印制书籍，其中包括《淞隐漫录》《夜谭随录》《阅微草堂笔记》《后聊斋志异》《绘图儿女英雄

① 《拟印淞隐续录》，《申报》光绪十二年七月初六。

传》《绘图三国志演义》《增广全图西游记》《增广全图镜花缘》等[①]。当然，在进入民国之后，以雕版方式刊刻小说的传统书坊就不再多见了。

二、致力于文言小说印行的近代出版机构

近代出版机构指的是在清末民初时期，采用了股份制经营模式及新式印刷技术，且持有较成熟的出版、经营理念的出版机构，包括书局、报馆、杂志社、印刷所等。[②]近代出版机构纷纷从西方购置印刷机器，采用石印或铅印技术印刷书籍，使书籍生产的速度有了质的飞跃，极大地促进了包括小说在内的图书市场的繁荣。阿英指出，晚清小说繁荣的首要原因"当然是由于印刷事业的发达，没有前此那样刻书的困难；由于新闻事业的发达，在应用上需要多量生产"[③]。如商务印书馆在1906年的时候就已拥有各种时新的印刷技术、印制工艺及材料，包括适用于钞票、地图、月份牌、牌纸印制的五彩铜雕石印，适用于书报插印页的照相电镀铜版以及各号铅字铜模、各种铅版花边、大小印书机器、各色洋纸洋墨等。

在选择白话小说还是文言小说进行刊载或出版的问题上，很多的近代出版机构往往声称"文言与白话并重"，有不少的刊物和出版社也的确既刊印白话小说，也刊印文言小说。不过，受社会思潮的导引和读者及主笔自身趣味的影响，有部分出版者在选择文言还是白话时

① 《上海扫叶山房发兑石印书籍价目》，载周振鹤主编：《晚清营业书目》，上海书店2005年版。

② 此处所说的"近代，"其内涵为近代化、近代性或近代色彩，与作为历史分期概念的"近代"不是一回事。

③ 阿英：《晚清小说史》，人民文学出版社1980年版，第1页。

仍有所偏重，从而形成了自己独特的出版风格。在清末民初，出版文言小说数量较多或专门致力于文言小说出版的近代出版机构大致有如下数家。

1. 申报馆

同治十一年(1872)，英国商人美查在上海创办了申报馆。申报馆不仅主办了中国近代出版史上发行时间最长的一份报纸《申报》，创办了《瀛寰琐纪》等文艺期刊，它还是近代第一家采用现代印刷技术大量印行小说的出版机构。从1874年申报馆开始小说出版事业到1889年美查返国，申报馆及其附属的申昌书局、点石斋书局、图书集成局等共印行约107种小说，其中文言小说大约占一半。①晚清著名的文言小说如王韬的《遁窟谰言》《淞隐漫录》，宣鼎的《夜雨秋灯录》等，皆是由申报馆或其附属机构印行的。

2. 商务印书馆

商务印书馆创办于光绪二十三年(1897)，创办人为夏瑞芳、鲍咸恩、鲍咸昌、高凤池等。初为合伙经营的小型印刷工场，1901年改为股份有限公司，张元济入股，并主持编译工作。1903年建立印刷所、编译所和发行所，改为中日合办，引进日本先进印刷技术。商务印书馆于1910年7月创刊的《小说月报》是清末民初影响极大的小说刊物，该刊称徵选小说的标准为“文字力求妩媚，文言、白话兼擅其长”②，但实际上《小说月报》是以登载文言小说尤其是古文小说为主的刊物。商务印书馆主办的其他刊物如《妇女杂志》《东方杂志》等也

---

① 据周振鹤《晚清营业书目》统计，上海书店2005年版。
② 该广告见《小说月报》第3卷第12号，1913年。

间或刊载文言小说，其中《东方杂志》从1904年创刊到1919年，所刊载的小说无论翻译还是创作，几乎都是采用文言语体。商务印书馆还发行了大量的文言小说单行本，以说部丛书、林译小说为主打的丛书系列是其精心打造的品牌。《金陵秋》《碎琴楼》《绿波传》等口碑较好的文言创作小说便是由商务印书馆出版的。

3. 中华书局、文明书局、进步书局

中华书局于1912年1月在上海创立，创办人为陆费逵、戴克敦、陈协恭、沈知方等。初系合资经营，1915年改为股份有限公司，集编辑、印刷、发行于一体，是继商务印书馆后国内第二大出版企业。文明书局创办于光绪二十八年(1902)，初设在上海南京路，后迁至河南路。创办人为俞复、廉惠卿、丁宝书。民国初年，文明书局盘给中华书局。中华书局接手后加以整顿，并增设了进步编辑所(进步书局)，由王均卿(文濡)主持其事。中华书局之所以保留文明书局、进步书局的名号，“实际只是在书业商会上，有一会员资格，在开会投票时刻意多得一票而已”①。它们所出版的小说通常是在封面题署“上海进步书局印行”，在版权页上则将发行单位题署为“上海文明书局”与“上海中华书局”。中华书局发行的小说期刊《中华小说界》、文明书局发行的《小说大观》②皆以刊登文言小说为主。这三家出版机构也出版了不少文言小说的单行本，以小说家蒋景缄为例，他的小说由文明书局或进步书局印制、单行出版的共计18种，其中文言小说多达15

---

① 郑逸梅：《书报话旧》，学林出版社1983年版，第76页。

② 《小说大观》起讫于1915年8月至1921年6月，1918年后多刊载白话小说，1918年前则以文言小说为主。

种。[①]文明书局和进步书局又以出版大型的笔记小说丛书而闻名，最具代表性的有《说库》《笔记小说大观》《清代笔记丛刊》。

4. 民权出版部

民权出版部的前身是《民权报》报社。《民权报》1912 年 3 月创刊于上海，周浩为经理，戴天仇主笔政，何海鸣、徐枕亚、吴双热、蒋箸超等分任编辑。该报以反袁为宗旨，支持二次革命，观点十分激进。由于袁世凯当局的查禁，该报于 1914 年 1 月停刊。民初最负盛名的言情小说《玉梨魂》《孽冤镜》最早即在《民权报》上连载。《民权报》结束后，原班人马遂另设民权出版部，出版《民权素》月刊，刘铁冷、蒋箸超任编辑，共发行 17 集，1916 年 4 月 15 日结束。《民权素》刊登的小说文言多于白话，且用语多骈俪华艳。民权出版部亦发行文言小说的单行本，如张冥飞的《十五度中秋》、闲鸥的《雨濯莲花》、张海沤的《珠树重行录》、吴双热的《兰娘哀史》等。

5. 中华图书馆

中华图书馆位于上海河南中路交通路(今昭通路)口，系民国初年叶九如创办。中华图书馆发行的刊物有《游戏杂志》《礼拜六》《女子世界》《香艳杂志》等，其中《礼拜六》的影响最大。《礼拜六》创刊于 1914 年 6 月，至 1916 年 4 月 29 日百期停刊，1921 年 3 月复刊，出到 200 期停刊。《礼拜六》前一百期所载小说，也是文言多于白话，常在上面发表作品的有陈蝶仙、周瘦鹃、李常觉、包柚斧等。中华图书馆发行的文言小说单行本有贾茗的《女聊斋志异》，林纾的《林琴

---

① 庄逸云:《蒋景缄小说创作初探》,《中国文学研究》第二十五辑，复旦大学出版社 2015 年版。

南笔记》，孙静庵的《棲霞阁野乘》《夕阳红泪记》，天虚我生的《娇樱记》《丽绡记》《琼华劫》等。

6.《小说丛报》社

《小说丛报》创刊于 1914 年 5 月，1919 年 8 月停刊，共出 44 期。该刊由刘铁冷、胡仪鄦、沈东讷、张留氓合资创办，并邀徐枕亚加盟。刊物初由国华书局发行，第 2 期起改由《小说丛报》社自行发行。该刊的编辑主任，从创刊号至 22 期为徐枕亚；第 3 年起，徐枕亚、吴双热二人并列；第 4 年第 1 期起，又只列枕亚；第 7 期起，只列双热。《小说丛报》以发表华美骈俪的文言小说为主，被视为鸳鸯蝴蝶派的大本营，对民初的小说走向产生了很大的影响。徐枕亚的小说名篇《雪鸿泪史》《棒打鸳鸯录》《刻骨相思记》等皆先于该刊上连载。小说丛报社也发行文言小说的单行本。小说丛报社在 1917 年 6 月 8 日的《申报》上刊登了"本社出版书籍目录"的广告，据此广告可知，《小说丛报》社在 1917 年 6 月之前一共发行了 42 种书籍，其中《丽情集》《花月尺牍》《谐文大观》不算小说，《红碧因缘》《野草花》《甘萨女郎》《双凤夺妻录》乃译作，在剩下的 35 种创作小说中，文言小说至少有 30 种。

7. 国华书局

国华书局位于上海山东中路与河南中路之间的交通路(今昭通路)，店主沈仲华，湖州人[①]。国华书局发行的刊物有《消闲钟》《小说旬报》《小说新报》等，其中《小说新报》也是鸳鸯蝴蝶派的代表

① 朱联保编撰：《近现代上海出版业印象记》，学林出版社 1993 年版，第 275 页。

刊物之一。《小说新报》创刊于1915年3月，1923年9月停刊，历任编辑有李定夷、许指严、包醒独、贡少芹、天台山农。该刊亦以登载文言小说为主，当时有一些名气的小说家几乎都在上面发表过作品。国华书局发行的小说单行本有50余种①，其中绝大部分都是文言小说，名气较大的有李定夷的《茜窗泪影》《霣玉怨》《鸳湖潮》，许指严的《十叶野闻》《新华秘记》，黄花奴的《江上青峰记》等。

以上列举的是出版文言小说较多或偏重于文言小说出版并对当时的小说发展趋势产生了较大影响的出版者。事实上，清末民初并没有哪一家出版机构只发行文言小说或白话小说。除了上述机构，其他诸如小说林社、改良小说社、时报馆、国学扶轮社、广益书局、国学书室、交通图书馆、清华书局、北京都门印书局等也都发行过不少文言小说，且其中不乏名家名作，难以一一赘举。整体而言，清末的出版者偏重于印行白话小说，民初的出版者则更偏重于印行文言小说。

三、文言小说的行销

由于最新的铅印技术的引入，小说生产的速度和数量都远胜往昔，大量的小说作品潮水般涌入市场，因此，出版者面临着剧烈的市场竞争。单以上海而论，小说出版机构“在晚清10余年内，达100余家”，到了民初，“小说的出版机构在上海已经剩下不到30家，大多数出版机构都遭到市场规律的无情淘汰”②。为了在竞争中立足，出版

① 参见国华书局在《申报》(1919年12月27日)上刊登的广告“君如欲以风琴娱新年请购国华书局之小说”及“本局出版预告”。

② 陈伯海、袁进主编：《上海近代文学史》，上海人民出版社1993年版，第76页。

者们想尽办法，从书籍的编辑、排版到刊印，既力求形成特色、建立自己的品牌，又充分考虑市场的需求。如申报馆发行的系列小说虽属铅印，但采取了线装的装帧方式，使书籍在外观上与传统的古籍吻合，这是符合小说界革命之前读者的阅读习惯的。改良小说社于宣统元年前后印行的“说部丛书”在内容上属于标准的“新小说”，但在印刷与装帧上则采取了铅印线装的形式，这显然是诉求于部分仍保留了传统阅读习惯却又渴求新知的读者。进步书局与文明书局在印行几种大型的文言笔记小说丛书时，采用的雕版、线装，而在印行一般的新小说时，则普遍采用了铅印平装。这两家书局出版的小说又往往会在书前附“内容提要”，该提要既是对故事情节的简要介绍，也撮列本书的特色、优点，算是一种广告。《小说丛报》社印行的小说则会不厌其烦地在书前附上若干篇序文和题词，正文各章回之后往往有评点，书后有跋文，这种编排方式不仅旨在推销本书，也使得名家的序跋与题词本身成为卖点。又有出版者使用不同的印刷技术或纸张印制同一种小说，再视技术或纸张的不同区别定价，以满足不同层次的消费者的需要。如商务印书馆在清末印制同一种小说时，就分别采用了铅印和石印两种技术，印制方式不同，定价也不一样，如《绣像列国志》“铅印八册五角，石印八册三角二分”，《绣像评注聊斋志异》“铅印八册五角，石印八册三角二分”①。上海交通图书馆在印刷《详注绘图聊斋志异》一书时，则分别使用了国产纸张和进口纸张，而“本纸定价二元”，“洋纸定价一元四角”②。

---

① 周振鹤编：《晚清营业书目》，上海书店2005年版，第379页。

② “大字精印旧小说七种”广告，见姜侠魂辑《唐宋元明清稗史秘笈》版权页，上海交通图书馆1917年版。

除了在编辑、排版、刊印技术上想办法外，在小说的行销方面，为了最大限度地推销产品、赢取市场份额，清末民初的出版机构还采取了诸多策略。

1. 建立销售网络

清末民初的出版机构大都注意在全国各地设立自己的分局（店）、分销处或代售点，尽可能形成庞大的销售网络，从而让自己的产品以最快的速度销售给最多的人群。当时一些大型的出版机构都拥有数量巨大的销售点。如本部设在上海的《申报》，到1881年2月间，外埠的分销处共有北京、天津等17处，到1887年又增加了15处分销处，前后共计32处。到1907年，《申报》在日本、英国、法国等地亦先后设立了分销处，每天的销售量从1897年的七八千份增加到万余份。①商务印书馆发展到1907年的时候，在上海以外的代售处已遍及海内外90多个地区，共计230余家书局、报馆、图书馆和商栈。②如在北京，商务印书馆的分售处有公慎书局、有正书局、博文斋、龙文阁、富强斋、第一书局、鸿文书局、撷华书局、浣花书局、宏道堂等；在天津，其分售处有官书局、同文仁记、格致书室、孟晋书社、文美斋、万宝堂、利亚书局、煮字山房、鸿文书局、萃文魁堂等；在浙江一省商务印书馆则有18处分售点，遍布杭州、宁波、绍兴、嘉兴、平湖、温州、余姚等地，其中单单宁波一地，分售点就有文明学社、华美药房、奎元书庄、汲绠斋四处。③中华书局也在全国遍设分售点，到

① 徐载平、徐瑞芳：《清末四十年申报史料》，新华出版社1988年版，第73页。

② 潘建国：《清末上海地区书局与晚清小说》，《文学遗产》2004年第2期。

③ 商务印书馆：《商务印书馆出版教科书目·商务印书馆书籍分售处》，载周振鹤编：《晚清营业书目》，上海书店2005年版，第253～254页。

1915 年 4 月间，中华书局在全国 24 个省市设有分售点，包括：北京、天津、保定、山西、奉天、长春、云南、西安、成都、重庆、汉口、武昌、长沙、常德、开封、南昌、南京、杭州、温州、福州、广州、汕头、济南、石家庄。[①]还有一些出版者可能因为财力有限，并未开设自己的分社，但将所印行的小说委托其他出版机构代售，仍能取得较好的销售效果。如昆明学社 1916 年 2 月发行的《哀滇泪》、上海民友社 1916 年 4 月印行的《白狼扰蓼记》及上海精勤印务局 1921 年 6 月出版的《红闺青灯》皆寄售于各大书坊或书局，以此来拓展销售渠道，弥补自身发行能力不足的缺陷。

2. 采取多样化的销售方式和促销手段

在小说的销售上，清末民初的很多出版机构采取了多样化的销售方式和促销手段。有学者将晚清小说的销售方式细分为五种：连锁零售、预约订购、分期付款、同业批发、函授邮购。在小说的促销手段上，则总结了“累积消费按级赠礼、季节性削价、购书摸彩、发送折价券”等四种类型[②]。民初的小说销售方式和促销手段与晚清是大体一致的。这里所讲的小说销售，虽不是专指文言小说，但其实就销售层面而言，文言小说与白话小说并无多少差异。例如上海中华小说社印行的小说《余妻之艳史》每册原本定价大洋三角，但凡是在该书出版前预为订购者，“每洋一元，得购本书八册(以本社为限，代售处不预为订购)”[③]，这里显然采取的是预购优惠的销售方式。上海集成图书公司在发行《历朝一百三十五种说部大观》(后易名为《古今说海》)

---

① 参见贡少芹《鸳鸯梦》的版权页，上海进步书局 1915 年版。
② 潘建国：《清末上海地区书局与晚清小说》，《文学遗产》2004 年第 2 期。
③ 《余妻之艳史》广告，见林纾《巾帼阳秋》书后，上海编译社 1917 年版。

一书时，同样采用了预购打折的方式："若购预选券，每部减价二元。购者价洋一次付足，先取《说选》三册。本年十一月印竣，缴券取全书。惟预约券所印无多，售完即不再印，博雅君子幸勿交臂失之。"①

事实上，清末民初的出版者在销售和促销小说上，采取的手段还不止于上面归纳的几种类型。如在小说的促销方面，还存在庆典打折的情况。1908 年，苏州小说林分社成立满一周年，该社特地在《时报》上刊登广告，称"本社分设苏州明珠寺前，现满一周年纪年，减价一月"②。又有处理库存打折，以加速资金回笼的情况。如文明书局为了促销其库存积压的小说，专门设立了廉价部，视销售情况逐日更换其廉价书目。据其在 1919 年 9 月 8 日的《申报》上刊登的广告，文明书局推出的降价处理的小说多达 45 种。上海进步书局在发行《笔记小说大观》第一辑时，推出了一千部进行半价销售，同时附赠包装锦盒，"一千部售完特价即当截止"③，这种拿出一定数量的商品搞优惠活动的促销方式，其促销力度还不可谓不大。

3. 注重广告效应

清末民初的出版机构皆十分注重对所发行的书籍进行广告宣传，文学广告的大量出现，也是文学消费进入现代自由商品消费阶段的重要标志。在当时五花八门的文学广告中，小说广告占了最大的比重。清末民初的小说出版者或者是在发行量很大的日报如《申报》《时报》等上面刊登广告，或者是在自家发行的刊物和书籍上刊印广告，总

① "新出《历朝 135 种说部大观》"广告，《申报》1909 年 11 月 1 日。
② "苏州小说林分社"广告，《时报》1908 年 4 月 26 日。
③ 《笔记小说大观》广告，见蒋景缄《电妻》书前，上海进步书局 1915 年版。

之，尽量利用一切可以利用的资源宣传自己发行的小说。当时的小说广告大致分为三类：发布小说出版信息的广告、公布小说出版书目的广告、报道小说促销活动的广告。[①]在这三类广告中，最为常见的又是发布小说出版信息的广告，这类广告在对小说的作者、内容、意义、装帧、定价等进行全方位介绍的同时，往往又会提炼一二要点作为卖点。在广告中主打哪一方面的诉求，是根据市场的风向而定的。

卖点之一：名家与名作。若小说的作者是名家，这势必会成为小说广告中重点强调的内容。如商务印书馆就曾将“林译小说”专门作为一个门类，与“说部丛书”“小本小说”“新小说”等其他丛书系列并列进行宣传。林纾堪称当时小说界的巨擘，商务印书馆无疑是把他作为了一块金字招牌。上海新小说社曾在《时报》上刊登广告，宣传自家发行的文言小说《情天恨》，其广告语云“是书皆著者所亲历之事，其遇合之离奇，情致之缠绵，动人悱恻，一字一泪，足与《茶花女遗事》相埒，喜读小说者不可不读此书”[②]。林纾翻译的《巴黎茶花女遗事》是清末民初最流行、影响最大的西方小说之一，以之作为比附的对象，来宣传一部名不见经传的作品，亦算成功的广告策略。《小说丛报》社在宣传《孽海双鹣记》一书时，称其作者杨南村乃“当代文豪、小说巨子，佳辞妙语，誉在江东”，此书又“请东讷先生详加评语，或缠绵旖旎，或慷慨激昂，尤足指孽海之迷津，补情天之缺憾”[③]。该广告特别提及并揄扬作者及评点者的声名，以抬高小说的身价。国华书局在宣传俞樾的《春在堂随笔》时，称“清德清俞曲园太

① 潘建国：《清末上海地区书局与晚清小说》，《文学遗产》2004 年第 2 期。
② 《情天恨》广告，《时报》1906 年 1 月 6 日。
③ 《孽海双鹣记》广告，见许指严《泣路记》书前，小说丛报社 1915 年版。

史为清代名人，妇孺咸知”，又云此书“声价之高，内容之美，虽清纪文达之《阅微草堂笔记》、袁才子太史之《子不语》无以过之”①。这一则广告既要凸显作者的名气，又强调显作品的价值，其思路无可厚非，只是在与名著比较时，用语夸张，有吹嘘之嫌。单就文言小说的广告而论，最常在广告中被用来作为标杆的有蒲松龄、王韬、林纾等小说家，而最常被用来比附的小说作品则有《红楼梦》《聊斋志异》《玉梨魂》《巴黎茶花女遗事》等。

卖点之二：社会热点。当时的社会具有什么热点、什么话题最具争议或正在引发热议，小说广告为了迎合读者的心理、吸引读者的眼球，往往会围绕这些热点问题做文章。以小说新民是小说界的流行口号，小说广告便会言必称启迪愚氓；保护国粹的思潮盛行，小说广告中便会频频出现“国粹”的字眼。又如，不少清末民初人认为，随着自由、平权等西方学说的传入，社会受到负面的影响，世风日下、道德沦丧成为普遍现象，不少小说家识辨不明，又在小说中助长了不良风气。针对这种“共识”，有大量的小说广告尤其是写情小说的广告会特别述及所宣传的小说言情皆归于正，具有挽救颓风的功用。如民权出版部在发行侠情小说《珠树重行录》时，就有一番详细的阐发：“近来海上小说风行，而又以言情为一时趋尚。言情乃所以动人心之美感，启世界之文明，厥力雄伟，然能收绝大之功，即能造无上之孽，少有不慎，流毒靡穷。海沤有鉴于此，故著是书为世上之言情者立标准，亦庶几使一般青年知情自有真，或不至误用以致辱名丧身，万劫不复。见智见仁，善读者当可于是书为情天孽海中寻星极、觅磁

① 《春在堂随笔》广告，见许指严《南巡秘记》书后，国华书局1915年版。

针也。"[①]《余妻之艳史》一书的广告亦云，"先生病今之小说家每以情字误人，思有以正之，乃有此作"[②]。总之，清末民初的小说出版者们很懂得在广告中与时俱进、善用社会热点来制作卖点。

卖点之三：流行的审美趣味。同一个时代的读者往往会形成共同的审美趣味，一部小说之所以能流行或畅销，无不是抓住并吻合了这种普遍的审美趣味。小说广告在推销小说时，大都会迎合当时流行的审美趣味来强调小说的特色。李定夷所著《鸳湖潮》的广告称该书"结构纯用倒提法，一洗平铺直叙之窠臼"[③]，《女学生之秘密记》的广告称是书"通体用倒叙法，种种秘密均由前女口中道出，百密而无一疏，故佳"[④]。这两则广告均强调小说结构采用了"倒提法"或"倒叙法"，这是因为当时的读者对这种一起之突兀的叙述方式十分叹赏。当时的小说广告还热衷于将小说与文章相提并论，或云小说文笔雅丽，可作文学观，或云小说取法左马班韩之文，可作古文读，这无疑是为了迎合部分读者爱将小说当文章读、对传统文学念念不忘的审美心理。另外，在文言笔记小说的广告中，很容易看到对所用版本的强调，如《说库》的广告称"本编甄录大半秘本、钞本、名人手校本，其已刊者则采江浙藏书家之精本、原刻本"[⑤]，《笔记小说大观》的广告称所搜辑的200余种书籍，"大半系孤本、原刻本"，《明季

---

① 《珠树重行录》广告，见张冥飞《十五度中秋》书后，民权出版部1916年版。

② 《余妻之艳史》广告，见林纾《巾帼阳秋》书后，上海编译社1917年版。

③ 《鸳湖潮》广告，见李定夷《定夷丛刊初集》书后，上海国华书局1914年版。

④ 《女学生之秘密记》广告，见喻血轮《悲红悼翠录》书后，上海文明书局1915年版。

⑤ 《说库》广告，见曹绣君辑《古今情海》书前，上海进步书局1915年版。

痛史》的广告称该书的材料“皆采诸私家秘钞中，而为世所未见”①。之所以强调秘本、钞本、孤本，主要还是为了凸显编纂之书的独特性，以此满足读者搜奇猎异的心理。

在行销小说时，清末民初的出版机构各出奇招，使出了浑身解数。在正常、良性竞争的主轴下，也有一些书商使用了不正当的竞争手段，譬如盗版。自书籍作为商品进入流通领域以来，盗版与反盗版的现象就一直存在，坊刻小说时代如此，铅印时代同样如此。晚期时期，受西方著作权法的影响，出版机构与作家个人的版权意识都大为提高。清政府在 1906 年颁布了《大清印刷物专律》，1907 年颁布了《大清报律》，保护著作版权；上海书业公所在 1906 年还进行了全市性的书底调查登记，以明确各家出版机构的版权。尽管如此，盗版现象仍屡禁不止。新中华书社曾称它所出版的《最新情欲宝鉴》一书被“真正不要脸的小人”窃名翻印，为了与盗印书籍相区别，新中华书社在所发行的书籍上加盖红色图章，又发布告示加以说明。②发表在报刊上的短篇小说也存在类似的被盗版的现象。如小说林社就称有某报馆将刊载于《小说林》的短篇小说《地方自治》改名为《二十文》后，“更换排登”，对此，小说林社表示，“如有再行转载者，定行送官，照章罚办”③。从出版者频频刊发的打击盗版、保护版权的声明来看，清末民初的小说盗版现象还是比较严重的，这自然会对出版业的发展造成一定的伤害。除了盗版，当时的出版界还存在作伪的情

① 《明季痛史》广告，见孙静庵编《棲霞阁野乘》书后，上海中华图书馆 1913 年版。

② “新中华书社出版目录”广告，见粟寄沧《白杨残梦》封底，上海新中华书社 1916 年版。

③ 该广告见《小说林》1907 年第 3 期。

况。前文提到有书坊在刊刻前人的文言小说时，随意篡改作品的写作时间，上海文明书局在印行《笔记小说大观》等文言小说丛书时也沿袭了这种作伪的恶习。如吴炽昌的《客窗闲话》一书，正集前有道光四年长白山人序和道光十四年作者自序，续集初刻于道光三十年，前有同年作者自序。《笔记小说大观》和《清代笔记丛刊》在收入该书时，则将作序时间篡改成了光绪戊申年(1908)。另外，有的出版机构为了迎合市场对小说的大量需求，也为了缩短小说生产的周期或节省成本，未对小说的质量严格把关，在小说的校勘上也未及精审，以致于所发行的小说出现了漏、衍、错字等讹误。如在国华书局1917年11月发行的《江上青峰记》一书中，有一个女性角色始名“姚佩珠”，数章后又名“何佩珠”；又如小说丛报社1915年11月发行的《泣路记》开篇有数处将“定王”“永王”二人混淆，诸类讹误均是失于校对所致。时人曾谈及当时小说创作的粗制滥造、急功近利现象：“昔之为小说者，抱才不遇，无所表见，借小说以自娱，息心静气，穷十年或数十年之力，以成一巨册，几经锻炼，几经删削，藏之名山，不敢遽出以问世，如《水浒》《红楼》等书是已。今则不然，朝脱稿而夕印行，一刹那间即已无人顾问。盖操觚之始，视为利薮，苟成一书，售诸书贾，可博数十金，于愿已足，虽明知疵累百出，亦无暇修饰。”①“朝脱稿而夕印行”的幕后推手当然是出版机构，唯有如此，才可以实现利润的最大化。时人所诟病的粗制滥造、急功近利现象不独存在于小说创作中，也存在于出版环节。

总体而言，清末民初文言小说在刊印及行销方面呈现出过去不曾

---

① 寅半生：《小说闲评·叙》，《游戏世界》1906年第1期。

有的丰富性和复杂性，这种丰富性和复杂性是由那个极具过渡性、众声喧哗的时代所决定的。当时的小说读者大都为“出于旧学界而输入新学说者”，“中学为体、西学为用”是当时主流的学术观，精英意识与受制于市场的价值理念并行不悖，这些因素使得当时的小说不仅在内容及写法上，而且在出版与发行上皆展示出半新不旧或传统与现代杂糅的特征。

第二章　清末民初的传统型文言小说

第一节　清末民初三种型态的传奇小说

鲁迅先生在《中国小说史略》中，将有清一代的文言小说称为“拟晋唐小说”，所谓“拟晋”，指追踪晋宋的笔记小说；所谓“拟唐”，指宗法唐人小说的传奇。而蒲松龄的《聊斋志异》则是拟唐小说这一脉中的巅峰之作。实际上，自《聊斋志异》传世后，又于拟唐小说之外，单独形成一种范式，已非一般的拟唐小说可囊括。[①]《聊斋志异》一书的特质，题材内容上“记神仙狐鬼精魅故事”，手法上“描写委曲，叙次井然，用传奇法，而以志怪”[②]，令读者耳目为之一新。“《聊斋志异》风行于百年，摹仿赞颂者众”[③]，竟至在小说界掀起一股效仿《聊斋志异》的风潮。在清末民初时期，摹拟《聊斋志异》的风习仍在持续，甚至在特定的时段形成一个小高潮。此外，一般意义或标准意义上的拟唐小说，即带有辞章或诗化意味的传奇小说，在经历了清末的低谷之后，到了民初仍在继续发展。这些作品或书写浪漫爱情，或为异人侠客立传，大致上延续了唐人传奇的风韵。除了一般意义或标准意义上的传奇之外，清末民初又出现了一批世俗化或通俗化的传奇小说，是对宋明以来的话本体传奇的继承。

一、“聊斋仿作”

《聊斋志异》传世后，影响甚大，诸多小说从中汲取养料，而“真正堪称仿聊斋的作品约三四十种”[④]。写成且刊印于清末民初时期的摹仿《聊斋志异》的文言传奇集，大致有 11 种，具体如下：王韬

---

① 《聊斋志异》在艺术手法上并不仅限于“拟唐”，它还汲取了话本小说的元素。对此学者们已多有探讨，如石昌渝先生在《中国小说源流论》一书中提出：“《聊斋志异》的文体主要承袭传记文，但叙事的方式却也借鉴白话小说，最突出的表现是一些作品的开头颇类话本小说的‘入话’，还有一些作品在叙述当中插入诠释和评论，这两种方式都不属于史传、传奇小说和笔记小说的传统。”（三联书店 1994 年版，第 215 页）基于《聊斋志异》在题材和写法上的特殊性，本书将《聊斋志异》一脉的小说单独罗列，而不将其归入一般意义上的拟唐小说。

② 鲁迅：《中国小说史略》，上海古籍出版社 1998 年版，第 147 页。

③ 鲁迅：《中国小说史略》，上海古籍出版社 1998 年版，第 150 页。

④ 王海洋：《论清代仿〈聊斋〉派传奇小说的文学观》，《合肥师范学院学报》2009 年第 1 期。

《遁窟谰言》，光绪元年(1875)；宣鼎《夜雨秋灯录》，光绪三年(1877)；邹弢《浇愁集》，光绪四年(1878)；许奉恩《里乘》，光绪五年(1879)；宣鼎《夜雨秋灯续录》，光绪六年(1880)；程麟《此中人语》，光绪八年(1882)；王韬《淞隐漫录》，光绪十三年(1887)；李庆辰《醉茶志怪》[①]，光绪十八年(1892)；王韬《淞滨琐话》，光绪十九年(1893)[②]；吴绮缘《反聊斋》，上海清华书局民国七年(1918)；林纾《畏庐漫录》，上海商务印书馆民国十一年(1922)。除了结集出版的"聊斋仿作"，另有散见于报纸、期刊的单篇仿作，如徐枕亚的《黄山遇仙记》、吴绮缘的《嬾簃记异》等。需要说明的是，有不少作品虽然冠以"聊斋"之名，但未必见得就是摹仿《聊斋志异》之作，《聊斋志异》一脉的小说须以神仙狐鬼精魅故事为题材，手法上以传奇法志怪，两者缺一不可。《聊斋志异》一书兼具传奇与笔记二体，但最能代表"聊斋"风神的无疑是以传奇体写成即以传奇法志怪的那些篇章，所以纯用笔记体、而冠以"聊斋"名号的作品，本书认为并不称其为"聊斋仿作"。如民初以"聊斋"命名的文言小说集尚有梁纪佩的《粤东新聊斋》、茂苑省非子的《改良新聊斋》、治世之逸民的《社会小说绘图改良新聊斋》、贾茗的《女聊斋》。其中，《粤东新聊斋》"搜索粤中轶事，编成卷帙""所有桑

① 此书作者自序将《聊斋》与《阅微》并举，称"一编志异，留仙叟才迥过人，五种传奇，文达公言能警世"，表达了向二书学习的心迹。但考查该书叙事风格，更近于《聊斋》而非《阅微》。

② 《淞滨琐话》的前身为《淞隐续录》四卷，光绪十三年（1887）上海点石斋石印本。光绪十九年（1893），淞隐庐将《淞隐续录》易名为《淞滨琐话》铅印出版，在原书基础上扩增17篇，共12卷。参见张振国：《晚清民国志怪传奇小说集研究》，江苏凤凰出版社2011年版，第177页。

濮情词，黜而不录”[①]，已与关注人鬼情未了的《聊斋志异》大异其趣，《改良新聊斋》是粗陈梗概的志怪小说集，《社会小说绘图改良新聊斋》记形形色色的人间奇事，而《女聊斋》是前代女性故事的选辑，所以这四部作品皆非真正意义的“聊斋仿作”，不属于本节的讨论范围。

不难看出，“聊斋仿作”的集中出现，是在光绪二十年(1894)之前，即1872年至1894年，此后的近二十年间基本上出现了一个断层；进入民国后，摹仿《聊斋志异》的风气小有复兴，但整体上仍呈现难以为继的局面。1872年至1894年间，“聊斋仿作”之所以大量涌现，申报馆的征求与出版无疑是一个重要的因素。申报馆成立不久，就展开了广泛征求、寻觅书籍尤其是小说的举动。申报馆的第一则征书广告，刊发于同治十三年(1874)十月初五的《申报》，称“本馆现在徵求新奇、艳异、诡僻、瑰玮之书，拟各陆续摆印，汇作丛书”，“如有藏书之家有珍籍秘本者，幸勿宝之帐中，概允公之海内，函达本馆，即代为印行”，并承诺“其原本必珍惜保护，不使伤损，竣工后封识缴还”，且向书稿的提供者“奉赠新书，以为分贻亲友之用”。该广告得到了读者的热烈响应，其中一位署名“西泠棲霞馆主”的读者来信告知，他著有《续聊斋志异》八卷，并随信附上部分片段。申报馆主人美查立即热情回复，称该书稿“闻见既广，笔墨弥佳，即承雅意，请即抄示剛墨，以便公诸同好，幸勿秘之枕中也”[②]。光绪元年(1875)六月十九日，《申报》上刊载《搜书》广告曰：“鸿

① 仇颂康：《叙》，载梁纪佩：《粤东新聊斋》，广州科学书局1918年版。
② 《答西泠棲霞馆主书》，《申报》同治十三年十二月十五日。

才硕彦好制说部等书，寄来后亦可代印，但书之体裁必如《儒林外史》，一气相生而又无淫乱语者为佳，若逐篇逐段如《聊斋志异》者，概从割爱。至于如何酬谢，亦以印成之书一二百部奉送。”同年九月二十日，《申报》上再刊《觅书》广告，既对所征小说书稿提出相关要求，如首尾蝉联而不涉淫乱等，又提出“本馆愿出价购稿，代为排印”。光绪三年(1877)，一位署名“宾月楼主人”的读者寄来家藏《聊斋续编》的部分书稿，美查回信称：“《聊斋续编》当可铸诸梨枣，乞即寄来，亟图窥全豹也。”①一个半月之后，这部《聊斋续编》易名为《志异续编》经由申报馆出版了。②从上述广告及申报馆与读者的互动可以看出，申报馆在书籍尤其是小说的搜求方面，力度不可谓不大，征求信息借《申报》发行之力得以遍告天下，酬报方式也从奉赠新书发展至“出价购稿”等，这些措施极大地促进了小说的发展。此外，在申报馆的小说征求中，《聊斋志异》一类的书始终是一大热点。尽管申报馆主人提出，“若逐篇逐段如《聊斋志异》者，概从割爱”，但从他对《续聊斋志异》及《聊斋续编》的渴求可以看出，文化市场对这一类搜奇志异、情致缠绵的书籍是很欢迎的。

1872 年至 1894 年间的大部分“聊斋仿作”皆为申报馆及其附属机构所出版，包括《遁窟谰言》《夜雨秋灯录》《浇愁集》《淞隐漫录》《淞滨琐话》等名作。这些作品得以面世，实在有赖于申报馆的搜求与发行。光绪三年(1877)，风萍漫士将友人宣鼎的书稿《夜雨秋灯录》寄至申报馆，美查立即回信称，“是书清而不淡，丽而不佻，实为今

---

① 《复宾月楼主人书》，《申报》光绪三年正月二十二日。

② 此处关于申报馆征求小说的叙述，参考了文娟《申报馆与中国近代小说发展之关系研究》，华东师范大学2006年博士论文，第66、71页。

说部之最”①，承诺会尽快出版。光绪六年(1880)，宣鼎病逝，美查闻知，预付了《夜雨秋灯续录》的稿酬30元，托人捎给宣鼎的家人。美查又在《申报》上刊登《得书酬洋》的广告，既表达对宣鼎的吊唁，也为《续录》的出版做宣传。该广告云：“《夜雨秋灯续录》一书为故友宣君瘦梅所著，君亡后家徒四壁，茕茕德曜，无以为生，蒙取原稿见示，用洋三十元以为身后之润，当取妥友觅便，转寄收到后即赐收字为盼。”②

王韬的《遁窟谰言》创作于作者早年，后又有所扩增，王韬自称“少时有《鸡窗琐话》一书，聊以遣兴，青萝山人许以必传，嗣日有所增，成《遁窟谰言》十二卷”③。王韬欧游返港后，其女婿钱徵时任申报馆主笔，他应申报馆主人美查之请，向王韬征求小说书稿，“时适尊闻阁主人有徵刻说部之举，嘱徵代为寄声先生，因以《遁窟谰言》十二卷见示”④。这便是《遁窟谰言》的印行始末，若无申报馆的“徵刻说部之举”，这部作者的遣兴之作恐怕难以如此顺利地出版。在《淞隐漫录》与《淞滨琐话》的出版上，申报馆的介入则更为直接和深入。光绪十年，王韬返回上海定居，被美查聘为《申报》总编纂。不久王韬即为附属于申报馆的点石斋书局创作《淞隐漫录》，在该书局所发行的《点石斋画报》上连载。王韬的另一部小说《淞滨琐话》最初亦以《淞隐续录》的名字在《点石斋画报》上连载，后结集

① 《复风萍漫士书》，《申报》光绪三年四月二十六日。

② 《得书酬洋》广告，见《申报》光绪六年一月初八日。

③ 王韬：《弢园著述总目》，载王韬：《弢园文录外编》，中华书局1959年版，第385页。

④ 钱徵：《遁窟谰言跋》，载王韬：《遁窟谰言》，光绪元年（1875）申报馆丛书本。

单行出版。王韬自叙《淞隐漫录》的创作缘起曰：

> 余向有《遁窟谰言》，则以穷而遁于天南而作。今也倦游知返，小住春申浦上，小筑三椽，聊庋图籍，燕巢鷦寄，藉蔽风雨。穷而将死，岂复有心于游戏之言哉？ 尊闻阁主人屡请示所作，将以付之剞劂氏。于是酒阑茗罢，炉畔灯唇，辄复伸纸命笔，追忆三十年来所见所闻可惊可愕之事，聊记十一，或触前尘，或发旧恨，则墨渖淋漓，时与泪痕狼藉相间。每脱稿，即令小胥缮写别纸。尊闻阁主见之，辄拍案叫绝，延善于丹青者，即书中意绘成图幅，出以问世。将陆续成书十有二卷，而名之曰《淞隐漫录》。①

可以看出，《淞隐漫录》的出版较之过去的书籍有很大的变化，即它是应申报馆的主动邀约而作，且采取了边写边刊的方式。《淞滨琐话》的出版情况与之相似。诚如有的研究者所指出的那样，边写边刊的方式“是中国有小说以来的首次尝试，它在一定程度上打破了作者在创作过程中唯一的中心地位，使作者的言志不再单纯，而读者阅读的自由度也受到极大的限制。当作者在创作中开始适应与媒体和读者交流时，古典的小说创作方式已经开始现代化，进入作者—媒体—读者的多元模式”②。本节不拟探讨申报馆的介入究竟引发了何种程度的小说变迁，而意在说明，作为出版者的申报馆不仅在小说的印行环

① 王韬：《淞隐漫录·自序》，载王韬：《淞隐漫录》，人民文学出版社1983年版。

② 凌硕为：《申报馆与王韬小说之转变》，《求是学刊》2007年第1期。

节起到了决定性的作用，也在小说的创作环节影响巨大，其征求、出版小说的目的在于赢利，但客观上促进了小说的发展。

清末的这一批“聊斋仿作”莫不以蒲松龄的《聊斋志异》为号召，纷纷强调自身与《聊斋志异》的关联性或相似性。许奉恩在《里乘·自序》中推尊《聊斋志异》为“集小说之大成者”，又在《说例》中称，“近时说部，佥推《聊斋志异》为巨擘，其所记载，类皆狐鬼，可凭意造；是书多系实事，叙次较难”①，这是从另一个角度来凸显自己与《聊斋志异》的关联性。至于王韬的《淞隐漫录》则在后来的再版中，被易名为《后聊斋志异图说》或《绘图后聊斋志异》。无论是强调相似性还是差异性，这些小说根本上都是向《聊斋志异》看齐，也大都未能摆脱《聊斋志异》之藩篱。既然是向《聊斋志异》看齐，那么首先就得面对鬼神精魅是否实有的问题，对该问题的认识，往往影响到创作者对异域幻象进行想象、描摹的热忱与深广程度。蒲松龄本人对鬼神大致持宁可信其有的态度，也深信自己前世是托钵僧人。他在《聊斋自志》中写道：“五父衢头，或涉滥听，而三生石上，颇悟前因，放纵之言，有未可概以人废者。松悬弧时，先大人梦一病瞿昙，偏袒入室，药膏如钱，圆贴乳际，寤而松生，果符墨志。”②据此可以看出他受到宗教思想的影响，由此而在一定程度上相信鬼神的存在。在鬼神是否实有的问题上，清末王韬和宣鼎的观点都很具有代表性。王韬在《淞隐漫录·自序》里用很长的篇幅来阐发神怪是否实有的问题：

① 许奉恩：《里乘》，齐鲁书社2004年版。
② 蒲松龄：《聊斋自志》，载蒲松龄著、张友鹤辑校：《聊斋志异》，上海古籍出版社1997年版。

六合之大，存而弗论；九州之外，置而不稽。以耳目之所及为见闻，以形色之可徵为纪载，宇宙斯隘，而学问穷矣！昔者神禹铸鼎以象奸，惜其文不传于今。或谓伯益之所录，夷坚之所志，所受之于禹者，即今《山海》一经是也。然今西人足迹，遍及穷荒，凡属圆颅方足、戴天而履地者，无所谓奇形怪状如彼所云也。斯其说不足信也。麟凤龟龙，中国谓之四灵。而自西人言之，毛族中无所谓麟，羽族中无所谓凤，鳞族中无所谓龙。近日中国，此三物亦不经见。岂古有而今无耶？古者宝龟为守国之器，今则蠢然一介族尔，灵于何有？然则今之龟亦非古之龟也，甚明矣。好谈神仙鬼怪者，以为南有五通，犹北地之有狐。夫天下岂有神仙哉！汉武一言，可以破的。圣人以神道设教，不过为下愚人说法：明则有王法，幽则有鬼神，盖惕之以善恶赏罚之权，以寄其惩劝而已。况乎淫昏蛊惑如五通，听之令人发指，乃敢肆其技俩于光天化日之下哉？斯真寰宇内一咄咄怪事。狐乃兽类，岂能幻作人形？自妄者造作怪异，狐狸窟中，几若别有一世界。斯皆西人所悍然不信者，诚以虚言不如实践也。西国无之，而中国必以为有，人心风俗，以此可知矣，斯真如韩昌黎所云"今人惟怪之欲闻"为可慨也！西人穷其技巧，造器致用，测天之高，度地之远，辨山冈，区水土，舟车之行，蹑电追风，水火之力，縋幽凿险，信音之速，瞬息千里，化学之精，顷刻万变，几于神工鬼斧，不可思议。坐而言者，可以起而行，利民生，裨国是，乃其荦荦大者。不此之务，而反索之于支离虚诞、杳渺不可究诘之境，岂独好奇之过哉，其志亦荒矣！①

在王韬看来，无论是作为传统四灵的麟凤龟龙，还是备受志怪小说关注的五通与狐，或是鬼神，皆非真实的存在物，之所以造作这些意象，不过是“圣人以神道设教”“为下愚人说法”，妄者则借此虚撰百端而已。在论说中，王韬处处以西人为参照系，将西人的实践作为论证鬼神虚妄的最有力证据，体现出一种朴素的国际视野。王韬不仅认为鬼神并非实有，且对一味追索“支离虚诞、杳渺不可究诘之境”的风气有所批判。既然不相信鬼神为实有，那为何又对此津津乐道呢？ 王韬在《淞隐漫录·自序》中进一步阐述了自己叙写神怪意象的动因：

盖今之时为势利龌龊谄谀便辟之世界也，固已久矣。毋怪乎余以直遂径行穷，以坦率处世穷，以肝胆交友穷，以激越论事穷。困极则思通，郁极则思奋，终于不遇，则惟有入山必深，入林必密而已，诚壹哀痛憔悴婉笃芬芳悱恻之怀，一寓之于书而已。求之于中国不得，则求之于遐陬绝峤，异域荒裔；求之于并世之人而不得，则上溯之亘古以前，下极之千载以后；求之于同类同体之人而不得，则求之于鬼狐仙佛、草木鸟兽。昔者屈原穷于左徒，则寄其哀思于美人香草；庄周穷于漆园吏，则以荒唐之词鸣；东方曼倩穷于滑稽，则《十洲》《洞冥》诸记出焉。②

① 王韬：《淞隐漫录》，人民文学出版社 1983 年版。
② 王韬：《淞隐漫录》，人民文学出版社 1983 年版。

王韬提出，自己之所以关注遐陬绝峤、异域荒裔，描摹鬼狐仙佛、草木鸟兽，不过是以此寄托哀思与穷愁罢了，而所谓的异域幻象皆是由心所造，即创作者的虚构所致。他在《淞滨琐话·自序》里重申了这一观点："今将于诸虫豸中，别辟一世界，构为奇境幻遇，俾传于世，非笔足以达之，实从吾一心之所生。自来说鬼之东坡，谈狐之南董，搜神之令升，述仙之曼倩，非必有是地有是事，悉幻焉而已矣。幻由心造，则人心最奇也。"[①]王韬承认虚构的合理性和必要性，这相对于过去强调实录的小说观，当然有很大的进步。不过，对于《聊斋志异》一脉的小说而言，对超现实意象具有想象的热忱至关重要，否认鬼神的存在很可能妨碍到这种热忱。宣鼎在这个问题上的立场则与蒲松龄较为类似。宣鼎在《夜雨秋灯录·自序》中详细地讲述了自己与佛道的密切关系："先慈诞鼎之前夕，梦一道士来叩首膝下，已而生鼎。口不茹荤者十九年，性好佛老。闻人有谈玄者，听之忘倦，而尤爱仆妪说果报鬼怪逸事。年十一习楷书，匾额屏幛，居然挥洒。十五解为文。十九忽膺咯血疾，惫矣，旋得《感应编图说》读之，获瘳。二十外先慈见背，先嗣父广文公又见背，家难既起，外侮乘之，枭獍成群，争噬吾肉，家道遂中落。年廿四遇歉岁，独卧枯寺中，饿几毙，旋得《金经》《莲花经》讽之，机始转。"[②]宣鼎一一备述佛道与其人生的密切关联、佛道如何使其在危急关头化险为夷，既是如此，宣鼎对于鬼神的存在应该是深信不疑的。总之，《聊斋志异》一脉的小说，无不以鬼神精怪等超现实的意象为写作对象，作者

① 王韬：《淞滨琐话》，齐鲁书社 2004 年版。
② 宣鼎：《夜雨秋灯录》，上海古籍出版社 1987 年版。

对鬼神是否实有的问题是无法回避的，在该问题上持何种态度与立场，对作品的内容和思想影响兹大。像王韬那样否认鬼神实有、仅仅以异域幻象来寄托情怀的，很可能妨碍作者的想象热情，所以王韬的系列传奇小说出现“狐鬼渐稀，而烟花粉黛之事盛矣”①的倾向，实属正常。而像宣鼎这样深受佛道思想的影响、相信鬼神为实有的作者，其作品中则有不少篇章是为神仙高士或得道高僧立传，用以宣扬道家法术之高妙及佛法之无边，又有不少篇章渗透了浓厚的果报观念。

《聊斋志异》一脉的小说在作者的创作动机上，往往是寓寄孤愤与娱情消遣相结合，间或羼杂一些劝惩教化的内容。《聊斋志异》中有部分作品仅仅是搜奇志异，聊以自娱娱人，别无深意，但更有相当一部分作品寄托了作者的孤愤之心，是发愤著书或穷愁著书传统的延续。《聊斋自志》中被反复引用的一段话足以说明这一点：“独是子夜荧荧，灯昏欲蕊，萧斋瑟瑟，案冷疑冰。集腋为裘，妄续幽冥之录，浮白载笔，仅成孤愤之书。寄托如此，亦足悲矣！嗟乎！惊霜寒雀，抱树无温，吊月秋虫，偎阑自热。知我者，其在青林黑塞间乎？”②清末的“聊斋仿作”，作者的创作动机也大体不离上述几点。矜奇尚异本为文人心性，载录各种怪怪奇奇之事，妄言妄听，既可自娱又足以娱人。“聊斋仿作”中有颇多的篇章皆是这种嗜奇心理的单纯呈现，如李庆辰《醉茶志怪》中的《小夜叉》写夜叉卧床酣睡，《头飞》写有头颅忽然飞堕某氏花园，《红衣女》写一红衣女子在空中飞舞等，皆是如此。当然，在对超现实意象进行叙写时，《聊斋志

① 鲁迅：《中国小说史略》，上海古籍出版社 1998 年版，第 154 页。

② 蒲松龄：《聊斋自志》，载蒲松龄著，张友鹤辑校：《聊斋志异》，上海古籍出版社 1997 年版。

异》所构建的想象恢诡、言辞瑰玮的艺术境界往往成为文人追求的目标，所以娱情消遣的目的倒未必一定导致作品流于浅薄。这些“聊斋仿作”的作者们大都身世坎壈，饱尝世事艰难，所以如蒲松龄一样多有借笔下的奇幻世界来宣泄孤愤之意。《浇愁集》的作者邹弢称，“每慨才多蠖屈，世遍蝇趋，见小者睫上鷦螟，心竞者角中蛮触。中情所感，异趣斯呈，气蟠胸臆而难平，绪吐齿牙而莫已”①，其写作大有不平则鸣之意。宣鼎一生，“奔疲蹇涩，近于托钵”，他自述《夜雨秋灯录》的写作背景曰：“当其病滋阳署时，愁霖滴沥，冷焰动摇，千里家山，时入梦寐。秋魂欲语，病魔乍来，此无可奈何之境也。以无可奈何之身，当无可奈何之境，未能已已，奋笔直书耳。”②王韬倍受清末报界的礼遇，但其早年亦颇为奔波劳顿，且他本人并不以跻身报界为荣，所以也是有一些愤世之心的，其《淞隐漫录·自序》云“诚壹哀痛憔悴婉笃芬芳悱恻之怀，一寓之于书而已”，就充分说明了这一点。所谓孤愤，即孤独、孤苦与悲愤三大情绪的糅合，作者的孤愤之心通常使其作品呈现出两大倾向：其一，通过叙写一个想象中的完美世界来获得精神上的满足，以弥补现实之不足，作者的孤独或孤苦使其着意于讴歌美好的情感，包括爱情、友情、侠情等；其二，通过对超现实世界的描述来映衬、烛照现实世界，作者的悲愤使其立足于批判现实的丑恶。清末的“聊斋仿作”大都具有这两大倾向或两大特质。如《淞隐漫录》卷一中的《莲贞仙子》写书生钱万选

① 邹弢：《浇愁集·自序》，载邹弢著，王海洋校点：《浇愁集》，黄山书社2009年版。

② 宣鼎：《夜雨秋灯录·自序》，载宣鼎：《夜雨秋灯录》，上海古籍出版社1987年版。

在寺庙读书时，为莲花仙子邀请赴宴，并与之共赴云雨，其后，钱生获赠重金，与莲花仙子成亲，又纳三鬟为妾。“生此时拥艳姬，住名园，日与女饮酒赋诗，虽南面王不易此乐也。”①“聊斋仿作”的另一个倾向是，通过描摹异域幻象来讽刺现实社会，这类作品也很多。王韬的《因循岛》(《淞滨琐话》卷一)写某人因海难而漂流至九万里之外的因循岛，获知：“此地本富厚，三年前，不知何故，忽来狼怪数百群，分占各处。大者为省吏，次者为郡守、为邑宰，所用幕客差役大半狼类，专爱食人脂膏。本处数十乡，每日输三十人入署，以利锥刺足，供其呼吸，膏尽释回，虽不尽至于死，然因是病瘠可怜，更有轻填沟壑者。”②如此叙写，个中的讽刺之意不言而喻。邹弢的《易骨》(《浇愁集》卷一)也是一篇辛辣的讽世之作，小说写诸生李莹死后，为同年朱某领至某处换骨。该处所陈列的骨头分若干等级，上等骨发金光，次之红光，又次之青白光，其余香美者亦可取也。末橱中之骨黑紫而臭软，为劣等。乃曹操、严嵩等奸恶势利之流所属。李莹为求富贵愿意换下等骨，朱某又为其换黑狼之心。投生后，李莹竟变为牛犊，方知为朱某捉弄，遂不食而死。作者借冥王之口云：“富贵之人此类居多，不足惊怪，汝得此亦可与同群矣。”③

清末的“聊斋仿作”虽然在整体的艺术成就上不及《聊斋志异》，但仍出现了《夜雨秋灯录》这样的压卷之作。宣鼎的《夜雨秋灯录》长于写人叙事，部分篇章格调不俗，有很强的艺术感染力。申报馆主笔蔡尔康称誉此书：“书奇事则可愕可惊，志畸行则如泣如

① 王韬：《淞隐漫录》，人民文学出版社1983年版，第43页。
② 王韬：《淞滨琐话》，齐鲁书社2004年版，第243页。
③ 邹弢著、王海洋校点：《浇愁集》，黄山书社2009年版，第14页。

诉，论世故则若嘲若讽，摹艳情则不即不离。是盖合说部之众长，而作写怀之别调也。”①其中《麻疯女邱丽玉》(卷三)一文长达四千余字，叙写极尽婉曲细腻之能事。麻疯女被赶出家门、随老叟北上寻夫途中，作者更是不惮其烦，引用了一首三百多字的《女贞木曲》来抒发女主角的情怀，歌曰“女贞木，枝扶疏，上宿飞鸟，下荫游鱼。鸟比翼者鹣鹣，鱼比目者鲽鲽。生同衾，死同穴。衾穴即不同，妾心若明月。月照桃花红欲然，李代桃僵被虫啮。女贞木，红枝叶，悉是麻疯之女眼中血”②，至此小说的悲凉氛围被渲染到极致，催人泪下。此篇作品后来被多次改编为戏剧，如昆曲有《病玉缘》、评剧有《麻疯女》，可见其艺术魅力。其他的“聊斋仿作”在内容与写法上也不乏令人耳目一新之处。王韬的《淞隐漫录》则在内容上有所开拓，将西方的人事或风俗写进了传奇小说中，体现出一种朴素的国际视野。其中《海外美人》(卷四)写陆梅舫夫妇自制轮船、游历海外的经历，作者写得颇具气魄。《海底奇境》(卷八)中的聂瑞图游历欧洲十数国，携带英、法、俄、日四国翻译，应对周旋，毫无窒碍，每至一国，皆引发轰动。《海外壮游》(卷八)中的钱思衎在厌弃科举考试、学道求仙之余，因仙术导引，来到苏格兰，后又至英格兰的伦敦游览，“所有博物院、藏书室、机器房、制造局，无不排日往观”③。王韬所写，既结合了他本人游历欧洲、日本的体验，更融入了他对于海外或西方的想象。这几篇小说所写到的海外风光、风土人情及西方文明，都是

① 蔡尔康：《夜雨秋灯录序》，载宣鼎：《夜雨秋灯录》，上海古籍出版社 1987 年版。

② 宣鼎：《夜雨秋灯录》，上海古籍出版社 1987 年版，第 132 页。

③ 王韬：《淞隐漫录》，上海古籍出版社 1983 年版，第 358 页。

此前的小说所没有的。

1894 年至 1911 年的近二十年间，摹拟《聊斋志异》的风气大大消退，此时期新创作且结集出版的“聊斋仿作”几乎一部也没有，当然，《聊斋志异》本身及此前的一些“聊斋仿作”如王韬系列小说等，仍不断在再版行世。进入民国后，摹拟《聊斋志异》的风气小有复兴，不过整体上仍呈现难以为继的局面，结集出版的“聊斋仿作”有《反聊斋》与《畏庐漫录》。“聊斋仿作”之所以在 1894 年后式微，与当时社会上推崇科学主义、反迷信的运动有直接的关联。

反迷信运动作为维新运动的一部分，在清末民初声势颇为浩大。神怪小说所赖以生存的宗教观念与民间信仰被不少维新人士视作迷信，而遭到大力的批判。梁启超在《保教非所以尊孔论》一文里提出：“彼宗教者，与人群进化第二期之文明不能相容者也。科学之力日盛，则迷信之力日衰，自由之界日张，则神权之界日缩。今日耶稣势力之在欧洲，其视数百年前，不过十之一二耳。”①在此，梁启超并未对宗教、迷信、神权等概念加以辨析，而是统统把它们当作不能与科学时代兼容的落后因素。这种观念在当时是很有代表性的，所谓“立宪成而专制废，科学进而宗教衰”，宗教“创立于科学未明之世”，往往“锢蔽人之聪明”②，所以不批判不足以促进社会的进步。梁启超等人发现小说是绝好的维新与启蒙的工具，于是发起小说界革命，对旧小说展开了全面的批判，其中旧小说里的鬼神内容和鬼神观念自然首当其冲地成为了声讨的一个对象：“中国之旧小说非佳人则

---

① 梁启超：《保教非所以尊孔论》，《新民丛报》1902 年第 2 号。

② 《论科学之发达可以辟旧小说之荒谬思想》，《新世界小说社报》第 2 期，1906 年。

才子，非狐则妖，非鬼则神。或离奇怪诞，或淫亵鄙俚，要而论之，其思想皆不出野蛮时代之范围。然而中上以下之社会莫不为其魔力之所摄引。此中国廉耻之所以扫地、而聪明才力所以不能进步也。”①当时有不少维新人士撰写专文讨论这方面的问题，如《中外小说林》的编辑黄伯耀撰文指斥《聊斋志异》等书为“无烟毒炮”“无形砒霜”，“无斯须裨益于人群慧力之进步”。他提出：“鬼神之说，直昏人神志，惰人精力，又何有慧力之进步哉！此其所以然者，中国以神道设教，挟为愚民之术，而小说家又借鬼神扬厉之。迷惑之见，深印脑筋，亦无怪中国人实事上之智慧，每比例欧美人士而反拙也。”②除了撰写理论性的文章，当时还有人撰写小说来宣传反迷信的思想。《中外小说林》1907 年第 5 期就刊载了一篇小说《昏庸镜》，写清末粤督叶琛迷信佛教而致兵败之事。当外国人“调集兵炮，排海而来时”，叶琛“犹趺坐蒲团，喃喃诵佛”。其属下请其增加援兵，叶答曰：“吾敬佛，佛方助我，不久彼将自退矣。”当然，最后的结果是中方惨败，叶本人也被生擒。包天笑的《画符娘》写一位出身于扶乩世家的女子，当其丈夫生病时，该女子不为其延医，而为其扶乩，以画符之纸为灵药，结果其夫病入膏肓而死。该女子懊悔不已，遂遵从丈夫的遗言，入学校修医学。作者在篇末点名写作意旨，即“以箴普天下贤媛淑女之有迷信心者”③。

自近代以来，过去的泱泱大国一直处于落后挨打的局面，强国保

---

① 奋翮生：《军国民篇》，《新民丛报》1902 年第 1 号。

② 黄伯耀：《中国小说家向多托言鬼神最阻人群慧力之进步》，《中外小说林》第 1 年第 9 期，1907 年。

③ 包天笑：《画符娘》，《小说时报》第 7 期，1911 年。

种一直是中国人的心愿，而反迷信运动正是旨在以启蒙实现救亡，所以能在清末民初时期得到热烈的响应。就小说界而言，配合维新的时代步伐，一方面是在理论上、观念上对旧小说中的鬼神观念加以声讨，另一方面则是减少神怪小说的创作。就整体趋势来看，清末民初的神怪小说较之其他种类的作品，数量已是大为减少。如1916年胡寄尘所编的《小说名画大观》共分小说为“教育”“伦理”“道德”“家庭”“历史”等20类，其中“神怪”类的小说仅收录了6种，而言情小说与哀情小说、侠情小说、奇情小说则分别收录了26种、39种、25种、15种，这个比例可以大致反映出神怪小说在整体上趋于衰落的格局。当时虽也有一些小说刊物还辟有“神怪”或“志怪”栏目，但所收大都是译作而较少创作。如《新小说》的第一号有“语怪”一栏，收录的即是曼殊室主人所译的《俄皇宫中之人鬼》，但作品所写的亦只是被误认为是鬼的人，而并非真正的超现实的意象。

神怪小说在清末民初特定的时势下出现一个新的动向，即向寓言小说转化。寓言小说以漫画化了的神怪意象为载体和外壳，旨在影射或讽刺现实。作品的基调是寓意还是叙事，成为寓言小说与一般神怪小说的区界。林辰先生把寓言小说称之为“新神怪小说”“新荒诞小说”，他指出：“当晚清政权由于帝国主义的入侵而飘摇动荡时，社会正处于大变革的前夜，小说家们借神怪以评析与抨击时政，在荒诞中评判国是世事，以神怪为载体，寄寓对国家民族的忧患，这便是在光绪年间如雨后春笋般涌现的新神怪小说——新神怪小说是由荒诞派衍化而来的，所以也可以称之为新荒诞小说。”①就文言小说而论，此

① 林辰：《神怪小说史》，浙江古籍出版社1998年版，第415页。

时期向寓言小说转化的作品，大都以笔记体写成，篇幅简短、不事敷衍，本章第二节将就这部分作品进行讨论。

传统的神怪小说虽然在整体上趋于衰微，但也并不至于濒临绝迹，从《聊斋志异》及光绪二十年前的“聊斋仿作”一再被再版，就可以看出这一类作品还是有一定的市场。事实上，清末民初是一个众声喧哗、新旧杂糅的时代，几乎每一种声音的发出都有与之对立的声音呼应，当时的思想虽也有主流与非主流之分，但没有任何一种论调可以成为一言堂。反迷信在当时虽是主流的声音，但坚信鬼神及因果者也不乏其人。还有一些人依违于传统与现代、新与旧之间，在鬼神问题上的态度模糊而暧昧。尤其是到了民初，维新启蒙不再成为最重要的时代议题，各种思想又获得了自由鸣放的空间，这也是“聊斋仿作”在民初时期小有复兴的原因之一。譬如梁启超将宗教与迷信混为一谈，同为维新者的狄葆贤就明确反对：“风水星相等事，荒谬无稽，此等迷信，破除可也。至宗教者，虽各不同，大都以仁慈行善为宗旨……以宗教而列入迷信，实社会之大忧也。”①他进而谈到对宗教与迷信不加辨析、一律打倒的态度所导致的后果：“年来吾国人之道德堕落，几于无恶不可作，无事不敢为，实于古今中外所未有。而推原其至于此极之因，则破除迷信一语害之也。”②又如，反迷信运动的提倡者认为鬼神不存在，科学实证的认知方式应取代迷信和盲从。有人称：“二十世纪哲理大明，地狱天堂特古人神道设教之意，用以劝善而儆恶，乌得有所谓鬼者。”③林纾则对这类观点表示怀疑：“凡鬼

① 狄葆贤：《平等阁笔记》（第1卷），上海有正书局1922年版，第26页。
② 狄葆贤：《平等阁笔记》（第3卷），上海有正书局1922年版，第2页。
③ 梦：《绛衣女》，《小说时报》第3期，1909年。

神之道，孔子所不能言，即西人哲学家，亦言之不得端兆，然明明有神学在也。将信其有，则自纳于邪，将信其无，则幻迹又历历可据。余不敢为臆断。”①对于鬼神，这还是一种将信将疑、不置可否的态度。许指严则认为：“近世科学发明，迷信渐破，然东西哲学大家转益治妖怪学以阐幽抽密。谈鬼者即于此时胜其口说，几成一种科学焉……异哉！世界之大，何所不有，果不能持无鬼论以概一切也。”②此种观点一方面对实证主义的认知方式表示质疑，另一方面则是以西方“妖怪学”的兴盛来强调神怪的存在。当时还有人虽对鬼神的存在持怀疑态度，但又认为人“生而为英、死而为灵”的现象是存在的，英雄人物死后的浩然之气应感应之理，能再以灵魂的形式延续和产生影响。徐枕亚写了一篇石人重新获得生命以帮助恩人抗敌的神怪传奇《石人流血》。作者在篇首曰：“读《聊斋》《子不语》等书，满纸荒唐之言，几疑天地间简直是一鬼神世界。人非下愚，其谁信之？ 然如所记周将军、聂政、褚遂良等事，荒祠遗像、古冢枯骸，锄暴诛奸，各著灵异，侠士须眉、忠臣气节、千秋犹凛然焉。所谓生而为英，死而为灵者，殆非诬耶？ 而况铜人辞汉、泪滴露盘，此固明载史乘者。其中感应之理，诚令人不可思议。以余所闻石人流血事可与铜人下泪旷古为偶，而又皆成事实，不涉荒诞。表而出之，可补史乘之缺，非敢为无稽不经之谈。”③当然也有部分作者纯粹是因为钟爱神怪小说这种艺术形式而创作神怪小说，而与信仰等无涉。神怪小说对超现实意

---

① 林纾：《畏庐漫录》，上海文艺出版社 1993 年版，第 48 页。

② 许指严：《弹华生记闻之四：秋坟断韵》，《小说月报》第 4 卷第 8 号，1913 年。

③ 徐枕亚：《石人流血》，《小说丛报》第 1 期，1914 年。

象的表现颇能满足人类对未知领域的好奇和关注的心理，神怪小说所拥有的迷离怪诞的审美风格也自有其不可替代的艺术魅力，因此，尽管反迷信运动大行其时，神怪小说整体上出现衰落态势，但仍有少量创作，其中包括民初的“聊斋仿作”。

徐枕亚在指出《聊斋志异》《子不语》等书“满纸荒唐之言”的同时，又写作了一篇题为“新《聊斋志异》”的《黄山遇仙记》。小说在内容上基本延续了魏晋小说“刘晨阮肇”篇或“袁相根硕”篇的遇仙模式，但语言更绮丽、叙述更宛曲，就叙事的细腻而言可与《聊斋志异》比肩。吴绮缘在其文言小说《嬾簃记异》(载于《小说新报》第3卷第5～9期)里写了诸如蝶妖、蜘蛛怪等大量的神怪故事。作者在小序里谈道：“爰就见闻所得，举凡诙奇幽秘之事，一一泚笔记之。纵托为鬼狐、涉及迷信，当此科学昌明时代，不免为大雅所讥，然宇宙之大，何其不有，又岂可断为必无耶？ 在作者姑妄言之，读者亦姑妄听之可耳。嘻稀，病余干宝，雅擅搜神，老去东坡，偏能说鬼，仆何人斯，敢拟二子乎？”①作者固然认为鬼神不能断为必无，但他主要还是持姑妄言之的态度，而着重从嗜奇猎异的审美心理出发创作神怪小说。《嬾簃记异》主要以笔记体写成，但其中也有几篇描写颇为精美的传奇作品。如《月下笛》写周生与朋友打赌，月夜独至苏小小墓，于墓旁忽闻鬼奏笛，周生遂取笛相和的故事。作品用语雅致骈俪，意境优美，格调甚是不俗。如写周生听笛时的情景：“遥望水天一色，风月双清，宿鸟不飞，秋蛩声恻，神怡心旷，几疑此身已入琼楼玉宇，不复在人间世矣。忽闻笛声清朗，出自荒林衰草中，哀怨清越，

① 吴绮缘：《嬾簃记异·序》，《小说新报》第3卷第5期，1917年。

如泣如诉，一时寒蛩为之噤声，孤雁因而下伫。”徐吁公的“幻情小说”《雨梦》以第一人称写一少年之幻梦：少年与姐扑蝶嬉戏而弄脏衣服，遭父母责骂，在哭泣中不觉入睡，遂做了一梦。在梦中，少年被一老叟邀请至其家，与其小女儿相处甚惬。作者描写儿童嬉玩之情态及情窦初开之心理颇为细腻有致，语言亦生动清新：

> 叟谓伊曰：“眸子灼灼，对人作什么态？日念素素，向阿爹逞娇胡闹，好容易令素素来，顾默不一语，小妮子亦太作狡矣。”又曰：“小翚，尔素素姐已易巾帼而头角峥嵘，莫学当年争绣履，拉破面庞儿、惹人说笑话也。”乃命女郎呼余曰“素哥”，余呼女郎为“翚妹”。翚妹笑曰：“羞答答也，要学枝头小鸟朝朝唤哥哥矣。”①

此作构思巧妙、描写生动，在艺术上可与《聊斋志异》里的一些名篇媲美。作品题为“幻情小说”，继承了神怪小说中魂梦体系一脉的传统②，但幻诞的成分并不浓，反倒是很有几分真实的生活气息。

以上作品为单篇，民初还出现了两部结集出版的“聊斋仿作”：吴绮缘的《反聊斋》与林纾的《畏庐漫录》。吴绮缘（1899～1949），原名吴惜，江苏常州人，民初著名小说家，在《小说丛报》《小说新报》等多家刊物上发表小说，出版小说单行本《反聊斋》《冷红日记》

---

① 徐吁公：《雨梦》，《小说丛报》第1期，1914年。

② 林辰先生将中国古代小说中的神怪体系具体划分为五大体系：神仙体系、鬼魅体系、妖异体系、魂梦体系、僧佛体系。（林辰：《神怪小说史》，浙江古籍出版社1998年版，第22页）这五大体系在《聊斋志异》中都有所体现。

《芙蓉娘》等多部。《反聊斋》中的部分篇目曾在《小说丛报》上连载，民国七年(1918)由上海清华书局结集出版。徐枕亚在书前《弁言》中说道："吾国旧说部之脍炙人口者，厥惟《石头记》与《聊斋志异》二书。二书笔墨，固非今世之所谓小说家所可企及，然亦各有短处。设想陈腐，过事张皇，构局离奇，涉于怪诞，为吾国旧小说之积习，二书固亦不能免也。如《石头记》中，刘姥姥不识自鸣钟与着衣镜，若使今人为之，宁非谵语？而《聊斋》之谈狐说鬼，语等无稽，尤足为世诟病。文明竞进，迷信渐除，文学界上，壁垒一新，因时代之不同，不免相形而见绌，遂令绝世奇文，留斯缺恨，滋可惜也。"[①]徐枕亚既表达了对《聊斋志异》的高度推崇，也道出了它在新时代的"不合时宜"，并引以为憾。吴绮缘写作此书，旨在弥补这种遗憾，同时也是向经典致敬。

全书共包括12篇故事：《棠僊》《梅婢》《天台艳迹》《林下美人》《憨伉俪》《笑姻缘》《红楼余梦》《碧海奇缘》《绛帐贻羞》《绿林尚义》《画里真真》《楼头盼盼》。部分篇目的篇末有作者本人或其友人的评点。《红楼余梦》写梦中游历大观园一事，《绛帐贻羞》则讥刺了穷酸且表里不一的塾师，除此二作，该书的其他篇目大多是写书生的爱情故事，且大都深具艳遇的特点。如《棠僊》写李生月夜遇一女子，该女子夜夜必来讨论文艺，行踪飘忽，李生目之为仙人。该女子实乃邻女，后因反对婚约而自尽。《梅婢》写林生在某巨公家任西席，以梅结缘，得一美婢为妻。《碧海奇缘》则写某书生遭遇海难，漂流至某海岛后与一貌美女子喜结良缘。作者写书生邂逅美女的

---

① 吴绮缘：《反聊斋》，上海清华书局1918年版。

环境或为幽清冷落的庭院，或为人迹罕至的深山、荒岛，氛围则迷离恍惝、如梦似幻，书生亦以为所遇非仙即狐，此种情节及韵致大有《聊斋志异》之风味。但故事最后总会揭晓：书生所遇亦只是人，并非异类——作者以此来“反”《聊斋志异》之谈狐说鬼、适应“文明竞进、迷信渐除”的新时代。除了在这个方面“反聊斋”之外，该书堪称十足的“聊斋仿作”：首先，作品在“疑似遇仙”的氛围营造上大施狡狯，极尽迷离梦幻之能事，诸类叙写与《聊斋志异》神似。其次，所写之书生大都贫寒落魄甚至幼失怙恃，但往往才貌兼具，性格则或孤标傲世，或愤世嫉俗，或洒落出尘，与《聊斋志异》中的狂生、痴人近似。如《梅婢》中的林生与《画里真真》中的韩生一个嗜梅成癖，一个爱画成痴，分别被目为“狂生”与“呆子”，《笑姻缘》中的陆生则善笑，纵闻寡妇之悲啼，亦“以笑和之”。作者在这些人物身上寄寓的孤愤之心与《聊斋志异》是颇有几分相通的。另外，有一些篇目在意象和细节的设计上直接取法于《聊斋志异》。如《憨伉俪》写一对憨而癫的夫妇，类似《聊斋志异》之《小翠》；《笑姻缘》中，男女主角皆喜笑，二人相遇之情景、女主角惩治好色之徒等情节皆模仿了《婴宁》。该书在情节设置和意境营造上都与《聊斋志异》近似，所以创新性稍嫌不足，不过作者文笔甚佳、思想不俗，可读性很强。

民初的另一部“聊斋仿作”是林纾的《畏庐漫录》。林纾（1852～1924），福建闽侯人，字琴南，号畏庐，别署冷红生、蠡叟、践卓翁、春觉斋主人等。林纾是清末民初小说界的巨擘，翻译了大约两百种西方小说，享誉于世。他在文言小说的创作上也取得了一定的成就，其文言短篇小说集有《技击余闻》《畏庐漫录》《铁笛亭琐记》《林琴南笔记》《蠡叟丛谈》等，其文言中长篇小说有《金陵秋》《巾帼阳秋》《剑腥录》《冤海灵光》等。林纾的传奇小说主要汇集于《畏庐漫录》中，里面的篇目曾陆续在《平报》上发表，又分别于 1913 年、1916 年、1917 年结集为《践卓翁小说》一、二、三辑出版，1922 年 10 月商务印书馆将此三辑合并，易名为《畏庐漫录》印行。林纾在《洪嫣篁》篇的跋语中谈道："余少更患难，于人情洞之了了，又心折狄更斯先生之文思，故所撰小说，亦附人情而生……词或臆造，然终不远于人情，较诸齐谐志怪，或少胜乎？"[①]林纾虽然自称所作小说"附人情而生"、异于"齐谐志怪"，但《畏庐漫录》中有多篇作品谈狐说鬼，大有取法于前代传奇志怪的痕迹。如《江天格》写江生月夜寄宿寺庙，"见五人列坐庭阶，一叟一中年人，余则三少年，容色皆惨白有阴气，知其为鬼"，五鬼纵谈清代乾嘉学风，指斥其不务实学而逐虚名的末流。这种写法与唐传奇中的"成自虚、元无有"篇神似。《伪观音》写某狂生欲求偶于仙人，但为仙人训斥："蒲留仙以老诸生造言生事，谬为《聊斋志异》，用以骇世。书痴殆谓我辈仙人，乃蕴凡想，求或可得也。""世安有身为仙人，而偶凡贱，又安有自知为凡贱，而求偶于仙人？"此篇的写法及观念皆与《阅微草堂笔记》中的某些篇目相似。

林纾被章太炎誉为"今之蒲留仙"[②]，既是称颂其写作造诣，也指出了其作品与《聊斋志异》的相通之处。林纾在《畏庐漫录》中多处提及《聊斋志异》，其中的人鬼恋或人狐恋作品也大都具有类似于

① 林纾：《洪嫣篁》，载林纾：《畏庐漫录》，上海文艺出版社 1993 年版。
② 转引自林薇：《百年沉浮——林纾研究综述》，天津教育出版社 1990 年版，第 315 页。

《聊斋志异》的故事框架，所塑造的人物形象与《聊斋志异》中的也较为接近。如《吴生》中的吴生貌美而不解风情，只嗜时文，日夜手不释卷，狐女因慕吴生之颜色而伪为邻女以自进，并启蒙其情感。最后，吴生与邻女结为夫妇。林纾本人在篇末称："此事大类《聊斋》之《宦娘》。"篇中的吴生痴憨可爱，如未经雕琢之璞玉，令人联想到蒲松龄笔下大量的痴生形象。《薛五小姐》也颇有《聊斋志异》中某些经典篇目的影子：

> 徐生用中，字子庸，闽县人。年少通六经，能为诗，顾不时作。而性喜静，往往夜深独出，上道山之麓，哦松对月，竟晓不眠。人谓其有鬼气，而生锢癖，终始无改。年二十四，未娶，自谓必得玉人为偶。同侪笑之，谓贫薄至此，安能得玉人，或玉人之鬼耳。生曰："果为玉人，即鬼亦佳。人生忽忽即逝，终有为鬼之一日，不如预偶鬼妻，则异日归冥，亦为熟径。是年大比，书生苦无读书之处，人言横山之后，有凶宅一区，久无人居，是中有鬼祟人，且立死。生大悦曰："吾请试之。"遂觅得居停主人告之。主人亦豪迈，闻言笑曰："先生欲从《聊斋志异》中觅得秋容小谢耶？"生曰："世事不经人言则已，有是言，或有是事，天下安有鬼物能张吻食人者？"主人哂其狂，顾此宅久旷，不能赁人，即亦听之。①

此处所描写的徐生狷介狂傲，令人联想到《聊斋志异》之《青

① 林纾：《薛五小姐》，载林纾：《畏庐漫录》，上海文艺出版社1993年版。

凤》中的狂生耿去病与《小谢》中的倜傥不群的陶望三。接下来所写徐生住进废宅后邂逅女鬼的种种经历，也和《青凤》《小谢》等典型的聊斋故事大同小异。不过，林纾在叙述中，对《聊斋志异》近于“诲淫”的一面进行了有意识的规避。林纾和众多清末民初人一样，提倡新政制而保守旧道德，主张“言情得其正”，所以在其作品中，鲜少性方面的直接描写，且往往对能守礼自持之女鬼或狐女大加称赏，如他称道《吴生》中的狐女“以文字教人，为情来而不为欲染，亦大奇事”。

林纾的传奇小说，文辞典赡古艳，结构起伏多姿，在意境的营造和人物的塑造上，颇得唐人传奇和《聊斋志异》的风神。林纾的这一类作品对以《聊斋志异》为代表的前代传奇进行了较为忠实的继承，不过与吴绮缘的《反聊斋》一样，仍存在创新性不足的问题。写神怪小说者，其创作动机大致如下：传达某种宗教精神、“发明神道之不诬”；以超现实的世界和意象的描写寄寓现实人生的感慨；以惊悚的事物或事件满足嗜奇猎异的心理。在《聊斋志异》中，这三种创作动机都存在，由此奠定了作品的丰富性，而前两者更是作品获得深刻性的内在因素。宗教观念和民俗信仰是神怪小说赖以滋生的土壤，信鬼神为实有的态度更易于驱使作者对笔下的神怪意象进行热情的想象，并将其作为富于生命力的个体加以表现。唐人传奇之“鸟花猿子，纷纷荡漾”的审美效果，正是以此为基础的。以超现实的意象寄寓现实人生的感慨这样一种创作心态在蒲松龄处，得到了最为集中的体现。如果没有源于凄凉人生的满腹“孤愤”，《聊斋志异》就不可能传达出深刻的人生况味，并引发读者的唏嘘共鸣。就林纾而言，他对鬼神的存在虽然持宁可信其有的态度，但他并无虔诚的宗教信仰和坚定的有神论思想，所以不可能热情地去表现一个彼岸的世界。事实上，神怪题材在《畏庐漫录》中仅占三分之一的比重，该作对人事的关注是超过鬼神的。其次，林纾在其有生之年，声誉鹊起，而不是像蒲松龄那样终生潦倒、孤愤满腹，其传奇小说也就少有身世之感和悲凉之气。此外，林纾虽以启蒙自命，但同时也以卖文为生，书局与报刊的品位、市场的需求是主导其创作的重要因素，他的创作既是一种个人行为，更是一种商业行为。基于此，林纾创作《聊斋志异》一脉的小说主要还是出于趣味性的考虑，他的小说也有一些神道设教的观念，但缺乏对生存境遇的深刻反思。林纾本人在当时虽有“今之蒲留仙”的美誉，但其传奇小说并未能走向一个新的高峰。

二、一般意义上的拟唐小说

一般意义上的拟唐小说，或曰标准意义上的拟唐小说，指的是充分贯彻了唐传奇的风格及美学精神的传奇作品。关于唐传奇的特质，鲁迅先生认为是“叙述宛转，文辞华艳”“大归究在文采与意想”，后来的研究者多以此为基础阐发衍生。近人胡怀琛提出唐传奇有五大特性：(1)字数上，以一二千字以上独立成篇的为佳；(2)所写人物，不外乎神仙妖怪，才子佳人，武士侠客；(3)独立成篇的，每篇有很精密的组织；(4)词藻华丽优美；(5)不同于古文的“求真”，“假”的部分多，甚至全是假的。①陈文新先生则认为唐传奇有三个基本的审美特征：“一是有意虚构(与人物形象、故事情节相配合的虚构)；二是

① 胡怀琛：《中国小说概论》，中国书店1985年版（据世界书局1936年版影印），第15页。

传、记的辞章化；三是面向‘无关大体’的浪漫人生。”[①]他进而将唐代传奇称之为“辞章化传奇”，认为“唐人传奇是唐诗的某些素质在叙事文体内的延伸与发扬，因此，诗意或诗化构成唐人传奇美感魅力的基本来源之一”[②]。关于唐传奇的诗意或诗化，杨义先生亦指出：“读唐人传奇，不认真体味诗风极盛时代诗对小说文体的渗透，是很难设想的。六朝志怪多方士气，宋元话本多市井气，唐人传奇与之不相同而显示卓异个性的，就是诗人气。”“要见史才不妨著史，要见议论不妨写子书，中国早期小说就是从子和史中异化独立出来的。唐人的贡献在于用的是‘诗笔’，从而使子史因素，使史才、议论在新的小说体式中诗化了。”[③]概括言之，唐传奇在满足传奇文体的基本构件如记叙委曲、结构完整、篇幅曼长的基础之上，还形成了自身独特的艺术风格，如书写浪漫人生、文辞华艳、诗意盎然等，这一风格使其与后来的宋、明传奇相区别。

唐传奇的审美精神与清末救亡图存的时代背景颇不相宜，因此，以唐传奇为典范的拟唐小说在清末呈现没落的态势。当时有两篇作品值得注意，一是狄葆贤的“写情小说”《新聊斋·唐生》，一是天民的《岳群》。《新聊斋·唐生》于1903年发表在《新小说》第7号上，虽题为“新聊斋”，但故事内容与谈狐说鬼的《聊斋志异》大相径庭。该篇写唐生与漪娘情深意笃，后来两人的结合遭遇阻力，漪娘殉情自杀，唐生亦誓终身不复娶。篇中的唐生与漪娘一为中国人、一为美国人，一个来自落后颟顸的旧帝国，一个来自不可一世的新世

① 陈文新：《文言小说审美发展史》，武汉大学出版社2007年版，第23页。
② 陈文新：《文言小说审美发展史》，武汉大学出版社2007年版，第29页。
③ 杨义：《中国古典小说史论》，人民出版社1998年版，第162～163页。

界。在八国联军侵华、中国日见轻侮的时局下，唐生“忧愤不胜”“恨之日切”。他以“齐大非偶”为由拒绝了漪娘的求婚，导致了心上人的自杀。“齐大非偶”这一理由背后隐藏的其实是唐生的民族自尊，作为一个爱国者，他无法接受来自侵略国的女子的爱情，即使对方也为自己所爱。唐生以牺牲爱情的方式来成全一腔的爱国情怀，其自择行为背后的主宰力量是尖锐的民族矛盾。在过去的爱情传奇中，鲜少有作品带有如此浓郁的政治气息。《岳群》发表于《月月小说》的第9、14、24号，未完，仅见四章。该小说虽然分章，似乎是长篇的格局，但以纪传体写传奇人物的故事，所以亦算得上传奇小说。小说中的男主角岳群与女主角寿奴毗邻而居，二人互生爱慕，寿奴因相思而成疾。至于二人后来是否成就姻缘、作为“天下第一痴情者”的岳群又如何走上从军的道路并战死沙场，读者已无从知晓。从仅有的四章看，这是一篇不无新气象的才子佳人故事。小说中的才子不再是文弱书生，而是既“温文尔雅”，又复有“武勇气概”，用以比拟才子的也不再是宋玉潘安，而是叱咤风云的西方英雄拿破仑。岳群虽也以“文学上人”，但其性好狩猎，“每猎常服蒿色衣，冠齐眉，持枪而出”。岳群与其朋友聚会时，不是谈论枪支、国事，就是较量枪法。岳群的飒爽英姿令寿奴倾心不已，甚至寿奴之父也对岳群的枪法大为欣赏。如此种种，皆反映出了时代变迁的气息：崇文的时代已开始演变为尚武、尚技的时代，过去被蔑视的“奇技淫巧”在清末已成为大家崇奉的对象；社会环境的这种变化也影响到了整个时代的审美观。小说的第二章，有一个细节是岳群一边弹奏西洋琴，一边高歌岳飞的《满江红》。这个细节向读者透露了非常微妙的信息：乐器来自西方、歌曲来自中国，这大概意味着西洋之“器”与中国之“道”的结合、对西方文化的拿来与对民族主义精神的倡导等等。上述两篇作品都将爱情故事置于当时的社会背景中，写出时势对于人物命运的影响，政治气息浓郁，这样的写法已与唐传奇书写“无关大体”(无关“天下所以存亡”的大体)的浪漫人生很不相同了。

进入民国后，随着救亡主题的淡化和复古思潮的兴盛，唐传奇的流风余韵在小说界开始发生影响，民初出现了一批真正承袭了唐传奇的审美精神的传奇小说。

徐枕亚的《箫史》发表于《小说月报》第4卷第6号(1913)，述写了一段荡气回肠的情感故事，具有典型的唐传奇风格。小说写姑苏的落魄文人萧啸秋流落长安，以卖字画为生，常于无人处吹箫自遣。某次他偶然听到客舍主人的侄女吹箫，知己之感油然而生。吹箫女子小娥亦曾有一段不凡的经历，她每听啸秋之箫声，常常“不觉泪下”，二人虽未相见相识，但相知已深。后小娥病危，须截断所吹之箫煎汤服用，方可痊愈。小娥拒绝毁箫，“吾之生命即此箫也，箫破我将安依？与使人存而箫亡，宁人死而箫存，犹得长留余韵于人间也”。其叔父无奈，只得向啸秋求救。小说写啸秋的反应：

> 啸秋惊曰：“畴昔之夜，吹离鸾别鹄一曲者，即小娥耶？若是，我何爱一箫以续美人之命？虽然，箫，我之知己也，今以救小娥，秋凤曲从此绝矣，请缓须臾，为翁奏一曲。”按箫作秦楼泣凤之声，双泪俱下。曲终叹曰：“我伴此箫十余年，我之精气贮于箫，我之灵魂耗于箫，一旦失之，我则必死。”郑曰：“然则我安忍杀君以活我女？”啸秋曰：“是不然。我昔以箫为知己，今以小娥为知己，此身许小娥矣。”解佩刀劈箫，箫立破，

视其中，紫血成斑，六孔皆满。啸秋嗒然若丧，掷刀叹曰："是亦剖心肝之类也。"

小娥病愈后，获知原委，亦焚箫而亡：

一日小娥问郑曰："胡久不闻楼下箫声也？"郑悄然泣下。异而诘之，备知其情，小娥大哭曰："杀我知音矣！"擎箫下楼，径趋灵前，抚棺呼曰："啸秋啸秋，小娥在此，君颜我不识，君心我深知。君为小娥死，小娥敢负君哉？君魂不远，请听我歌。"歌曰："同天戴而地履兮，独彷徨而无倚，世与我而相委兮，胡皇皇而靡已？望情天之漫弥兮，乃诞生夫之子，感知音其密迩兮，竟相违乎尺咫！羌沦落其如彼兮，更不死而胡俟？盟妾心于井水兮，君委身于蒿里……"歌毕，倚箫和之，不复成声。焚箫于灵前，哀号数声而绝。

在此篇中，潦倒书生与飘零女子凭箫声而邂逅而相知，并不惜为知遇之感而双双献身，作者所表现的这种相知之情不受丝毫世俗的杂念沾染，寄予了世人对纯粹无私的友情和爱情的向往，作品中的男女主人公凭音乐而建立的默契也展示了一种浪漫、理想的人与人之间的沟通状态。作者自序，写此篇旨在"为箫中人状无形之声、鸣不平之恨"。"古有箫史，携弄玉上升，大好良缘，由箫绍介，此箫史之最古者，亦箫史之最艳者。而后此孤竹君，每不与有情人作合，而惯与失意人为缘。潦倒书生、飘零女子，嗜之者颇多，不遇知音，则亦已耳，一旦相遇，凄声感之，哀思绕之，入耳不欢，闻声寄慕，会心不远，识面何曾。以悲愤郁结之心情演生死离奇之事实，其结果乃不为哕凤之和鸣，竟成离銮之绝响。子期死而伯牙为之辍琴，徐君死而季札舍剑，古人高义，自是可风，不谓男女之感情，有深且挚于朋友之交情，而其事尤足悲者。阅者读《箫史》，当如闻歌子野，为箫中人唤奈何，盖纸上多死声也。”唐传奇作为一种“文备众体”的小说体式，可见作者的“史才、诗笔、议论”，此篇亦然，篇前小序，足以见出作者的识断，篇中夹杂诗词，倍增作品的抒情性，作者叙事，亦宛转委曲。篇中的人物设置也不无追踪唐传奇名篇《虬髯客传》的印迹，作者以啸秋、小娥、客舍主人郑氏分别比拟《虬髯客传》中的李靖、红拂、虬髯客。啸秋与郑氏夜谈，啸秋曰：“昔闻长安多异人，今乃遇翁，翁果虬髯后身，鲰生不敏，窃欲自附于药师。今夕之会，所虚者，红拂一席耳。苟有其人，岂非风尘三侠之小影耶？”郑氏答曰：“红拂洵是可儿，然慧眼佳人，风尘中尚可物色，君又安见其必无耶！”取法前代经典，是正常的文学现象，此篇小说的命意、格调均不俗，堪称民初拟唐小说中的佳作。

盟鸥榭的《函髻记》也是颇受好评的一篇爱情传奇，小说初载于《小说月报》第6卷第9期(1915)，后收入胡寄尘主编的《小说名画大观》。小说写的是唐代贞元年间的士人欧阳行周与妓女行云的爱情故事。行云读欧阳行周之诗文，虽未谋面，却已对其心生爱慕。初次见面，行云即主动向欧阳行周表白，行周大受感动，二人定情。后欧阳行周赴京师，允诺一年后迎娶行云。但行云思念成疾，不幸病故，欧阳行周得知后，亦郁郁而终。妓女与士子的爱情是传奇小说的传统题材，名篇不少，此篇讴歌以才情和知遇为基础、超越了世俗功利的爱情，读来令人感动。作品叙述简洁，某些细节又不乏点染，生动地勾勒出了一位富于才华、勇敢追求爱情、痴情、脱俗的女性形象。两人初识的情景尤其被写得有声有色：

> 一日，大将军宴京师贵客，遍召乐籍。行云闻有名进士在座，欣然盛装而往。坐客数十人中，有南士，容仪秀异，谈吐隽妙，举座倾倒。行云询于旁人，曰是泉州进士，不能举其名。行云叹曰："此欧阳行周也。我读其诗文多矣。此人真当世奇士，我愿识之。"俄而觥爵交错，丝管杂陈，诸妓以次奏艺。序及行云，揽衣而起，立于筵前，抗声曼歌，众目惊视。歌词之意，横挑欧阳，神情流注，逸姿艳态，殆非人世所见。行周属目倾耳，久之，谓将军曰："此其申行云也耶？异乎佳人，何为属意于我哉？"歌既阕，欧阳生乃移座而前，顾行云而语曰："深悉微意，然申君何自而知鄙人？"行云对曰："妾得《怀忠赋》《栈道铭》《曲江池积》，读之年余，略皆上口，与君岂不深耶？"欧阳骇异，以广坐不能久语，遂怅然而归。

在此篇中，男女主人公相知相许、为情而亡的爱情悲剧可谓"多奇异而可以传示"，其精神风貌与唐传奇中众多纯净、超然的爱情故事一脉相承。该篇的文笔上乘，叙事写人颇具声光色韵，受到《小说月报》主编恽铁樵的高度评价。江子厚的《李芳树传》刊载于《小说月报》第8卷第7号(1917)，据江子厚在小序中交代，此文载于友人家中"古册"，"惟剥落已甚"，作者"极辨之，得其事迹如下"。小说聚焦的是在动荡时代下，一位奇女子的命运。小说写两宋之交，李芳树与其寡母唐氏遭金人掳掠至胡地，某将军见唐氏貌美，纳之为妻，待芳树若己出。将军与唐氏相继离世，芳树偶然间为在金国逗留的“秦桧”所见，“秦桧”助其葬母。芳树感恩，随之返临安，为“秦桧”妾媵。芳树貌美而知诗书，与秦之妻不合，为秦妻所遣。芳树痴心等待“秦桧”迎归，不果，后郁郁而终，临终前写诀别书与“秦桧”。此文情节曲折，叙事亦极尽细腻之能事，作者写李芳树对“秦桧”的感恩、痴心皆入情入理。李芳树临终吟诗诀别一节，尤其写得很有感染力。恽铁樵将此篇与《函髻记》相提并论，于篇末评点曰：“此文笔墨雅饬，音节入古。今人所不能到，全在声光神韵之间，惟太夷先生所撰《函髻记》与此可乱楮叶。乃知古人非有绝人学力，虽小说不肯轻易下笔，低徊往复，自恨阁笔未能也。”[①]恽氏针对该篇的文章之美给予了很高的评价，事实上，音节字句上的讲究、诗意氛围的营造、整体风格的典雅等，正是传奇文的一大魅力，此篇亦不例外。

除了书写爱情，民初的拟唐小说也较多地为豪侠立传。武侠或豪侠是清末民初文言小说的一大题材类型，大多数篇目写以笔记体，叙事较简略质直，但也有一些作品敷衍细腻，属于典型的传奇文。如王梅癯的《冯铁匠》[②]就颇为细腻曲折地写了一位隐逸于市井、为民除害的豪侠人物的故事。小说中的冯铁匠出身于武将世家，其先人因受谗言嫉害，遂嘱咐后代子孙切忌为官。冯铁匠自幼聪颖好学，17岁入泮，父母双亡后，弃学不读，遵从祖训，携妻子沙氏隐居于延安市井，以冶铁为生。劳作之余，冯铁匠有时乘兴出游，三五日甚至十余

---

① 江子厚：《李芳树传》，《小说月报》第8卷第7号，1917年。
② 王梅癯：《冯铁匠》，《小说月报》第6卷第11期，1915年。

日不返。斯时延安一带盗贼勃兴，官府无可奈何。某日，神木县某地出现一具断头男尸，尸身怀中有寸纸，大书“此淫掠某氏之盗魁也。此盗不诛，是无天理，官不能捕，我为殪之。”纸上又绘有两匹马，“小寸许，一伏枥，一昂首长鸣，皆极神骏”。此后，各地官府不断接获讯息，据此成功缉捕盗贼，讯息提供者皆留下一纸，纸上绘有二马。至此，小说补充交代15年前，冯铁匠与旧日同学蔡某作别的情景。当年冯铁匠放弃乡试，声称“当今之世，凡事皆可为，惟官不可为”，“某伤心人也，行将挈山妻走穷荒，虽行乞所不辞，安能泥此一衿，不绝梯荣之妄念？”15年后，蔡某在延安市井骤遇冯铁匠，“短衣黧面，坐冶炉下，炉火熠耀，映冯面作纯青色”，其妻“布衣椎髻，虽在尘中，不改静穆之旧”。数年后，冯铁匠夫妇死于家中。检其巾箱，破书充盈，“中有一横幅，绘事精绝，平沙卷草，二骥俯仰其间，神采生动，情景悲壮，上题沙掩风嘶四字，并系以诗。诗格仿杜子《北征》，洋洋洒洒，历叙行藏，警句云‘兼善不可得，独善胡为者？借手一除凶，隐身冶炉下。’其以二骥影冯字，平沙著妻姓氏，是又一幅闺中行乐图也。”此文擅于设置悬念，冯铁匠为杀贼者及提供盗贼讯息者无疑，但作者并未直接和正面写出，而是写其信物及官府的缉捕行动，作者如此安排，自然愈加突显了冯铁匠的神秘色彩。补叙一节，则是对冯铁匠的正面描写，刻画出其之所以隐逸的心理动因。篇末再度浓墨重彩地叙写在文中屡次出现的信物，进一步呈现了主人公丰富复杂的心理世界，也渲染出一种诗意氛围和浪漫气息。

上述作品皆为单篇，散见于小说期刊，民初也有结集出版的小说集，其中收录传奇作品，如李定夷的《定夷丛刊初集》《定夷丛刊二集》，刘铁冷的《铁冷丛谈》《铁冷碎墨》，徐枕亚的《枕亚浪墨》四集等，就收录有不少传奇作品。民初颇具代表性的拟唐小说单行本，当属李涵秋的《双花记》和《琵琶怨》。

《双花记》为单篇文言传奇，最早于1906年在《公论新报》上连载，1907年上海小说林社印行单行本，1915年2月国学书室再版。小说主要写一对青年男女媚香与井生之间的爱情故事。媚香原籍福建，父亡，随寡母寄居扬州。里中少年井生家贫而性情“荡逸”，偶然见到媚香，甚悦之。媚香亦“窥生而艳，意颇动”。二人以书柬传情。媚香表示，虽有爱生之意，但须以婚嫁为目的。井生则以功名未就，无暇谋妻子为由婉拒。此后二人多次幽会，媚香一开始虽矜持守身，但情至浓处，终至于乱。井生参加秋试落第，媚香请其遣媒提亲，生不发一语。媚香称不嫌生贫，嫁生后，能甘于贫贱，生仍不语。媚香不禁哭道：“男子而若是阘茸，则裙钗所仰望者伊何矣！岂视妾如歌妓，固可始乱而终弃者耶？”①生终无一语。此时，有陈氏子求娶媚香，女母允诺。女闻讯大惊，绝食抗议。后经邻媪劝说，女母同意退婚，女与生亦得以频繁往来。次年，媚香小产，其母亦病逝。媚香再度请生提亲，生约以明年春。其时，女之舅父遣人接女回闽，女急召生至，询问对策。井生之回复始终是“终不敢以私情失大体”“终不敢以私情鸣堂上”。媚香无奈返闽。是年，井生试捷，次年另娶，“而思女终不衰”。小说中的井生小字中有花字，井生亦以昙花喻媚香，篇名“双花记”由是而来。小说一如唐传奇《莺莺传》《霍小玉传》，叙写了一个始乱终弃的爱情故事，就题材与主题而言，小说无

① 李涵秋：《双花记》，上海国学书室1915年版，第41页。

甚特别之处。但小说对女主角的缠绵多情、骄傲自矜与男主角的荡逸软弱皆刻画备至，尤其是对女主角爱怨交织的种种复杂心迹，写得丝丝入扣。篇末写男子虽负心，而男女主角仍彼此眷念，则与《霍小玉传》中的报复性结局有所区别。小说因篇幅较长，叙写较之一般的传奇作品更为细腻。

《琵琶怨》最早于1907年在汉口的《中西报》上刊载，国学书室1915年3月出版单行本。全书由六篇传奇小说组成，各篇末皆有作者以“涵秋氏曰”所阐发的议论。第一篇《黄金霞》写妓女黄金霞的爱情悲剧。妓女黄金霞自结识江都丁生后，对其一往情深。丁生厌恶鸦片，霞即为其戒烟。黄金霞对丁生用情至深，既不时匡救其过失，又与其商议赎身事，且劝其省钱蓄财。丁生怀疑霞只是在为她本人计议。黄金霞将首饰予生，生疑其“欲取之必先予之”，日益疏远霞。因始终不信妓女有真情，丁生不再与霞见面。后黄金霞为杜某侮辱，竟自尽。篇末的“涵秋氏曰”对黄金霞之痴与丁生之明皆有称赏。第二篇《纤纤》写妓女纤纤与张生的爱情故事。张生年十五时游郊外，获一少年赠红巾，并被告知住处。张生循踪前往，结识了妓女纤纤。纤纤即赠红巾者。纤纤因与张生感情日深，对其他狎客十分冷淡，虽遭毒打亦依然如故。张生已有婚约，为了纤纤，提出退婚。其父母大怒，将其禁足。一年后，张生与纤纤再度相见，竟双双自尽。二人墓上之芳草皆血赤，知者谓之“红心草”。第三篇《恽楚卿》写恽楚卿沦落为妓女的不幸遭遇。楚卿与邻居朱生私定终身，朱携楚卿至沪，二人同居。后来朱生赴日留学，楚卿不愿拖累朱生，慨然送别。此后朱生音信杳无，楚卿日渐拮据。楚卿为朱生友人郭某骗至武汉，沦为妓女。第四篇《秋蓉》，故事颇为离奇。济南人邢凤坪与妻子茹氏伉俪情深，茹氏感染风寒而死，弥留前呼“蓉娘”。邢南下游历，在杭州得以结识妓女秋蓉，见其意态绝似亡妻。二人彼此倾心。邢与秋蓉约定，三个月后必来为其赎身。邢如期返杭时，秋蓉为反抗某豪强已自缢身亡。邢在秋蓉墓侧结庐出家，后不知所终。第五篇《红仙》写妓女红仙巧施种种计谋，摆脱老翁芮冕的纠缠，最终与心上人结合的故事。第六篇《叶红玉》写农家女红玉沦落为妓女且遇人不淑的遭际。全书中的六个故事或写妓女的不幸爱情及遭遇，或写妓女的聪明才智，皆与妓女相关，书名为“琵琶怨”，当是出自白居易的《琵琶行》。小说虽题为“札记小说”，但书中各篇叙写宛曲细腻，无疑为传奇笔法。

三、通俗化的传奇

传奇发展至宋代以后，受话本小说的影响日渐深入，呈现出自觉汲取话本小说元素的趋势，甚至涌现了一些作品更近于话本小说的审美品格而与唐人传奇的风度大异。传奇小说发展的这一股世俗化或通俗化倾向已为学者们所关注和探讨，如薛洪勣先生指出：“宋人传奇在艺术上的一个突出特点是通俗浅显。这是受通俗文学影响所致。”“受通俗文学影响较大的，我们就称之为话本体传奇，如宋人传奇(指其多数作品)、元明的中篇传奇(如《娇红传》《钟情丽集》《贾云华还魂记》等即是。”①石昌渝先生在谈及传奇小说的世俗化倾向时，认为传奇小说的俗化，是“指传奇小说从士大夫圈子里走出来，成为下层士人写给一般人民欣赏的文学样式。宋代传奇小说的观念意识明显下

① 薛洪勣：《宋人传奇选·前言》，湖南人民出版社1985年版。

移，这就是俗化的开端”；元代的《娇红记》“是从雅到俗转变过程中的作品，它不能登大雅之堂，却也不完全是下里巴人”；明代的《钟情丽集》等中篇文言小说则是彻底的“通俗化的传奇小说”。①陈文新先生亦将宋人传奇称为话本体传奇，且概述其基本特征为：“其一，为取悦于市民而创造了大量放诞不检的青年女性；其二，天真幼稚的想象取代了唐人传奇的书卷气；其三，人物对话杂用口语；其四，直接描写人物心理。”②

传奇的通俗化倾向始于宋代，且一直延续至清末民初。通俗化传奇或曰话本体传奇所具有的特征在清末民初的相关作品中得到了进一步的承袭和延展。这些通俗化的传奇大都以市井人物为主人公，追求情节的离奇曲折，叙写极尽详尽繁复之能事，其审美品格的确已颇为接近于话本小说的备写“世态人情之歧与悲欢离合之致”，而与唐传奇所讲求的书卷气、诗化和超越的品质迥异。在清末民初的“聊斋仿作”中，不乏一些通俗化的传奇作品，兹不赘述。在清末民初，较值得注意的通俗化传奇当属韩邦庆的《太仙漫稿》与许指严的“女性命运”系列小说。

韩邦庆(1856~1894)，字子云，号太仙，别署“大一山人”“花也怜侬”，上海松江人。屡次参加乡试不第，游幕河南，后旅居上海。与《申报》编辑钱忻伯、何桂笙等友善，他本人编辑的文艺刊物《海上奇书》即由《申报》代售。著有白话长篇小说《海上花列传》及文言小说《太仙漫稿》等。《太仙漫稿》作于1892年，是年二月在

① 石昌渝：《中国小说源流论》，三联书店1994年版，第215页。

② 陈文新：《中国文言小说流派研究》，武汉大学出版社1993年版，第189~193页。

《海上奇书》上连载，共13篇，目前仅见12篇。1926年上海亚东图书馆及1986年人民文学出版社排印《海上花列传》，均将《太仙漫稿》作为附录收入。韩邦庆写作《太仙漫稿》，在题材内容上有意识地摒弃了神仙妖鬼之事，而以人间奇事为主。其《太仙漫稿·例言》云："小说始自唐代，初名传奇。历来所载神仙妖鬼之事，亦即汗牛充栋矣。兹编虽亦以传奇为主，但皆于寻常情理中求其奇异，或另立一意，或别执一理，并无神仙妖鬼之事。此其所以不落前人窠臼也。"[①]《太仙漫稿》中的故事和人物的确颇见奇异。如《欢喜佛》所写之女主人公月儿，14岁时为无赖阿囡强奸，事后愿与阿囡"好合"，因遭致母亲反对而作罢。邻居徐公子耽溺狭邪游，为严父驱逐，月儿对其抚慰备至，白日课读如严师，夜荐枕席如伉俪。徐省试及第后，其父为子求娶月儿，月儿以己出身低微为由拒绝。月儿嫁宋部郎之仆陆升，又与部郎私通。陆升发现后，毒打月儿，宋部郎遂诬陷陆升入狱。当此之时，月儿责问部郎"我夫复何罪"，表示绝不"死一夫易一夫"。阿囡刺杀部郎，县令囚阿囡而释陆升，陆升感激阿囡，设法打点营救。月儿又怒斥陆升以戕害主人之人为友，是非不明。后月儿入庵为尼，但仍与徐公子、陆升乱，群尼逐之，月儿则忿然曰："公子吾主人，陆升吾夫，纳之自吾分耳，我何罪而逐我？"[②]月儿跃出窗外而死，被奉为"欢喜佛"。月儿这一形象殊为特别，她经历欲海沉浮，不重视贞节，但又从夫从主，有分明的等级观。她在性关系上足够混乱，却振振有词，作者亦不以荡妇淫娃目之，"欢喜

① 韩邦庆：《太仙漫稿·例言》，载韩邦庆：《海上花列传》，人民文学出版社2014年版，第567页。

② 韩邦庆：《海上花列传》，人民文学出版社2014年版，第597页。

佛"之说并非纯然的讽刺。《段倩卿传》长达七千余字，写段倩卿嫁武陵名士项子才，伉俪情深，项死，段多次欲自尽殉情。后与名士邵某相遇，惶惑不能自持，夜奔邵某。后又遇其他男子，皆委身事之，最终纵情声色而死。《和尚桥记》写郭孝子自幼丧父，其母与某寺僧有私情，孝子设法成全，母死，孝子则杀僧以报父。《太仙漫稿》中的这类故事多发生于市井，其间的人物往往为情欲支配，与"三言二拍"中的某些作品颇有相似处，这些小说所呈现出的猎奇趣味及通俗格调已与诗化传奇迥异。

清末民初致力于写作通俗化传奇的还有许指严。许指严，江苏武进(今常州)人，原名许国英，别署不才子、不才、弹华阁主等，曾任商务印书馆编辑。许指严的文言小说数量甚多，其作品根据内容的不同大致可以分为两类：一类是写历史掌故、遗闻野史，他的这类作品在当时颇有名气，其弟子称其"性嗜旧闻，乃罗掌故，课余辄记先人所述，成《南巡秘记》等数种，沪上书局得之，居为奇货，时人咸慕盛名，索稿者接踵至"①。另一类则是以女性人物的坎坷命运为题材的传奇作品，如《堕溷花》《三家村》《香囊记》《榜人女》《采苹别传》《绿窗残泪》《劫花惨史》《明驼艳语》《砭仙》《卖鱼娘》《金川妖姬志》《琼儿曲本事》等。

许指严笔下的女性人物虽然命运多舛，但大都性格刚烈、坚贞不屈，这些作品也往往被冠以"侠情小说"之名。《采苹别传》(《小说月报》第2卷第4期，1911年)中的婢女采苹得知家人为土豪陷害时，

① 芮和师、范伯群等编：《鸳鸯蝴蝶派文学资料》(上)，福建人民出版社1984年版，第333页。

毫无畏惧，屡次为家庭奔波，坚决状告土豪，最终使土豪受到惩治。《琼儿曲本事》（《小说月报》第6卷第3号，1915年）里的琼儿是贫苦的渔家女子，为继父不容，被卖给某媪作童养媳。某媪实际上打算把她培养为欢场女子。在极为污浊的环境下，琼儿一直洁身自好，无论面临威逼还是利诱，都拒不接客，宁愿为奴为婢。她与名义上的丈夫日久生情，于是更为之自爱。最后琼儿走投无路，选择了自尽。在许指严的这些小说中，造成女性不幸的都是一些具体的外因，如继父母恶毒、兄嫂不良、遇人不淑，家长干涉或其他邪恶势力的摧残等，作者着力于展示外来势力对女性的压迫，因此这些作品在一定程度上也可归类为社会小说。作者笔下的女性又大都对礼教有坚定的自觉，是礼教的维护者而非叛逆者。如《采苹别传》中的婢女采苹聪慧能干，她与主人的侄子相恋，当对方表示欲娶她为妻时，她坚决拒绝："是不可为。妾固知君之爱怜，然终不敢妄冀非分。纵君违俗而妻我，而宗族亲戚指责嘲笑，累君盛德，我独不愧于心乎？君休矣，妾死无贰，以俟妾媵。"作者将女主人公们对旧道德的谨守当作了一项美德加以褒扬，由此亦可看出作者的某些思想观念还是较为陈腐的。

在许指严的女性命运系列小说中，也有思想不俗、颇具时代气息者，《劫花惨史》就是其中很有代表性的一篇。该作于1912年发表在《小说月报》第3卷第1～7期，体现了作者对新时代中女性命运的思考。小说叙写了多位女性如"断梗飘蓬，随风零落"的悲惨遭遇。晴梅父母双亡，寄身外祖父家，因舅父舅母之势利而被迫嫁与一无行之老翁，饱受虐待，不得已削发为尼，即使为尼，仍未能摆脱陷害，竟至被幽闭。其堂姐晴云遇人不淑，积蓄遭丈夫偷窃，又为其夫所冷落。其外祖之小妾绿珠受他妾的排挤而遭驱逐，沦落风尘，其外祖家之婢女亦饱受女主人的折磨。晴梅的另一些女性亲友，更是历经坎坷，多沦为男子之玩物，最终惨遭抛弃。小说同时叙写了相对应的另外几位女子的生活：晴梅的另一位堂姐晴雪及其朋友，受过新式学堂的教育，是学校教员，能支配自己的生活。作者将两类女性的生活加以对比描写，旨在探讨新时期女性的出路问题。作者多次写到两位女主角晴梅与晴雪的对话。晴梅在历经磨难后，感慨道："吾侪女子不知造孽几许，为人作践至此，亦有解脱法乎？"晴雪答曰："男女不能平权，明明是一孔之儒、鄙夫民贼造作虚言，耸动天下，积习相沿，遂成此牢不可破之恶风，宁有关于天道耶？ 总之，士也不良，民德衰薄，始有虐妇之行为，此为一原因。女子久受压制，无力自拔，不能牖智识、广学问以谋自立自强，遂止可帖服于束缚鞭箠之下，此又为一原因……君之专制与夫之专制不同，而原理实同一例。专制不去，则此惨恶悲痛之活剧日演日盛，而未有已也。"这段对话实际上也表达了作者对夫权制度的反思和批判。晴梅受旧道德的影响甚深，性格隐忍谦让。当她被禁闭时，晴雪多方奔走，并为之召集公审大会，使之获得解救，不仅婚约废除，还争取到抚养金。晴雪宣称："凡人生世间，内美与外观本相对待……因外观足以扩张权力、震慑庸俗。道穷而术生，逆来则顺应，矧吾辈女子众皆以倚赖为天性，苟一旦能矫然拔俗，不藉因人成事，则岂不足寒宵小之心、堕奸人之胆？ 妹诚无状，专用杂霸之术，然处此叔季之世，则反足以翘然独立，令人不敢侵犯，皆致力外观之效也。"这段话是对女子行为处世之道的讨论，晴雪所宣称的处世原则实际上与传统伦理对女性美德的规定背道而驰，带有比较强烈的叛逆色彩。晴梅获救后，对自己的生活有了新认识："吾辈之无学问职业足以自立，而怨天尤人亦殊无谓。吾此行承雪妹再生之恩，无以报德，拟立志入学，牺牲一身，尽灌输传播之责，使普天下女子以吾为鉴，不复罹此惨毒。”在作者看来，接受新式教育、有自己的职业、不在经济上和思想上依附于男性，方为女子摆脱不幸的出路。不过，作为新女性代表的晴雪在爱情方面并未获得幸福。她与同样接受了新式教育的男子订婚，该男子对她百般殷勤，却在留学海外时变心他娶。绝望之下，晴雪蹈海自杀。晴雪为情而死，这与她独立自主的性格和观念似乎颇不吻合，不过作者如此安排，倒也写出了人物的复杂性。

许指严的女性命运系列小说就整体而言，艺术价值不甚高。作者虽用传奇体，但标准意义的传奇文所讲究的文章之美和诗情画意并未得到充分的体现。作为传奇小说，作品虽然也追求“传奇的中心乐趣——惊异”，但作者把这种“惊异”局限在了故事情节的曲折离奇上面，人物的性格和情感所能传达的“惊异”或“超越”效果并未得到充分的挖掘。甚至如《卖鱼娘》《砭仙》这类作品所呈现的暴露宫闱或社会黑幕的庸俗格调已使得它们几近于黑幕小说。《劫花惨史》一篇，思想品位不俗，但长篇大段地写人物对话、叙写繁复详尽，这样的写法无疑更接近于话本小说的精神，而异于诗化传奇的精粹含蓄。时代精神的世俗化、读者群体的市民化，是通俗化传奇产生的时代前提。当然，通俗并不等同于庸俗，通俗化传奇也可以有佳篇，《劫花惨史》这样的作品堪称通俗化传奇中的优秀之作。

第二节　清末民初的笔记小说观及笔记小说创作

一、笔记小说的概念

“笔记”一词最早是指与辞赋等韵文相对而言的文体。刘勰《文心雕龙·总术》篇云：“今之常言，有文有笔，以为无韵者笔也，有韵者文也。”后来，笔记逐渐演变成为一种以随笔形式记录见闻杂感的文体的统称。北宋宋祁最早正式以“笔记”一词作为书名，此后各种以“笔记”命名的著述越来越多，如陆游有《老学庵笔记》、纪昀有《阅微草堂笔记》，其他很多著述虽未直接以笔记命名，而谓之以杂谈、志林、杂俎、随笔等等，实则仍是笔记一类的文字。有人又将“笔记”称为“笔记小说”，“小说”在古代正统的目录学家那里，是指“街谈巷语”，为道听途说者所造，它们与笔记一样，都是一些不甚重要但可供参考的见闻、琐语等，因此有人认为“小说”与“笔记”异名而同谓。在这种情况下，笔记小说内容极为广泛，举凡天文地理、朝章国典、草木虫鱼、风俗民情、学术考证、鬼怪神仙、艳情传奇、笑话奇谈、逸事琐闻等等，都包罗其中。民国时期上海进步书局出版了一套规模颇为巨大的《笔记小说大观》，既收罗了大致符合今人小说观的作品，也收录了大量史料性或学术性的笔记，这套书所体现的“笔记小说”的概念即是指一切用散文所写的零星琐碎的随笔、杂录等。

一些研究者越来越不满于这种芜杂含混的状态，他们以今天的小说观作为标准，提倡小说与笔记的分离，主张将不含今人所谓小说因素的笔记驱逐出小说的领地。刘叶秋先生在其《笔记小说概述》中将笔记分成三类：第一是小说故事类的笔记，第二是历史琐闻类的笔记，第三是考据、辩证类的笔记。①“第一类，即所谓‘笔记小说’，内容主要是情节、篇幅短小的故事，其中有的故事略具短篇小说的规模。二三两类，则天文、地理、文学、艺术、经史子集、典章、制度、风俗民情、轶闻、琐事以及神鬼、怪异、医卜星相等等，几乎无所不包，内容极为复杂；大都是随手记录的零星的材料。”②应该说，把符合今人小说观的材料从包罗万象的笔记中分离出来，已成为许多小说研究者的共识。他们把剥离出来的部分称之为“笔记小说”或“笔记体小说”，而把不含小说因子的随笔杂录称之为“笔记”。

那么，经“剥离”之后的笔记小说，究竟具有什么样的内涵与特点呢？ 关于笔记小说的概念，有不少学者进行了界定。“笔记小说，就是那些以记叙人物活动(包括历史人物活动、虚构的人物及其活动)为中心，以必要的故事情节相贯穿、以随笔杂录的笔法与简洁的文言、短小的篇幅为特点的文学作品。”③或曰：“笔记体小说为随笔杂记而成，不拘体例、一事一则、篇幅短小、笔法简略、内容驳杂，以笔记形式所写的文言小说。”④这两种定义着眼的重点虽有所不同，但都兼顾了笔记小说的“笔记”特征与“小说”特质。所谓“笔记”特质，即随笔杂录、不甚雕琢的笔法，篇幅短小，甚至很多是丛残小

---

① 刘叶秋：《笔记小说概述》，中华书局1980年版，第4页。
② 刘叶秋：《笔记小说概述》，中华书局1980年版，第4页。
③ 吴礼权：《中国笔记小说史》，商务印书馆国际有限公司1997年版，第3页。
④ 王庆华：《论“笔记体小说”之基本书体观念》，《浙江学刊》2011年第3期。

语；所谓“小说”特质，即有一定的人物和故事情节，有些作品还具有虚构因素。就写作原则而言，笔记小说的作者往往强调其作品是“据见闻实录”或“信而有征”，如洪迈《夷坚乙志序》云，“若予是书，远不过一甲子，耳目相接，皆表表有据依者”。当然，笔记小说是否徵实，古人对此并未持严苛的标准。就价值定位而言，笔记小说虽多为闲暇消遣时所写，但大都贯彻了“补史之阙”和“资谈助”的功能，因此不少的笔记小说具有一定的学术性。有研究者甚至对此进行了极致的表述：“子部小说(笔记小说)从理论上讲必须注重哲理和知识的传达，因为，按照中国传统的文体分类，子书以议论为宗，其特点是理论性和知识性。”①

笔记小说因其内容驳杂，分类自然十分困难。有研究者把笔记小说分为志怪与志人两类，两类下面又再划分小类。如刘叶秋将志怪小说分为三种类型：“一、兼叙神仙鬼怪，不专谈某种宗教或方术，夹杂着零星琐碎没有故事性的记载，以干宝的《搜神记》为代表。此类较多，题为魏文帝撰的《列异传》和题为陶潜撰的《搜神后记》最为近似。二、兼叙山川、地理、异物、奇境、神话、杂事等，而着重宣扬神仙方术，以晋张华的《博物志》为代表，乃《山海经》系统的延续。三、专载神仙的传说，以人系事，体同纪传，以晋葛洪的《神仙传》为代表，乃刘向《列仙传》的模仿和扩大。苻秦王嘉的《拾遗记》，为古代野史杂传之发展，尤具特色，自成类型。”②三个类别可简称为“杂记体”“地理博物类”“野史杂传体”。古小说研究者对

---

① 陈文新：《传统小说与小说传统》，武汉大学出版社2007年版，第6页。

② 刘叶秋：《魏晋南北朝志怪小说简论》，载刘叶秋：《古典小说笔记论丛》，南开大学出版社1985年版，第6~7页。

志人小说的子类划分则多有不同。如宁稼雨在《中国文言小说总目提要》中将志人小说分为逸事和琐言两类，前者以《世说新语》为代表，内容上以记载文人轶事为主；后者以《西京杂记》为代表，内容上不限文人事迹，广收闾巷传闻和野史故事。侯忠义在《中国文言小说史稿》中，将志人小说分为笑话类（含《笑林》等）、琐言类（含《世说新语》等）、轶事类（含《西京杂记》等）。另外，还有研究者以“轶事”取代“志人”，将笔记小说分为了志怪与轶事两类，如陈文新认为：“中国古代的文言小说，包括两种基本类型：一为传奇体，一为笔记体；笔记体中，又包含轶事小说和志怪小说。”①

整体而言，笔记小说虽内容杂糅，但的确有侧重点的不同：有的以鬼神怪异之事为主，干宝《搜神记》、刘义庆《幽明录》、纪昀《阅微草堂笔记》、袁枚《子不语》等可为其代表；有的以人物琐事或野史轶闻为主，葛洪《西京杂记》、刘义庆《世说新语》、张鷟《朝野佥载》、孙光宪《北梦琐言》、王仁裕《开元天宝遗事》、王谠《唐语林》等可为其代表；有的融身世经历、见闻杂感、山川地理等于一炉，内容可谓包罗万象，以段成式《酉阳杂俎》、周密《齐东野语》、何良骏《四友斋丛说》、王士祯《池北偶谈》、梁章钜《浪迹丛谈》等为其代表。此外，各种文言小说的丛书也可大致归入此类。综上，本书认为，志怪、志人（轶事）、杂俎三类构成笔记小说的主体，这一判断是基本符合客观实际的。当然，志怪、轶事或杂俎只是一个大致的划分，难以遵循严格的标准，一部作品里，鬼神怪异之事与野史轶闻杂糅并存，是屡见不鲜的现象。诚如胡应麟所讲：“或

① 陈文新：《论轶事小说之“轶”》，《贵州社会科学》1995 年第 1 期。

一书之中，二事并载，一事之内，两端具存，姑取其重而已。”①此外，随着文学自身的发展走向深入，创作者与研究者的文体意识逐渐增强，于是自觉对文体进行辨析，这是符合文学发展规律的必然现象。将小说与笔记剥离，正是文体意识趋于明晰的体现。不过，由于古小说出入于子、史之间，带有天然的驳杂性，所以在秉持今人的小说观进行“辨体”和“剥离”时，亦应尊重古人的小说观，从而采取从宽而非从严的标准，以期客观反映古小说发展的实际。

二、清末民初的笔记小说观

“笔记小说”，清末民初人或名之曰“笔记”“劄记小说”等。他们在使用这些名词时，带有相当的随意性，有时并不是用来指代作为文言小说一支的笔记小说。在晚清的刊物中，《新小说》首辟“劄记小说”，“如《聊斋志异》《阅微草堂笔记》之类，随意杂录”，这基本上是把“劄记小说”当作了传统文言小说的代名词。又如吴曰法《小说家言》云：“短篇之小说，取法于《史记》之列传；长篇之小说，取法于《通鉴》之编年。短篇之体，断章取义，则所谓笔记是也；长篇之体，探原究委，则所谓演义是也。”②在此，“笔记”用来专指取法于《史记》列传体的短篇小说，既与长篇演义相对应，那么这里的“笔记”大致可以理解为文言小说甚至是文言小说中趋近于传奇一类的作品，总之与今人对笔记的理解相去甚远。上海国华书局在对《定夷从刊初集》一书进行宣传时，云：“定夷善作小说，断缣零

① 胡应麟：《少室山房笔丛》，中华书局1958年版，第374页。
② 吴曰法：《小说家言》，《小说月报》第6卷第6号，1915年。

执，俱是名著。兹辑为丛刊一书之初集，凡分四卷。卷一短篇小说，卷二长篇笔记，卷三短篇笔记，卷四杂著。全书凡十万言，记述新颖，趣味浓厚，亦香亦艳，亦庄亦谐。以生花之妙笔，集著作之大成，是足为劄记小说放一异彩也。”①这段话里，称谓繁多，指代也不甚明确。查考该书的具体内容可知，“短篇小说”是吻合今人小说观的作品，情节人物俱全，敷衍较细，叙事体制有所突破；“长篇笔记”则是具有传奇色彩的人物传记，叙写较为简略；“短篇笔记”则为丛残小语，所载或为风物名胜、典章源起，或为诗话；“杂著”或记游，或介绍草木之异，更与小说无涉。大概因其内容的庞杂，广告最后统称该书为“劄记小说”，这一称谓虽暗合了笔记小说的驳杂特质，但显然与我们所说的作为文言小说一支的笔记小说不是一回事。在上述这段话里，与我们所说的笔记小说相当的应该是所谓“长篇笔记”和“短篇笔记”。

清末民初小说界所出现的这种称谓芜杂、指代含混的现象，在很大程度上固然与人们对小说文体的认识尚不够明晰有关，另一方面也体现出时人对文体进行甄别和辨析的努力，只是由于缺乏足够合理的观照标准而未能对小说现象进行深入剖析和妥帖的概括，才导致了称谓含糊、指代不明的现象。

当然，在大多数情况下，清末民初的“笔记小说”或“劄记小说”仍是指隶属于子部小说家或史部杂家的那一部分作品，即我们今天所说的笔记或笔记小说。前文已提到，过去有些人认为笔记与小说

---

① 《定夷丛刊初集》广告，见许指严《南巡秘记》书后，上海国华书局1915年版。

是并列同位的概念，这种观念下的“笔记小说”实际上包含了很多不符合现代小说观念的内容，如胡应麟将小说分为“志怪”“传奇”“杂录”“丛谈”“辨订”“箴规”六类，以今天的标准来看，其中的“辨订”“箴规”与“丛谈”中的部分内容，就不算小说。这种笔记与小说纠缠不清、将两者混为一谈的现象，在清末民初依然普遍存在。例如晚清小说刊物《月月小说》的第 2 号里，《新庵译萃》和《新庵随笔》分别被置于“劄记小说”和“杂录”两栏里，而在第 4 号，二者又都被放在“劄记小说”中；至于《新庵译萃》和《新庵随笔》中的文字，其实差异并不大，都既有笔记体的小说，又有不具小说因素的材料。这种模糊含混的状态反映了编者对于笔记体小说的认识尚不够明晰。又如上海国华书局在对俞樾的《春在堂随笔》进行广告宣传时，称该书“声价之高，内容之美，虽清纪文达之《阅微草堂笔记》、袁才子太史之《子不语》无以过之”①，将《春在堂随笔》与笔记小说的代表之作《阅微草堂笔记》和《子不语》相提并论，显然是认为该书也属于笔记小说，其实准确地讲，该书应该是札记随录一类的文字，而不算笔记小说。

这种认识的混乱在《小说月报》中体现得尤为鲜明。《小说月报》的目录从第 7 卷起，不断地在进行调整。第 7 卷之前，《小说月报》是以“短篇”“长篇”“笔记”等名目来分门别类的，但在第 7 卷的第 1～12 号里，编者将所刊载的作品分为“琐言”“轶闻”“随笔”“杂俎”“说觚”五大类。在第 8 卷，编辑的体例又有所变化，

① 《春在堂随笔》广告，见许指严《南巡秘记》书后广告页，上海国华书局 1915 年版。

编者将所收录的文字分为了“寓言”“记事”“文苑”“杂俎”等类别，第9卷起，目录又分成了“说丛”“杂俎”等类别。体例的不断变化在一定程度上反映了编者在小说认识上的含混。主编恽铁樵在第8卷第1号的《编辑余谈》中谈到：

本卷体例，重行修整，实较前此为妥。先时分栏曰长篇小说、短篇小说，其余则曰笔记、曰杂俎，此盖以长、短篇小说为正文，余为附录也。然……长、短篇题曰小说，将谓后者非小说乎？标签曰《小说月报》，内容有小说、有非小说，此不可也。凡记琐事之一则，无论其事属里巷与闺阁、廊庙或宫闱，要之，非正面发挥政治学术之大者，皆小说也。至于文字，直不可分析。《晋书》、南北史，正史也，其文尤似小说，《山海经》《搜神记》，目录家或采入说部，而其文之雅饬瑰奇，文家奉为圭臬。将以何者为标准乎？……七卷已不用长短篇小说名目，特通体定名未妥……兹于向所谓长短篇小说者名曰寓言，明此为设事惩劝，非可据为典实者也。向之名掌故、瀛谈者，统言之曰记事，明此为有本而言，非信口雌黄、淆乱黑白者也。此皆全卷之正文也，犹未足以尽小说之范围，另辟一栏曰杂俎，凡关于小说考据，与夫零缣断素之小品文属之。①

从这段文字可看出，恽铁樵所谓的“小说”包罗十分广泛，它既包括那些“非可据为典实”的虚构之作，又包括那些“有本而言”的

① 恽铁樵：《编辑余谈》，《小说月报》第8卷第1号，1917年。

记事之作，而“关于小说考据”的文字和“零缣断素之小品文”也属于小说。在古代的文言小说系统中，一切不甚重要的丛残小语皆是小说，因此，小说主要不是一个文体概念，而是一个目录学的概念，恽铁樵把那些在今天看来本不是小说的考据和断简残篇一类的文字也归入小说的范围，由此看来，他的小说观在一定程度上是与古代的小说观重合的。具体到笔记小说的领域，他眼中的笔记小说自然也包含了诸多不具备小说因素的材料。这种“泛小说论”的直接结果就是《小说月报》的第7、8卷所登载的很多作品与现代意义上的小说的距离越来越遥远，很多文字根本就是笔记体的记事或写人之作，鲜见“叙事宛曲、文辞华艳”的传奇作品。

另一方面，随着小说的发展，人们对小说的认识在逐渐走向清晰，清末民初人也开始产生了区分小说与非小说因素的自觉。当时有很多刊物既开辟了“小说”一栏以登载一些具备小说因素的作品，又专门辟有“杂俎”“谭丛”或“杂录”专栏以刊登一些小说因素不足的异闻、琐语等。这种分类体现了编者自觉区分小说与非小说的意识——小说是有人物和故事情节的叙事虚构作品，与随意的札记不是一回事。如《大陆报》(1902年创刊)中的笔记体小说《警世奇话》隶属于“小说”一栏，人物和情节因素欠缺的异闻、琐语则收入“杂俎”等专栏，而在过去，所谓“杂俎”“谭丛”“杂录”等是统统被称为小说的。又如晚清的《月月小说》除了刊载大量的“短篇小说”和各种长篇小说以外，有时还在同一期里开辟“ 记小说”和“杂录”两个专栏。将“劄记小说”与“杂录”同时分列，似乎意味着编者认为二者的概念有所不同，不可混为一谈，虽然考察后发现，两个专栏里的文字其实差异并不明显。民初的《小说丛报》也是既有被置于各期前面的“剳记小说”，又有被置于各期后面、被称为“笔记”的文字。当然，在清末民初的各刊物中，所谓的“笔记”“杂录”或“杂俎”“谭丛”里，也有一些小说性质相当明显的作品，甚至有的作品还颇具传奇体小说的规模，譬如《小说丛报》第5期的“笔记”一栏里载有《雏伏室剳记》《铁佛庵笔记》《临碧轩笔记》等数种，其中的不少篇目就算得上是标准的传奇小说。不过，这些“笔记”或“杂录”里的文字是否具有小说性姑且不论，至少那些被直接命名为“剳记小说”的作品是具备了程度不同的小说性的；一般说来，过去隶属于小说、但确实不具备小说因素的很多文字如“辨订”“箴规”等，在清末民初已不再被当作小说看待，这多少体现了小说观的进步。

在清末民初时期，作为目录学概念的笔记小说与作为文体学概念的笔记小说是同时存在的，有人倾向于对二者进行一定的区分，又有人仍将二者混为一谈，时人依违于小说概念的现代意义与传统意义之间。这种混乱的状态当然不能完全以“保守”二字来解释。事实上，即便是今天，人们还很难对笔记和笔记小说进行完全清晰的划分，古代笔记作品的芜杂状态在一定程度上导致了人们认识的混乱。此外，清末民初时期的笔记小说观之所以出现含混、芜杂的状态，还与笔记或笔记小说的独特功用有关。在文言小说中占了相当大比例的笔记体小说，记载的内容颇为驳杂，举凡学术考辨、逸闻轶事、奇谈怪论甚至社会新闻等都可以作为被记录和加工的对象。因此，笔记小说相对于其他形式的小说，尤其具有资考证、广见闻、为词家提供素材等百科全书式的性质。这一点仍然很为清末民初的文言小说维护者所强调。清末王文濡曾主编了一套《古今说部丛书》，该书共分为史乘、博物、风俗、怪异、文艺、清供、游戏、游记、杂志、金石十类①，单是这个分类便体现出此书具有百科全书的性质。可以说，笔记小说所特有的百科全书式的功用使得清末民初人并不愿意完全用纯粹的小说观去看待和整理笔记小说。即使到了今天，研究者在强调用现代小说观去研究古代笔记小说时，仍无法彻底放弃对小说性很模糊的部分笔记作品的研究。

“笔记小说”或“劄记小说”的名称在清末民初虽然屡见于报端，但相关的理论阐述并不多。俞樾是文体意识较强的作家，他在《右台仙馆笔记序》中对笔记小说的概念进行了简要的界定：“笔记者，杂记平时所见所闻，盖《搜神》《述异》之类，不足，则又徵之于人。”②此处的“笔记”即笔记小说，俞樾既提到笔记具有“杂记平时所见所闻”的特点，又特别以《搜神记》和《述异记》作为模本，称“不论搜神兼志怪，妄言亦可慰无聊”，可见他所谓的笔记小说即并不摒弃“妄言”的志怪之作，这一认识已与今人的笔记小说观颇为接近了。管达如在《说小说》中根据不同的角度对小说进行了分类，其中就体制的不同，小说可分为笔记体与章回体。他对笔记体的论述是：

此体之特质，在于据事直书，各事自为起讫。有一书仅述一事者，亦有合数十百事而成一书者，多寡初无一定也。此体之所长，在其文字甚自由，不必构思组织，搜集多数之材料。意有所

① 王文濡：《古今说部丛书》，上海国学扶轮社1910年版。

② 俞樾：《右台仙馆笔记》，上海古籍出版社1986年版。

得，纵笔疾书，即可成篇，合刻单行，均无不可。虽其趣味之浓深，不及章回体，然在著作上，实有无限之便利也。①

管达如从体制出发，仅将小说分为笔记体和章回体两类，显然无法涵盖小说的整体面貌，但这段话中提到的“据事直书，各事自为起讫”“文字甚自由”“合数十百事而成一书者”等，倒是切中了笔记小说随笔记载、缀辑而成书的特点。而且将笔记小说与章回小说并举，以之为古代小说的两大体制，也显示出对笔记小说这种小说类型的重视。

在对笔记小说的本质、特征进行阐述时，清末民初人依然较看重笔记小说的“实录”性，这一点与古人并无太大的区别。如吴绍箕称其所著之《四梦汇谭》“皆生平之阅历、耳目之见闻，其不经无稽之谈，概不敢入”②，光绪元年(1875)成台《雪窗新语跋》云，“述逸事记奇闻，言非无稽，语皆从实”③，皆是对作品的纪实特质的强调。民初小说家吴绮缘在辨析笔记小说与一般小说的差异时，亦认为纪实乃笔记小说最本质的特点：“笔记小说部，体裁稍有不同，盖说部可虚构，而笔记则应纪实也。乃近人所撰笔记，芜杂殊甚，且易与小说部相混。”④即使在经历了五四新文学革命的洗礼之后，人们在述及笔记小说时，仍不忘揄扬其纪实色彩。如1926年自由出版社将1872～1876年这五年《申报》上所刊载的笔记小说近五百篇，汇集为一册，名曰

① 管达如：《说小说》，载陈平原、夏晓虹编：《二十世纪中国小说理论资料》(第1卷)，北京大学出版社1997年版，第399～400页。

② 吴绍箕：《四梦汇谭序》，载吴绍箕：《四梦汇谭》，申报馆1879年版。

③ 成台：《雪窗新语跋》，载申报馆辑：《异书四种》，申报馆1876年版。

④ 吴绮缘：《忆红楼漫录》，《小说新报》第4卷第1期，1918年。

《松荫庵漫录》，其编者自序云，“笔记一类，大都涉笔谨严，意存劝惩”，是书所载“为闻见所及之事，非向壁虚造者可比”。当然，强调归强调，因笔记与小说被不少人视作并列同位的概念，所以对于作为“小道”的小说或笔记小说的真实性，人们并不会以过于严苛的标准来审视。薛福成在其《庸庵笔记》的《凡例》中说：“是书于生平见闻随笔记载，自乙丑至辛卯先后阅二十七年，所记渐多，始自删存其有精蕴及有关系者，复务以类相从，不能尽依先后为次。史料一类涉笔谨严，悉本公是公非，不敢稍参私见。即轶闻、述异两类无不考订确实。惟幽怪一类，虽据所闻所见，究竟惝恍难凭，以其事本无从核实也。笔记据平日见闻，随意抒写，亦间有纸取其新奇可喜而又近情符实者录之，以资谈助。”[①]薛福成在这段话中阐述了他对笔记小说的认识，一方面他固然特别提及了史料、轶闻、述异等内容的“涉笔谨严”“考订确实”“近情符实”，另一方面，他也表达了对幽怪题材“惝恍难凭”的宽容。他持有的这种笔记小说观在清末民初具有相当的普遍性，这亦是对笔记小说“未可全以为据，亦未可全以为诬”的传统认知的继承。

在关于笔记小说的阐述中，笔记小说的作用、价值问题无疑是时人关注的一大重点。为了替小说争地位，过去的小说支持者们发展了颇为详赡的小说功能论，总结起来不外乎劝善惩恶、游心寓目、有裨于史乘之类。清末民初人在言及笔记小说时，完整地承袭了这套功能论，并针对笔记小说内容驳杂的特点，纷纷强调其知识性价值。如王文濡在其主编的《古今说部丛书》的《序言》中称该书“可以索幽

① 薛福成：《庸庵笔记》，光绪二十三年（1897）萧山陈氏刊本。

隐、考正误、佑史乘所未备”“充学子之乳湩，作艺林之津筏”。在《凡例》中他再次称该书“可以广学子之见闻，供词家之驱使，不仅醒睡魔、销暇日而已”①。种蕉艺兰生“积十余年搜辑之功”辑成《异闻益智丛录》34卷，冀阅者以之“消遣日长，亦藉得以观感学问之事”②。皖北啸岩山人对“记事诸书，皆专重文藻，事多失实，仅为笔墨之一端，于劝惩之旨，悉多不注意”表示不满，称他本人创作的笔记小说《秋窗月影录》“事皆徵实，趣味尚浓，或可以资酒后茶余之谈助”③。再如上海进步书局广搜博采，编辑了一套大型的笔记小说丛书《笔记小说大观》，编者亦强调这些作品“事实之博赡，词采之浓郁，广见闻、引兴味，读之如获一良师，交一益友，大足为文学之助”④。

上述认识皆是对传统观念的沿袭，不足为奇；在言及笔记小说的功能时，另有一种全新观点，颇值得注意，即当时有文人为了拔高笔记小说的地位，将笔记与正史并举相较，认为前者的认识价值远逾后者。民国三年(1914)十二月，樊楚才为《古今笔记精华》所作的序就提出了这种看法：

> 余谓笔记之可贵，固足以广人见闻矣，然而犹不止此。风俗之盛衰、民情之嗜好，固讲求社会学者所当知也。然而求民情风

① 王文濡：《古今说部丛书》，上海国学扶轮社1910年版。

② 种蕉艺兰生：《异闻益智丛录叙》，载种蕉艺兰生：《异闻益智丛录》，江南书局1900年版。

③ 皖北啸岩山人：《秋窗月影录序》，载皖北啸岩山人：《秋窗月影录》，上海大中图书局1920年版。

④ 《笔记小说大观》广告，见蒋景缄《电妻》书前广告页，上海进步书局1915年版。

俗于正史，百不得一，学者病之，致谓中国只有帝王之史，无人民之史。作史者之意，岂不以立言各有体裁，典章制度、大经大法、帝王将相，吾所宜详也，若夫人民细微之事，何足扰吾笔墨，屏而不录，亦固其所庸。讵知细微之事，皆民情风俗之表见者，于政治有绝大之关系耶！幸也，贤人君子著作之余，偶一录之，在作者或不视为重要，异世而后，转因一卷笔记略存往古社会之真情。故批阅古人笔记于群学有极大影响，岂仅所谓资谈助而已也！①

在樊楚才看来，体现于细微之事的民情风俗不存在于正史，而存在于笔记，笔记虽系“贤人君子著作之余，偶一录之”，却“略存往古社会之真情”，所以笔记“于政治有绝大关系”“于群学有极大影响”，其价值当然远不止于资谈助而已。笔记小说与正史在载录对象上各有不同，部分笔记小说因多述细微之事，反而更可考见风俗民情，这都是合理的认识；不过，因此而推论笔记小说于政治有“绝大关系”、于群学有“极大影响”，就未免过于绝对化了。樊氏这种极力揄扬笔记小说价值的观点及思维方式，显然是受小说界革命的影响所致。

整体而言，清末民初人对笔记小说的探讨，无论是就内涵、性质、特征而言，还是就价值、意义而言，都欠缺更多的创新性，也远不够深入细致。自 1902 年小说界革命倡导以来、关于小说的各种论述甚多，但时人的关注重心尚未充分聚焦于作为小说一支的笔记小说，

① 古今图书局编译部：《古今笔记精华》，上海古今图书局 1915 年版。

何况西方的小说评价体系彼时还未被全面引进，时人也缺乏足够合理、系统的视角来观照具体的小说类型。更为科学、全面的研究和理论阐释应该始于鲁迅的《中国小说史略》，这当然得益于古代小说研究逐渐成为专门的学科。

三、志怪小说的两翼："阅微余绪"与寓言小说

在清末民初时期，笔记小说数量众多，很多小说作者包括李伯元、吴趼人、狄葆贤、包天笑、吴双热、刘铁冷等，都发表过笔记小说。笔记小说这种轻便的文体既可以传递信息，也有其特殊的艺术魅力，又能在必要的时候为刊物补白，所以在当时颇受欢迎。反过来也可以说，近代报刊在一定程度上促成了笔记小说的大量涌现。笔记小说的新异性、知识性、琐碎性与报刊尤其是日报的特质是相吻合的，报刊也就乐意登载笔记小说。清末民初的笔记小说在题材内容上也大体上延续了志怪与志人(轶事)的传统。就志怪小说而言，出现了两个值得注意的倾向：其一，有大量的作品秉承了前代笔记小说的写法，或搜神述异，或博物考辨，其中不少作品无论内容还是意趣都以纪昀的《阅微草堂笔记》为范本，形成一股"阅微余绪"。其二，有较多的作品脱离了搜奇述异的传统，仅以神怪为外壳，而以讽喻和影射现实为内核，成为事实上的寓言小说。

(一)"阅微余绪"

清末民初人在写作笔记小说时，有比较鲜明的祖述、仿效传统的意识，当时甚至出现了许多借用前代小说的名称来命名的作品。《续子不语》(《大陆报》，1902)、《改良新聊斋》(上海振亚书社，1909)，分别袭用的是袁枚的《子不语》和蒲松龄的《聊斋志异》；前

代有各种《笑林广记》，吴趼人也有《新笑林广记》《新笑史》；易宗夔编辑的《新世说》(1918)收罗了清代至民初的名人轶事，是书摹仿了《世说新语》的体例，连目录也全部袭旧；又如清初余怀有《板桥杂记》，专写青楼轶事，民初金楚青则有《板桥杂志补》(《小说月报》第8卷第1～12号)。

正如《聊斋志异》是传奇小说的范本一样，纪昀的《阅微草堂笔记》也成为清末民初笔记小说的范本。鲁迅先生的《中国小说史略》曾述及《阅微草堂笔记》对后起小说的影响："《滦阳消夏录》方脱稿，即为书肆刊行，旋与《聊斋志异》峙立；《如是我闻》等继之，行益广。其影响所及，则使文人拟作，虽尚有《聊斋》遗风，而摹绘之笔顿减，终乃类于宋明人谈异之书。"①清末民初人自己亦频频表达对《阅微草堂笔记》的推崇，或更可为直接的佐证。如葵愚道人在《寄蜗残赘·序》中称："窃念稗官杂说汗牛充栋，惟河间纪氏《阅微草堂笔记》，命意深微，立论透辟，精理名言，耐人寻绎。余门下师承，私淑有自，而浅识少闻，岂能远绍渊源于万一？"②葵愚道人显然是奉《阅微草堂笔记》为圭臬，希望自己撰写《寄蜗残赘》能"远绍渊源于万一"。1883年刘放皆为蜀人丁治棠的笔记小说《仕隐斋涉笔》作序云："吾观清世之为笔记者，率多齐东野人之语，姑妄言之之谈，炫异矜奇，未有要归，惟河间纪氏之《阅微草堂笔记》能以朴实说理胜，而先生之《涉笔》似之。"③该序以《阅微草堂笔记》一书为清代笔记小说的正宗，并称《仕隐斋涉笔》"似之"，说明《阅微

① 鲁迅：《中国小说史略》，上海古籍出版社1998年版，第153页。
② 葵愚道人：《寄蜗残赘》，同治十一年（1872）不惧无闷斋藏版。
③ 丁治棠：《仕隐斋涉笔》，四川人民出版社1985年版。

草堂笔记》实为后者取法的对象。1898年赵藩为陈骧翰的笔记小说《骇痴谲谈》作序云："小说九百，滥觞虞初，历汉至今，书之存者，暇亦寓目。私心所喜，惟河间纪文达公《阅微草堂笔记》五种，以其义切劝惩，语独警快。……涪陵陈嵩泉先生绩学不遇，游于诸侯，见闻既博，札记日多，成《骇痴谲谈》八卷。其文视纪氏则多俭侈纯肆之别，然张皇劝惩，尤三致意，其于用心，固自一也。"①此序虽认为《骇痴谲谈》与《阅微草堂笔记》多有不同，但称二书殊途同归，皆"张皇劝惩"，其间以《阅微草堂笔记》为标杆之意甚明。

《阅微草堂笔记》一类的作品，多以神怪故事为主要的叙写对象，间杂他种见闻及学术考辨等，且意存劝诫；记叙大都简短，不事敷衍，体现出较鲜明的随笔札记性质。在清末民初，可视为"阅微余绪"的笔记小说主要有：齐学裘《见闻随笔》《见闻续笔》，葵愚道人《寄蜗残赘》，夏昌祺《雪窗新语》，陆长春《香饮楼宾谈》，戴莲芬《鹂砭轩质言》，俞樾《右台仙馆笔记》，丁治棠《仕隐斋涉笔》，陈骧翰《骇痴谲谈》，许起《珊瑚舌雕谈初笔》，程畹《惊喜集》《潜庵漫笔》，陈彝《谈异》，黄鸿藻《逸农笔记》，孙德祖《寄龛四志》等。

在效仿《阅微草堂笔记》诸书中，最成功、名气亦最大者，当推俞樾的《右台仙馆笔记》。俞樾(1821～1907)，字荫甫，号曲园，浙江德清人。道光三十年(1850)进士，改翰林院庶吉士。咸丰间被劾罢职，专心著述。著述辑为《春在堂全书》五百卷。文言小说有《耳邮》四卷、《五五》一卷、《荟蕞编》一卷、《广杨园近鉴》一卷、

① 陈骧翰：《骇痴谲谈》，大达图书供应社1936年版。

《右台仙馆笔记》十六卷。[①]《右台仙馆笔记》是俞樾文言小说的代表作，有光绪七年(1881)刻本、光绪九年(1883)《春在堂全书》本等。关于《右台仙馆笔记》与《阅微草堂笔记》的关联，已有不少学者述及，如刘叶秋先生在《历代笔记概述》中指出，嘉庆至光绪间有许多模仿《阅微草堂笔记》的作品，而“其中曲园老人学识文笔，亦足与纪昀相埒，故所撰可为《阅微草堂笔记》之继”[②]。俞樾本人亦明确表示：“余著《右台仙馆笔记》，以《阅微》为法，而不袭《聊斋》笔意，秉先君子之训也。”[③]

就命意而言，《右台仙馆笔记》与《阅微草堂笔记》有诸多的共同点，或存劝惩，或为消遣，或作考辨，不一而足。单就写法和风格来讲，《右台仙馆笔记》与《阅微草堂笔记》亦有明显的相似之处，前者效仿后者的迹象甚明。首先是二书皆好议论说理，追求理趣。俞樾之父俞鸿渐曾盛赞《阅微草堂笔记》“说理透”，称其“敷宣妙义，舌可生花，指示群迷，头能点石”[④]，鲁迅则不满《阅微草堂笔记》“过偏于论议”[⑤]，无论称许还是贬抑，《阅微草堂笔记》“为议论自喜之书”，可谓公论。《阅微草堂笔记》好议论，这实则也充分体现出子部小说重视理论性和知识性的文体特质。有学者提出：“子部小说(笔记小说)从理论上讲必须注重哲理和知识的传达，因为，按

---

① 《广杨园近鉴》系将《耳邮》中的报应内容抽出来，荟萃成篇者；《右台仙馆笔记》在《耳邮》的基础上增补而成。

② 刘叶秋：《历代笔记概述》，中华书局1980年版，第173页。

③ 俞樾：《春在堂随笔》卷八，载朱一玄编：《〈聊斋志异〉资料汇编》，南开大学出版社2002年版，第505页。

④ 俞鸿渐：《印雪轩随笔》卷二，载朱一玄编：《〈聊斋志异〉资料汇编》，南开大学出版社2002年版，第503页。

⑤ 鲁迅：《中国小说史略》，上海古籍出版社1998年版，第151页。

照中国传统的文体分类，子书以议论为宗，其特点是理论性和知识性。一个文体意识强烈的子部小说(笔记小说)家，他必然忽略细腻的描写、华艳的文辞和曲折的故事，而将主要精力放在哲理和知识的传达上。清代的纪昀即是一例。”①俞樾对于《阅微草堂笔记》长于论议这一点有清晰的认识，且持赞誉态度，其《右台仙馆笔记》充分延续了《阅微草堂笔记》好议论的特点，作者多在叙事结束之后阐发观点。如《阿胜》(卷一)写阿胜远赴美国旧金山经商，所聘某女之母惧其远游，遂悔婚，某女竟不顾母命，远涉重洋，赴美与阿胜成亲。作者在篇末发表看法：“论者谓女子在室从父母之命，此女不从母命，而从六礼未备之夫，不可为训。然重洋暌隔，万里追寻，亦不可云非奇女子矣。君子姑取其从一之贞，勿责其越礼也。”②俞樾对该女子不惧艰难、万里寻夫的行为加以表彰，认为从父母之命一说可从权，此观点倒也算得公允。作为硕学大儒，俞樾在发表议论时，并不止于呈现观点，而往往旁征博引、层层辨析，充分展示其笃学深思、博辩宏通的特点。因此，议论本身也成为了该书内容的一个要件和艺术魅力的一大来源。《李老道》(卷二)写一老道不惧冷热，旬日不饮不食，亦不言饥渴，自称其养生术“惟任其自然而已”。俞樾在简要的叙事后附有较长的议论，纵谈何为自然及如何遵循自然之节，俨然一篇“道法自然”论的笺注。又如《直隶永平府》(卷三)在概述完永平府某地的一桩异闻后，以该异闻所反映的民间习俗来佐证郑玄对《诗

① 陈文新：《传统小说与小说传统》，武汉大学出版社2007年版，第6页。

② 俞樾：《右台仙馆笔记》，上海古籍出版社1986年版，第9页。另，俞樾此书仅分卷，各则故事之上并无标题，为了方便故，本书以每一则开篇的头几个字作为篇名。

经》“亦既觏止”的解释是否得当，异闻概述与学术考辨一前一后，互为阐发，构成了有机的整体。《某氏子》（卷五）写某氏子在郊外见一髑髅，怜其曝露，掘地而埋之，不料鬼竟附其身为祟，云“我在旷野甚乐，汝乃埋我土中，闷不可耐，必杀汝”，某氏子设酒食祭奠，鬼才离开。此则故事颇为新奇，髑髅宁愿享受旷野之乐，也不愿被掩埋于土中，算得上爱自由的雅鬼，篇末俞樾引用《庄子》中的典故来佐证“髑髅之乐，过于南面之王”，又认为此鬼所为悖于仁义，最后揣测此鬼当为贪求酒食的邪鬼，其论议转折递进，颇见风雅和谐趣，与前面的叙事相得益彰。

在叙事风格上，《阅微草堂笔记》“尚质黜华，追踪晋宋”“叙述复雍容淡雅，天趣盎然”①，与《聊斋志异》的细腻宛曲大异其趣。俞樾引述其父之语，对《阅微草堂笔记》“叙事简，说理透，不屑于描头画角”②的特点称赏备至。《右台仙馆笔记》亦宗法《阅微草堂笔记》，叙事风格干净洒脱，鲁迅即谓其“记叙简雅，乃类《阅微草堂笔记》”③。如《碧禅》（卷一）写寺僧碧禅之身手不凡，犯案被人告发后，“飞一足，蹴其人仆地，而自从后山后跃而下，捷如飞鸟，”行踪再度被发现后，“自楼窗跃至平地，复从平地跃至屋上，顷刻绝迹”，描摹颇为简洁利落。《红兰》（卷三）写妓女红兰与某生定情，某生无力为其脱籍，红兰郁结成疾，仆妇费媪设计成全二人之事。全文如下：

---

① 鲁迅：《中国小说史略》，上海古籍出版社1998年版，第151页。

② 俞樾：《春在堂随笔》卷八，载朱一玄编：《〈聊斋志异〉资料汇编》，南开大学出版社2002年版，第505页。

③ 鲁迅：《中国小说史略》，上海古籍出版社1998年版，第154页。

红兰，苏妓也，与某生订嫁娶，而生无力脱其籍，红兰郁结成疾。有费媪者，佣于妓家者也，谓曰："娘子倾城姿，何患无藏娇金屋，乃恋恋一穷措大乎？"兰曰："秦楼楚馆中所往来者，率皆纨绔儿、大腹贾，谁似某郎之甘苦相怜者？ 彼也力绵，我也命薄，茫茫孽海，不知伊于何底矣。"媪曰："果尔，吾当为娘子玉成之。"一夕，乘假母他出，负红兰至某生所。生惧，不敢受。媪出红兰身契付生，曰："吾已为盗得此纸，彼无如何矣。"媪归，乃迹假母所在，而告以红兰逃。寻觅数日，始同至生处见之。假母促兰归，兰誓死不从。妪曰："此女心变矣，速归取身契，讼于官，必得直，我请为证。"假母归觅契，则无矣，不得讼。媪乃为调停，使生酬假母百金，而红兰竟归生矣。此媪者，其亦古之许俊、昆仑奴欤？①

整则故事不过三百余字，作者娓娓道来，不仅将故事之前因后果及曲折的过程讲述得清清楚楚，还将红兰之痴、某生之懦、费媪之侠与智刻画得很是生动传神，作者之叙事功力可见一斑。

不过，《右台仙馆笔记》虽在多方面效仿了《阅微草堂笔记》，但《阅微草堂笔记》"隽思妙语，时足解颐"，《右台仙馆笔记》实不及《阅微草堂笔记》的机智幽默。纪昀持有有意对《聊斋志异》反其道而行之的意图，所以其谈狐说鬼多重学理思辨，对渴望艳遇者亦多安排讽刺性结局，由此反倒形成了一种特殊的诙谐效果。俞樾撰写《右台仙馆笔记》，更多的是"姑记旧闻，以销暇日"，并无明确的

---

① 俞樾：《右台仙馆笔记》，上海古籍出版社1986年版，第71~72页。

针对性，所以其书在汇集与叙写各种“怪怪奇奇之事”时，虽学养有余，但个性稍嫌不足。此外，《右台仙馆笔记》多记人事，与《阅微草堂笔记》多志怪有所不同。

（二）寓言类笔记小说的盛行

就前代的笔记小说而言，大部分是犹贤博弈，文言小说本身一般不承载严肃的功能，笔记小说更是如此。不过，在清末民初时期，虽然很多笔记作品仍然是游戏消闲之作，用以报章补白。但由于小说地位的提升及救亡图存的需要，已经有一些作品开始面对现实社会，履行社会批判的功能。在此背景下，一大批寓言小说产生，这当属神怪小说在清末民初发展的新趋势。神怪类的传奇小说，如上一节所述，在清末民初呈现衰落之势，但神怪类的笔记小说，却在向寓言小说转换的过程中，焕发了新的活力。所谓寓言小说，即以神怪意象为载体，借以影射或讽喻现实的小说。在这些作品里，神怪意象已鲜少宗教和民间信仰的意义，而几乎纯粹是寄寓作者观念的载体。

以文学作品影射和攻讦时局或政敌，这种现象在中国文学史上由来有自，但清末民初时期，由于文禁松弛，影射型的小说比过去大大增加。不少作者喜欢用神怪故事影射当时的时势，并且十分坐实，风格毫不隐晦。《新民丛报》第5号（1902年）所刊载的一篇题名为《虞初今语·食人楼》的笔记小说是一篇标准的影射型小说。小说写天冶子生于一极乐之国——华胥国，某日，他携童子远游，来到食人国。该国之扪焦人专食须陀人，越聪明者越易遭噬，古代被食者有比干、伍子胥、方孝儒等。天冶子将被食之际，其童子回国报信，华胥国之大军至，“须陀人与扪焦人皆受戕贼，达于数十万焉”。其“啖人肉最多之老妪”为村夫所执杀，“须陀人至此始为醒悟，知扪焦人专食我种也”。小说记叙简单、不事敷衍，但极其尖锐地影射了当时中国内斗不断的时势。汉魂的《新聊斋·黄生》(《复报》第1期，1906)也是与此篇作品非常类似的旨在影射的笔记体小说。作品简单地叙述了一个家族的没落史：黄生一家富贵而庞大，但常为狐所祟。黄生之仆范某不得主人信赖而心生不满，所以与狐勾结，使黄生家备受狐之骚扰。后来盗贼蜂起，黄生家遂为张姓、李姓二大盗所劫，黄生亦死于盗贼之手。黄生的另一家仆吴某，因其妻为大盗所夺，所以也与狐勾结，伺机公报私仇。最后，狐采纳吴某的建议，歼灭了大盗。狐虽平盗贼，但亦占据了黄家。这显然是一则寓言故事，影射清人入关、明朝灭亡的历史。

《食人楼》《黄生》这样的作品是以神怪意象影射整个国家的历史或命运，作品有浓郁的政治意味，甚至只是作者进行政治宣传的传声筒，作品的艺术表现力和审美风格不是作者考量的对象。当时还出现了很多讽喻型的志怪小说，它们与影射型的作品有所不同。旨在影射的作品一般会以某些符号指代现实中具体的人或事，并且作品往往服务于具体的政治斗争；讽喻型的作品则旨在批判某些社会现象或时弊，并不针对具体的个人进行攻讦，作品的批判意味尽管可能很浓厚，但并非派系斗争的工具。讽喻型的小说往往也比影射型的小说更具文学性。在《聊斋志异》与《阅微草堂笔记》这类以神怪为主要题材的文言小说中即有不少篇目旨在讽喻，清末民初时期，带有寓言性质的讽喻型笔记小说则蔚为大观。

劄记小说《啸天庐拾异》，刊于《新小说》杂志的第8～11、13～14号，小说记载了不少奇闻轶事，也有数则与神怪意象有关，但作者已声明旨在讽喻。如《鬼隐》写邹生于深山中遇一人，此人自称为明末吴江县吏，“居官见奔竞谀媚之风剧甚，不乐于仕，挂冠而去”，不料在冥间，其父亲为了敛财又驱使他为官，“则奔竞谀媚如人间”，不堪其扰。小说讽刺了现实中官场的黑暗，作者在篇末自称持无鬼论，此篇可作寓言读。“邹生，余友程叔子之姻娅也，其所谓或庄周寓言耳。顾尝读《阅微草堂笔记》，亦尝有鬼隐事，颇类邹生所述，则固不必无，亦不必不无。虽然，自物理学昌明，无鬼之论笃矣。则虽谓观奕所记，问达所述，无非寓言也。”①清末《大陆报》所刊载《警世奇话》是一个笔记小说的系列，该系列里的作品或为译作或为创作，其中有数则就是典型的讽喻型的志怪小说。如《阴界革命》写自阳世革命风潮大起，志士以流血为儿戏，前仆后继，纷纷就戮于政府之手后，阴间的雄鬼渐多，“见夜台君权之势焰更甚于阳世”，遂在阴界发起了革命。冥王问判官应施以何术镇压，判官曰：“惟在阴间，则无租界之可匿，无外洋之可遁，故亦无须多事，即趁其羽毛未丰，擒而治之可也。”结果经差役捕拿所得的所谓革命党者，“细察其神气，则似外强中干，与泉路幢幢往来之贪鬼、吝鬼、色鬼、酒鬼等无大差别”。差役辩解道：“小人原不知革命党是何东西，以为难于物色，姑往鬼冢繁盛之都觇之。见彼辈游手懒学而大言炎炎、指天划地，‘革命——革命——流血——流血’等语句念念不绝于口。甚至有恐人不知而高挂一金字革命招牌于额上者，招牌愈大，欢迎之者愈多。”冥王遂以大镜一照，被捕诸鬼之丑陋灵魂顿时毕露无遗：“有现出一团金银之气者，有现出一团酒肉之气者，有现出一物跪拜于犬羊之下、似有所求者，又有现出一幅醉心荡魄、栩栩

---

① 啸天庐主：《啸天庐拾异·鬼隐》，《新小说》第8号，1903年。

欲活之秘戏图者，而胸中一无所有，惟现出铜像二字者，亦间有之，至于心与口对者则绝无。”[①]在此篇小说中，作者以寓言的形式呈现了清廷缉捕革命党的时势，当然也辛辣地讽刺了那些借革命以招摇撞骗的假革命党。

茂苑省非子的《改良新聊斋》也是一部同类性质的笔记体小说集。小说有宣统元年(1909)上海亚东书局印本，全书两卷，共48篇；又有宣统元年上海振亚书社印本。作品虽采用了《聊斋志异》的名号，但继承的主要是《聊斋志异》的部分作品的以谈狐说鬼讽喻社会的风格。小说对晚清的学校教育、维新变革、政府随意捉拿革命党、出卖路矿权等种种时局都有辛辣的讽刺。如《狐亦陪坐议官制》写某人因与狐友善，得以偷听到天府改革官制的会议。“今国势日危，不能不变法，变法须从改官制入手”，因此天府提出官制改革，但其改革，仅是改变官职的名称而已。作者借此讥刺当时政府改革的换汤不换药。《乌龟心中有路矿图》写各种动物投生，乌龟因有关系，得以投生至中国为卖路卖矿的经手人，牟取暴利。作者在篇末慨叹曰：“凡有血气者忍为贩国之事乎？ 龟乃凉血动物也。”“龟之多也，路矿尽也”，径直把出卖路矿权的晚清政府和官员比喻为乌龟一样的冷血动物，作者之义愤溢于言表。《亚洲之黑气》写官员之利欲熏心，其污秽之气直逼上天，连玉皇大帝都被惊动了，派孙悟空下凡处置，结果悟空推辞，“今通国之着靴戴帽者良心俱无，臣实无术挽回”，写尽了晚清政权大厦将倾的颓势。《神鳌不胜压力》写因负重太多，神鳌不堪忍受，起而反抗，作者以此向压制人民的统治者提出警告。

---

① 《警世奇话·阴界革命》(不著撰人)，《大陆报》第2年第1号，1904年。

该书的各则故事篇幅短小，叙写夸张，颇具漫画风格。嗜好且擅于写作寓言小说的，还有晚清的小说名家吴趼人。其短篇小说名篇《立宪万岁》及《无理取闹之西游记》皆是以寓言讽世的作品，因二作均非笔记体，此处不纳入讨论。除了《二十年目睹之怪现状》《恨海》等白话章回小说之外，吴趼人还创作了大量的笔记小说，如《中国侦探案》《趼廛剩墨》《趼廛笔记》《札记小说》等，其中《俏皮话》一书包含了较多的寓言小说。《俏皮话》120 则，曾在《月月小说》上连载，1909 年上海群学图书社发行单行本。《俏皮话》借用寓言的形式对社会怪现状进行了讽刺，如《活画乌龟形》《凤凰孔雀》等篇皆以动物拟人，用以讥刺清朝官员对内专制、对外奴颜媚骨的丑态。《论蛆》中，作者将清朝官员比作专吃人之脂膏血肉的尸蛆，讽刺可谓辛辣之至。

无论是影射型的笔记小说还是讽喻型的笔记小说，都是志怪小说发展的另一翼，以文学作品讽喻或影射现实古已有之，不过，它们的骤然壮大还是在清末民初尤其是晚清时期。这些作品尽管采用了超现实的意象，但它们与当时的谴责小说如《官场现行记》《文明小史》等实际上殊途同归，并且由于超现实意象的使用，它们所具有的讽刺效果往往更为辛辣和直接。其中的一些作品如《改良新聊斋》等作为笔记小说，倒也能如漫画般，在简单的几笔勾勒中，就集中地传达出作者讽刺的意旨，展现了一定的艺术魅力。

四、野史轶闻与武侠轶事的风行

作为笔记小说的一支，轶事小说又可据其内容的不同，做进一步的分类。如陈文新在论及宋代的轶事小说时，就将其分成了若干类别：“或为‘史官之所不记’的朝廷遗事，如欧阳修《归田录》；或多载‘嘉言韵事’，如王谠《唐语林》；或详于各地风物及民间杂事，如庄季裕《鸡肋编》、周去非《岭外代答》；或记岁时娱乐、市井琐细，如周密《武林旧事》。”①其实，上述之朝廷遗事、嘉言韵事、民间杂事、岁时娱乐等，也大致是唐以后历代轶事小说的主要撰述对象，清末民初的轶事小说也不例外。不过，在清末民初，记载朝野人物故事的野史轶闻与讲述江湖侠客的武侠轶事又尤为盛行。在过去的笔记小说中，这两类轶事小说都自有其传统，它们在清末民初的风行，既与传统的影响有关，更与特定的时势背景及图书市场的需求等因素有关。

（一）野史轶闻

野史轶闻在笔记小说的发展长河里，一直是非常重要的一支。到了清末民初，野史轶闻类笔记的发展仍不绝如缕，代表性的作品有：李伯元《南亭笔记》，李岳瑞《春冰室野乘》，孙静庵《夕阳红泪录》《栖霞阁野乘》，李定夷《轶闻大观》《轶闻大观补遗》，姜侠魂《唐宋元明清稗史秘笈》，贡少芹《洪宪宫闱秘史》《袁世凯轶事》，皖北啸岩山人《秋窗月影录》，许指严《南巡秘记》《十叶野闻》《三海秘录》《新华秘记》《复辟半月记》等。

古代文人多具修史意识，即使无法名列史馆、参修正史，也不乏以私人之力编修史书者。受修史意识的影响，一些文人在写小说时，也好以朝野人物的逸闻作为撰述的对象，以期羽翼信史，这是野史轶闻类小说得以长盛不衰的重要原因。清末民初，文人热衷于编撰野史

① 陈文新：《论轶事小说之“轶”》，《贵州社会科学》1995年第1期。

轶闻者，也多秉持有裨于史乘的观念。如孙静庵所编的《夕阳红泪录》主要载录了明末遗民之轶事，作者对“彼胡虏之酷烈、奸贰之反覆、种族之毒祸、文字之冤狱，无不搜罗殆遍、网辑靡遗。”有人谓此书“义挟风霜，隐寓笔削口诛之意，即此私家褒贬，空谷春秋，使吾民族于二百六十余年以后，犹得想见故老之遗烈及异族之野心者。”因此，此书之价值，大可以与史书相提并论，“其功殆不在《明遗民录》《明史补遗》《续明史》等之著作下也”①。传统的看法是将野史与正史相对，认为前者乃后者之羽翼和补充，正史的地位、价值自然远远高过野史，这一观点为很多清末民初人认同；不过，又有人大胆质疑，提出了野史比正史更真实可信，因而更值得阅读和参考的看法。王大错的《棲霞阁野乘序》就对此进行了充分的论述：

欲知一代之往迹，自有一代之史书在。其朝章国故，吏治民风，与夫兴衰得丧之原，斑斑可考也。欲知一代之人物，亦有一代之史书在。其名臣循吏，儒林隐逸，以及嘉言懿行之所传播，亦斑斑可考也。盖史书者，千古传信之物，而足以昭示后人者也。然而孟轲不云乎，尽信书则不如无书。夫当秦汉之前，去古未遥，三代之直道犹存，而其书史已不足尽信如此。则魏晋无论，唐宋无论，元明而后更无论矣！况夫专制而还，寡人政治之日隆，左右史监之久佚，秉笔者既阿谀成习，主宬者更讳忌独多乎！盖久矣，二千余年之仅有华衮而无鈇钺矣！惟私家著述，

① 孙静庵：《夕阳红泪录序》，载孙静庵：《夕阳红泪录》，上海中华图书馆1913年版。

遗老传闻，一字一语反足以尽当时之真相，故古来稗官野史、杂家说部之谈，虽不免齐东野人之讥，然其粗服乱头，真率处每多与正史相印证而足补其所不及。《语》云礼失而求诸野，其殆似欤？……此孙静庵先生所以搜辑故老遗闻，摭采京朝轶事，并旁求世家秘钞、朝野佥载而有此《栖霞阁野乘》之作也。世有欲知胜清十一朝之往迹与人物者乎？其勿求诸史书而求诸此野乘也可。①

王大错认为，在专制时代，威权的存在使得“秉笔者既阿谀成习，主宬者更讳忌独多”，是以史书难以尽信，尤其是有清一代，专制与种族压迫并存，文字狱累兴，文人“触忌益多，粉饰益甚”，其史书遂“无一字足以传信”。王氏之所以长篇大论地谈史书失真，无非是为了反衬小说之“真率”，所谓欲知一代之往迹，反不如求之于“稗官野史，杂家说部之谈”。王氏的观点颇能反映出新时期部分野史轶闻的作者与读者的心态，有一定的代表性和新异性。

当然，也有一些作者热衷于野史轶闻的编写，是出于个人的喜好。掌故轶闻的集大成者许指严在《近十年之怪现状·序》中就谈道：“予幼时嗜闻古今轶事，野老放言。尝侍先祖父夜宴，辄得野史一二，则津津忘倦。久而散失十之五，存者尚复盈箧。长而饥驱海上，氍毹京华，此癖未容捐除。遇友好燕谈，酒酣耳热，或举近代遗闻轶事相告，则忻然色喜，必竟其委而后已。归而笔之，以为敝帚千

① 王大错：《栖霞阁野乘序》，见孙静庵编《栖霞阁野乘》，上海中华图书馆1913年版。

金。予生之乐趣在是。”[①]皖北啸岩山人在其《秋窗月影录自序》里，也自称“幼时即喜读野史，及长，尤好读故事，有所闻见，皆泚笔记之”[②]。野史轶闻既有可与正史相互参照、互为发明的特点，足以满足文人的修史心理，又不同于正史的刻板和正襟危坐，自有其趣味性，想来这是能够为许指严等人所青睐和偏爱的一大因素。

市场需求永远是决定哪一类小说流行的风向标，野史轶闻在清末民初的流行也不例外。清末民初的小说读者，有相当一部分是由“出于旧学界而输入新学说者”构成，这部分读者具有与写作者相近的知识结构和文化素养，他们阅读野史轶闻，自然有“藉以广胸臆而益知识”或“广见闻，资考稽”的意图。当然，还有更多的普通读者并无如此严肃的阅读目的，他们选择野史轶闻为读物，无非是为了猎奇寻异，以各种宫闱秘闻或名人秘辛满足其求异甚至窥探的心理。当时不少出版社在发行野史轶闻类图书时，纷纷以“私家秘钞”等广告语相号召，即是对这种阅读心理所决定的市场需求的响应。如上海中华图书馆在发行陈祖懿所辑之《明季痛史》时，称其“皆采诸私家秘钞中，而为世所未见”，发行《棲霞阁野乘》时，称其“凡胜清十余朝朝野佚事从未经人道破者，均载入”[③]，就充分说明嗜奇尚异永远是文化市场的一大需求。

野史轶闻既然要用以“羽翼信史”，那么其真实性如何就成了一个值得关注和讨论的问题。绝大多数的野史轶闻作者对材料的真实

---

① 转引自范伯群主编：《中国近现代通俗文学史》（下卷），江苏教育出版社2010年版，第50页。

② 皖北啸岩山人：《秋窗月影录》，上海大中图书局1920年版。

③ 《中华图书馆广告》，见孙静庵编《棲霞阁野乘》书后广告页，上海中华图书馆1913年版。

性、对书籍的存真价值都是十分强调的。许指严在《新华秘记·自叙》中就表达了“存真之可宝”的观点：“夫时代沧桑，文章官样，读史者之恨，不于其文繁事简而于其失真。则下求之野乘，往往是非不恂，忌讳胥捐，而恩怨之左右又复若风马牛然，是则存真之可宝也。”蒋箸超在《新华秘记·序》中，也对该书的真实性做了较高的评价，谓其“事事得诸实在，不涉荒诞，与坊间行本之宫闱秘史等有天壤之别”①。姚民哀在《新华秘记后编·跋》中，也特别称道许指严的《新华秘记后编》的精确性为同类题材的其他诸书所不及，因作者本人曾“寄迹冀云，凡袁氏暨其从龙之一举一动，目击无余”②。还有作者甚至不惜事无巨细地交代材料的来源，以表明所述内容绝无虚假。如贡少芹在《洪宪宫闱秘史》一书的《自序》中，称“吾书之作，固根据于姑苏某女士之所述，不同他本之嚮壁虚造，想当然耳之谈。”在该书的《结论》中，他又再次说明：“姑苏某女士之所述，实由耳闻目见而来，曷为得以耳闻目见？曰：以彼在袁氏门下奔走数十余年之故。”③总之，为了凸显内容的真实性，作者对材料的来源进行了反复的说明。王梅癯在《清抚某中丞轶事》的篇末亦交代故事来源，并佐以考证：“事见《池上草堂笔记》，近又于内家宾宴中，闻客述之如此。《池上草堂笔记》亦记亏欠公款，而无兼摄盐课事，然郡司马无征收钱粮之责，客所言摄盐课事，或有因。至其姓名，客既未明言，而池上草堂犹幼时伏案时所浏览，今亦忘之矣。”④

---

① 许指严：《新华秘记》，上海清华书局1918年版。

② 许指严：《新华秘记后编》，上海清华书局1918年版。

③ 贡少芹：《洪宪宫闱秘史》，上海明华书局1918年版。

④ 王梅癯：《清抚某中丞轶事》，《小说月报》第7卷第10期，1916年。

当然，强调归强调，在实际的写作过程中，许多野史轶闻自然是难以保证其真实性的，否则也就不成其为“野”史和“轶”闻了，作者姑妄言之，读者姑妄听之，是为创作与接受双方都认可的一种状况。甚至像许指严这种以撰写野史轶闻见长和闻名的作家，还有过刻意杜撰、伪造史料的行为。在世界书局经理沈知方的一手策划下，许指严伪造了一部《石达开日记》。他在《日记》中声称：“石在大渡河为川军唐友耕所败，进至老鸦漩，势穷被缚。在狱中述其生平事迹，及天王起事以来，与清军相持，胜败得失之由，为日记四册。”①这部所谓的《石达开日记》纯属作者伪造，许氏此举，不无借此捞钱的目的。若从历史小说的角度而言，许氏此举倒无可厚非；但若从野史轶闻的角度而言，刻意伪造素材，当然是有违其写作传统的。

清末民初人在编撰野史轶闻时，有几个较为普遍和集中的兴趣点：一是与明季遗民相关的野史轶闻，孙静庵的《栖霞阁野乘》《夕阳红泪录》，陈祖懿的《明季痛史》，江山渊的《季明义士传略》《季明烈女传略》等皆为此类。二是有清一代的朝野轶闻，包括宫闱秘史等。这方面的作品或集中为一代一时之事，如许指严的《南巡秘记》专载乾隆皇帝巡幸江南的遗闻，皖北啸岩山人的《秋窗月影录》对咸丰同治年间诸中兴名将的轶事记载尤多。还有一类作品则广收博采，总揽有清三百年的朝野遗闻，李伯元的《南亭笔记》即属于此类，其中许指严的《十叶野闻》“荟萃十纪，综甄九流，网三百年之散失，蔚十万言之大观”，堪称其中的代表。三是袁世凯复辟时期的朝野遗

---

① 转引自范伯群主编：《中国近现代通俗文学史》（下卷），江苏教育出版社2010年版，第51页。

闻。除了许指严有《新华秘记》《新华秘记后编》专门载录洪宪一朝的轶闻之外，贡少芹亦对该时期表现出极大的兴趣，先后撰写了《袁世凯轶事》《袁世凯轶事续录》《八十三日皇帝之趣谈》，更有"洋洋洒洒约十余万言，其事实与前书无一相同，其资料则较前书而尤至多且夥"①的《洪宪宫闱秘史》。

在编纂体例上，清末民初的野史轶闻与前代的同类作品无甚差异，仍是主要采用一种资料长编或汇编的形式：一书分若干卷，每卷若干则，每一则讲述一人一事或多人多事，各则材料独立成篇，彼此并无紧密的关联。如李伯元的《南亭笔记》，全书16卷，卷一有55则，辑录了清代中前期的部分朝野轶闻，既包括康熙、乾隆等帝王之事，也包括鳌拜、福康安、纳兰明珠、年羹尧、和珅等朝臣之事，各则材料之间并无内在的逻辑联系。许指严的《新华秘记》《南巡秘记》不分卷，一书之中，直接汇集了材料若干，其编辑体例属于较为粗糙的资料汇编形式。有的野史轶闻作品虽然也采用了资料汇编或长编的体例，但以一定的类目汇集材料，因此在分类编排上稍显考究。李定夷编纂的《轶闻大观》就采取了以类相从的方式编排各篇。全书分上下两编。第一编辑录明代轶闻，共四卷，卷一曰"孤臣殉国志"，卷二曰"义民泣血录"，卷三曰"烈女列传"，卷四曰"胜国摭谈"。第二编辑录清代轶闻，亦分四卷，卷一曰"宫闱杂事"，卷二曰"臣工轶事"，卷三曰"红羊拾闻"，卷四曰"江湖琐载"。因类目清晰具体，所以各类目之下的材料大致是什么性质，也就一目了然了。

① 李涵秋：《洪宪宫闱秘史序》，载贡少芹：《洪宪宫闱秘史》，上海明华书局1918年版。

大部分的野史轶闻不过是随笔载录而已，作者未及对所述之人或事进行精细的描摹和敷衍，许多篇目也就仅止于粗陈梗概。如李伯元《南亭笔记》(卷六)如是记载洪钧醉酒一事："洪钧通籍后，请修墓假。在金阊，微服作狭邪游。一日昏然醉，夜四漏，踽踽归家，路遇巡逻者，诘其何故中宵踯躅。洪怒，掌其颊，巡逻者出绳缚之去，洪倒卧地甲家。黎明始醒，大骇，呼地甲至。地甲识为洪，叩头请罪。洪无言出，盖恐人之传播也。"①全书其他篇目也大都类此，仅条陈其大概，不事敷衍。当然，也不乏作者在从前代笔记或报章中撷取材料时，对原材料进行了一定的补充加工，以使其更详尽细腻。如李岳瑞的《春冰室野乘》有不少材料均采撷自前人笔记，其中"左文襄轶事"出自欧阳兆熊的《榾柮谈屑》，该条目写左宗棠生性好自夸，曾在家信中谎称遇盗事。欧阳兆熊的原文不过"云舟中遇盗，谈笑却之"数语。李岳瑞却做了大量的铺陈：

> 书中叙别家后情事，了无足异者，惟中间叙及一夕泊舟僻处，夜已三鼓，忽水盗十余人，皆明火持刀入仓，以刃启己帐。己则大呼，拔剑起，力与诸贼斗，诸贼皆披靡，退至窗外。己又大呼追之，贼不能支，纷纷逃入水中。颇恨己不习泅，致群盗逸去，不得执而歼旃也。②

经扩充之后的故事显得更为曲折生动，可读性更强。又如"栗恭

---

① 李伯元著、胡寄尘校订：《南亭笔记》，上海古籍出版社1983年版。
② 李岳瑞：《春冰室野乘》，上海广智书局1911年版，第74页。

勤公遗事”，记叙道光朝名臣栗毓美的爱情故事，相关记载既见于毛祥麟的《墨余录》，也见于王用臣所辑的《斯陶说林》，但李岳瑞的记述较二者更为详细。

在清末民初的野史轶闻类笔记小说中，并不缺少生动有致的描写，部分作者的写作目的也可谓严肃，如许指严自称写作《复辟半月记》就不无警醒“凡世之作专制富贵梦者”的用意；但总体而言，野史轶闻或偏重于资料收集，或偏重于趣味消遣，在写法上几乎完全沿袭了传统的笔记小说路数，它们在清末民初小说中是一种自成一体而又相对保守的小说类型。当然，读者对于野史的兴趣也促使小说家进行更多的艺术探索，创造出一种重要的小说类型——历史小说。以写作野史轶闻见长的许指严就用文言创作了长篇历史小说《泣路记》，叙写明亡后朱三太子流落民间、历尽劫难，最终遭清廷杀戮一事。在历史小说中，小说家可以摆脱野史笔记求真的藩篱，注入更多的想象，读者亦更容易接纳其虚构性。因此，历史小说成为野史轶闻发展的一个重要方向。

(二)武侠轶事

以武侠故事为题材的轶事小说(以下简称“武侠轶事”)在清末民初十分流行。当时出现了一股撰写“技击”故事的风潮：最早的当属林纾，他的《技击余闻》发表后，仿效者甚众，如钱基博、朱鸿寿、雪岑分别撰有《技击余闻补》，顾明道有《技击拾遗》，江山渊有《续技击余闻》，孙颂陀的《侠骨恩仇录》及杜阶平的《拳术纪闻》虽未沿用《技击余闻》的名字，但题材内容与林纾的《技击余闻》并无二致。投入到这股“技击”风潮的知名小说作者还有许指严、许一厂、王西神、李定夷、程善之等，他们的相关作品大都发表于当时流行的小说刊物。此外，又有出版社将各种武侠轶事汇集成丛书的形式出版，如上海国华书局于民国八年、九年发行了由李定夷主编的“武侠丛刊三种”，依次为：《武侠异闻》《尘海英雄传》《方外奇谈》。商务印书馆于民国十三年(1924)出版了由恽铁樵主编的《武侠丛谈》。以甘凤池故事为例，当时以此为题材内容的小说就有多篇，包括：钱基博《甘凤池》(《小说月报》1914年第5卷第3期)、剑啸《甘凤池轶事》(《繁华杂志》1914年第3期)、杨明礼《记甘凤池事》(《娱闲录·四川公报增刊》1914年第9期)、织孙《甘凤池》(《小说丛报》1917年第3卷第7期)、潇湘花侍《甘凤池轶事三则》(《小说月报》1917年第8卷第6期)、顾明道《甘凤池》(《小说新报》1919年第5卷第5期)等。

武侠轶事在清末民初之所以蔚为大观，首先与当时饱受外辱的时势背景有关。鉴于国力孱弱的现状，知识分子们痛感时事，往往以尚武精神和侠士人格相号召，如林纾多次申明其创、译带豪侠性质的小说旨在砥砺国民的志气。林纾在《剑底鸳鸯·序》中写道：“余之译此，冀天下尚武也……究武而暴，则当范之以文；好文而衰，则又振之以武。今日之中国，衰耗之中国也。恨余无学，不能著书以勉我国人，则但有多译西产英雄之外传，俾吾种亦去倦敝之习，追蹑于猛敌之后，老怀其以此少慰乎！”①又如，李定夷所编《武侠异闻》的再版广告曰：“外交风云日益紧急，危亡之势甚于燃眉，有志之士莫不大声疾呼，崛起救国。考我国积弱之故，虽不至一端，而国民平日无尚

① 陈平原、夏晓虹编：《二十世纪中国小说理论资料》(第1卷)，北京大学出版社1997年版，第292页。

武精神实为主因。居今日而言，救国非提倡尚武不为功。本局有鉴于此，爰请海内闻人合著《武侠丛刊》一书。”①

时人之所以热衷于撰写或编辑武侠轶事，也是受国粹思潮的影响所致。“国粹”为清末民初的流行词汇，时人常高张保存国粹之旗帜，在部分人士看来，武侠一如古文字、古文学与古文化，皆为国粹之一种，自然有保存和倡导之必要。钱基博在《武侠丛谈·跋》中即雄辩滔滔地谈到武术乃自古有之的中华文化瑰宝，国人应珍视之、传承之，实不必舍近求远地取法于西人。钱氏云：“然吾闻日本有所谓柔术者，游东瀛者初见之，以为近于中国江湖卖解者流，未之奇也。而彼都人士乃尊之为武士道。迨日俄之役，两军相见，日军往往肉搏陷敌阵以奏肤功，于是柔术之效大著，而世之议者，乃知中国之技击为不可废也。抑吾徒有游于瑞典而归者矣，谓瑞典虽弱小，然其人刚猛好战，虽虎狼之俄犹畏之。其教战也，所练者腾高距远之法颇多。惟刀剑击刺之法，使两人对习，偏身相向，手冠铁丝笼，而手臂韬以重革，以防创伤，各执军器直刺，如中国古剑术焉。此其视中国之技击，有以异乎？ 否乎？ 乃世之柄兵者不察，不自知崇固有之国粹，徒思学步邯郸，冀欲丐他人之余沥以自润溉，是其舍己田而他芸，虽谓之大惑不解，不为过也。”②江山渊在《续技击余闻》的小序里称技击之术源于中国，可惜衰落澌灭，而为邻国所发扬：“日俄交鬨，短兵相接，日本以技击之术摧强俄，由是谭军学者，尊为重科。然夷考其术，实权舆于我国，而流入邻封。后世君主，锄凿民气，指为顽

① 《武侠异闻》再版广告，见李定夷编：《尘海英雄传》下册封底，上海国华书局 1919 年版。

② 钱基博：《武侠丛谈跋》，《武侠丛谈》，上海商务印书馆 1924 年版。

器，缀学之士，亦视为末技，屏而勿道。求如颜习斋、刘献廷其人，阒寂莫遘，其学于以零落澌漓而无余。迄于今兹，细民下士，或有一线之相延，顾学之弗得其用，卒弗能作国家之气，于兹亦可以觇国运矣。”①江山渊此序的命意，亦在视技击之术为文化传统的一部分，希望国人发扬光大。

对部分作者而言，创作武侠小说在既可以满足世人的“英雄梦”，又可以顺应时局需要的同时，还能满足一种特殊的审美口味。陈平原先生曾提到：“诗人之歌颂侠客，有时只是出于审美的需要……‘长剑’‘高冠’‘大漠’‘八荒’‘啸咤’‘驰骋’（张华《壮士篇》）这样的意象，确实有一种小桥流水、高楼深巷所不能产生的美感。历代文人吟咏侠客的无数诗篇，大都袭用一些基本词汇，正是看中其强烈的视觉效果。只要巧妙地嵌上几个这种辞汇，诗篇马上就有一种悲凉的气氛。”②其实不光诗歌如此，小说也同样具有类似的效果。尤其在采用文言进行创作的人看来，豪侠形象一直出现于传统的雅文学中，源远流长，以此为题材乃是对优秀的文学传统的继承和发扬。古代的散文鲜少涉及怪力乱神和爱情的题材，这与文以载道的散文观有关，但在古代散文中，描写豪侠的佳篇却层出不穷，《史记》里的不少篇章即率先树立了典范，苏东坡的《方山子传》、魏禧的《大铁椎传》等也是备受称道的作品。对清末民初人而言，创作以武侠为题材的传奇或笔记也是对古文传统的靠拢。清末的《扬子江小说报》上曾发表了凤俦创作的《马贼王惜传》《皮刀匠传》等武侠小说。

---

① 江山渊：《续技击余闻》，《小说月报》第7卷第11号，1916年。
② 陈平原：《千古文人侠客梦》，新世界出版社2002年版，第14页。

《马贼王惜传》的篇末评语曰："凤俦文古隽雄健，一字一句皆含奇气，即此小小短篇，亦皆精彩外溢，真力内敛，不亚于晋唐各种小传。"①评语将作品直接与"晋唐各种小传"相联系，明确地指出了作者对过去的散文传统的继承性。在清末民初，有不少人尚不肯承认小说具有雅文学属性，但当时小说发展的浩大声势又使他们出于经济或扬名种种原因而不得不加入小说创作的队伍中。武侠题材既然是正统散文创作中的一个传统题材，那么对这一部分所持文学观还相当保守的人乐于撰述武侠轶事，也是十分自然的事了。

清末民初的武侠轶事大都篇幅不长，通常六七百字为一则，篇幅较长的一般也不超过两千字。作者采用纪传体，多以一二事件凸显民间奇人义士的高强武艺和磊落节行，行文偏重概述，文字简约。因为这一类作品最接近于史传，古文写作中的剪裁布局等法则都派得上用场，所以古文功底好的作者，往往可以在短小的篇幅中，简练而生动地勾勒出人物的风神。林纾的《技击余闻》固然被钱基博赞誉为"叙事简劲，有似承祚《三国》"②，就是钱基博自己所写的武侠轶事，亦在传写人物方面颇显功力。如《秦大秦二》③一文开篇即写道"无锡秦大秦二，兄弟也，生负绝力，能以指弹碎羊豕骨"，可谓开门见山，毫不浪费笔墨。紧接着作者稍作敷衍，写秦氏兄弟被母亲锁在书房内读书，二人仍翻窗而出，与人斗殴。受到母亲责备后，二人"性孝，畏母甚，竟受教，勿敢违也"。这一段叙写活画出秦氏兄弟的顽劣与孝顺。接下来所写秦大与某和尚的恩怨是全篇的重头戏，作者先交代

---

① 凤俦：《马贼王惜传》，《扬子江小说报》1909年第2期。
② 钱基博：《技击余闻补》，《小说月报》第5卷第1号，1914年。
③ 钱基博：《技击余闻补：秦大秦二》，《小说月报》第5卷第5号，1914年。

起因：和尚于门外敲木鱼，秦大嫌其声音扰人，乃“斜伸一足，略拨之，僧直跌出数十尺许，越河仆于地，良久乃起。”某日两兄弟陪母亲往寺庙上香，竟与该和尚相遇。小说写道：

> 主僧出见，乃当年被跌僧也。睹秦大来，大喜曰：“公子何幸辱荒寺？”大知僧意不善，亟屏人询曰：“汝欲何为？”僧曰：“念公子一足之惠，久不报非礼。顷老僧不自揣技薄，须公子教耳。”大曰：“予侍母来祈佛，母胆弱，幸勿相惊。俟予奉母登舟，当还即汝。”僧激之曰：“公子好男子，应勿虚言相慌。”诺之。侍母登舟，将解维，佯惊语弟曰：“某物遗寺中矣，当还取之。”嘱榜人停桡相待，乃重返入寺。见僧中坐，徒数十人持械环侍。惧曰：“和尚欲众毙予一人乎？”僧曰：“此予弟子，虽助予，不为天下人笑。”大请曰：“予不意和尚恃众暴寡，顷已一人至此，必欲一计汝众数，知予当死汝曹几何人之手。虽死，庶天下后世人传说予者，谓秦某不为驽夫，几何人仅得死之也，予死亦瞑目矣。”僧许之。大伸右手一食指，指其众，数曰一二三，以次至四十八，还指僧曰：“连汝，四十九和尚。”语毕，返身疾走出寺，诸僧都瞠目视，勿能出声动，竟视大从容去也。

这一段文字条理清楚、详略分明，将秦大的心细、孝顺、重然诺、有急智、艺高人胆大刻画得栩栩如生。钱基博《技击余闻补》中的其他篇目如《三山和尚》《闽僧》《甘凤池》等，也都文字简练省净，铺叙与点染相结合，作品往往于短幅中藏无数曲折。

武侠轶事既是笔记小说的一大题材内容，也是中长篇小说的一大题材内容，在武侠轶事盛行的同时，清末民初的侠情小说、武侠小说也蔚为大观，后者相较于前者，内容更丰满、叙写更细腻，情节极尽曲折，亦更容易受一般读者的欢迎。蔡达的《绿波传》、徐吁公的《双城女子》、吴绮缘的《芙蓉娘》、黄花奴的《江上青峰记》、叶小凤的《蒙边鸣筑记》等皆是以武侠或侠情为题材的中长篇文言小说，它们与笔记体的武侠轶事一道，共同为武侠小说这一重要的通俗小说类型的发展做出了贡献。

第三章　清末民初的新变型文言小说

第一节　社会小说的兴盛

一、清末民初社会小说的发展概况

社会小说是对现实社会的弊端进行剖析和批判、对社会发展的方向进行反思和探索的小说。社会小说具体观照和反映的往往是政治体制的锢弊、官场的腐败、贫富的悬殊、国民的劣根性及小人物为生计而进行的挣扎等等。另外，晚清小说有“政治小说”和“社会小说”之分，其实政治小说亦是反思社会发展方向的作品，所以本书把所谓的“政治小说”也归入社会小说之列。在中国文言小说的发展长河中，社会小说是不多见的。鲁迅先生云，先秦有小说雏形的志怪之作如《齐谐》《夷坚》等，其内容“探其本根，则亦犹他民族然，在于神话与传说”[①]；在现存的所谓汉人小说中，著名的“有称东方朔班固撰者各二，郭宪刘歆撰者各一”，“而大旨不离乎神仙”[②]。至于魏晋六朝，因神仙之说盛行、巫风大畅及佛教传入中土，所以很多鬼神志怪之书，干宝著《搜神记》即是为了“发明神道之不诬”。《世说新语》虽“俱为人间言动，遂脱志怪牢笼”，但大都为赏心而作，“远实用而近娱乐”[③]，与锐利的社会批判毫无关涉。唐代是中国文言小说发展的成熟期，唐传奇“虽亦或托讽喻以纾牢愁，谈祸福以寓劝惩，而大归则究在文采与意想”[④]，也即唐传奇主要还是一种文人用以展示才情、游目寓心的文字，其间有对浪漫爱情的歌颂、对仙道隐逸生活的向往，而少有“致君尧舜上”的政治热情。这样的传统一直在宋、元、明、清延续，文言小说或以变怪谶应之谈为内容，或以爱情、豪侠为主题，文人对社会现实的关注和反思一般只反映在诗文里，而不反映于文言小说中。个中的原因很简单：文言小说在大多数时候只是文人的余兴之作，其功能犹贤博弈，在文人眼里，它不足以承载关于社会问题的严肃思考。

当然，文言小说里也并非绝对没有社会小说。那些通过描写爱情的悲剧来间接反映社会混乱的作品姑且不论（它们严格说来还只是爱情小说），针对社会的种种弊端并进行批判的文言小说还是不乏人创作

---

① 鲁迅：《中国小说史略》，上海古籍出版社1998年版，第6页。
② 鲁迅：《中国小说史略》，上海古籍出版社1998年版，第24页。
③ 鲁迅：《中国小说史略》，上海古籍出版社1998年版，第37页。
④ 鲁迅：《中国小说史略》，上海古籍出版社1998年版，第45页。

的，譬如《聊斋志异》里写科场黑暗的《司文郎》、写平民悲剧的《促织》等，都属于社会小说。不过，文言小说中的社会小说往往有这样一些特征。首先，它们大都要采用超现实的意象，很少彻头彻尾地写实。《促织》的全篇基本以写实为主，但在篇末偏偏有一个成名化身为促织的结尾；又如《聊斋志异》里的另一篇作品《梦狼》通过写冥间凶狼当道，来比喻现实社会中官府的残暴。王韬有一篇著名的讽喻小说《因循岛》，在超现实的意象运用上也与蒲松龄的此篇作品几乎如出一辙，不过讽刺更全面有力，对清政府的影射更为直接。可以说，在晚清以前的文言社会小说中，基本上没有用现实主义手法来反思社会的作品。其次，这些社会小说在叙事体制方面往往采用纪传体或纪事本末体，即基本上以物理时间为叙述时间，以第三人称的传记作者的口吻进行客观叙述，追求事件的完整性——这当然也是晚清以前几乎所有的文言小说惯用的叙事方式。

然而，以文言写成的社会小说在清末出现了一个发展的高潮，其中既有部分作品延续了传统——采用“传”或“记”的叙事体制，以超现实的意象影射和讽喻现实，又有大量的作品呈现出明显的新变。这些以文言写成的社会小说与当时以白话写成的谴责小说一样，是清末小说的重要组成部分，此外，清末的文言小说主要就是由社会小说构成，其他种类的作品如写情小说、神怪小说等数量不多。至于民初，以文言创作的社会小说仍不时可见，但民初小说界主要是写情小说，社会小说的发展势头很弱。必须补充说明的是，民初的小说刊物上出现了很多被编者冠之以“社会小说”名号的作品，但这些作品在很大程度上类同于报纸上无聊的“社会新闻”，以暴露某些社会陷井或黑幕为主，旨在满足读者尚奇猎异的消闲心理，这样的作品不属于本书界定的社会小说。在清末民初时期，文言社会小说的盛衰趋势与整个社会小说的发展大势是基本一致的。

在清末，社会小说的发展之所以盛况空前，则与当时的时势密切相关。鲁迅先生云：“光绪庚子后，谴责小说之出特盛。盖嘉庆以来，虽屡平内乱，亦屡挫于外敌，细民暗昧，尚啜茗听平逆武功，有识者则已翻然改革，凭敌忾之心，呼维新与爱国，而于富强尤致意焉。戊戌变政既不成，越二年即庚子岁而有义和团之变，群乃知政府不足于图治，顿有掊击之意矣。其在小说，则揭发伏藏，显其弊恶，而于时政，严加纠弹，或更扩张，并及风俗。”①欧阳健先生则认为晚清社会小说的发达与“群乃知政府不足与图治”并无大关联，而是导源于晚清政府掀起的自上而下的社会改革运动。在庚子事变以后，慈禧太后已恍然于国家致弱之原因，知此后行政之方针，不能不从事于改革，以图补救，乃以决行新政之谕旨，布告中外。因“各举所知，各抒所见”是政府对全社会的号召，所以思想的禁锢被打开了，作家们敢于揭露时弊、议论朝政，社会小说随之盛行当属自然之理。②其实这个分析与鲁迅的观点是可以相互补充的，政府的提倡固然为社会小说的涌现提供了宽松的环境，但屡败屡战的时势也确实令时人对政治体制和社会弊端产生反思和批判的心理。其实这种反思心理自鸦片战争以来就一直存在，中日甲午战争的失败及八国联军侵华事件的发生，则令国人的感愤情绪升腾至沸点。民初社会小说热潮的衰退，则与民初人的政治热情普遍消减有关。

① 鲁迅：《中国小说史略》，上海古籍出版社1998年版，第205页。
② 欧阳健：《晚清小说史》，浙江古籍出版社1997年版，第5～8页。

在清末民初的文言小说系统里，既出现了传统型的社会小说，又产生了大量的新变型社会小说，关于前者，可参见前文“清末民初的笔记小说创作”一节，本章着重讨论的是该时期的新变型社会小说。所谓的新变型小说主要包括以下两种类型的作品：(1)不再采用超现实的意象以影射和讽喻社会现实，而是运用了近乎于批判现实主义的手法来表现主题。这类作品或者仍沿用了传统的“传”或“记”的叙事体制，或者对传统的叙事方式有所突破，不过当时的大部分具写实风格的社会小说都在叙事方面有一定的新变，有些作品甚至已具备了成熟的现代短篇小说的品格。过去以文言写成的社会小说本不多见，即使有，也多以神怪的意象进行讽喻，所以在清末民初时期，出现具有写实风格的社会小说，其实已经是文言小说史上的一个很大的突破了。(2)不具有写实主义的风格，仍然采用了象征和寓言等形式，但作品或者在用以象征的物体或喻体方面与传统意象迥异，或者在叙事体制方面突破传统的纪传体和纪事本末体。这类作品在当时为数不少，寓言的形式对于清末民初的小说作者具有相当大的诱惑力。

清末民初的新变型社会小说所反映的社会内容十分广泛，其中抵御外辱、强国保种的民族主义思想是当时的小说作者高度关注并反复表现的主题。短篇小说《一条鞭》(《复报》第4号，1906)，以第一人称写“余”在纽约街头的见闻。“余”听到房外传来争吵声，遂循声而去，发现街头有美利坚人正殴打华人。美利坚人一边殴打，一边呵骂。面对欺辱，被殴打的华人尽管身上血流如注，但毫无惧色，且据理力争。其他围观的华人也纷纷表示不平：“尔自命文明人，偏偏出此最刻薄最不通的厉禁，禁止我工商，尔人面兽心，还要作威作福吗？”最后，美利坚人只好悻然离去。全篇主要由一个场景构成，篇幅简短，描写上颇为粗糙，但在集中的片断描写中，作者的强国保种思想和反华工禁约的立场都表露无遗。路矿权的问题一直是清末民初人关注的焦点，为了不让外国人控制中国的铁路、矿藏等，全国有很多地方都掀起了保路运动，这一社会热点问题在当时的小说中得到了十分迅捷的反映。《彼何人斯》(《月月小说》第12号，1907)、《侠丐》(《小说林》第10期，1908)、《义丐》(《小说新报》第1卷第3期，1915)三篇小说皆以这一敏感的外交问题为表现对象，并纷纷选择了为国事奔走呼号的乞丐作为作品的主人公。《彼何人斯》采用第一人称，写“予”游西湖时与一位朋友邂逅，两人谈及政府向列强出卖修路权之事，皆唏嘘不已。两人正在感慨之际，忽见曾在捐款大会上捐献银元的乞丐，该乞丐原为东北人，曾亲历家乡为俄国人凌辱之痛苦，所以誓为保存浙路贡献自己的一份力量。乞丐曰：“复谁料浙江又将为第二之东三省，则未来之第三第四以至第二十一第二十二之东三省，不独吾无立锥处，推第二至第二十二之如吾者，又将有何处容其立锥？ 昨闻集款拒款之议起，吾故以日积月累、备市棉衣之资，敢为路股助……”小说以对话为主，没有曲折起伏的情节，开篇对西湖美景的描写甚细，较好地起到了深化主题的效果。李涵秋的《侠丐》与濑江浊物的《义丐》皆正面描写了满怀爱国热忱的乞丐为筹款而奔走呼号的情景，同时鞭挞了旁观者的冷漠和自私。如《义丐》写乞丐阿三当街演唱亡国歌以募款时，围观者“悉抚掌狂笑，目为疯癫，相率散去，无一人愿听其歌者”。

在清末民初的新变型社会小说中，有大部分作品是对当时社会的批判之作。旧式的教育制度及沉醉于旧式文明中顽冥不化者、清政府换汤不换药的改革措施、官场中的一心钻营者、对老百姓的压榨、愚昧颟顸的国民性格、小人物为生计而进行的挣扎等等，如此种种皆在当时的社会小说中得到了全面的反映。这些作品旨在对现状加以批判，所以大多数以讽刺的风格为主导。

《老学究叩阍记》(《新小说》第 3 号，1902) 写一专门研究八股文的老学究在科举废除、八股文弃用的时代潮流中的不甘和抗争，他最后自缢，成为一去不复返的旧式文化的殉葬品。作品描写了老学究两次上京请命、恢复八股文的经历。当戊戌变法时期，光绪帝宣布废除八股文的诏令下达以后，老学究闻之，纠集同志哀悼，痛哭流涕，如丧考妣，且偕二同道，前往燕京请命。途中，二同道被强盗杀害，财物也遭掠去，老学究一路“高唱求乞”，“比达京师，八股文已由顺天府何乃莹奏复”。老学究在京师也受到礼遇，往来于士大夫之间。不久，义和团起，老学究加入义和团，被推为师兄。在洋兵长驱入京之时，老学究被掳，后虽被释，但狼狈不堪，靠求乞回到家乡。某日，八股文被废的消息又一次传来，老学究遂开始了第二次的请命历程。此次老学究与一马姓武人同往京师，在选择陆路还是水路方面，二人发生了争执，最后二人由水路至沪。在上海，老学究又因随地便溺被拘入巡捕房。关于这两个细节，作品叙述如下：

> 马曰：“吾累应会试，轮舟良便，奈何去逸就劳？”学究问轮舟何状，何人所作，马具告之。学究曰：“然则洋人物也。洋人物，惟面团团上镌有飞鹰状者，颇可人意，其他机器，仆见之，辄动义愤。君欲陷我不义乎？”执不可。马忿甚，拟之以拳，曰：“穷秀才真酸人骨髓，梗吾议，当碎尔鸡肋矣！”学究无奈，且念前次陆行，害最酷，乃从登舟。抵沪，过洋泾桥，私

> 焉，被拘入巡捕房，罚面团团者数枚，始释去。归寓，咎马曰："吾曩游都门，阛阓间，任意溲渤，公私称便。今上海乃禁人便溺，安得义和团复起，将鬼子悉数杀却。然皆尔累我至此也。"马曰："尔自不晓事，尤人奚为？"学究曰："世间不晓事者，武人为最。岂有工八股文，不晓时事者乎？"

第二次请愿却以失败告终，某尚书告诉学究八股文气数已终。老学究因不懂外文及西学，连觅一噉饭之处亦不得，最后缳首自裁。在该篇中，作者以较为夸张的笔调，生动地勾勒出了一个食古不化、固步自封的老学究形象。作者将主人公置于戊戌变法前后这一急剧变迁的时代背景中，通过对老学究命运的描写，反思了旧式文化及知识体系应该何去何从的问题，作者给出的回答是去旧迎新。作品虽然采用的是传统的纪传体的叙事方式，但传统的纪传体叙事往往强调个体人物的真实性，而此篇作品中的人物却具有高度的概括性和符号性。小说的开篇写道："老学究……教授其业，八股其性命，人咸称之曰老学究，学究即以自号，故其里居姓字不克详云。"这样的叙述即鲜明地赋予了人物象征的意义。清末民初时期对传统文化及旧式教育提出反思和批判的作品非常多，除此篇外，还有《学究教育谈》（《月月小说》第 12 号，1907）、《新论字》（《小说月报》第 3 卷第 1 号，1912）、《焚书》（《小说月报》第 4 卷第 9 号，1913）、《侬之影史》（《小说月报》第 6 卷第 9 号，1915）等。茧庐所撰《焚书》的主体部分采用了第一人称自叙的形式。主人公幻园出身于农家，其父、外祖父皆下帷苦读，但求取功名而不果，仍以贫困终身。最后，幻园于潦倒落拓中返家，而其妻、子、续弦已因贫病交加先后去世，唯留一噉嗷待哺的小儿。愤懑中，幻园决定弃儒从耕，遂将所藏之书全数焚烧，以免贻害后代。小说中幻园的自叙颇为真实地反映了部分旧式文人的不幸生活：他们虽饱读诗书，却无具体的谋生能力，科举的废除堵绝了他们的进身之路，在一个急剧变迁、向新时代过渡的社会中，他们举步维艰。通过对幻园的悲剧人生的展现，作者对传统教育、传统文化的生命力问题提出了严肃的思考。小说采取了自叙传的形式，没有夸张的叙述和描写，所以作品显得真实可感，且弥漫了浓郁的抒情气氛。

对清政府官场的批判一直是清末民初尤其是晚清社会小说的重要内容，代表性的作品即是清末的谴责小说。不过，几部著名的谴责小说都是长篇，且用的是白话，而以文言创作的社会小说则是短篇居多。陶安化的《小足捐》（《月月小说》第6号，1907）写一巡检为了博取上司欢心，冥思苦想后，草拟了“小足捐”的筹款章程，以期实现上司想筹款的愿望，结果提议遭驳回。在小说中，“小足捐”这一事件如同一面镜子，清晰地映照出当时存在的诸种社会问题。此篇在当时具写实风格的社会小说中，算得上成功的作品，作者较少夹叙夹议，对人物的描写亦比较合乎情理，没有恶谑式的夸张。徐卓呆的短篇小说《温泉浴》（《小说林》第7期，1907）写一“改良会之会长某”在日本时与一留学生交流嫖妓的心得，作者对这类伪善的“改革家”进行了辛辣的讽刺。小说采用了第一人称，写“余”泡温泉时的见闻，作品的主体即由“会长某”与留学生的对话组成。《化外土》（《小说月报》第1卷第2期，1910）写二人家里皆被盗，遂前往防营报案，不料连跑两处，两处防营皆互相推诿，不予处理。

国民的迷信、冷漠、势利等劣根性也是当时的社会小说大力批判的对象。此类作品有《路毙》(《新新小说》第2号，1904)、《大王会》(《新世界小说社报》第8期，1906)、《玄君会》(《月月小说》第3号，1906)、《放河灯》(《月月小说》第19号，1908)、《一日三迁》(《小说月报》第2卷第2期，1911)等。《大王会》写在举行大王会时，老百姓拥挤观看导致栏杆崩塌、观者伤亡的事件及在茶寮中大家议论事故原因的情景。围观者竟然把灾祸归结为对大王的不敬所致，并“相戒以明岁之会必虔诚，无惜金钱以干神怒”，作者以此批判了民众的愚昧无知，所谓“是可以瞻民智”。《一日三迁》写一旅客投宿旅店，一天以内遭致三种截然不同的待遇。“客归已室，负手窗前，念旅馆中人种种怪现象，不觉失笑。因思此辈见我一肩行李、仓皇而来，既无仆从，又住二等房间，则先生我，乘四人肩舆上院，则老爷我，见老帅邀我，则大人我……客思已，复笑。”作者辛辣地讽刺了社会上某些人的趋炎附势。

贫民为生计而进行的挣扎也是当时的社会小说所关注的内容，作者描写小人物的不幸生活，同样是旨在实现社会批判的目的。以贫民生活为表现对象的小说，著名的有徐卓呆的《卖药童》《箍》、叶圣陶的《穷愁》及恽铁樵的《工人小史》等，徐卓呆的两篇作品是白话小说，此处不拟多论。《穷愁》发表于《礼拜六》的第7期(1914)，小说写小贩阿松的艰难生活。阿松家境贫寒，与老母相依为命，他本为丝厂工人，丝厂倒闭后，以贩饼谋生，勉强糊口。某日阿松去赌场卖饼，却被警察当作赌徒抓进了监牢。阿松好不容易缴齐罚金被释出，但出狱时，其老母已在贫病中去世，阿松最后不知所终。以贫民生活为题材、且以写实手法加以表现的文言小说在文言小说史上实不多见，这一部分的小说是五四时期所倡导的“平民文学”的重要组成部分。

二、陈冷血等人的具超现实风格的社会小说

在文言小说的系统中，虽有少数作者也创作社会小说，但他们多用超现实的意象来表现主题，蒲松龄《聊斋志异》中的作品皆如此。又如王韬，有研究者认为，“他在现代较早尝试把文言短篇小说这种原本位处边缘的闲适文体，运用来直接表现个人对于社会世相、国计民生和文化前途的痛切体验与思考，从而产生了为蒲松龄《聊斋志异》所没有的那种直接而强烈的社会批判效果”①。王韬的小说所体现出的关注现世与社会的热情的确比蒲松龄更为强烈和直接，但就表现手法而言，二者的差异并不大。王韬曾自叙：“自来说鬼之东坡，谈狐之南董，搜神之令升，述仙之曼倩，非必有是地、是事，悉幻焉而已矣。”②可以说，借“奇境幻遇”来影射社会现实是过去的文言社会小说一贯的手段。在清末民初时期，运用超现实的意象来表达对社会的思考和批判的文言小说大量出现，然而在这一类小说中，有一部分作品明显受到了西方小说的影响，它们在思想主题或叙事模式等方面与过去的小说大不相同。

在清末具超现实风格的小说中，陈冷血的作品堪称典型。陈冷血，上海松江人，字景韩，笔名冷、冷血、景、不冷、华生、新中国之废物等。早年留学日本，曾任《大陆报》记者，1904 年任上海《时报》主笔，1913 年后任《申报》总编辑，又主编早期《申报·自由

---

① 王一川：《中国现代性体验的发生》，北京师范大学出版社 2001 年版，第 147 页。

② 王韬：《淞滨琐话自序》，载王韬：《淞滨琐话》，齐鲁书社 2004 年版。

谈》。此外，他先后编辑或主编《新新小说》《小说时报》等报刊。其人喜译俄国虚无党小说和侦探小说。陈冷血创作的小说甚多，且多数为批判时政、宣扬其政治理念的社会小说。陈冷血的小说往往关注的是政治体制、整个社会的风习等十分宏大的主题，他思考的是社会的整体命运问题，而非具体的时弊和社会现象。另外，受俄国虚无党文学的影响，他的小说往往流露出强烈的以暴力革命打破旧世界、创造新世界的倾向。因此，陈冷血的作品在批判社会的深度上是过去的许多文言小说所不及的，其代表作包括《侠客谈》《现身园》《催醒术》等。

《侠客谈·刀余生传》(《新新小说》第1号，1904)写一旅客被强盗掳入强盗窝后的所见所闻。他目睹了盗贼残忍的杀人方式和近乎于军事化的管理制度，因其强悍和不畏死的精神，获得了盗首的青睐。自称“刀余生”的盗首向他讲述了自己如何为盗、如何在盗贼中实施抱负的经历。刀余生一心希望国富民强，他曾入士道、商界、政界等，但发现无论士人、商人还是官府，皆不足以为谋。譬如所谓读书人者，“外谦让而内多欲，外宽厚而内嫉忌，言甘而行恶，言大而志小，更有一种不可思议之小心谨慎，实牵制万事而不能为”。刀余生入商界四年，但商人的短见让他倍感失望，于是他投身于政界，然而七年的政治生涯也令他十分失望。刀余生退出政界后，又游历了12年，足迹遍布全国各地。为了寻觅无牵制之团体，以践行理想，刀余生加入了盗贼的队伍，并成为盗首。作者通过对刀余生入世的经历的描述，表达了对现实社会的激烈批判。作者又非常详细地叙述了刀余生的兴国理念和种种改革措施，其兴国理念极端激进、强调绝对的军事化，明显来源于西方的某一类社会实践和哲学观念，而与中国传统所提倡的王道政治迥然不同。陈冷血的另一篇小说《现身园》（《中华小说界》第1卷第2期，1914）也是把整个社会汲汲于名利的风习作为了批判的内容。小说中的“富翁”与《侠客谈》里的刀余生一样，有丰富的社会阅历和希冀改造社会的抱负，他认为要拯救中国，必先革除国人的逐利之心，而要革除逐利之心，先得拯救有才能之士，所谓“今日欲救中国，必先救中国才能之士，使不陷于快乐奢豪之圈中，终生致无余暇，则救中国之根本得矣”。富翁遂建筑了一座“现身园”，让人们游历其中，亲见功名富贵不过如此，遂渐灭逐利之心。

《催醒术》发表于《小说时报》第1期（1909），小说写“予”被一持竹梢的人催醒，变得“身体手足耳目口鼻之感觉灵敏于他日、灵敏于他人”，“予”由此发现身边的一切人和物皆肮脏不堪，于是奔走终日，试图让身边的人全都洗去污秽。小说写道：

> 忽有客来，询予何事，予一见客，未问客来何事，已见客帽积尘、客面积垢、客衣服积秽，急为客取水、取盥洗具、取栉取刷，请客梳洗、为客拂拭。客大奇，客不可，强而后可。正拂洗拂拭间，忽又来一客，积尘积垢积秽如前，予又急为之洗、急为之拂拭。客又大奇，客不可而又强客。正纷扰间，又有二三客来，尘垢积秽，亦与前两客等。予乃无法，急呼仆人来助予。殆仆至，尘垢积秽，甚客数倍，因呼他仆，他仆如之，又呼他仆，他仆亦如之。

因洗不胜洗，“予”不由得喟然叹曰：“嗟乎，予欲以不一人之力洗濯全国，不其难哉！”不仅如此，因“予”的反常行为，众人还

"笑予为狂"，认为"予""殆病神经"：

> 予方振笔，疾书数行下，忽又蹶起曰："此哭声也，何为乎来？"急下楼走，众俱愕然，亦从余走，窃窃私语曰："彼殆病神经，何尝来哭声！"走至道，道左果有一病妇抚孩而号，号声悲以切。予乃大可怜，探手入囊，取所有钱与之，然而行道之人多如蝇蚁，淡然过之，若勿闻也。

因为有比别人更灵敏的感觉，"予"倍感劳苦。这种众人皆醉我独醒的状况令"予"无比痛苦，但欲寻持竹梢之人以恢复原状，却终不可得。在此篇小说中，作者非常深刻地写到了社会的堕落、肮脏和国人的麻木及先觉者的痛苦。

陈冷血的小说具有非常浓郁的超现实风格。他笔下的人物带有明显的象征意味和高度的概括性、抽象性。如《侠客谈》里的刀余生和《现身园》里的富翁都是某种政治和社会理念的化身，作者并不试图赋予他们作为个体的人的情感和思想，因此，他们能游历遍及全国、进行所有的社会实践，他们具有指点江山、变革社会的雄心，并能在小王国中将自己的理念付诸实践。这样的"侠客"其实就是具有理想主义和英雄主义的政治家、社会活动家。《催醒术》里的"予"实则是先觉者的象征，他的清醒使他卓然独立于整个社会之上，如俯瞰苍生的神祇，他焦灼地希望洗濯世界，并为此奔走碌碌，这又赋予了他一种知其不可为而为之的悲愤色彩。此篇小说可与鲁迅的《狂人日记》等众多描写先觉者的作品对比阅读。

再看陈冷血小说中的意象。《侠客谈》里的贼窝其实是作者所建构的一个乌托邦，刀余生只有在为贼为盗后才能建立起自己的“理想国”，作者以此隐喻了以暴力革命改造社会的思想。刀余生的“理想国”正如前面所谈到，其理论来源是西方远古的哲学(柏拉图《理想国》等)与社会实践(古希腊的斯巴达国)，因此，作者虚拟的这个小王国也带有高度的象征性。至于那个诡异的“现身园”创办后，竟能“使中国之人心翻然一变，欺诈侵吞作弊纳贿之风一扫而尽，兴一业、办一事，无不立见功效，而国大治”，这种叙述当然也是极具浪漫色彩的。《催醒术》通篇采用了象征主义的手法，“洗濯积垢”的意象实则象征了对堕落的世界的拯救。运用超现实的意象来进行社会批判，这是文言小说的一贯手段，但是，陈冷血小说所体现出的超现实风格与过去的小说有很大的差异。传统小说的超现实意象多从宗教和民俗中撷取，因此它们多为鬼神狐怪、魑魅魍魉或地域变相、世外桃源等。然而，陈冷血笔下的超现实意象却毫无宗教的色彩，它们虽然是现实社会中的人或事件的高度抽象或浓缩，并带有浪漫主义的夸张倾向，却绝非异类。此外，它们所隐喻的理念具有鲜明的西方文化意味，这也与传统小说截然不同。

陈冷血的社会小说在叙事模式方面颇有新变。《侠客谈 · 刀余生传》全篇主要由旅客与刀余生的对话组成，无起伏多变的情节，这对以故事或事件为中心的叙事传统是一种冲击。小说的起始与结末皆干净利落，且以被盗贼掳始、以加入盗贼终，前后呼应，意味深长。《催醒术》采用了第一人称，小说的开篇也以“予”被骤然催醒的场景开端，颇具“一起之突兀”的效果，对传统“记”和“传”的写法有一定的突破。《侠客谈 · 路毙》(《新新小说》第 2 号，1904)写一老人昏倒于路旁，围观者、议论者甚多，伸出援手者却甚少，老人后被一少年搭救。作品主要由一个场景构成，但这一个场景涵盖了十分丰富的社会内容，如通过路人对老人身世的议论写出当时政府对平民的压迫和社会的混乱，通过路人的冷漠写出世态的炎凉等等。这样的小说其实颇合现代短篇小说的宗旨，即“截取一段人生来描写，而人生的全体因之以见”①。当然，陈冷血的小说虽然从主题到写法都体现出明显的新变，但它们在描写方面还比较粗糙，小说中的人物因为带有高度的概念化色彩，所以往往不够生动可感，作品的语言也缺乏提炼，文言本身所具有的美感未能得到开发。

清末还有一篇具有超现实风格的社会小说值得一提，即《中国兴亡梦》(《新新小说》第1、2、5期，1904、1905)。作者侠民不知为何许人，但发表该小说的刊物《新新小说》为陈冷血主编，且作品的主题、风格及文笔与陈冷血的作品不无近似处，侠民是否即陈冷血，暂且存疑。小说主要写太虚生之梦，在梦中，太虚生加入东北义勇军，亲历了与俄国的战争。太虚生还亲眼目睹了东北地方自治的过程，可惜，作品至此结束，未续完。小说通过梦幻的形式寄寓作者的政治理想，以日俄战争为背景，但加入了大量的虚构成分。此篇虽未续完，却明显具有长篇的格局，这在以文言写成的社会小说中还是比较罕见的。因是长篇，作品中有关战争的描写、地方自治的叙述、人物心理的刻画和情境氛围的渲染，都十分详细充分，与文言小说的写作传统大相径庭。小说的第一节“厌世人之居宅”开篇即写雪景，描写甚详：

① 茅盾：《自然主义与中国现代小说》，载严家炎编：《二十世纪中国小说理论资料》(第2卷)，北京大学出版社1997年版，第230页。

朔风凛冽，素雪横飘，四边天色，依稀低入地平，飞潜走植，僵无生气，万物皆作可怜色。此时何时，非天地闭塞之严冬乎？

平野苍茫，千里一白，老屋数间，岿然矗风雪中。门外古梅两株，著花点点，溅燕支汁，霞晕硃灼，与琼枝玉叶相渲映，幽香缭绕不散。阶下芭蕉为雪所压，一二处露浅碧痕。冻雀缩其项于檐角，不能翔去，饥犬作吠声，嘶以凄。群籁阒寂，惟水凌澌圻相和答，惨怛悱恻。斯何人之庐？

屋旁小溪，澈底结冰，游鱼凝其内，失泳行力。绕屋皆稻田，四无所见，羊肠小径无人迹，无麋鹿野兽迹。屋后有高楼，可眺远，左见佘山，右见黄浦，屋之地，去上海盖十里。屋之内，共五楹。向北一室，丹铅错杂，有琴有剑，卷帙缥缃，古色古香，皆中国之旧籍。若赤若黄，若黑若绿，金字灿烂标眉额，则蟹行册子也。有人种，有地理，有政治，有宗教，有战争，有外交，有进化，有文明，地球之记录略备。其左壁悬世界地图，右悬中国现势图……

小说的开篇以工笔写雪景，次写太虚生造访老屋主人爱克斯，两人把酒言欢，并畅谈时事。太虚生不胜酒力，遂醉卧沉入梦乡，醒后太虚生向朋友讲述其梦，太虚生的自叙采用了第一人称。因第三人称和第一人称的替换使用，所以作品在叙事上显得摇曳多姿。作品文笔雄健，呈现出一种阳刚之美。在当时的小说群体中（无论白话还是文言），该篇堪称佼佼之作。

民初小说虽以写情为主，但仍不乏作家创作社会小说，且出现了以文言写成的中长篇的社会小说，《京华呓语》和《帽影钗光录》等是其中的代表。1913 年由上海因明社编辑发行的小说《京华呓语》借用了梦境来讽喻现实，且采取第一人称叙事。小说写“友人自京华归，为余述梦，是夜，余即从而梦之”，全书即写“余”在梦中的种种见闻。该小说披露了民国成立之初的种种“怪现状”，包括举外债、党争、官员舞弊、女界风气、议会龃龉、南北议和等，讥刺时势可谓直接而尖锐。《帽影钗光录》于 1916 年 6 月由新华书局出版，封面题“官场小说”，作者蒋景缄乃浙江杭州人，曾任清末上海报刊《舆论时事报》的主笔。小说写“余”为盗贼，窥探到官员叶狂和阴仁符的秘密，包括卖官鬻爵，声色犬马、奴颜媚骨等。作者以显贵叶狂与为了步步高升而不择手段的阴仁符为典型，对清末民初的官场进行了辛辣的讽刺。

无论是《京华呓语》还是《帽影钗光录》，其讽刺皆夸张辛辣，延续了晚清谴责小说“笔无藏锋”的特点。在超现实意象的运用上，两篇作品均存在简单化的缺点，不管是梦境的使用，还是赋予盗贼以社会观察者和批判者的象征意味，超现实意象本身所呈现出的想象性、独特性或奇情幻采等艺术魅力未能充分彰显。不过，两篇作品均采用了第一人称叙事的模式，不同于传统文言小说惯用的第三人称。《帽影钗光录》还以倒叙为叙事时间，且尽量恪守了第一人称的限知视角，当作者在某些章节换用第三人称全知视角时，会补充交代事件的来源作为过渡，如“都上所记，皆为逆旅主人告余语，主人有女给役于署中，故事之曲折皆能洞悉”等，从中可以见出作者在叙事模式方面的摸索。

三、恽铁樵等人的具写实风格的社会小说

在清末民初时期的文言小说系统里，出现了大量具写实风格的社会小说，这是文言小说发展史上的一个新现象。所谓的“写实”小说，即采用现实世界中的意象，力求真实地反映生活、剖析生活本质的小说，写实小说采取的手法应该是现实主义的，从中表达的立场应该是具有批判性质的，当然，“写实”与艺术虚构并不矛盾。茅盾在《自然主义与中国现代小说》一文里，批判清末民初的某些小说其实只是“采取西洋短篇小说里显而易见的一点特别布局法而已。短篇小说——不独短篇——最重要的采取题材的问题，他们却从来不想借镜于人，只在枯肠里搜索”①。茅盾的这个说法大体不错，清末民初的部分小说虽然在叙事方法上能够实现一定程度的新变，但“题材的问题”却在当时比较受忽略。整体而论，清末民初尤其是民初的小说家缺乏严肃地关注现实人生的创作态度、缺乏对真实琐碎的个体或群体的观照意识，所以清末民初的小说在题材和主题上难有突破。不过，当时也有少数作品在这方面体现出开拓的精神，恽铁樵的《村老妪》和《工人小史》以及鲁迅的《怀旧》即是其中的代表。

恽铁樵，江苏武进（今常州）人，名树珏、号药盦，字铁樵（或为又名），别署黄山民、焦木、冷风，曾任清末民初时期《小说月报》的主编，后弃文从医。恽铁樵长于古文创作，“继主编商务《小说月报》，历十年，时人谓其文与林琴南齐名”②。恽铁樵对清末民初小说

---

① 茅盾：《自然主义与中国现代小说》，载严家炎编：《二十世纪中国小说理论资料》（第2卷），北京大学出版社1997年版，第230页。

② 何公度：《悼恽铁樵先生》，《现代中医》1935年第2卷第9期。

的发展贡献甚大，他乐于奖掖后进，《小说月报》在他主持期间，刊载了不少质量上乘的小说，包括当时仍是无名小辈的鲁迅、叶圣陶等人的作品。恽铁樵对民初小说界盛行的骈文风习采取坚决批判的态度，他是提倡以古文创作小说、借小说发扬古文传统的代表人物。因此，相对于《民权素》《小说丛报》《小说新报》等刊物，他主编的《小说月报》成为古文体小说的重要阵地。除了喜好评点小说外，恽铁樵本人也创作和翻译小说。《村老妪》发表于《小说月报》的第3卷第10号(1913)，作品主要写一乡村老妇人的生活片断，并以此来反映民国所建立的“民主政治”在普通民众中的推广状况。小说没有曲折的情节，主要由三个场景组成：村老妪灯下缝补、村老妪与邻女交谈、老妪之子回家后与老妪交谈。小说开篇并未对村老妪的身份进行程式化的介绍，而是细致地描写老妪灯下缝补、等候儿子回家的场景：

> 破屋如斗，寒灯一檠，灯下坐老妪，手针线缝破裤。室中竹椅一，饭桌一，木塌一，溺桶一，土灶一，余物堆积无隙地，黑黝黝不可辨。灶觚置瓦缶，缶盛薯芋若蒸饼，一狸奴潜距其侧，恣意大嚼，惟恐一时不遽尽，惧为妪觉也。妪年事可四百四十五甲子，黄发驼背，面部如倪迂画石，绉透且瘦老，眼昏花不便工作，乞灵于铜边大圆眼镜，镜一脚已逝，青棉线代之。忽大咳嗽，猫闻声，惊遁入床下，凄然而鸣。妪大惊，急顾视，瓦缶幸不堕地碎，然中已空空。顿大怒，詈置其所缝裤于床，觅得一木橛，势汹汹向床下狙击。猫大惧，自窗牖鼠窜去。

在此场景中，作者的描写十分细腻真实，极富生活气息。小说接着写邻女荷姑来向老妪借白雄鸡的羽毛给哥哥治病，二人的对话如下：

妪咋舌曰："直须尔许物，破财不小矣。顾今病人作何状？巫来后，病势已稍杀耶？"女蹙额曰："否，昏迷如故，谵语且益盛。"妪问谵语云何。曰："有时不可辨，有时则甚清晰，其言曰：多一人即多一票，小圩里阿龙担任四十票，二保认三十票，五十票、六十票必当选。"女言未竟，妪骇然曰："疾不可为也。是必勾魂使者所持票，然何以如是之多，岂天降鞠凶，将瘟疫流行，死人无算欤？"女闻言，惊怖失色。妪即床头鸡埘中出雄鸡，付女曰："此物避邪祟，鬼物咸畏其鸣声。"女称谢，匆匆保持去。

邻女荷姑之兄的病中谵语其实是与当时的地方选举有关，所谓的"票数"是指选举拉票，殊不知却被老妪当成了地狱的勾魂使者来索命。老妪的儿子回到家后，得意地向老母讲述他参加选举并有可能做官的情形，老妪教训道："吾闻做官须孔方兄或羊毛笔，今都不用而代以投票，殊大奇。且汝投票举人做官，谁投票举汝做官？ 汝毋志得意满，鬼物且揶揄汝矣。"

以小说反映时政，这在清末民初尤其是晚清的社会小说中比较常见，民主被滥用或误解这一主题也颇为当时的作者所留意，例如吴趼人的《庆祝立宪》《立宪万岁》等小说皆以这方面为题材。恽铁樵的《村老妪》的特别之处在于，它不仅反映了当时的时政，充满了浓郁的时代气息，而且还成功地塑造了一位乡村老妇人的形象，生动地再现了农村生活的片断。在小说中，老妇人的善良、迷信、本分、轻微的虚荣心和凭直觉而生成的人生智慧都被作者刻画得栩栩如生。因此，小说虽然反映了时弊，但并非政论文字，它关注的是普通民众在特定的时势下的真实的生存状态——他们虽然生活在风云变幻的社会中，但他们的日子清贫而封闭，时代的风云与他们并没有实质性的牵涉。

反映了类似题材和主题的还有鲁迅的短篇小说《怀旧》（《小说月报》第4卷第1号，1913）。小说写一乡村幼童的生活点滴，作品在其中穿插了在一场“疑似”的“长毛”造反的传闻中，乡村各色人等的反应。数十个难民涌入“何墟”，众人以为是又一次“长毛”造反，遂陷入了慌乱中。尤其是乡绅、塾师等惶惶不安，纷纷计划逃亡。在商量对策中，塾师秃先生与“拥巨资”的金耀宗谈到了上一次“长毛”造反的情状。通过二人的对话，作者辛辣地讽刺了秃先生的奸猾、骑墙和金耀宗的愚昧颟顸。对于那些不用担心既得利益会遭破坏的普通乡民而言，他们也回忆起了曾经发生过的“长毛”叛乱，不过在他们眼里，那场轰轰烈烈的革命仅仅成了饭余茶后的谈资，那场革命留下的仅仅是惊险曲折的故事而已。在此篇小说中，作者十分真切地写出了革命的悲剧性——它既未在根本上触动有产者的利益，更未对普通民众的觉悟产生任何影响。跟恽铁樵的《村老妪》一样，此篇作品也是通过对乡村生活的具体展现来反映严肃的主题。小说朝纵深方向发展，其必然结果是关注人的存在状况。“小说之存在的理由，是在不灭的光照下守护生活世界。”[①]因此，将小说写成探讨政治或社会问题的政论文，是与小说的精神相抵触的。无论是《村老妪》还是《怀旧》，作者都是以严肃、求实的态度来关注社会与人生，普通人与急剧的社会变革或时代风云的关系是作者叙述的重心，而这样的题材和主题在清末以前的小说中几乎是不可见的。

恽铁樵的短篇小说《工人小史》(《小说月报》第4卷第7号，1913)在题材方面尤其具有开创意义。清末民初的不少小说作者已开始将观察的视角移向城市的贫民，如小摊贩、学徒、帮佣等，已有少数作家开始真实地反映城市贫民的原生态，社会的两极分化、阶级的压迫等严峻的社会问题在他们的作品里逐渐得到表现。其中，恽铁樵的《工人小史》算得上是表现产业工人的生存境遇的开山之作。小说写上海某厂工人韩蘖人的两天的生活：第一天，他在工厂劳作整天；第二天，他被厂里派出修船，返厂后，他在工作中出了一点小事故，被殴打并遭解雇。小说主要由韩蘖人的工作和生活琐事构成，并无完整和连贯的情节，作者对主人公的工作情形的叙述十分详细。如作者写韩蘖人第二天被派出修船的情景：

> 翌日，赴厂工作，适杨树浦有某船，汽门损坏。胡某命蘖人往修理，予以车资四角，限七时半往，十一时半返厂。定例，工匠出差，给车资一元，今偿四角，是胡中饱过半也。且汽门坏，最难修，又途远，限四小时，默念彼遇我抑何酷虐？然敢怒不敢

① 〔法〕米兰·昆德拉著、唐晓渡译：《小说的艺术》，作家出版社1992年版，第18页。

言。急以需用器械，置铁桶中，负之背上，匆匆趋出。途中值电车，径入三等座，置桶座前。蘖人衣油污，两手及面部皆黧黑，桶中满置刀锤铁片，错刀横出尺许。电车章程，不准携负担重物，致为他座客障碍。蘖人不知也。方俯首深思，忧心悄悄。不图巨灵之掌，飞着颊际，砉然一声，众皆哗笑。急审视，则卖票人怒目叱咤曰："去去！"蘖人大怒，骂曰："汝洋狗，捧得外人饭碗，便鱼肉同胞！"卖票人不语，仅举其器械之桶，掷之车外。蘖人大窘，不暇争执，急下车拾取，颠蹶败颡，电车则风驰电掣以去。蘖人且哭且詈，俯首拾刀锤，头额间血涔涔，不暇顾也。已而四顾怅惘，不得已雇人力车以行。道旁观者皆太息。

作者的叙述和描写真切地展现了一个普通工人的不幸生活：他尽管从早到晚终日劳作，却仍然债台高筑，连温饱问题也无法解决。小说为产业工人的生活提供了一幅动态的写生画卷，小说对阶级的压迫和社会的不公提出了严厉的控诉。

《村老妪》《工人小史》《怀旧》等小说是五四时期所提倡的"平民文学"的先声。周作人在《平民的文学》一文里，系统地阐述了"平民文学"的概念。他提出："平民文学应该着重，与贵族文学相反的地方，是内容充实，就是普遍与真挚两件事。第一，平民文学应以普通的文体，写普遍的思想与事实。我们不必记英雄豪杰的事业、才子佳人的幸福，只应记载世间普通男女的悲欢成败。第二，平民文学应以真挚的文体，记真挚的思想与事实。""平民文学，不是专做给平民看的，乃是研究平民生活——人的生活——的文学。”①“平民文学决不是慈善主义的文学。……平民文学所说，是在研究全体的人的生活，如何能够改进到正当的方向，决不是说施粥施棉衣的事。……平民的文学者，他所注意的，不单是这一人缺一个铜子或一元钞票的事，乃是对于他自己的，与共同的人类的运命。”②可以看到，清末民初时期恽铁樵等人的少数作品已超越了小说的传统题材和主题，它们通过对普通个体的生活的如实描述，深刻地反省着社会的发展方向，它们的确是“研究平民生活——人的生活——的文学”。

根据以胡适为代表的“五四”作家对现代短篇小说的界说，现代的短篇小说“是用最经济的文学手段，描写事实中最精彩的一段，或一方面，而能使人充分满意的文章”③。所谓“事实中最精彩的一段或一方面”是指这“一段”或这“一方面”具有典型性，可以代表人生和社会的全部；“最经济的文学手段”是指所写成的小说既不可以拉长为长篇，又必须叙事畅尽、写情饱满。④清末民初的不少社会小说一反过去的文言小说追求故事的完整性的传统，开始撷取具有典型意义的片断加以描写，作者们试图以精彩的“横截面”来突现人生或社会的重大问题。不过，究竟什么样的片断能真正获得代表性和典型性，并非每一个作家都有足够充分的认识。要选取“事实中最精彩的一段或一方面”，必须有赖于作者本人具有高度的艺术敏感。恽铁樵的两

---

① 周作人：《艺术与生活》，河北教育出版社2002年版，第4～5页。

② 周作人：《平民文学》，载胡适编选：《中国新文学大系·建设理论集》，上海文艺出版社2003年版，第211页。

③ 胡适：《论短篇小说》，载严家炎编：《二十世纪中国小说理论资料》（第2卷），北京大学出版社1997年版，第37页。

④ 胡适：《论短篇小说》，载严家炎编：《二十世纪中国小说理论资料》（第2卷），北京大学出版社1997年版，第37页。

篇作品和鲁迅的《怀旧》在这方面应该说是比较成功的。例如《村老妪》，作者仅仅描写了三个场景，但这三个场景却蕴含了丰富的内容，并能充分显示出人物的性格。如在村老妪与邻女的对话中，人物所处的时代背景、乡村巫风盛行的状况及老妪的迷信、善良、朴实等性格特点都得到了淋漓尽致地显露。在《怀旧》中，作者写人物的对话颇多，这些对话大都能准确形象地反映出人物的性格和事件的进展，因此具有充分的代表性。

清末民初的某些社会小说属于“横截面”小说，在这些作品中，作者所选取的“事实中的一段或一方面”具备了一定的概括性和典型性；但这些作品普遍存在的缺陷是结构过于松散、描写过于简略和粗糙，不能做到“叙事畅尽、写情饱满”。《礼拜六》（第2集，1914）刊有一短篇小说《花鼓戏》（作者梦亚），全文如下：

> 姊姊！妹妹！今夜有花鼓戏！去听否？
>
> 巡警闻之，私相庆幸，约众数十人，三五成群，结队前往，混入众中。久之，警笛声起，大呼捕拿，乡人出不意，鸟兽散。巡警捕十五人，拖曳到局，若获大盗然。禁闭一夜，不问听者、唱者，各罚锾十金，释之去。
>
> 梦亚与警局相距咫尺，每见其役购置食品，络绎不绝，每晚收差，必大沽酒肉。月得约十元，何以作福如此？ 今观于此而夙昔之疑团，始恍然大悟。

此篇小说仅由一段场景和一段概述构成，场景的描写极简略，根本无法展示出具体的人物的性格特点。因此，在此篇文字中，作者虽然反映了严肃的社会问题，但它远不是成熟的小说作品。这类文字在清末民初的小说刊物中颇为普遍，与其说它们是小说，不如说是政论文或新闻报道。但在恽铁樵的《村老妪》《工人小史》和鲁迅的《怀旧》中，作品不仅结构严谨，而且叙述和描写相当充分，人物的形象也甚为立体、鲜明。《怀旧》借用一个幼童的眼光来观察和打量他身边的人物和事件，作者对幼童的心理刻画入微，十分生动。如小说写幼童畏学的心态："设清晨能得小恙，映午而愈者，可藉此作半日休息亦佳，否则秃先生病耳，死尤善。弗病弗善，吾明日又上学读《论语》矣。"

在清末民初的文言小说系统里，有部分短篇小说在题材和叙事方面皆突破了传统的格局，呈现出向现代小说嬗变的迹象，不过其中的大多数作品还带有过渡阶段的特征，尤其在艺术表现上是很不成熟的。相形之下，《工人小史》《村老妪》和《怀旧》算得上是比较成熟的作品，它们虽然出现在"五四"以前，却是现代小说的先声。捷克汉学家普实克认为："《怀旧》完全是一部属于现代新文学的作品，而不属于过去一个时代的文学。"①其实这样的评论也适用于恽铁樵的那两篇小说。

上述三篇作品是属于具有写实风格的小说，作为写实小说，真实地再现生活是小说的最高追求。要达到写实的效果，有赖于作家具有足够的艺术敏感，能敏锐地撷取最能表现主题和人物精神的典型场景，上述三篇作品基本具备了这一条件。除此，还有必要考察文言与

---

① 〔捷〕普实克著、李燕乔等译：《普实克中国现代文学论文集》，湖南文艺出版社1987年版，第113页。

写实的关系问题。在具超现实或浪漫风格的小说中，语言本身不是特别值得关注的问题，因为用文言表现具有理想主义色彩的人物并不特别别扭，然而，在写实小说中，语言的表现力问题就凸显了出来，其重要性不容忽视。上述三篇小说皆用文言写成，根据普实克的观点，语言本身与小说的现代性并无关系，“一种新型文学兴起的根本条件并不像胡适所认为的那样取决于语言”，“而是要有以现代方式成长起来的作家，他能用现代的眼光观察世界，对现实的某些方面有与众不同的兴趣”①。其实问题并不是这么简单。

“五四”知识分子倡导“推倒陈腐的铺张的古典文学，建设新鲜的立诚的写实文学”②，周作人所提倡的“平民的文学”即是这种“写实文学”的一部分，“只须以真为主，美即在其中”是平民文学的宗旨之一。文言作为一种书面化了的语言，它与口语的距离较为遥远，因此它在履行写实的功能时，往往有捉襟见肘的局限，尤其是恽铁樵和鲁迅的作品运用的还是比较古雅的文言，如《工人小史》写韩蘖人夫妻二人的对话：

妇坐案旁，徐曰：“似此终年负债，总非了局。”蘖人摇首曰：“苦力糊口，不过如此。但君何不幸为工人妇。吾腼然须眉男子，殊愧对也。”言已，置箸辍食，太息泣下。妇慰之曰：“此胡为者！脱君忧愤成疾者，则吾家毁矣。虑细弱累人，弃如

① 〔捷〕普实克著、李燕乔等译：《普实克中国现代文学论文集》，湖南文艺出版社1987年版，第118～119页。

② 陈独秀：《文学革命论》，载严家炎编：《二十世纪中国小说理论资料》（第2卷），北京大学出版社1997年版，第20页。

敝屣，因糟糠不厌，涕泣下堂，是固所在都有，然惟爱力薄者如是耳。君视我岂不能甘淡泊、耐贫苦者。君待我又不薄，人海中如此夫妻，差可自慰，悲泣胡为？”

韩蘗人之妻虽“慧美知书”，她所说的话可能比较文雅，但上述对话所用的语言还是显得较为陈腐、缺乏生活气息，这削弱了人物的生动性和真实感。在上述三篇作品中，作者的刻画不可谓不成功，但如果使用白话，效果会更好。语言对于现代文学的建设还是相当重要的，清末民初的这些具有写实倾向的社会小说即提供了反证。

第二节　写情小说：从传奇人生到平凡人生

一、书写苦情绝恋的类传奇小说

写情小说在晚清处于相当萧条的状态，但在清末的最后几年，创作写情小说的热潮开始出现，到了民初时期，写情小说则成了主宰小说界的最主要的小说类型。“比来言情之作，汗牛充栋”①，“近来海上小说风行，而又以言情为一时趋尚”②，“坊间行销之新小说，不知其几千百种，其不作风花雪月之谈者，盖仅仅焉”③，这些都是民初的

---

① 箸超：《白骨散弁言》，《民权素》1914 年第 1 集。

② 《珠树重行录》广告，见张冥飞《十五度中秋》书后，上海民权出版部 1916 年版。

③ 李定夷：《改良小说刍议》，《小说新报》第 5 卷第 1 期，1919 年。

小说家自己对写情小说的发展盛况的描述。清末民初的写情小说大都以文言写成，因此可以说，文言小说系统中的写情小说与整个清末民初时期的写情小说在盛衰趋势上是基本一致的，文言类写情小说的走势大致可以代表当时整个写情小说的走势。

清末民初有相当多的写情小说虽然在叙事模式上有了一些新变，不再采用传奇小说惯用的纪传体或纪事本末体，但它们或是故事情节离奇曲折、人物命运坎坷起伏，或是所表现的情感哀感缠绵、超乎寻常，这些作品与传奇小说类似，在审美旨趣上都追求“多奇异可以传示”，也都达到了“传奇”“惊异”的审美效果，因此本书将它们命名为“类传奇小说”。清末民初一些颇有名气的文言写情小说如《碎琴楼》《一缕麻》《玉梨魂》《余之妻》《孽冤镜》《賈玉怨》《茜窗泪史》《兰娘哀史》等，皆可归为类传奇小说。虽然在审美旨趣、审美效果上与传奇小说相通，但相较于传奇，类传奇小说又呈现出若干新时代的特征或曰新变特质。

类传奇小说在思想内容上反映时代的风貌，关注时代的热点议题。随着西方的自由、民主之说传入中国，清末民初兴起了一场关于自由恋爱、文明结婚的社会大讨论。家长专制、婚姻不自由，这在古代小说如《娇红记》《红楼梦》中，已有剀切的反映，但未曾如清末民初一样，成为整个时代热议的话题。婚姻自由的提倡是与晚清以来社会变革的思潮一脉相承的，其中又特别有赖于女性的觉醒。在旧式婚姻中，女性感受到的束缚较男性更为强烈，她们对于婚姻自由的态度也更具有决定性，尤其是进入新式学堂、接受了新式教育的女性，在婚姻方面具有更为自觉的反省意识。陈东原在《中国妇女生活史》中说：“戊戌以后，女权思想已很发达，像上海一类大都会，女学亦已不少，男女交际已开始了，其中发生恋爱的，自然在所不免。”①当时有一首《自由结婚纪念歌》（《复报》第5号，1906年10月）唱道：“世纪新，男女重平等；文明国，自由结婚乐。”这就很能说明社会上的一种新风向。1913年10月3日，《申报》大幅报道了周静娟案：周静娟未经父母之命、媒妁之言，与同为学校教员的男同事结了婚，其父周钺是省议员，自觉颜面扫地，竟将女儿推入江中溺毙。《申报》感慨：“堂堂省议员，尚且如此不文明，何况市乡愚民！”②这类案件的发生，自然会引发人们对自由问题产生更大的关注和更热烈的讨论。当然，关于自由的内涵，各人的认识不同，《申报》上所发表的观点颇有代表性：“欲享自由之福，必须规步绳趋，一举一动，皆含有道德在内，始为自由之真谛。若假自由为口实，弃节义廉耻于不顾，肆其淫荡，以刁泼为进化，以无耻为开通，以厚颜为旷达，以嚣张为解事，男女往来，禽居而兽爱，则反不如家庭专制之为妙矣。”③总之，自由恋爱问题成为当时的全民大讨论，在此背景下，以婚姻自由问题为观照对象的写情小说大量涌现。这些作品“大率开篇之始，以生花笔描写艳情，令读者爱慕、不忍释手，既而转入离恨之天，或忽聚而忽散，或乍合而乍离，抉其要旨，无非为婚姻不自由发挥一篇文章而已”④，因为“与当时社会心理相近，故颇得一部分之信仰”⑤。

早在1906年出版的白话写情小说《禽海石》中，作者符霖就已明

---

① 陈东原：《中国妇女生活史》，商务印书馆1937年版，第354页。
② 《自由谈话会》，《申报》1913年10月12日。
③ 《心直口快》，《申报》1912年6月21日。
④ 箸超：《白骨散弁言》，《民权素》1914年第1集。
⑤ 范烟桥：《中国小说史》，苏州秋叶社1927年版，第267页。

确对旧式婚姻发出批判。至于文言写情小说，较早反映婚姻自由问题的则有《可怜虫》《一缕麻》《双泪碑》《碎琴楼》等。虚我生的“哀情小说”《可怜虫》于宣统二年(1910)正月由上海集成图书公司刊行。①小说写女子殷尚时聪颖好学，尤其爱读西方小说，经过与父亲殷先民的数番辩论，终于为父亲获准，进入女子学堂求学。求学期间，殷尚时与精通英文、以译著小说为业的青年马克夫相恋，且立下“家庭果不从，立死”的盟誓。殊不知，尚时的父母早已为她订下婚事，连婚期也已择定。尚时得知，痛苦异常，“我既不能享此婚姻之自由，我又何必偷生于世界”，于是自杀身亡。获知尚时身亡，马克夫亦投河自尽。作者讴歌双双自杀的男女主人公，“马殷虽死，情界生辉矣”，实则是在为婚姻自由高唱赞歌。何诹的《碎琴楼》最早于宣统二年(1910)由上海商务印书馆发行，又连载于《东方杂志》第8卷的第1~9号、11、12号(1911~1912)，其后该作多次再版。②小说写一对青年男女的爱情悲剧。琼花与云郎彼此相爱，其父李绅嫌云郎家贫，而将其许与官宦子弟银生，琼花不胜悲楚，碎琴以明志。云郎丧父以后，随兄经商于广州，归途中遇贼而流落为丐。李绅家境败落，又逢匪乱，家产荡然无存，琼花于逃难中病逝，云郎闻知后，遁迹归隐，不知所终。小说批判了家长专制，讴歌了纯洁美好的爱情。全书

---

① 阿英《晚清小说目》称该书的出版时间为宣统元年，实际上据该书版权页，该书乃“宣统元年腊月印刷、宣统二年正月出版”。另，石昌渝《中国古代小说总目》将该书列为白话小说，且称此书“今未见”。实际上该书写以文言，上海图书馆、上海师范大学图书馆均收藏有此书，笔者有幸访阅。

② 樽本照雄《新编增补清末民初小说目录》提出，《碎琴楼》连载于《东方杂志》第8卷的第1~12号（1911.3.25~1912.6.1）。笔者查阅《东方杂志》，发现第8卷的第10号（1912.4.1）停载了一期，也即该小说连载于《东方杂志》第8卷的第1~9号、第11~12号。

描写细腻生动，文笔清新晓畅，有人将之与苏曼殊的《断鸿零雁记》相提并论，认为二者“文笔都清隽和流丽，而且善于捣碎读者的心肝”①。民国初期的文言写情小说《玉梨魂》《双鬟记》《孽冤镜》《霣玉怨》《燕蹴筝弦录》《悲红悼翠录》等，更是将对婚姻自由的书写推向高潮。如《孽冤镜》写王可青与薛环娘相恋，且订下婚约，但王父嫌薛家贫寒，令可青另娶。环娘获悉婚事不遂，竟触墙自杀，最后可青亦在环娘墓前上吊而亡。作者吴双热明确交代了他的写作动机：“嗟乎！《孽冤镜》胡为乎作哉？予无他，欲普救普天下之多情儿女耳，欲为普天下之多情儿女向其父母之前乞怜请命耳，欲鼓吹真确的自由结婚，而淘汰情世界种种之痛苦，消释男女间种种之罪恶耳！”②在这些作品中，最享有盛誉的当属徐枕亚的《玉梨魂》。小说写家庭教师何梦霞与青年寡妇白梨娘的爱情悲剧。何梦霞受托督教梨娘之子，他与梨娘日久生情，时常互寄书简以传达情意，他表示如不能与梨娘结合，将终身不娶。梨娘为了保全自己的名节，也为了报答梦霞的痴心，遂推荐小姑筠倩以自代，但梦霞用情专一，不肯移爱于他人。筠倩是追求自由的新女性，也不愿李代桃僵。梨娘进退维谷，抑郁致疾，最后自戕，筠倩亦因婚姻不能自主而郁郁身亡，梦霞受此刺激，决心从军报国，最后在武昌起义中战死沙场。小说表现了追求自由恋爱的精神与封建礼教之间的矛盾，作者尤其展现了人物自身向往婚姻自主与内心深处的伦理道德之间的冲突，这比单纯地描写家长专制对婚姻的阻挠无疑更为深刻，也更具时代性。小说以正面的笔触描

---

① 寒光：《林琴南》，转引自杨义：《中国现代文学史》（第1卷），人民文学出版社1986年版，第35页。

② 吴双热：《孽冤镜自序》，载吴双热：《孽冤镜》，上海泰华书局1915年版。

写了一位青年寡妇的情感需求，这与苏曼殊笔下的和尚恋爱题材一样，皆具有呼吁人性解放的意义，尽管这种思想的反叛还不够彻底。

也有相当一部分清末民初人对自由恋爱的观念持审慎思考的态度，有的甚至持否定立场，这与当时“提倡新政制而保守旧道德”的社会风气是一致的。1908 年出版的小说《双泪碑》就表达了对婚姻自由问题的审慎思考。小说讲述了一男二女的感情纠葛。学校教员王秋塘与碧娘在年幼时经由媒妁之言订下婚约。后来王秋塘写信退婚，并与女学生汪柳侬自由结婚。成婚之日，众亲友“拍手欢呼，高唱自由结婚歌”。婚后不久，汪柳侬收到碧娘的来信，才知道王生抛弃聘妻，陷自己于不义。同时她又体谅王生之痴，认为他不愿意与不了解的女人成亲，情有可原。汪柳侬长时间地陷入了左右为难和自怨自艾的状态，竟咯血而亡。临终前她修书碧娘，请碧娘再度接受王生。王生遵照柳侬的遗嘱，重新向碧娘求亲，遭到拒绝。碧娘受到此事件的冲击，心火上焚，竟与世长辞。王生将二女子安葬后，也自刎于墓侧。本小说的作者并未对自由之风采取一味攻击的态度。对于仅凭父母之命、媒妁之言缔结的婚姻，作者也是颇有微词的：“夫妇为人伦之始，关系至重，使但凭媒妁之言，遽缔丝萝，男女各不相知，性情才貌又复不相类，欲其䜣合无间，难矣！”①也正是因为如此，作者才会借汪柳侬之口对“负心”男子王生表达了理解与宽恕。但另一方面，作者对汪柳侬式的人物也表达了劝诫之意，认为他们“浮慕自由结婚之美名，漫不加察其生平，而一朝误用其情致”，势必“饮恨毕

---

① 南梦：《双泪碑》，上海时报馆 1908 年版，第 25 页。

生”①。小说以较公允平和的立场反映了流行的议题、对人物的刻画也较合理，所以成为“时报馆悬赏小说第二等”。

在这类小说中，影响最大的是包天笑的《一缕麻》，小说于1909年发表在《小说时报》第2期。小说采用了纪传体的形式，开篇曰：“某女士者，佚其姓氏，西子湖畔人也……”小说叙事的方式虽然与传奇无异，但表现的内容却十分新颖，算得上一种伦理探讨型小说，因此本书将其归入具有新变性质的类传奇小说。作品写某女士为吴中女校的学生，与邻居一美少年相恋，二人才貌相当，感情渐深。但父母已在该女士幼年时为其定亲，且对方臃肿痴呆、容貌丑陋，与女士毫不般配。女士百般委屈，不过仍迫于孝道，勉强履行了婚约。结婚次日，新娘忽患传染病，他人和奴仆辈皆不敢近身，其傻丈夫却不避传染，日夜照料，新娘受到感动，厌弃之心日淡。傻丈夫不幸染病身亡，女士病愈后，为报知己之恩，遂长斋礼佛，为其守节终身。小说中的“某女士”是时代新女性，获知自己已有婚约，且对方痴傻丑陋的信息后，闷闷不乐，其父以西方小说中的爱情故事来劝谕她，女士提出反驳。父女二人的这段交谈集中体现了清末民初新旧两种思想的交锋：

时海上《时报》方载有《妾命薄》之短篇小说，其中述一女子马利亚始与佳士加里士订婚，已而加里士乃成残废，马利亚不负加里士，卒以身嫁之。老父得此大喜，意谓此足以讽吾女也。乃语女士曰：“谓自欧风输入，拔禾植莠，贞节之行，往往嗤之

---

① 南梦：《双泪碑》，上海时报馆1908年版，第26页。

如敝屣，曾亦知欧西女子未尝无茹茶饮蘖、艰苦自忍者，则亦付之运命也耳。”女士阅之默然。老父曰：“儿试评量其人如何者？”女士曰：“马利亚深于情者也，断不以加君之残废而断其爱，可谓贞人也矣。”老父曰：“是亦足以风世矣。今新学方萌蘖而旧道德乃如土委地，提倡离婚之风者，乃视夫妇如传舍。古圣贤所谓一与之醮，终身不改者，实尘土之言矣。夫配偶之间，奚能无缺憾者？ 亦顺时而已。”女士说：“老父之训良是。顾儿窃以为当分别观之。第一，老父当知马利亚之与加里士，两心相印者也，非如吾国之凭媒妁之言，强两人而合之者。第二，加里士虽残废，而胸中固了了，既非痴呆之徒，不失倡随之乐，则马利亚之不弃加里士，亦其宜也。今吾国婚姻野蛮，任执一人而可以偶之，究竟此毕生之局又乌能忍而终古，则离婚之说，儿殊不欲厚非也。”

“某女士”振振有词，也的确言之成理，她的一席话恐怕也代表了包天笑本人的观点，在西方思潮的参照下，包办婚姻的某些坏处还是一目了然的。不过，最耐人寻味的是小说的后半部分。父母为“某女士”择定的夫君虽然貌丑愚笨，却有一颗善良的心。某女士迫于孝道而出嫁，又受到感动而守节，守节是出于自愿，而不是缘于未加反省的封建意识，这样的结局也算是“善终”。作者如此安排情节，似乎也说明了包办婚姻并不必然带来恶果。实际上，自由结婚也可能遇人不淑，旧式婚姻也可能遇上真爱，但自由结婚显然更符合人们主宰自身命运的内在需求，亦因之更文明和人道主义。包天笑的深刻和高明之处在于，他既未对自由结婚加以否定，也未对旧式婚姻概念化地高唱赞歌，他只是很有说服力地描述了女子行为转变的深沉动因，小说的主题无形中升华为对伟大和复杂人性的展示。在这篇作品中，可以见出作者对自由结婚问题持有相当严肃和谨慎的审视立场。

除了反映社会热点议题之外，清末民初的类传奇小说又大都以哀情、苦情、惨情、怨情为主，结局多为悲剧。晚清很有名的两部白话写情小说《禽海石》和《恨海》就以悲剧性结局告终，前者女主角涕泣而亡，男主角缠绵病榻，后者两对恋人或病亡或出家，无一善终。在文言写情小说中，情况类似。如《双泪碑》中，两位女主角一咯血而亡，一心火上焚而死，男主角自刎而死。《可怜虫》中，女主角自杀身亡，男主角投河自尽。《碎琴楼》中，女主角病亡，男主角入山隐遁，不知所终。《玉梨魂》里的两位女子，一位自戕，一位抑郁而亡，男主角则战死。《玉如意》中的一对恋人在婚姻受阻的情况下，奔赴庐山，双双倒地身亡，所谓“可怜倒凤颠鸾不卧鸳鸯之帐，芳魂艳魄顿归冰雪之天矣!”①《悲红悼翠录》里的女主角咯血而亡，男主角遁入空门。《孽冤镜》中，女主角触墙身亡，男主角在心上人墓前上吊自杀。《双鬟记》中的两位女子一产后失调而死，一自缢身亡，男主角亦病死。《霣玉怨》里的女主角抑郁而亡，男主角飘然而去，不知所终。《鸳湖潮》中的女主角遭盗贼害死，男主角则殉情而亡。即便是某些与婚恋受阻这一主题无关的小说，也热衷于将主人公写死，如《兰娘哀史》中的兰娘在丈夫和母亲去世后，自己也呕血而亡；《湘娥泪》中，湘娥的丈夫、婆婆、儿子先后去世，湘娥本人则悬梁自尽。除了结局的悲惨，不少小说中的主人公又天性敏感，多愁

① 次眉女士:《玉如意》，上海进步书局1917年版，第77页。

多病。《霣玉怨》中的男主人公在婚事有转机的情况下，依然忧心忡忡，对前景心存悲观。《玉梨魂》中无论男女主角皆多愁善感，属于见月缺而黯然，见花残而泪下的人物，如何梦霞在小说第一章“葬花”中的首次出场，便“神情惨淡，含愁思，露倦容”。见梨花凋落，他“触眼巨生悲痛”，又“以臂抱树而泣”，他“上抚空枝，下临残雪，不觉肠回九折，喉咽三声，急泪如绵，与碎琼而俱下，大声呼曰：‘奈何，奈何！’”在清扫花瓣时，他“且行且扫，且扫且哭”，葬花完毕，“梦霞之面上突现出一种愁惨凄苦之色”，念及自己的身世，他再度悲伤难禁，哭不成声。①当时的这些名家之作皆充斥了一片愁惨凄苦之色，影响所及，“三数后生小子”纷纷效仿，“其所述者，终难脱才子佳人淫啼浪哭，以致风靡一时，殊为社会之蠹”②。那些作品是否为“社会之蠹”姑且不论，不过倒的确是充满了才子佳人的“淫啼浪哭”。

清末民初的写情小说之所以唯悲情是尚，与作家们对现实的悲剧性感受有密切关联，这种悲剧性的感受既存在于道德领域，也存在于作家个体体验的层面。在伦理道德的领域，尽管自由结婚成为时代热议的话题，也为许多人所追捧，但传统观念的力量依然强大，情与礼的冲突时刻存在，且情往往让步于礼制，《一缕麻》中的某女士作为崇尚自由结婚观念的新女性，依然迫于孝道而屈从了旧式婚姻，就很能说明问题。屈从于礼制的除了虚构文学中的某女士，也包括现实中的鲁迅、胡适等人。事实上，清末民初的社会心理在整体上是提倡新

① 徐枕亚：《玉梨魂》，枕霞阁1915年版。

② 惜霞女史：《读〈冷红日记〉琐言》，载吴绮缘：《冷红日记》，小说丛报社1916年版。

政制而保守旧道德的，有人在自由之说中看到了曙光，但更多的人则视自由之说为洪水猛兽，认为是它导致了风气败坏、道德沦丧，所谓“世道沦丧，欧风混淆，人心汩没，风俗濞敝。一二狂且辄以婚姻自由相崇尚，于是感帨吠尨之举，来车贿迁之事，触耳接目，口讲指画，恬不为怪”①。情感的自我实现、人性的解放，其实是步步为艰的，对此现状写情小说的作者们自然难以忽视。就作家个体而言，虽然他未必就是旧式婚姻的受害者，但时局的乱象丛生、个人的发展道路因科举废弃而受到堵塞，这都使得他们对现实社会产生较强烈的悲剧性感受。吴甲三在为李定夷《定夷丛刊二集》所写的序言中谈道：“感于遇者，触途而成憾，深于怨者，言哀而已叹。易泐者鼎钟，不朽者竹素，方今国事蜩螗，民生鼎沸，欲起舞而无剑，志昧旦而无鸡，洵恐天都文献，伤心等埃及之碑，大好河山，无处洒波兰之泪，此则《定夷丛刊》所由作欤？”②“国事蜩螗，民生鼎沸”是当时文人对社会的普遍共识，“欲起舞而无剑，志昧旦而无鸡”，也是当时文人的普遍感受，因此在叙写男女青年的爱情悲剧时，他们往往借他人酒杯浇自已胸中块垒。《玉梨魂》中何梦霞自称为“穷愁之客”，性格亦敏感多愁，就实际上是徐枕亚的夫子自况。在民初这个社会变化剧烈、过渡性特征明显的时代，人们倘恍失据，普遍缺乏安全感，亦充满无力把握自身命运的挫败感，小说中所弥漫的深具宿命性或悲剧性的情绪其实是一种时代病，是民初文人的普遍心理自觉或不自觉的反映。所以民初(准确地说，从清末最后几年就已肇端)小说不吝于

---

① 俞天愤：《三白桃传序》，载沈东讷：《三白桃传》，小说丛报社 1916 年版。

② 吴甲三：《定夷丛刊二集序》，载李定夷：《定夷丛刊二集》，上海国华书局 1915 年版。

“折磨”书中人物、把人物写死、写男女主角殉情身亡，并不仅仅是为婚姻不自由唱一曲悲歌而已；更重要的是，作者以此宣泄内心的毁灭情绪，也以殉情来表达对于传统及过去的怀念。从某种意义上讲，这些小说中的死亡已经变得不再可怕，“它反而体现了一种自我欲望的选择，在痛苦无以承当之时，死便成了一种归宿，体现了一种抵抗精神和牺牲精神，即牺牲自我生命以抵抗外界的对理想的阻挡、侵害，在没有救赎之道的时代中，死亡，便成了一种具有救赎意味的结局”①。

当然，清末民初写情小说之所以唯悲情是尚，也与小说地位上升、中国文学中的诗骚传统被植入小说文体有关。自晚清以降，文人们认为小说是启蒙的利器，遂把小说的这一功能无限放大，且反复言说，于是小说从文学结构的边缘向中心位置位移。文人们开始用小说这一文体来表达原本在诗文中书写的情与志，中国古典诗歌中的抒情言志传统包括感伤特质等均开始为小说所承载。对此，陈平原先生有精辟的论述：“任何一种文学形式，只要想挤入文学结构的中心，就不能不借鉴‘诗骚’的抒情特征，否则难以得到读者的承认和赞赏。”②徐枕亚在《刻骨相思记》的开篇说道：“以不得已之牢骚，成无奈何之著作，所以美人香草，尽是不忘家国之思，商妇羁臣，尽多同是天涯之感。”以美人香草为寄托，表达家国之思、天涯之感，这正是自《离骚》以来就建立的抒情传统，现在被徐枕亚运用于小说中

---

① 潘盛：《“泪世界”的形成——对民初言情小说一个侧面的考察》，《中国现代文学研究丛刊》2008 年第 6 期。

② 陈平原：《中国小说叙事模式的转变》，北京大学出版社 2003 年版，第 211 页。

了。吴甲三在《定夷丛刊二集序》中写道："铜驼荆棘，壮士怆怀，风景不殊，孤臣雪涕。若夫江流滚滚，落木萧萧，牧马悲鸣，鹏鸡啁啾，以有涯之知觉，增无限之愁思，人孰无情，谁能堪此？是以屈子写忧，托辞渔父，庄生嫉世，寓意鲲鹏，靡不巧心抒旨，妙手含豪，遒丽清新，琳琅珠玉。"①在序文作者看来，李定夷创作小说的情况正如"屈子写忧，托辞渔父""庄生嫉世，寓意鲲鹏"，都是伤心人别有怀抱，而写小说的李定夷与屈原、庄子、韩愈、李白等人一样，同是隶属于诗人序列。清末民初的小说家以诗人自期自况，他们将诗骚传统移入小说，这是致使当时的写情小说充斥感伤情调的一个重要因素。

这些书写苦情绝恋的类传奇小说在叙事模式上多少都呈现出一些新变，尽管绝大部分新变的程度十分有限。这些作品大都为长篇，取消分回和对仗式回目，改为分章；突破"某生者体"的开篇模式，而多用"一起之突兀"的场景式描写开篇，在叙事时间上完全或部分地采用倒叙。大多数作品都嗜好采用一种"假性"的第一人称叙事，即书中始终贯穿一个记述者"吾"或"余"，这个"吾"或"余"并非参与故事的人物，却又不时出场，以全知的姿态对事件、人物及写作意旨发表评价，其角色功能类似于古代话本小说中的说书人。这种叙事方式明显受到白话小说的影响，因其操作简易，便于作者发表议论，所以被广泛运用。也有一些小说使用了真正意义的第一人称叙事。如《孽冤镜》以第一人称叙事，并采用倒叙，作品中的叙述者虽

① 吴甲三：《定夷丛刊二集序》，载李定夷：《定夷丛刊二集》，上海国华书局1915年版。

不是主角，但他也出场为故事中的一个角色，他不仅是事件的目击者、叙述者和评论者，而且他本身也具有一定的个性和特点，而不是如古代白话小说中的说书人形象那样千篇一律。这样的叙事方式在传统的文言小说中是鲜见的，明显得益于西方小说的影响。以第一人称写自己之外的人物的感情生活，本身就有相当大的难度，因为作为第一人称的“予”并非随时都有适当的视角去洞悉其他人物的一举一动。在这个问题上，吴双热确实左支右绌，显得十分被动，小说中有多处叙述已经逾越了叙述者“予”的所知范围。难以始终严格地保持限知视角，这一缺陷在当时各类题材的小说中，都普遍存在。清末民初的类传奇小说大都还是以故事的演进作为叙述结构的重心，不过也有部分作品注重渲染氛围、刻画心理，使情节弱化，《玉梨魂》《雪鸿泪史》《兰娘哀史》等是其中的代表。

上述作品无论叙事模式方面的新变达到何种程度，表现的情感如何非同寻常，又都有一个共同点：作品中的主角虽然情感丰富甚至能为爱情生生死死，但他们同时又是处于常态下的人，也即他们并不是心理畸形或变态者；作品也多为正剧，追求一种可让人的心灵得到提升的超越感。但是，民初时期还出现了一类异于常态的写情小说，它们虽然也描写带有传奇色彩的爱情，但表现的已是近乎于变态和畸形的人生与情感，或者说作者玩味的是一种病态的美感。

周瘦鹃的《西子湖底》（《小说大观》第 7 集，1916）是其中的代表作。小说写西湖上一绰号为“老桨”的舟子的感情经历：他在一次沉船事故中，发现沉船里有一气息尚存、但已晕厥的女子，该女子正是他暗恋、遥想的对象，为了能时常与她相会，老桨放弃了救她的想法，他天真地以为人居水下能长生不死。但次日当他装扮一新，又潜至水底约会时，却发现心上人已与世长辞，几日之后，连沉船也为大潮冲去，女尸不知所终。自此以后的30年里，老桨与从女子身上拾取的罗帕与枯花为伴，他将枯花重新栽种，日日以湖水灌溉，希望它能重焕生机。在第三十年的七夕之日，“三十年枯瘁不开”的玫瑰重新怒放，老桨终于赴西子湖底与心上人团圆了。小说中的情节与人物都极富奇幻与神秘的色彩。正如作品中的叙述人“予”所言，老桨是“畸异怪特之人”，而非常人。他的身世就已殊为奇特：“老桨之姓氏，已不可考，老桨之身世，亦无知之者。老桨无父无母、无伯叔、无兄弟，无姊妹、无戚畹，亦无朋友，故老桨于此世上，惟有孑然一身，一身之外，则为其影。”“当其生时，乃在黄海中一破舟之上，舟空无人，只此一婴，若与洪涛声相酬答。如是者不知经数日夜，而儿竟弗死。”后老桨为人收养，并佣于西子湖畔，成为弄潮的好手，老桨相貌堂堂、身体壮硕，甚至有老僧认为其有帝王之相。小说中的老桨其实已非一般的异人，他的精神实则处于一种癫狂的状态，他一直生活在自己的虚幻世界中。他对“人居水下与居世上，同饮食起居，一一无异，更能长生不老”的说法信以为真，这与其说是天真，不如说是一种自我欺骗。身为无产无业的舟子，面对自己暗恋的“大家之女”，从现实的角度看，他是毫无与之结合的可能的，因此，他自私地选择了相信那个美丽的谎言。于是，他将心上人密闭于沉船中，并在上岸后慌称沉船已粉碎，无须再做打捞。正是通过毁灭的方式，他实现了对爱情的独占欲，他的爱是一种带有毁灭性的变态之爱，但对此，他并无自觉的认识，他已失去了正常的伦理道德判断的能力。在女尸被潮水卷没之后的30年间，老桨的精神更是时时处于恍惚和自闭的状态，他依靠幻觉和冥想以获取生存的意志。“老桨”这样的人物，在过去的小说中还未曾出现过，他的性格中不无自私、邪恶和癫狂的因子，他以一种极端的方式宣泄其本能，逾越了传统伦理的尺度，但同时，他又善良、痴情并时时处于常态。不过，作者是带着一种欣赏和玩味的态度来写这个故事的，“写此一段伤心之史，将以赚天下多情人千行热泪，酹吾老桨之幽魂”，小说最后写枯花怒放，老桨实现了与佳人的团圆，把对病态的单恋之情的称颂发挥到了极致。

自古以来，“凡属言情之作，总不能脱佳人才子之范围”①，但这篇小说一反常态，竟以一位船工为男主人公，写其隐秘的感情世界，可谓独树一帜。小说对世俗生活中的“畸人”的刻画和对神秘、病态的审美格调的追求，都令人联想到了后来的张爱玲及“新感觉派”的作品。张爱玲自称其写作“是在传奇里寻找普通人，在普通人里寻找传奇”②，她的作品中的人物大都带有多多少少的畸形和病态的特征，因此有人认为她的小说是“现代鬼话”③——这样的审美旨趣与周瘦鹃的《西子湖底》是十分相似的。事实上，张爱玲对民初以周瘦鹃为代表的鸳鸯蝴蝶派作家一直颇为欣赏，她曾写信向周瘦鹃求教，因此她在写作上受周瘦鹃的作品的启发和熏染，也是十分自然的事。

周瘦鹃的这篇作品在写法上也与文言小说的艺术传统大相径庭，明显受到了西方小说的影响。小说中的故事虽然奇幻，但作者浓墨重彩地刻画的是人物，人物的精神世界尤其为作者所关注，无论是有关

① 徐枕亚：《兰娘哀史序》，载吴双热：《兰娘哀史》，民权出版部1913年版。
② 张爱玲：“扉页自题”，载张爱玲：《传奇》，人民文学出版社1986年版。
③ 于青、金宏达编：《张爱玲研究资料》，海峡文艺出版社1994年版，第170页。

幻觉、梦幻、神情的描写，还是直接的心理刻画，都指向的是人物隐秘的内心。如老桨决定将心上人密闭沉船中时，有一段复杂的心理活动，小说写道：

> 于是吾遂奋身而前，加以援手，岂吾手未及其身，心中斗发一念：念吾此时得以饱餐美人秀色，实为一生得意之事，脱今夕小艇不沉，则又安得有此奇福？今兹吾或救之起者，不审以后能否时时见彼？苟不幸而深锁红楼之中，不为吾见，或则出阁他嫁，深入侯门，从此天长地久，相见无期，吾将何以遣此悠悠之日月？况吾之瞻仰仙姿，匪伊朝夕，红楼半面，已觉魂销，而景慕之私，遂亦日深一日，今在水底，个侬不啻属吾，又胡能举以贡诸他人？为今之计，苟欲个侬永久属吾者，惟有使彼永居于水底，花晨月夕，恣吾晤对。往尝闻诸吾主，谓人居水下与居世上，同饮食起居，一一无异，更能长生不老至于亿万斯年，则吾即借此西子湖底为藏娇之金屋，宁不甚佳？匪特绝世美人永为吾有，即其舜华之颜，亦能长驻而弗变。今而后吾必日日入水见此玉人，天上人间之艳福，直为吾一人占尽于水底，吾之乐为何如哉！

另外，小说在叙事体制方面也突破了传统的文言小说较为单一的模式。作品先以第三人称进行全知叙事，对主人公的传奇身世和种种怪异的行为加以概述而构成悬念，然后又以“予”作为叙事者，叙述“予”与老桨的邂逅及日渐深入的交往，之后，作品顺理成章地插入了老桨向“予”所做的自述，谜底于是被揭开，最后小说继续回到第一人称顺叙的状态，交代主人公的结局。上述叙述层可简单图示为：第三人称全知叙事→第一人称(予)限知叙事→第一人称(老桨)限知叙事→第一人称(予)限知叙事。因双重第一人称的使用，人物的内心世界才显得更为具体和真实。此篇小说虽然篇幅不长，叙事却摇曳多姿，叙述的一波三折代替了故事情节的曲折变幻，这不能不说是叙事文学的一大进步。当然，这种关注并玩味病态人生的小说在清末民初时期尚不多见，它们的全面发展是在20世纪三四十年代。

清末民初的类传奇小说在发展过程中，还有一个不可忽略的倾向，即言情与社会结合。古代才子佳人小说往往遵循“私定终身后花园，落难公子中状元”的情节模式，其故事发生的地点也大致不离一个后花园。到了清末民初，有些写情小说依然将故事封闭于一方小小的院落，作者只专注于写爱情的发展及受阻，甚少涉及其他因素，《玉梨魂》《双鬟记》《孽冤镜》等皆是如此。但是有些作品则不局限于家庭，而是将故事置于更为广阔的时空背景中，地点既多变换，所述及的事件亦往往不止于男女爱情，而旁及更多的社会变相，这类作品也因此而成为“言情＋社会”甚至是“社会＋言情”的小说。

写情小说在民初发展到一定阶段，已经“因出版太多，陈陈相因，遂无足观也”①，至此，小说家需要找到新的突破口，而言情与社会结合不失为一种行之有效的方向。随着男女社交的公开化，爱情发生的地点早已拓宽至其他许多可能的场合；何况，人的情感本不限于爱情，爱情又往往与复杂的社会关系纠结在一起，所以写作对象从男女之情扩增至社会变相，这几乎是写情小说发展的一条必由之路，所

---

① 恽铁樵：《答刘幼新论言情小说书》，《小说月报》第6卷第4号，1915年。

谓“言情不能不言社会，是言情亦可谓为社会”①。“言情 + 社会”的模式在《红楼梦》这样的古代小说中已经有所呈现了，清末民初大名鼎鼎的《广陵潮》则是成功地示范了何谓“社会 + 言情”。既有经典示范在前，不少作者起而效之，纷纷在其作品中增添社会元素，且颇受欢迎。“要写既淡化社会背景的纯情小说，又要达到以新意取胜的小说难乎其难，而写出‘社会中之言情，言情中看社会’之小说却能新意盎然，似万花筒之使人眼花缭乱，为当时的读者所欢迎与拥戴。因此，无论从社会发展之现实依据而言，还是从创作实践之规律流向而言，既可以有纯情小说，也可以有社会小说，而占其大多数者，是社会与言情两者‘难分难舍’的、‘合二为一’的小说。”②

在清末民初的文言写情小说中，糅合了言情与社会因子，趋向于“言情 + 社会”模式的作品不在少数。李定夷的多部小说就往往于写情之外，旁及其他元素，作者嗜好营建一种女子历劫或男女主角历劫的情节模式，而其所历之“劫”除了家长阻扰、小人拨乱之外，又包括盗贼劫持、时势动荡等，在写及所谓贼寇、时势之时，作者又往往津津乐道，不吝于敷衍。如《鸳湖潮》里的女主角彤英因不满包办婚姻，投江自尽，被救起后，又险遭施救者图谋不轨，在友人帮助下，她逃离火坑，殊不知又辗转落入强盗组织“自由花”，且被强迫入会。她最后虽然得以脱离盗窟，但亦被盗贼害死。作者通过写女主角的颠沛流离，旁及社会上的各色人等。另外，天虚我生的“爱情小说”《娇樱记》在写二女一男的三角恋的过程中，羼杂了生意失败、

① 恽铁樵：《论言情小说撰不如译》，《小说月报》第6卷第7号，1915年。
② 范伯群主编：《中国近现代通俗文学史》（上卷），江苏教育出版社2010年版，第5页。

借贷、自杀以换取保险理赔等现代社会的元素，有几分“爱情＋商战”小说的意味。白蝶魂的《飞英劫》在写女子飞英的坎坷经历时，与时代风云的结合较为紧密，尤其是在“求学”“望夫”等章中，写到了上海的新式学校及武昌起义、二次革命等，并且这些时代风云并非只是作为背景，而是与人物命运有直接的关联。

在当时以文言写成的“言情＋社会”小说中，张海沤的《珠树重行录》与张冥飞的《十五度中秋》是很值得注意却又一直被忽略的两部作品。两部小说皆于1916年由上海民权出版部发行，都是长达40章的长篇巨制。二作所写故事的时间和空间跨度都极大，作者通过男女主角频繁的行踪变换，涉及较多的人物和较为纷繁的事件。《珠树重行录》中的一对男女主角罗玉树与白珠光相识于前往美国的邮轮上，其情感纠葛继续于留学美国期间，其间穿插小人拨乱、罗玉树加入政治团体等事件。白珠光获知罗玉树已有父母为其订下的婚约，决定斩断情丝，返回中国。另一对男女主角秦宝树与谢素珠则相识于从东北前往俄罗斯、欧洲的旅途中，在即将驶入莫斯科的火车上，二人还遭遇了俄国虚无党人策划的撞车事件。抵达英国后，素珠乘邮轮前往美国，途中则与小说中的另一女主角白珠光结识，其间，作者又描述了一起邮轮触礁的海难。宝树追寻素珠的踪迹，辗转来到美国、墨西哥，正逢墨西哥内乱，险些性命不保，幸好获得小说中的另一男主角罗玉树搭救。罗玉树来此则是为了筹集款项，以资助国内的革命。二人听闻国内发生武昌起义，相继回国。谢素珠亦回国，作者又在她的旅途中，穿插了一段刺死猛虎的奇遇。素珠回国后，与白珠光相遇。罗玉树和秦宝树在战争中受伤住院，分别邂逅各自的意中人。有意思的是，最后两对璧人喜结良缘，却并非与各自的意中人成婚，而是为了遵从父母订下的婚约，罗玉树迎娶谢素珠，秦宝树迎娶白珠光，这足以见出作者思想的迂腐。这部小说以二珠、二树的爱情为线索，通过四人行踪的变换，作者写及俄国虚无党运动、墨西哥内乱、革命党在海外的活动、武昌起义等，至于写到的其他各种小插曲，更是林林总总，不一而足。在清末民初小说中，很少有空间背景如此宏阔的作品。当然，这部小说的缺陷也是很明显的，所写人物的性格不够立体丰满，次要角色更是有概念化之嫌，巧合、意外这类小插曲安排太多，也妨碍到作品的真实性。

张冥飞的《十五度中秋》也是将男女主人公之间的爱情置于十分广阔的时空背景中。男主人公萧铁云与女主人公陆孟琬经历了长达15年的苦恋，其间二人分别遭逢诸多变故。萧铁云先是进入浙江大学堂求学，后公费留学日本。留日期间，他恋上日本女子。因留学生抗议日本政府不公，风潮不断，萧铁云回国，却被告发为革命党，被捕入狱，幸得友人救助。铁云二度赴日，又赴香港，为革命党制造炸弹。武昌起义爆发，他赶往武昌，被任命为军政府参谋。南北议和后，铁云北上展开刺杀行动，结果被捕入狱，最后为日本狱医搭救出狱。陆孟琬则经历了父亲纳妾、家庭不和、母亲及父亲先后病逝、父妾争夺家产、表妹遭小人觊觎等一系列的事件，在此过程中，她抚育弱弟、驱逐父妾、设计帮助表妹，在兵荒马乱的艰难岁月中，她展现出坚贞果敢、聪慧决断的美好品质。书中的两个主人公从青梅竹马、订下婚约到阔别重逢、喜结良缘，已是荏苒十五年，二人历数十五间每一个中秋节的情状，都不胜感慨。小说在写男女主角的曲折人生和坎坷的爱情故事时，紧紧依托于当时的政治及社会现实，举凡晚清大事件如戊戌变法、义和团起义、科举制废除、留学生风潮、同盟会成立、黄花岗起义、四川保路运动、武昌起义、民国成立等，皆在小说中有直接的反映。小说中的男女主角既是这些大事的见证者，也是经历者，小说亦因之显得波澜壮阔，有较浓郁的历史气息和较高的认识价值。在清末民初的一些“言情＋社会”模式的小说中，社会元素要么淡化为故事的背景，要么与主人公的关系松散。在张冥飞的这部作品中，作者除了写两位主人公的聚散离合，还将很多的笔墨放在了两位主人公各自的经历上，所以男主角所亲历的时代风云与女主角所亲历的社会变相，皆成为了小说的重要内容。在这部小说中，言情与社会这两大元素被有机地融合在了一起。作者的笔触细腻、铺叙耐心，在写情方面能较为信服地写出主人公心理的变化，避免概念化；在叙事方面，能较有效地将笔墨集中于主要事件，避免毫无意义的横生枝节。

言情向社会增扩，于小说家而言，是一个自然而然的方向，正如时人所指出的，“所记不问何事，辄以爱情与非爱情互为经纬，此实小说家之惯技”①。不过，要能将言情与社会这两大元素有机结合并使之成为一个缜密的整体，实在并非易事，在结构布局方面，需要作者巧用匠心，在世态人情的叙写方面，需要作者识见敏锐。当时有人指出社会小说与言情小说的差异在于，“社会小说多讽刺社会之罪恶，写情小说能迎合社会之心理”②，这个论断虽然不尽准确，但社会与言情两大元素的确在修辞风格上一刚一柔，一个趋于喜剧一个趋于悲剧，小说家在将两者糅合时，又必须顾及风格转换的自然和协调。大部分的清末民初写情小说，只能在主人公所历之“劫”上，增添一些

---

① 恽铁樵：《论言情小说撰不如译》，《小说月报》第6卷第7号，1915年。

② 蒋箸超：《十五度中秋序》，载张冥飞：《十五度中秋》，上海民权出版部1916年版。

社会元素，尚无法顾及各种叙事元素的风格问题，像《十五度中秋》这样风格趋于成熟的作品不多。当然，通俗性的“言情＋社会”小说的真正成熟，还是以30年代张恨水和刘云若的出现为标志。另外，一旦小说以对社会问题的叙写为主、以言情为辅，这样的小说也就成为“社会＋言情”之作。在清末民初的文言小说中，“社会＋言情”的作品当以林纾的《金陵秋》《巾帼阳秋》等为代表，这些作品严格地讲，应该属于社会小说或时事小说，而不属于本节写情小说的范畴，此处从略。

二、聚焦平凡人生的写情小说

以上谈及的小说都有一个共同点，即与传奇小说类似，都追求一种“传奇”或“惊异”的效果，只是它们在思想内容或叙事模式、审美旨趣等方面又与传统的传奇小说有所不同，所以本书把它们称为“类传奇小说”。然而，在清末民初时期，还有一些写情之作在审美旨趣上与“传奇”或“类传奇”小说迥异，这些作品不再关注传奇式的人生，而是聚焦于平实普通的感情生活，在对恋爱或婚姻的日常生活场景的展示中，这些作品传达出了平常人的欲望和感受。当时有人谈道：“若必搜求神奇事迹，终年不可一二觏，势将无从着笔矣。且神奇事迹，不切合人生，无描写之必要。余以为人生最切近者，为家庭琐碎，层出不穷，大足供小说家之描写。”①从表现传奇人生到关注平凡人生，这是文言小说乃至整个中国小说发展的新动向。陈寅恪先

① “小说杂谈”选录，《星期》第40号，载芮和师、范伯群等编：《鸳鸯蝴蝶派文学资料》（上），福建人民出版社1984年版，第38页。

生谈到，在过去的文学中，“正式男女关系如夫妇者，尤少涉及。盖闺房燕昵之情景，家庭米盐之琐屑，大抵不列载于篇章，惟以笼统之词，概括言之而已”①。之所以如此，除了陈寅恪先生所说的“以礼法顾忌之故”外，还与古代小说本身的审美传统有关。文言小说或被文人用以泄愤明志，或用以消遣逞才，普通人的世俗平实的情感生活基本上不是文言小说的观照对象，“世俗平实”与文言小说对“传奇”品格的追求是完全对立的两极。至于古代的白话小说，虽然有大量以普通人的生活为题材的作品如《金瓶梅》、“三言二拍”等，但作者仍然大都力求在“耳目之内、日用起居中”发现“谲诡幻怪、非可以常理测者”②。因此，清末民初的部分小说家将笔触移至平凡琐碎的人生，的确是小说发展的一个新倾向。当然，“闺房燕昵之情景、家庭米盐之琐屑”在著名的自叙传小说《浮生六记》中就已得到了生动地展现，但《浮生六记》在感情的描写上还带有唯美的取向，清末民初反映婚恋生活的小说在内容和趣味上则复杂得多。

写情小说的这个新趋势是小说朝纵深方向发展的必然结果。清末民初的社会正是处于时代精神从古典向现代过渡的状态，虽然“个体”还未完全生成、先验和普遍的原则尚为很多人无条件维护，但世俗化的社会与个人化的人生的重要性逐渐凸显出来。时代精神的这个转型首先在小说中得到了最充分的展现，根据英国文论家伊恩·P. 瓦特的观点，“小说是最充分地反映了这种个人主义的、富于革新性的

① 陈寅恪：《元白诗笺证稿》，三联书店2001年版，第103页。

② 即空观主人：《拍案惊奇序》，载黄霖、韩同文选注：《中国历代小说论著选》（上），江西人民出版社2000年版，第263页。

重定方向的文学形式”①。小说较之诗文等其他文学样式，天然地更具世俗性，凭着对具体、特殊的时空环境和人物性格的详细展示，小说可以立体、直观地凸显出个体的存在状态，因此在反映新的时代精神的文学样式中，小说得以充当先导的角色。

民初的一些著名作家如包天笑、徐卓呆、周瘦鹃、黄花奴、不才(许指严)、李定夷、吴绮缘等都或多或少地写过这种类型的小说。在这些作品中，作者在描写爱情或婚姻生活时，不再安排一波三折的情节，也不再追求崇高与超越之感，而是着力展现琐碎的细节或具体时刻中人物的状态。如不才(许指严)的“家庭小说”《白门衰柳》(《礼拜六》1914 年第 3 期)写一女子与丈夫成婚后，感情浓厚，其婆婆对此不快，亦不乐闻儿媳向新学，遂遣儿子远赴京城求学。女子在家，每周苦候丈夫的来信，后来被告知，其夫已病重住院，女子登楼眺望窗外的衰柳残叶，感叹“星期投书，可复得乎”，小说于此结束。这篇小说的独到之处在于，作者将女子等候书信及其间与婆婆的对话作为了小说的主体，至于女子与其夫如何认识成婚、其夫何以赴外地求学等，作者仅用了一两句话概括交代。该小说并未如民初的诸多小说那样，致力于故事情节的一波三折或男女之间的哀情，而是将关注焦点和叙事重心放在了女子与婆婆之间的互动上。如小说写女子在楼上长吁短叹之时，其婆婆在楼下喋喋不休：“张媪安往，猫儿攫鱼去矣。少年人动辄偃卧，足迹不下楼，相思成疾耶？ 何无声息耶？吁，吾家败兆，需儿媳何事，置老骨头于度外耳。”小说写女子已两

---

① 〔英〕伊恩·P. 瓦特著，高原、董红钧译：《小说的兴起》，三联书店 1992 年版，第 6 页。

个月未收到丈夫的书信，猜度他是否患病，老妇人则惊呼："子勿谰言，奈何轻作此不祥语？吾昨日往娘娘庙签卜，竟得上上，云渠春风得意，射鹿得麞，必无他虞。吾辈托庇神灵，后日为观世音诞日，当偕汝往还愿，奈何作此不祥语？""妇意谓不然，而未敢触老人之怒，遂默然。老妇似窥其意，怫然曰：'吾知今日之女学生多半毁神灭礼，吾偏不愿吾家有是人也。'妇终默然。"这些对话精准而妥帖，把一位刻薄、迷信、执拗、絮叨的老妇人写得栩栩如生。作者让男女之间的哀情退居其次，凸显家庭生活中琐碎化的矛盾冲突，这种写法与当时诸多的写情小说大异其趣。花奴的"悲情小说"《茉莉簪》(《小说新报》第2卷第6期，1916)，写"吾"赴约至公园，在公园等候心上人时，不由得回忆起与心上人认识与交往的种种情形，最后，心上人的侍女送信至，"吾"读信毕，才知道原来对方已另有婚约。小说的故事非常简单，亦几乎无甚情节，男青年的回忆是小说的主体，作者对青年人堕入情网后喜悦、期盼、忧惧等各种情绪交织的复杂心理描写得十分详细。小说的镜头聚焦在青年在公园静候的几个小时，并无大幅度的时空跨越。周瘦鹃的《冷与热》(《礼拜六》1914年第13期)是以婚外恋为题材的作品。小说的第一部分"冷"写妻子在家理妆、苦等丈夫回家，丈夫回家后却对妻子冷淡无比，且处处拿妻子与自己正在追求中的情人做比较，将妻子贬得一无是处；第二部分"热"写该男子至其情人处，百般讨好，却依然受尽冷眼，最后被抛弃；第三部分"冷与热"写该男子又回到家，欲重新与妻子和好，但遭到已经心冷的妻子拒绝。小说通篇都是由非常琐碎的细节和对话组成，如第一部分作者写夫妻二人的对话如下：

仲平又曰："湘云之归，余昨日不尝告汝乎？"静珠曰："郎何尝告侬者？每日与侬觌面几不及五分钟之久，惟晨餐时或相共，晚间郎每不餐于家，觌面时亦不过寥寥数语而已。虽然，侬不敢怨郎，郎忙也。"仲平曰："然，大忙大忙。嘻，此间在在皆玫瑰花，不将成为香国？赠花者谁耶？"静珠曰："郎既不赠侬花，尚有谁赠侬来？侬以郎好玫瑰，因唤邻家儿阿秋购之市上者。"仲平曰："为值几何？"静珠曰："为值殊无昂，仅小银元两枚耳。"仲平曰："奈何弗香，殆为值贱也。湘云家小园中，遍植红、白玫瑰，色既香艳，且香气袭人，百武外，直能沁人心脾，斯为佳品，非凡卉也。"静珠低垂其香颈，扼其腕。顷之，仲平又曰："汝晚妆犹未竟乎？余在此，得毋梗汝事？"静珠亟曰："郎尽坐是间，侬无所事。仲郎，侬今日已挽发作堆云托月之髻，郎盍观之以为佳否？"仲平冷然曰："余殊弗知，特为状与平日异耳……惟汝今年已三十，似不合作是髻，是髻祇合于二八女郎耳。"静珠曰："郎何健忘，侬今年仅二十有五，何云三十？"

不过，这一批小说虽然在题材和审美旨趣上有程度不同的新变，但有的作品在聚焦于平凡琐碎的生活的同时，却并未履行写实主义的原则，夸张不实的描写还充斥在作品中，某些小说甚至趣味低俗。例如刘铁冷有多篇小说以夫妻的闺阁生活为内容，但作品的语言骈化、陈词滥调颇多，根本无法展现生活的原生态。花奴也有类似的作品，如《星期难关》（《小说新报》第 1 卷第 5 期，1915）写夫妻间的打情骂俏，趣味不高：妻子为了试验丈夫对自己是否真心，故作生气，结果丈夫赔了百般不是，终于云霁月出。作者的语言亦极尽香艳、肉麻之能事。这类作品作为纯粹的消遣之物，深为“五四”作家诟病，实在势所难免。吴绮缘的《冷红日记》和李定夷的《伉俪福》则是以长篇来表现闺阁生活中琐屑之乐的小说。《冷红日记》以第一人称自述的口吻叙写了一群闺阁女子的生活。“余”（名冷红）因十分想念故乡杭州，便与表妹等暂别上海，前往杭州游玩，全书的大部分内容即是写“余”与众姐妹在杭州的游乐生活。如清明节“余”与诸姊妹游览白堤，见一女郎伏墓痛哭，“余”遂上前安慰，其后拜访了好友金畹芳；七夕，“余”与诸姊妹戏以金针占卜，且于夜晚乞巧；等等。该书颇具创新地采用了日记体，且所写尽是琐碎的玩乐之事，大异于传奇或类传奇小说所追求的“悲欢离合之致”。徐枕亚称该小说乃“三数女子之行乐图耳，骤视之，似非言情小说也”[①]，也正是看出了它与大多数言情小说的差异。不过作者所写之事甚为无聊，且写的虽是闺阁女子，但更像是在写一群附庸风雅的男子，作者对于女性的想象，是有欠妥帖和生动的。小说又使用了大量烂熟的典故和骈俪句式，这使人物的对话陈腐不堪，全无清新的生活气息。如第二十五节写畹芳掷佛手惊吓瑶英，瑶英曰：“我固疑是汝，不意果然。惜余既同太上之忘情，又乏潘郎之丰度，徒劳青眼而赐以佳果矣！”[②]《伉俪福》以一位女子自述的口吻，回顾了她与其夫君结婚十年间的幸福生活。小说以写家庭生活的琐事为主，并无连贯曲折的情节，不过，该小说的情调是沉溺于所谓的甜蜜自足，且津津乐道，作者在观察和表现现实

① 徐枕亚：《冷红日记序》，载吴绮缘：《冷红日记》，小说丛报社 1916 年版。
② 吴绮缘：《冷红日记》，小说丛报社 1916 年版，第 81 页。

生活及人性方面，缺乏深度与写实的精神。小说要真正走向深入、获得打动人心的力量，还得以现实的生活为基础，并对之进行真实的表现。“小说可以存在的唯一理由，就是它确实企图在再现人生。”①当然，这里所谓的“真实”是指真实感的营造，与艺术的虚构并不矛盾，“予人以真实之感(细节刻画的翔实可靠)是一部小说的至高无上的品质——它就是令所有别的优点都无可奈何地、俯首帖耳地依从于它的那个优点”②。当然，真实感的缺乏也是大多数的清末民初小说所具有的通病。

在聚焦于平凡人生的写情小说中，徐卓呆的作品最为成功。徐卓呆，江苏吴县人，曾留学日本，回国后，致力于创设体操学校及发展新剧事业，并投身于小说创作。赵苕狂在《徐卓呆传》中云：“君少时已喜为小说，近年致力尤勤。散见于各杂志中者，殆不下百余篇，以滑稽一类为多，而隽永有味、深含哲理，实能脱尽寻常滑稽小说窠臼而自成家数者。”③徐卓呆的创作以短篇小说为主，文言、白话不拘，其作品在艺术表现上的娴熟程度上普遍高于同时期的诸多短篇小说。前面在介绍清末民初的社会小说时，曾经提到，他的《卖药童》《箍》都是很优秀的社会小说，就整体情况而言，徐卓呆比较偏好于用白描的手法展现普通人的生活，其写情小说也是如此。当时有人论其短篇写情小说《微笑》：“词胜不如意胜，事奇不如文奇。是篇通体

---

① 〔美〕亨利·詹姆斯著，朱雯、朱乃长等译：《小说的艺术》，上海译文出版社2001年版，第12页。

② 〔美〕亨利·詹姆斯著，朱雯、朱乃长等译：《小说的艺术》，上海译文出版社2001年版，第15页。

③ 赵苕狂：《徐卓呆传》，载芮和师、范伯群等编：《鸳鸯蝴蝶派文学资料》(上)，福建人民出版社1984年版，第383页。

白描，而意味隽永，传神阿堵而故实全无，洵文字之空灵者。”[①]此论殊当，并适用于他的其他作品。徐卓呆的《小学教员之妻》(《小说时报》第11期)写一对普通夫妇的日常生活场景，作品纯用白描，风格朴实，场景描写十分生动，是清末民初的短篇小说中少见的佳品。因该小说用白话，所以此处不拟详细分析，下面着重分析他的另一篇描写夫妻生活的作品《良人难》。该小说最早发表于《中华小说界》1915年第3卷第1期，后来被胡寄尘收入《小说名画大观》的“家庭小说”类。

小说写新小说家戴兰宾与其结婚五年的妻子的家庭生活。从清晨起床至夜晚就寝这一天的时间里，夫妻两人发生了无数龃龉，虽然都是一些鸡毛蒜皮的小事，但戴兰宾已被弄得疲于应付、狼狈不堪，他的妻子茉姑同样对自己的丈夫满腹牢骚，不过这样的生活还得日复一日地持续下去。如清晨起床盥洗，戴兰宾向夫人索要手巾，因手巾晾在窗外，“为寒风侵凌，坚冰凝结”，兰宾表示了几分不满，夫妻二人遂开始了这一天的第一场争吵。之后，兰宾摊开稿纸准备开始写作，但思路不时被妻子打断，伏案半天，纸上还只有“四周寂寂、万籁无声”数字。夫人请兰宾替她写信柬，被兰宾拒绝后，夫人大怒，并“愤愤而出，砰然闭其户”。不过，“夫人与兰宾反目，此砰然一声，往往为其结果，第曾不转瞬，即和好如初，和好之后，则又将反目，伉俪之间，几成习惯”，所以兰宾“视以为常，仍握管吟哦”。不久，在欣赏窗玻璃上水汽凝成的图案时，兰宾因为对夫人的意见比较敷衍，又引发了夫人的不满，两人再度发生口角。夫人“乃呜呜饮

---

① 《微笑》篇末评语，《小说月报》第3卷第11号，1912年。

泣，谓不如向素稔之药肆，购吗啡以了此生，庶几彼怒或息”。这等求死觅活的话本是夫人的口头禅了，不过兰宾每次听到，还是要震惊一下的。兰宾灵感全无，出门溜达了两个小时。回家后，夫人以为他与其他女人约会了，妒焰高涨。于是两人又发生了一场激烈的争吵：

兰宾怪之曰：“是何言欤，余岂若是无品行者耶？余固码守一夫与妇主义中，纵宋玉墙东，何尝一窥目哉？”夫人曰：“人或信之，我岂信汝！”兰宾恨恨曰：“良佳！汝不我信，余当不复言矣！余夙昔坚持节操，亦徒自苦。试为尔告，余生平所遇，不无情爱之女子，第余良重男子之节操，雅不欲犯此不义之行为。虽然，至今思之，余诚至愚。”夫人即曰：“既有此心，保无此事！”语时，梗塞不成声，既曰：“速直言，毋隐不义之行为，曾犯几次矣？”兰宾惊且怒，以手攫其芥子壶，几欲击碎，曰：“日以无谓之事，反复争执，余实难堪。尔试观余近日态度，殆将发狂，尔亦可以已矣！余心纵不能谅，余之职务繁重，尔所目睹，盍为我设身思之？”夫人曰：“我为尔思，惟不满意于我丑妇也。”兰宾曰：“余何尝有是言，并未曾有是意。”夫人曰：“汝意中之女子，须美而多金。”兰宾曰：“余岂金钱主义者哉？”夫人更扬声曰：“汝苟得富室女，则终日欢娱，当不致复作今日之状态。”兰宾无可答。夫人又曰：“然乎？否乎？妾自恨生长寒门，无财产贻君，致君穷困。”兰宾曰：“斯何言也？毋再饶舌。”夫人曰：“幸汝勤动，自朝至暮，笼闭书城，惜所得亦仅足供水资，仍不免为乞丐生活，奈何？”兰宾曰：“我不与汝辩论者，徒以求宁静耳。汝转滔滔不绝，无乃太甚！

嘻！我知之矣，汝故意寻疵摘瑕，殆欲与我离婚乎？”夫人曰：“离婚固所希望，惟深盼离婚之法律，早日颁布耳！”兰宾曰：“法律苟在，试问汝将以何种理由要求离婚？”夫人曰：“何患无理由！”兰宾曰：“愿闻一二，为将来注意计。”夫人曰：“我纵不言，尔亦应知。汝性情怪癖，即其一也。”语至此，意颇自得，一若军队之奏凯旋，扬长而去，竟出食堂。

诸如此类的争吵一直持续到晚上。兰宾入睡后，夫人还兀自在喋喋不休，小说至此戛然而止。

小说通篇描写的都是琐碎的小事。这些事情如一地鸡毛般，微不足道、毫无意义，但它们却足以消耗掉人的精力和时间。人本是具有超越性的，但在戴兰宾的家庭生活中，却更多的是让人看到庸俗、无聊的状态，宝贵的生命便流失在了日复一日的琐碎人生中。不足挂齿的琐屑事件竟然处处引发家庭的风波，读者在感到滑稽、好笑的同时，又感到深深的悲哀和无奈——生活中不知有多少个戴兰宾和茉姑，现实中不是有很多人也正在过着类似的日子吗！当然，这样的小说已不属于简单的“写情小说”了，它涵盖的已不只是两性关系的内容，人性的麻木、人对自我超越性的放弃、经济条件对夫妻生活的制约等内容都在小说中得到了程度不同地表现。小说所塑造的人物十分成功，茉姑的夸张、邋遢、无理取闹和动辄得咎，戴兰宾的隐忍、甚至懦弱等性格皆被刻画得栩栩如生。作者纯用白描，甚少夸张雕饰之语，颇为真实地展示了现实生活中某一类人的生活的原生态。徐卓呆的这类小说在以白描手法如实表现琐屑人生方面，与当代文坛的“新写实主义”小说有不少相同之处。此篇《良人难》无论是题材还是风格都与刘震云的《一地鸡毛》、池莉的《烦恼人生》等20世纪的小说遥相呼应；当然，徐卓呆的小说有时还带着一些轻佻的调侃意味，缺乏一种严肃的反思人生的态度。

第三节　自叙传小说的发展

一、自叙传传统与清末民初的自叙传小说

在沈复的《浮生六记》创作和出版以前，中国的文言小说里应该是没有自叙传传统的。在文言小说史上，采用第一人称的作品一直不绝如缕，如唐传奇里的《游仙窟》《周秦行纪》，明代的中篇文言小说《痴婆子传》等，《聊斋志异》里也有作品使用第一人称。然而，使用第一人称的小说并非就是自叙传小说。所谓自叙传小说，即是以某一人物真实的生平经历或其人生的某一段为表现对象，采用第一人称加以敷衍的小说。自叙传小说具有人物自传的性质，但因其是小说，所以在保持写实风格的基础上并不完全强调事件的真实性；又因为采用第一人称，所以自叙传小说往往带有浓郁的抒情色彩。第一人称、写实性、抒情性可视为自叙传小说的三个基本特质。据此，文言小说史上堪称为自叙传小说的作品实在罕见。其实不仅是文言小说，就是在整个中国古代小说的系统里，自叙传小说都是相当匮乏的。《红楼梦》经胡适等人的考证，不无自叙传的成分，但大量的虚构情节，不仅止于贾宝玉的复杂的生活画面及第三人称的全知视角，都使得这部作品不能被视为自叙传小说。在古代，小说一向被视作“至下末

技”，难登大雅之堂，文人鲜少会借小说这种九流之末的文学体裁来表现现实人生和复杂的内心世界。小说在古代的功能，无非是供娱乐、寓劝诫、资考证而已，在古人看来，它原本就不是一种严肃的文学样式，不足以用来展现严肃的人生内容。小说发展至清代，逐渐为一些落魄文人所看重，如蒲松龄借文言小说来抒发其“孤愤”，曹雪芹借白话小说倾注满腹的“辛酸泪”，但在整体上，小说仍未能摆脱犹贤博弈的功能，仍在文学的边缘地带徘徊。在此情形下，几乎不可能有文人会创作自叙传小说。

乾嘉之际，苏州的一个布衣文人沈复根据自身经历，创作了一部自叙传小说《浮生六记》。小说直面现实，写爱情之乐、求生之苦、处世之难，作品在表现个体生命方面的真实、深刻、自然以及坦率的特质使其在小说史上获得了里程碑的意义。不少研究者者认为沈复在自叙传小说方面具有开创之功，捷克学者普实克即提出，《浮生六记》是一种全新的文学体裁，沈复算得上是一个新的文学流派的创始人。①

诚然，就小说言，《浮生六记》的出现的确是颇有开创意义的。但若将其置于整个古典文学的背景中考察，我们就会发现，古代散文里实际上存在着自叙传的传统，而《浮生六记》的创作正得益于散文领域里的这个传统。散文史上，自传性的作品并不少见，如陶渊明的《五柳先生传》、欧阳修的《六一居士传》，不过这类文字多为作者的自明心志或自我调侃，跟自叙传传统并无关系。奠定了散文的自叙

---

① 〔捷〕普实克：《普实克中国现代文学论文集》，湖南文艺出版社1987年版，第25页。

传传统的是明代的散文大家归有光。在散文史上，文以载道是正宗、主流，而以真实、平凡的家庭生活为表现对象的作品比较少见。有少数文人间或也会写及这个主题，如韩愈的《祭十二郎文》、欧阳修的《泷冈阡表》都涉及家庭生活的内容，写得情真意切，王安石的散文亦“每言及骨肉之情，酸恻呜咽，语语自肺腑中流出”①。但在这方面独树一帜的还是归有光。当然，归氏的不少文章也是载道之作，但其最为人称誉的却是那些描写家庭生活、回忆家人的作品。《项脊轩志》回忆从前修轩情状、自己束发读书时祖母的关怀与期待、诸父龃龉而析居及与妻共读等种种细节，《先妣事略》《思子亭记》《女如兰圹志》《女二二圹志》《寒花葬志》等篇则是追忆子、女或婢女的生前琐事。这诸多篇目合在一起，即具有了明显的自叙传的性质，一定程度上勾勒出作者本人真实的生活状况和精神世界。这些作品“不俟修饰而情辞并得，使览者恻然有隐”②，对后世的散文一直有很大的影响。

还有一篇对于自叙传文学有直接垂范意义的散文不得不提及，那就是清初冒襄(辟疆)的《影梅庵忆语》。该篇乃冒襄回忆其侍妾董小宛之作。作者详细地叙述了二人相识及结缡的经过，着重追忆了董小宛归其家后的生活。作品采用第一人称，以深情之笔刻画出了一位才华横溢、兰心蕙质、痴情而又薄命的女性形象。作者还真实地描写了当时因战乱而带领全家颠沛流离的场面及因逃命而不得不屡次使董小宛受委屈的情景，在描写中，作者关于悲凉的人生况味的慨叹和未曾

① 刘熙载：《艺概》，《刘熙载集》，华东师范大学出版社1993年版，第76页。

② 方苞：《书归震川文集后序》，见周本淳点校：《震川先生集·前言》，上海古籍出版社1981年版。

护花惜花的懊悔都渗透于字里行间。

在《影梅庵忆语》后，出现了一批追摹之作。如嘉、道间陈裴之的《香畹楼忆语》，道、咸间蒋坦的《秋灯琐忆》，同治年间孙道乾的《小螺庵病榻忆语》等。而其中最有名、获得了突破性进展的当属沈复的《浮生六记》。关于《浮生六记》与《影梅庵忆语》的关系，已有不少人注意到。如近僧在《浮生六记》的序里即提到："是编合冒巢民《影梅庵忆语》、方密之《物理小识》、李笠翁《一家言》、徐霞客《游记》诸书，参错贯通。"①《影梅庵忆语》写名妓的曲折命运，作品还带有一定的传奇色彩，《浮生六记》则如实表现普通人的生活，它的内容和意义在各个时代都具有一定程度的普适性，因而更能引发读者的共鸣。从这个意义上讲，《浮生六记》真正开创了小说的自叙传传统。

归有光散文、《影梅庵忆语》及《浮生六记》的成功示范直接影响了清末民初的小说创作。在该时期，涌现了一批为数不少的自叙传小说。虽然在当时可谓浩如烟海的小说中，自叙传作品仍不多见，但与过去相比，自叙传小说在此时期堪称获得了巨大的发展。一方面，自晚清小说界革命以来，小说已从文学结构的边缘向中心移动，甚至被抬升至"文学之最上乘"的地位，部分作者开始使用小说来表达原本用诗文才可以表达的思想内容，而自叙传这种形式因最易于直接展现个人的生活和宣泄个体的情感，所以开始获得青睐。当然，对于部分扭扭捏捏、尚不肯完全认可小说的价值的文人来说，自叙传这种形式因具有写实性、与散文的界限极模糊，创作自叙传小说相当于写散

① 沈复：《浮生六记》，江苏古籍出版社2000年版。

文，所以他们也容易对之产生好感。另外，随着现代出版业的发展，过去的经典之作得以以更为普及的形式重新刊行也是导致自叙传小说增加的重要因素。譬如宣统年间由国学扶轮社编辑出版的大型流行读物《香艳丛书》就收录了《影梅庵忆语》一文，为读者的阅读大开了方便之门。至于《浮生六记》，虽在乾嘉年间即已成书，在光绪初年(1877)即已刊刻，但其在社会上广为流传并产生了很大的影响，则是于1906年在《雁来红丛报》上刊出以后。经典不再遥远，而是几乎触手可及，自然会引起更多人的效仿。

清末民初的自叙传小说有一个非常明显的特点，即作品虽然采取了自叙传的形式，但实际上大都为作者对他人之自叙的记录或加工，而非作者本人的自传。如《眉楼忆语》(《小说月报》第5卷第1号，1914)的作者莲心交代，此篇乃友人剑心自叙其不幸之婚史，似乎作者仅止于记录而已。《旧时月色》(《小说月报》第5卷第10号，1915)的原作者为谢息庵，原稿藏于瞻庐书箧中，“半碎于虫鼠，已破碎不可读”，瞻庐遂“就其愿意，一一补缀之”。《浮生四幻》(《小说月报》第6卷第5号，1915)乃作者赵绂章从他处见到杏侪公的图志，“虽文辞不逮震川，而其事之可悲，则过震川甚，因假公自叙，传其梗概”。《梅仙小史》(《小说丛报》第15期，1915)的作者瞻庐在跋语里交代：“余今岁探邓梅尉，宿山人草堂中。剪烛论文，娓娓不倦。语次，山人出自锄明月种梅花图示余，而缅述其颠末如此。且曰：‘闻君有虞初之续，此一夕话加以点缀，亦小说家之资料也。’余颔之。顾草草劳人，未遑践诺。顷山人书来督促，乃拨冗为之染翰。”又如《断肠声》(《小说丛报》第17期，1915)乃作者的朋友悟尘的自叙，作者秋梦曰：“悟尘与余为忘形交，共患难者累年，其所遭与余略同。余之述此，盖亦借他人之酒杯浇自己之块垒耳。”

上述作品虽并非以作者本人的自传为基础，但在文字的主体部分，作者毕竟是据实事而书，且采取了第一人称和写实的手法，所以作品仍具有鲜明的自叙传的性质。当然，也有部分作品回顾作者本人的生平，是纯粹的自叙传小说。此外，还有一些作品充分采取了自叙传的形式，如第一人称以及对时间、地点皆交代详实的写实手法，作者竭力在外观上营造了一种“自叙传”的印象，但其内容和人物的真实性或不可考，或明显不可靠，这类作品可称作“伪自叙传小说”。如剑虹创作的《侬之影史》(《小说月报》第6卷第9号，1915)虽采用了第一人称自述的方式，且将时间、地点写得十分清楚，诸如己酉年“侬”年十一如何，庚戌年“侬”年十二又如何等等，但作者所刻画的实际上是一个具有理想主义色彩的新女性而不是现实中的某个人物。此类作品实则应归为写情小说或社会小说的范围，本质上不属于自叙传小说。又如李定夷的《伉俪福》采用一位女子自述的方式，回顾了她在结婚十年期间的幸福生活。小说按年系事，将夫妻生活中的大小事记叙得颇为清晰，如癸卯年出嫁、甲辰年产女、戊申年婆婆病逝等，女子自称在结婚十周年期满时，为作纪念，特请李定夷将“余”之夫妻生活草成小说。该作品不过是男性作家模拟女性的口吻来写家庭生活，且又标目为“艳情小说”，与真正的自叙传小说已大异其趣，所以不在本节讨论之列。

从内容上看，清末民初的自叙传小说可分为两类：一类仿效归有光的散文，写家庭生活、回忆故旧亲人的生前琐事；一类追摹《影梅庵忆语》和《浮生六记》，写婚姻生活、悼念亡妻。

归氏散文的魅力在于内容及情感之真和用笔之淡，点染几个场景，绝不大肆渲染，而情感自然浸透其间。作品深得“清水出芙蓉，天然去雕饰”之美。当时有不少作者对归氏散文心醉神往。如赵绂章在《浮生四幻》的小序里谈到：“往读归震川《思子亭记》，俯仰夷犹，惋怆欲绝，能使抱西河痛者呜咽废卷。虽由文诣之高，亦缘至性为文，语语有血泪在，与作意矜饰者，固自有别。盖文章之极轨，固未有不本于诚者也。”《浮生四幻》写“予“督促儿子读书的情景曰：“予迫于人事奔走，昼多不暇顾，则晨兴为讲授书若干。既夜归，则督课默诵，苟稍乖舛，夏楚立下，往往漏四五下，不得休。而吾母赵太恭人，奇爱两孙，闻挞则心痛，皇皇于室，吾妻则饮泣不敢语。一室凄黯，若搆祸者然。一夕，予躁怒无伦，两儿弗胜挞，啜泣奔吾母，匿于背后。吾犹绕膝徘徊，弗即舍。母大怒，投杖曰：‘讵一夕遂博得状头耶？ 速驾，吾将携孙返矣。’言次哽绝，吾亦泣，长跪叩不止。而两儿方匍匐牵吾母袂，无敢释也。”①这段叙述写得真切哀婉，其风格亦很能见出归有光《项脊轩志》《思子亭记》的影响。李定夷的《劫灰苦语》写“予”之姨母一生的不幸遭遇。姨母嫁陆氏14个月即守寡，子霖郎体弱多病，出生后不久亦夭折。领养之子长郎则顽劣。庚戌冬，“予”返乡，适遇姨母与人发生田产纠纷，终因凭据不足，田产为人侵占。壬子，姨家又遭火灾，家产损失殆尽，姨母无奈附“予”之外祖母而居。几经患难，姨母“益深蝉蜕红尘之心”，暇时“惟以读书习画自遣”。作品颇具纪实风格，作者于篇末云：“姨母，节妇也。予安敢以小说传姨母，更安敢作一诳语以诬姨母。此篇所记，无语非真。窃愿附于稗史之列，以待后之君子为之表扬

---

① 赵绂章：《浮生四幻》，《小说月报》第6卷第5号，1915年。

焉。”①该作情真意切，风格较为朴实，写家庭琐屑及人生沧桑，可以见出归有光散文的影子。

当时学归氏散文的作品无论是内容还是艺术手段，大都平平，不仅无甚创新之处，而且还远不及归氏的艺术造诣。在这类小说中，颇值得注意的是浪子的两篇作品：《回首》与《兄弟孔怀》，前者刊于《小说月报》第6卷第1号，后者刊于《小说月报》第7卷第3号。把两篇作品合在一起，我们可看出作品的确为作者自身经历的自叙。《回首》追忆年少时的家庭生活：包括夏夜纳凉时，父亲教“余”认字；父后来为荡妇所惑而夫妻反目，父竟至不归，家里的经济越发困窘；为谋生计，母亲轧棉为生；祖母对母亲颇不体谅，而对“余”极溺爱等诸种情况。《兄弟孔怀》则是作者回忆三兄及长兄的生前事迹。作者尤为详细地叙述了长兄为求生而辗转流离，最后不幸死于匪乱的凄凉一生。两篇作品的感情真挚而浓烈，但作者写得十分克制，甚少直接的抒情与议论，作品采用白描，不事雕琢，风格极为朴素自然。以下是《回首》中作者陪同母亲清晨出门购买棉花且担负回家的一节描写，据此，作品的风格可窥豹一斑：

> 鸡初鸣，母已起。以惜油故，不燃灯，暗中摸索梳头毕，始呼余起，“新、新，起来”，余陡从梦中惊觉。新者，余小字也。顾余虽醒，尤恋恋床褥不遽起，母屡趋之始起。母乃自往厨下烧汤，顷之，汤热，余衣已着毕。母及余盥洗已，余方出室

---

① 李定夷：《劫灰苦语》，载李定夷：《定夷丛刊初集》，上海国华书局1914年版。

门，而余之犬已立前扑余身，忽左忽右，忽前忽后，时或吮余之手，若甚欢迎主人早起者。余不胜其嬲，则叱去之。母又隔窗呼姐起，曰："吾等将往西关买棉，汝其速起关门者。"于是吾姐亦起，摒挡既毕，母及余拔关出，姊从内阖之。门既阖，母复呼姐曰："天尚早，汝宜更眠片时，养息精神，俾日中好轧棉也。"姊从门内应之曰："诺。"

既出门，仰视空中，残月未堕，晨星犹繁，而迢迢广道，悄无人声，唯隐隐深巷，时闻犬吠而已。既转至市街，两旁肆门犹未闢也。方遄征间，月色渐淡，星光渐隐。将近城门，行人亦渐增，半为乡人肩柴入城求售者。复数十武，至月城中南向一棉行门前止焉。是为西门，余家居近东门，至此三里而遥。东门外非无棉行，而余母何故必鸡鸣而起，舍近图远？即西门外棉行亦不下十余，余母乃未尝一往，何故必投止此月城中一小棉行？盖经营此棉行者非他，吾母舅也。

天既明，乡人入城者渐夥。每一乡人挈棉至，则群起争买，吾母亦厕群妪中，与之竞争。此种生涯，为吾母前此所未经也。幸而买得，则欣欣然喜，否则戚戚然忧，以一日中琐费无所着也。市既散，母偕余至舅家早膳。食已，母或命余负先归，有时棉之重量逾于吾力之所能任，则大苦。途中必十余憩而后达，既抵家，喘汗交作。姊见之曰："苦哉，孺子！棉已买得乎？"则启袋出棉轧之。有时乡人中狡者，微润棉以水，增其重量，则必曝之令干，不能即轧。苟遇此，尤不幸。吾姊轧棉绝疾，自朝至日晡，约可得净棉三斤余。轧毕，余复挈净棉至舅行中卖之，斤可赢钱四五文。而轧余之棉子，积旬日复可卖诸制油者，或以之换油。由是日用得不虞匮乏，皆吾母吾姊力也。①

浪子的这两篇作品与归有光的散文虽较为形似，但其实区别很大。归氏散文虽亦“本于诚者”，但作品表达的主要是因亲旧去世而产生的物是人非的伤逝情怀，总体的格调忧伤却宁静，带有士人特有的优雅气息。浪子则出身贫寒，他表现的是下层人的艰苦生活，为了最基本的生存，他的家人们苦苦挣扎，却最终还是失败，生存的无奈和命运的残酷在他的笔下得到了如实的再现。当然，归氏散文的语言看似平淡自然，其实却精致凝练，而浪子的语言太过朴素以致于有些质木不文，比较粗糙。

追摹《影梅庵忆语》及《浮生六记》的作品与学归氏散文者类似：大都模拟的痕迹太重，创新度不够。因为是回顾夫妻生活、悼念亡妻，所以女性形象的塑造是这些作品的写作重心之一，但这些作品中的女性形象往往不够鲜活和丰富，甚至显得概念化。如《眉楼忆语》里，作者叙述了“予”的三次爱情经历，分别刻画了三个女子，但这三个女子的形象都相当单薄，无非是有才情、贤惠、痴情等。作者写“予”的第一任妻子的临终遗言曰：“郎若不谋续胶，作厌世计者，则吾不瞑目。”如此描写，无非是要突出该女子的贤惠和大方，但却完全忽略了女性在临终前可能具有的细腻、复杂的内心世界。在《梅仙小史》里，作者竭力要塑造一位羞怯、勤谨，虽守礼得近于迂腐，但关键时刻又懂得变通、有情有义的传统女性形象，但作者写来却颇多败笔。如“吾”病中，“吾”之未婚妻执意要来照料，虽于礼

① 浪子：《回首》，《小说月报》第6卷第1号，1915年。

法不合，但“吾”未婚妻曰：“礼有经权，未可偏执。儿前日之愿终父丧，经也，今日之恭侍汤药，权也。反经合权，当为众人所共谅。且儿与彼人，谊属中表，即无婚姻关系，亦当躬往侍疾。今添此一重因缘而痛痒不关，如秦人之视越人之肥瘠，人其谓儿何！犹忆髫龄时读《诗》至‘芣苢’之章，阿父为儿疏解大意，谓作诗者为一女子，痛其夫有恶疾，虽未婚而不忍去也。然则为未婚夫侍疾，固删诗之圣人所深许也。”如此一番充满头巾气的话，从一位少女口中说出，实在显得不伦不类。

此类作品的艺术魅力与《影梅庵忆语》和《浮生六记》相比，实在大为逊色，不仅人物形象缺乏超越，内容的丰富和文笔的自然也无法比拟。这固然与作者本人对艺术的理解不够深刻有关，另一方面也与一味模仿、不思创新有关。但更关键的还是，部分作品本身并非源自作者的亲身经历，而是他们据他人的叙述敷衍加工而成，这必然限制了作品的真实性。作者不可能完全如实地记录别人的叙述，在写作过程中，他们必然要加以一定的推敲甚至揣测，有时甚至会将自己的观念比较生硬地施加在作品中。如上述那番不无头巾气的话，与其说是那位少女的真实想法，不如说是作者自身观念的表达。正视自身的生活和情感并真实无伪地加以表现，这本是自叙传小说的基本要素，哪怕是些微的想当然，都会对自叙传的魅力构成戕害。还要提及的是，这类作品受到了民初文坛鸳鸯蝴蝶派流习的影响，语言上偶尔会使用一些陈词滥调。如“呜呼，同功之茧已破，短命之花倏摧，月落参横，泪枯肠裂，未识纣绝阴天，相逢在何许时也”，“辛亥中秋，余有生以来第一伤心夜也，听猿叫而论肠，指鹃啼而喻血”[①]等。此类夸张的千篇一律之语对于真实情感的表达，实际上是一大障碍。当然，这个倾向在这些作品里尚不算明显。

清末民初的自叙传小说无论是学归氏散文者还是学《影梅庵忆语》《浮生六记》者，都带有浓郁的散文气息。其原因一方面在于，自叙传这种文学形式，因具有写实性，其界限与散文本就比较模糊。另一方面，该时期的自叙传作品师法的大都是具自叙传性质的散文，所以在作品中散文的特质难免会多过小说的特质。本章一开始就提到，奠定自叙传传统的不是中国古代的小说而是散文。归有光的文章虽采取了一定的小说手段，如以清晰的场景描写凸显人物的音容笑貌，因此甚至有人视归有光为描写体小说的大家[②]；但在总体上，归氏散文里的场景是写实的、零碎的，作品也没有所谓的情节进展，所以仍然只能是散文而不算小说。《影梅庵忆语》有人物、场景及一定的情节，符合小说的要素，但其情节及场景塑造皆不连贯，而且无虚构和敷衍的成分，所以仍然是散文而非小说。《浮生六记》的场景描写更为具体和生动，其中的“闺房记乐”和“坎坷记愁”可视为小说读，但作品的整体仍具有浓郁的散文意味，因此仍有人把它当作散文读。郁达夫即认为：“《浮生六记》连同《归去来辞》、史悟刚的《西青散记》、冒辟疆的《忆语》等都属于清新的小品文字。”[③]因为植根于散文的土壤，所以此时期的自叙传作品难免会打上散文的烙印。其三，正如前文所提到，当时还有部分作者出于对小说的歧视心理，也

---

① 瞻庐：《旧时月色》，《小说月报》第5卷第10号，1915年。
② 胡怀琛：《中国小说研究》，商务印书馆1933年版，第117页。
③ 郁达夫：《达夫文艺论文集》，港青出版社1981年版，第298页。

有意将作品当作散文来写，以抬高写作行为的价值。

当时的自叙传作品的散文化具体地体现在：首先，基本上没有连贯的情节，结构比较松散，场景之间也缺乏紧密的连接，“形散神不散”的散文原则在这些作品里得到了颇为彻底的贯彻。例如浪子的《兄弟孔怀》第一部分是叙述三兄的生前琐事，而第二部分是回忆长兄辛劳坎坷的一生，感情虽然以一贯之，但结构相当松散。《浮生四幻》也类此，全篇由“莲池夜读”“永安课子”“乔梓同科”“春官同试”四个相对独立的部分组成，四个部分虽服务于“思子”这个主题，但彼此间并无有机的连接。其次，由于向散文靠拢，这些作品大都更重视概述而不是场景，极端者甚至几乎没有场景描写。场景是在一个具体的空间里持续进行着的事件，具体地由人物的行动和对话构成，类似戏剧的一幕。场景是小说得以逼真地呈现事件的最关键的因素，所以在小说的叙事成分里居于首要的地位。但是，清末民初的不少自叙传作品并不着意于场景的塑造。在茧庐的《尘海因缘史》(《小说月报》第 4 卷 12 号，1913)及《浮生四幻》《兄弟孔怀》《旧时月色》诸篇里，场景描写都比较少，而充斥了大量枯燥、冗长的叙述。

中国古代小说有重故事、重情节的传统，民初时期，随着小说运作机制越发的市场化，为了满足大众的阅读口味，这个传统并未减弱。因此，自叙传作品在大多数以情节或故事为中心的小说群体里显得颇为特别。其实，在小说发展的现代化进程中，一直存在着一股打破情节与故事，向散文、随笔靠拢的趋势，20 ~ 30 年代的沈从文、废名、萧红等人皆是这股潮流的提倡者，女作家萧红以童年生活为题材的《呼兰河传》正是散文化或诗化小说的经典之作。清末民初的小说作为中国小说向现代小说迈进的第一期，其中的自叙传作品也正好与后来的小说随笔化的潮流隐隐相合。有评论家认为，小说的散文化、随笔化应该是小说发展的最终目标，现代小说“将用散文写成，它将具有诗歌的某种凝练，但更多地接近于散文的平凡”①，对此观点的正确性，本书不拟讨论，但毫无疑问的是，清末民初时期，自叙传小说的出现，丰富了当时的小说种类，为当时的小说界带来了一股清新的空气。此外，清末民初的小说数量众多，但不少作品未以真实的生活和情感体验为基础，或是一味地追求故事性，或是人为地造作某种抒情效果，所以当时大量的作品艺术价值不高，缺乏起码的感染力。与此不同，自叙传小说以个体的真实生活为原型，作者往往欲借作品宣泄一种真实的忏悔意识或怀旧情绪，因此，自叙传作品的出现有利于矫民初小说矫揉造作之弊，是对主宰当时小说界的“游戏的消遣的金钱主义的文学观念”②的反动，虽然这种“矫正”和“反动”的声势甚微，但毕竟是一种现代小说的先声。

二、走向成熟的自叙传小说：《断鸿零雁记》与《黄金祟》

就整体而言，清末民初的大部分自叙传小说更多地是从古典散文的传统里汲取养料，因此在审美特质上趋同于古典散文，难有新的突破。尤其应该指出的是，这些作品作为自叙传，但写作的焦点仍然是他人(通过写家庭生活的点滴来缅怀家人或表达伤逝情怀)，它们并未发挥出自叙传的优势——以最直接的方式呈现作品中的主人公即自述

① 〔英〕弗吉尼亚·伍尔夫著、瞿世镜译：《论小说与小说家》，上海译文出版社2000年版，第327页。

② 茅盾：《自然主义与中国现代小说》，载魏绍昌编：《鸳鸯蝴蝶派研究资料》(上卷)，上海文艺出版社1984年版，第38页。

者本人。不过，当时仍出现了两部打破成法、在各方面均显得戛戛独造的自叙传小说——苏曼殊的《断鸿零雁记》与陈蝶仙的《黄金祟》。如果说，《浮生六记》开创了中国小说的自叙传传统，那么《断鸿零雁记》与《黄金祟》的出现则标志着这个传统走向成熟。

《断鸿零雁记》最先于1911年在南洋爪哇的《汉文新报》的副刊上发表，次年又刊登于《太平洋报》，此后多次以单行或与其他作品合集的形式再版。作为一部自叙传小说，《断鸿零雁记》的突破首先在于自述者形象的塑造。前文已提到，在过去的自叙传作品中，自述者的形象或者模糊或者欠深刻，作者鲜少深入地挖掘人物的内心世界。归有光的散文自不用说，就是《影梅庵忆语》与《浮生六记》也在这方面创获不多。《影梅庵忆语》里董小宛的形象十分鲜明，而作者本人却只起到了一个陪衬的作用。冒辟疆本应该是一个拥有复杂的精神世界的人物，如他对董小宛见而惊艳，却又始终不肯娶她，在逃难途中他又频频将其排除在至亲之外等等，如果作者能把自己当时的种种心理活动真实地暴露出来，作品很有可能成为心理分析之作的一个极佳的样本。《浮生六记》里陈芸的形象塑造得比较成功，作者也如实地传达出人生的凄凉况味，但沈复自身的形象在作品里还是较单薄的。至于清末民初的自叙传小说，基本上都有类似的缺憾。

《断鸿零雁记》让人印象最深刻的则正是自述者(抒情主人公)的形象。小说以“余”(三郎)的行踪为线索，自叙了“余”因寻母而远赴日本却又因逃避爱情而回国的经历，作者向我们展示的首先是一个“不僧不俗”“亦僧亦俗”，既皈依了佛教却又不能忘却俗世情感的情僧的形象。“余”(三郎)虽落发为僧，却一直念念不忘自己的身世，渴望寻根。“余”因寻母而至日本，在日本时又为表姐静子所打动，屡次陷入想爱而不敢爱的矛盾中难以自拔。静子美丽、聪明、对中国文化有很深的了解，而且对“余”十分痴情。“余”尽管已是出家人，但见此玉人，不禁频频心动。如“余”病愈后，静子向“余”肃然为礼，“余不敢回眸正视，唯心绪飘然，如风吹落叶，不知何所止”。“余”第一次见静子启齿时，“胶胶不知作何词以对。但见玉人口窝动处，又使沙浮复生，亦无此庄艳。此时令人真个消魂矣!”“余”决定屏除一切杂念悄然回国，但即使在与静子最后一次相处时，仍心动不已。“余”逃离了日本，企图斩断情丝，实际上却依然无法摆脱感情的折磨。除了经受亲情、爱情的折磨，作品中的三郎又因知已之丧和国家委于胡人而悲痛不已。在小说史上，苏曼殊笔下的三郎是第一个情感世界被正面描写的和尚形象，不少研究者已提到作者在写作“和尚恋爱”的题材方面的社会意义。苏曼殊以他本人为原型，细致地表现了一个方外之人的情感世界，客观上为人的自我与感性生命的觉醒起到了召唤的作用。对自我和感性生命的强调实则标志着个人已开始从传统观念的哲学、宗教或伦理领域中解脱出来，甚至在一定程度上标志着对一脉相承的社会秩序的反抗。当然，苏曼殊笔下的抒情主人公形象在小说史上的意义还不仅在于此。

除却和尚的身份，三郎其实是一个敏感、多情、富于才华却又脆弱、自卑的孤独者。他自幼无母、缺乏亲情，内心深处因此有一种被遗弃的自卑感，最后他虽然找到生母，却又不得不离母而去。因为敏感，他的情感世界比常人更为丰富和纤细，所以对于爱、恨、痛苦的感受也比常人来得更炽烈。他想爱而又因为戒律不能爱、不敢爱；想放弃，源自天性的多情却又使他无法放弃。他时常见月缺花残而黯然泪下，外界的一丝细微的起伏都可以牵动他敏感的神经，其实如果没有戒律，他的脆弱和自卑也使他很难担当起世俗的责任、真正获得爱的能力。因此，他是一个无所适从的被遗弃者、孤独者，与俗世格格不入，只能飘零一世。除了《断鸿零雁记》，苏曼殊小说里的其他男性形象也大都类此。他们饱受情感的煎熬，但这种煎熬并不完全来自内心深处的所谓情与理的冲突，也不是源自战乱所造成的情人之间的生离死别。苏曼殊固然也写家长专制带给恋人的痛苦，但更多的时候，家长专制仅成为一种背景，作品所凸现的还是这些男性本身的一种欲言又止、难以言传的隐痛或心结，事实上，他们的这份心结再加上神经质、优柔寡断、工愁善病的性格很大程度上决定了他们的悲剧命运。这类令人印象深刻的被遗弃者、孤独者的形象是苏曼殊对中国小说史的独特奉献。他们与郁达夫笔下的“零余人”共同构成了小说史的人物长廊里的一个特殊的群体。

作为一部自叙传小说，作者不仅将描写的焦点从他人转向自述者本人，还充分发挥了自叙传作品在表现人物心理方面的优势。自叙传小说因是采用人物自叙的形式，所以可以大肆进行心理刻画而不会损害作品的真实感。《断鸿零雁记》里采用人物自白的方式，多处描写了抒情主人公的心理。以下是作品里三郎假装接受母亲关于与静子联姻的建议后的一段心理描写：

余浴毕，登楼面海，兀坐久之，则又云愁海思，袭余而来。当余今日，慨然许彼姝于吾母之时，明知此言一发，后此有无穷忧患，正如此海潮之声，续续而至，无有尽时。然思若不尔者，又将何以慰吾老母？事至于此，今但焉置吾身？只好权顺老母之意，容日婉言劝慰余母，或可收回成命。如老母坚不见许，则力举隐衷，或卒能谅余为空门中人，未应蓄内。余抚心自问，固非忍人，忘彼姝也。继余又思日俗真宗，固许带妻，且于刹中举行结婚礼式，一效景教然者。若吾母以此为言，吾又将何言说答余慈母耶？余反复思维，不可自聊；又闻山后凄风号林，余不觉惴惴其栗。因念佛言“身中四大，各自有名，都无我者”。嗟乎！望吾慈母，切勿驱儿作哑羊可耳！①

类似的心理描写在作品里俯拾皆是，它们的出现不仅标志着自叙传小说的新变，也标志着文言小说的新变。中国的文言小说脱胎于史传，叙事人的传记作者的身份使得文言小说很难进行细致的心理描写，因为传记作者是无从窥探到人物的内心活动的，强作描写只会损害到作品的真实性。另外，文言小说作为文人文学的一部分，含蓄节制、言有尽而意无穷的文人审美观也很容易渗透其中。影响所及，即使是《影梅庵忆语》《浮生六记》这类采用第一人称的作品也较少心理描写的成分，至于比单纯的心理描写更为复杂的心理分析更是罕见了。当然，有无心理描写并不能成为判断作品是否高明的标准，但就自叙传小说而言，心理描写往往成为一项重要的写作要素，而将写作的视角转向自述者本人及其内心世界，正是自叙传小说走向成熟的标志之一。

在《断鸿零雁记》里，主人公的悲剧性的存在意识及强烈的被遗弃感通过自白的方式得以呈现出来，伴随着主人公的行踪，其心理流

① 苏曼殊：《断鸿零雁记》，载苏曼殊：《曼殊小说集》，上海开华书局1934年版，第125～126页。

程成为作者重点关照的对象，而这一切正是现代小说所具有的品质。普实克曾提出："对个人的实体和意义的意识往往伴随着一个特征，那就是对存在的悲剧性感受。这种对存在的悲剧性感受——在旧的文学中发展很不充分，甚至完全没有——实际上是现代艺术的一个突出的特征。"①尤其是当这种感受通过自白的方式体现的时候，作品的现代性就更为明显了，因为"现代的本质根本上就是心理主义，即依据我们的内在反应并作为一个内在世界来体验和解释世界，把固定的内容融解到心理的流逝因素中"②。

当然，《断鸿零雁记》还只能说在一定程度上呈现出现代小说的品质，它并不是一部完整意义上的现代小说。作品虽然表现了对心理流程的关注，但作者仍缺乏深刻的自我解剖和暴露的勇气，作者的顾影自怜使他不可能完全真实地展现主人公的内在世界。我们可以看到三郎的心理独白，却看不到一个敏感的人本应感受到的激烈的内心冲突，事实上，作品里有太多欲言又止的地方。此外，作者在把三郎塑造成一个可怜人的同时，又把他描写成一个才华横溢、关注社稷的忧国忧民者。作者并未对三郎的教育背景进行必要的铺垫和交代，所以他的咏叹拜伦诗歌，他因"父母之邦、委于群胡"而产生的民族主义情怀，他对佛教世俗化所做的批判等等都显得相当的突兀。郁达夫亦曾指出，《断鸿零雁记》的缺点是"有许多地方太不自然，太不写实，做作得太过"③。无论苏曼殊是不是一位大天才，但毫无疑问，他

---

① 〔捷〕普实克著、李燕乔等译：《普实克中国现代文学论文集》，湖南文艺出版社1987年版，第2~3页。

② 西美尔语，转引自刘小枫：《现代性社会理论绪论》，上海三联书店1998年版，第301页。

③ 郁达夫：《达夫文艺论文集》，港青出版社1981年版，第551页。

是一个有灵性和才情的才子、一个奇人，因此，他能主动汲取西方小说的创作经验，并结合中国古典诗歌的神韵，创作出一部颇具意境美的自叙传小说，其作品所具有的前瞻性在清末民初的小说中是少见的。

《黄金祟》是民初小说家陈蝶仙的长篇小说代表作之一。陈蝶仙(1878［一作1879］~1940)，浙江杭州人，原名寿嵩，后改名陈栩，字蝶仙，别号天虚我生，又用笔名大桥式羽等。清末民初著名报人，曾任《申报·自由谈》主编，创办《著作林》、主编《游戏杂志》等，后弃文从商。代表作有《泪珠缘》《玉田恨史》等。《黄金祟》完成于1912年10月，先在《申报》上分100期连载，1914年首次发行单行本，1917年由栩园编辑社再版。该小说所写之情感及其他经历，皆本于作者的真实生活，是以具有鲜明的自叙传性质。周之盛所撰《黄金祟跋》明确指出了这一点："老友陈君蝶仙，少即富于言情，二十年前，尝以家庭间之喜怒哀乐，仿《红楼》之笔，著写情小说曰《泪珠缘》，风行一时。然书中类多理想之装点，所谓一半凭虚一半真也。旧岁客蛟川，公牍之余，作此种实事小说，凡书中人，皆无一虚构。两两印证，大可作《泪珠缘》之参考书。其间年月事实，莫不彰彰可据。书成，初名《真泪珠缘》，又名《筝楼记》，继忽翻然有悟，直以《黄金祟》名之。"①

小说采用第一人称自述的口吻，讲述了"予"与一女子筝儿的感情纠葛及"予"之人生经历。"予"与邻女筝儿两小无猜，不久，筝儿一家迁居。同时，"予"与顾氏表姐亦友爱。"予"12岁时，

① 周之盛：《黄金祟跋》，载陈蝶仙：《黄金祟》，栩园编辑社1917年版。

“予”母为“予”纳聘。“予”年十六，筝儿复来为邻，“予”致信筝儿，冀续旧谊，筝儿则报以罗帕一方。“予”家渐败，筝儿之母梅姐则厚养其女，待价而沽。因梅姐防备甚严，吾与筝儿“两人之爱情愈密而行迹转若愈疏”。梅姐贪图富翁盛氏之金，逼筝儿嫁盛氏为续弦。筝儿醉后被盛氏奸污，渐不愿与吾往来。“予”往见筝儿，与其长谈。筝儿欲以金钱为手段，要挟其母，使其答应与余之往来。“予”年十九时，家族因析产不均而发生龃龉，“予”之寡母所得甚少，“予”家日窘。“予”娶妻素卿，两情缱绻。“予”母不乐“予”坐食，令“予”至外乡谋职，“予”遂至湘溪任榷政之记事。数月后，“予”乞假返乡，先与筝儿相见，再回家团聚。在母亲之要求下，“予”再至湘溪，途中与筝儿共游瓜山。二人虽备极亲昵，但并不及于乱。“予”对筝儿“惟一爱字深嵌于中，未敢有丝毫亵念”。筝儿则爱“予”13 年，惟自份“产于淤泥之域”，且无清白之身，不敢有与“予”匹配之妄念，然其存心，终系于“予”身。

“予”至湘溪后，收到素卿来信，劝余纳筝儿为妾，并称已禀明“予”母，获其首肯。“予”将素卿与“予”母之信函转寄筝儿，不料筝儿却拒绝“予”之要求，称“君之爱我固不在于行迹之间，我欲报君亦不在箕帚之列。然则此举诚为蛇足，既无益于汝我，而更有损于贤伉俪之爱情”①。“予”受筝儿之邀至其家，得知盛氏为了躲避债务，已离开筝儿。“予”与筝儿难耐相思，终于共赴云雨。“予”与筝儿一家共游寺院，后患病，“予”归至筝儿家休养。“予”母寻“予”归家，疑“予”之病为筝儿而起，遂不令“予”再赴湘溪。

---

① 陈蝶仙：《黄金祟》（中卷），栩园编辑社 1917 年版，第 59 页。

“予”妻素卿建议“予”携其赴湘溪，再接筝儿相伴，但筝儿仍拒绝这一建议，云“一夫一妇至于终身，实为彼之素愿，亦既有所不能，则亦无复他望。所以不能忘情于我者，惟十三年爱慕之私，不能自已耳”①。“予”迫于生计，再赴湘溪，但不作幕宾而习贾，首笔生意即遭亏损。“予”长兄逝于吴门，“予”至吴门奔丧，得晤友人华痴石、何骈庵。“予”与二友共游，且三人合资办《大观报》。“予”所著《泪珠缘》《桃花梦》等皆刊载于此报。“予”又接受虞病鹤所创《文会报》邀请，前往任事，并借机探访顾表姐之消息。虞病鹤与“予”共访名妓花云香，花云香对“予”甚为青睐。“予”听说顾表姐已遭劫罹难，大感悲痛，返回杭州途中，“予”念及将来若素卿、筝儿皆死，不知会何等悲痛，反不如“从我仲姐而死”，于是投水自尽，但被救转，又重返苏州。此时花云香欲脱籍从余，但余已无念想。“予”之报社遭遇工人罢工，“予”等亲自学习排版。时义和团兴，“予”作《辟邪说》一文，竟使报社遭查封。“予”等更办《浙报》，“又以忤逆当道，致被封禁”。“予”办报亏损，素卿则典质首饰为“予”还债。“予”与素卿议及筝儿：“我与筝儿为同心之人，而与吾卿则为共命之鸟。”筝儿“彼其视为终身之赖者，赖黄金耳，故吾无以名之，而名之曰黄金祟”②。“予”自骈庵婚礼归来，夜梦筝儿嫁给贷金于盛氏子者，“予”斥责筝儿为黄金所祟。小说写至此，戛然而止。至于“予”与筝儿的故事还会如何发展，作者云自己亦不得而知。

---

① 陈蝶仙：《黄金祟》（下卷），栩园编辑社1917年版，第10页。
② 陈蝶仙：《黄金祟》（下卷），栩园编辑社1917年版，第73页。

作为一部成熟的自叙传小说，《黄金祟》自有其特色和卓异之处，美国汉学家韩南曾亲自将该小说译为英文，称其“应该在中国的自传文学里，特别是写童年和青年时代的自传文学行列中占据一席之地”①。就篇幅而论，《黄金祟》是五四新文学产生之前中国唯一的长篇自叙传小说。作者以较为详尽的笔墨叙写了自身的感情世界及为生计辗转打拼的经历，从而呈现了一个颇具过渡性的动荡时代。在这半新半旧的时代里，文人们失去了科举制这一传统的进身之阶及其由此而获得的心理庇护，不得不离开家乡、走向城市，投入自谋职业的洪流中，他们入幕、习贾、办报、与传统渐行渐远的求生之路亦在逐渐改变其价值观念和心理结构。《黄金祟》中的“予”即是这类文人的典型，作品多面向地、立体鲜明地呈现了“予”之生活状貌，写出了“予”谋求生存时的艰难和焦虑、面对爱情时的犹疑和矛盾。当然，作者虽无主观自愿，作品却在客观效果上暴露了“予”之酸腐和软弱。

小说里的筝儿是一个颇值得注意的女性形象。作者对筝儿这个人物一开始充满了礼赞，后来又不无贬抑，称其不肯嫁“予”为妾，是为黄金所祟。不过，倒是因为如此，小说塑造了一个十分特别的女性角色，这个女子一方面爱慕“予”，与“予”保持暧昧和恋爱关系多年，另一方面，她因金钱而失身，却由此熟知金钱的魔力，也由此深谙周旋于现世的精明，自然不肯嫁与贫寒的“予”为妾。在对方伉俪情深、又有严母在堂的情形下，还要嫁给对方为妾，在她看来，此种

---

①〔美〕韩南著、徐侠译：《中国近代小说的兴起》，上海教育出版社2004年版，第237页。

行为实乃“蛇足”。在民初的写情小说及古典的爱情文学传统里，女性人物大都为痴情的化身，围绕爱情，或刚烈或缠绵，像这种在爱情中理性十足、老于世故的角色，是较为少见的，作者对筝儿性格与心理的变化，进行了极具说服力的叙写。还值得一提的是，该小说提供了一个没有结局的结局即“开放式”的结局，这较之于民初写情小说中泛滥成灾的毁灭性结局，算得上是自成一体。

该小说的缺陷亦十分明显：作者更多地是在自恋地展示自己的感情生活，而缺乏自我解剖和省思的勇气，这一点与《断鸿零雁记》及当时其他的诸多自叙传作品并无二致。因小说主人公(自述者)更多地带有传统文人的印迹，缺乏《断鸿零雁记》中三郎那样的新异性，所以《黄金祟》的立意和境界仍是不及《断鸿零雁记》的。当然，自叙传小说要获得根本性的突破，还有赖于个人主义的观念在作家心中的高涨，有赖于作家对自我的全面发现；“五四”的时代正好提供了这样的前提，郁达夫创作的《沉沦》遂将自叙传小说的发展带向了一个高峰。

第四章　小说的文章化：古文小说与骈文小说的兴盛

第一节　清末民初古文小说的繁兴与畸变

一、古文小说的概念

古文小说是中国文言小说的一个重要门类，其产生，肇始于唐代的古文运动。此后，古文小说的发展虽或隐或显，但其延绵之势，一直持续到了五四新文化运动。关于这一颇为特殊的小说文体，已有不少学者予以了关注。如蒋凡在《韩愈柳宗元的“古文”小说观》一文中，专论韩、柳的古文小说观及其创作实践。[①]陈平原在《二十世纪中国小说史》(第1卷)里，辟有一节专门探讨清末民初的古文小说与骈文小说。[②]不过，这些学者在谈及古文小说的概念时，仍有语焉不详之嫌。古文小说的内涵及外延，仍是较为模糊的。

古文小说，简言之，就是以古文写成的小说。古文小说除了在语言上具备奇句单行、不事骈偶的特点之外，还须渗透古文的意趣与笔法，如小说的内容与道统相关、艺术上留意于“规模、繁简、提挈顿挫”等法度。在古文小说的判定上，有几点必须厘清：其一，古文虽与骈文相对，但并非所有奇句单行的文字都可称之为古文。同理，也不是只要用了散体文言写成的小说都可归为古文小说。语言上的奇句单行只是构成古文小说的必要条件而非充分条件。清末民初文人王文濡评价林纾小说云：“近日小说，月出若干、岁出若干，几于汗牛充栋矣！求其高华典贵、洁净精微，以古文之法行之者，其惟林琴南先生乎？”[③]王氏的这段话很能代表时人对古文小说的认识，即以文言写小说者虽多，但未必都能以“古文之法行之”，单是使用了散体的句式，而未能行之以古文笔法，算不得古文小说。其二，并不是只要采用了古文笔法的小说就是古文小说。中国的文言小说本身就与史传文学有纠缠不清的关系，小说受正统文学的影响势所难免。譬如《聊斋志异》，多处化用古文笔法，冯镇峦甚至将其视为古文的范本，与

① 蒋凡：《韩愈柳宗元的“古文”小说观》，《学术月刊》1993年第12期。
② 陈平原：《二十世纪中国小说史》(第1卷)，北京大学出版社1997年版。
③ 王文濡：《废物赘语》，载南社社员编：《南社小说集》，上海文明书局1917年版。

《左传》相提并论[1]。不过，这并不意味着《聊斋志异》即是古文小说。古文小说在一定程度上秉承了“文以传道”的古文道统观，在题材内容方面虽不至于“本经术而依事物之理”，却几乎不会专门描写爱情及神怪故事。其三，古文小说的产生，是在小说文体臻于成熟之时。文人在创作古文小说时，对小说及古文两种文体皆有较明确的认识。唐以前的诸子及史传散文不乏小说的因子，但并不能将《史记》里的《刺客列传》《游侠列传》等篇目等同为古文小说。其四，古文小说既名之曰“古文”小说，在承载道统的观念上、题材内容和笔法结构上与古文多有一脉相通之处。不过，古文小说虽带上了古文的烙印，但其核心仍是“小说”。它并不排斥幻设为文的艺术虚构，其情节内容较一般的古文往往更为曲折，且常于细节描写及氛围铺陈处，施之以藻绘与点染，注入小说家的想象力。在结构的安排上，古文小说也往往矜尚新异。清初古文家侯方域提出写作古文不妨于“闲漫纤碎”处“动色而陈、凿凿娓娓”[2]，而这正好趋同了小说写作的法则，所以遭致其他古文家的反对，认为如此必将伤及古文的纯正性，容易“流为稗官谐史”。可见，是否虚构及在细节的描写上是否注入了太多的想象、大肆铺陈，这是区别古文与小说的两个最为关键的问题。[3]

中唐韩愈、柳宗元行以古文笔法写成的《毛颖传》《石鼎联句诗序》《童区寄传》《李赤传》等文，堪称小说史上的第一批古文小说。

---

① 冯镇峦：《读聊斋杂说》，载黄霖、韩同文选注：《中国历代小说论著选》(上)，江西人民出版社2000年版。

② 侯方域：《与任王谷论文书》，载《续修四库全书》编委会编：《续修四库全书》第1405册，上海古籍出版社2002年版，第650页。

③ 庄逸云：《清初小说对古文的渗透：以小说为古文辞》，《四川师范大学学报》2010年第3期。

其后，一直有文人出入于古文与小说之间，写作了不少古文小说。苏轼的《万石君罗文传》《方山子传》等可谓古文小说的佳作，其《僧圆泽传》更是直接以古文笔法改写唐传奇名篇而成。古文小说发展至清初，掀起了一波小高潮。彼时小说繁兴，受其影响，不少作家好以小说为古文辞。魏禧的《大铁椎传》、侯方域的《马伶传》、王猷定的《汤琵琶传》等文，乃斯时古文小说的代表作。不过，自唐迄清，古文小说的发展虽脉络不断，但它常被目为野狐歪道，几乎每一次集中出现，皆会招致抨击或引发争议。到了清末民初，世易时移，社会及文化环境大变，因获得了正面的倡导，古文小说的发展竟蔚为大观，成为当时小说界的重要现象。可以说，清末民初既是古文小说发展的最后时期，也是最为繁盛的时期。

二、古文小说在清末民初的繁兴

古文小说和骈文小说的兴盛皆源于小说家文章意识的增强，是小说文章化的结果，这是一个大前提。当然，小说家在创作中，到底是选择倾向于古文还是骈文，又有更为具体的因素。在清末民初，小说大盛，且一度被梁启超鼓吹为“文学之最上乘”。不过，真正能认同此观念的人不算太多。大家充其量承认小说在改变世道人心方面，有“不可思议之力”，可用以启迪青年或愚氓，若就审美层面而言，小说依然未能与传统的雅文学等量齐观。在此情形下，古文小说获得不少文人的青睐，是因为这种特殊的小说文体与传统的雅文学最为接近。写作古文小说，既可满足人们眷念雅文学的心理，又可迎合市场对于小说的旺盛需求。还有一种情况是，有部分文人虽不至于认为小说是“文学之最上乘”，但也视小说为文学之一种，所谓“欧人以小说与文学并为一谈，故小说家颇为社会所注意”①。基于此，他们好将古文嫁接在小说的枝干上，以此来赋予小说的雅文学色彩，从而提升小说的地位，实现启蒙社会的目的。除了这两种情形，古文小说在清末民初的兴盛，还离不开两个更为具体和重要的因素。

其一，国粹思潮的影响。林纾在1901年还劝告读者不要对西方小说抱有成见：“有志西学者，勿遽贬西书，谓其文境不如中国也。”②这说明直至此时，虽然遭受了政治、军事上的多次重创，但国人至少对包括文学在内的传统文化还是颇具信心的。但很快，这种信心开始消退，一种对西方文化的“艳羡心理”，一种趋新尚西的风气逐渐在社会蔓延。知识阶层对此深表忧虑，基于反思现状与建构文化的需要，知识阶层开始倡导保存国粹。自1905年国粹学派创立《国粹学报》开始，保存国粹逐渐成为一种新的社会思潮，尤其是在进入民国后的最初几年里，在官方推行的文化复古政策的裹挟下，保存国粹的号召为越来越多的知识分子所拥护，“国粹”一词几乎成为流行语。小说界亦受到这一风潮的影响，不少作家纷纷视保护国粹为己任。如上海进步书局的主笔蒋景缄在其小说《身外身》中哀叹时人“忘固有之国粹”，声称政体和科技等都可以向西方借鉴，“唯论及文艺，则断不能舍长从短，受人转移”。③亚东破佛创作小说《闺中剑》，亦自称“将藉为开发民智，挽救时弊，保存国粹之具”④。包括古文在内的

---

① 恽铁樵《作者七人序》，载陈平原、夏晓虹编：《二十世纪中国小说理论资料》（第1卷），北京大学出版社1997年版，第530页。

② 林纾：《黑奴吁天录例言》，载陈平原、夏晓虹编：《二十世纪中国小说理论资料》（第1卷），北京大学出版社1997年版，第43页。

③ 蒋景缄：《身外身》，上海进步书局1916年版，第75页。

④ 儒冠和尚：《读闺中剑书后》，载亚东破佛撰、沪滨散人评注、盲道人批点：《闺中剑》，小说林1907年版。

文言文学作为国粹的重要组成部分，当然也在保存和保护之列。为了实现弘扬国文的目的，文人们很自然地联想到了与古文关系密切的小说。小说这一文体在当时虽还未跻身于雅文学之列，但它的影响毕竟在日益扩大，它已成为市民读者最喜欢的文体，这一点毋庸置疑。既然小说与古文中的“传”“记”之文不无相通之处，那么通过流行的小说来提高国文的影响力亦是合理可行的事情。吴曾祺就认为可以借小说来窥探古文的奥妙，所谓“余窃以窥古文之秘者，莫此为近”，所以他择取说部诸书，编选了一部《旧小说》，“将以是为学文之助云尔”。①持有类似观点且进行大力鼓吹的还有《小说月报》的主编恽铁樵，他提出：“今之小说，责以通俗教育，诚谦让未遑；若谓初学借小说以通文理，则为世所公认。故小说可谓作文辅助教科书。”②时人许与澄也持此观点，他建议《小说月报》的的编者可以为“短篇小说之优者略附评注”，因为：“小说能转移社会，而《月报》之短篇小说，尤能为学校国文之助手。以莘莘学子，每舍正当之教科书弗观，而喜研究小说，又仅识其事，弗究其文，此则徒费精神，获利甚鲜。彼非不欲研究文法也，程度有未至焉耳。今择简短而有味者，加之评以解其文，为之注以明其义，其获益必胜教科书十倍。”③许与澄的建议为《小说月报》所采纳，该刊所载的部分小说即附有评点，如恽铁樵在鲁迅《怀旧》的篇末评曰：“实处可致力，空处不能致力，然初步不误，灵机人所固有，非难事也。曾见青年才解握管，便讲词

① 吴曾祺：《旧小说叙》，载吴曾祺编：《旧小说》（甲集），商务印书馆1914年版。

② 恽铁樵：《论言情小说撰不如译》，《小说月报》第6卷第7号，1915年。

③ 许与澄：《关于〈小说月报〉之一得》，《小说月报》第6卷第12号，1915年。

章，卒致满纸饾饤，无有是处，亟宜以此等文字药之。”[①]通过该评点可以具体而微地见出，《小说月报》倡导古文小说的动机，主要在于以小说教导国文作法。总之，以古文写小说，原本符合文人的积习和审美心理，在国粹思潮的影响下，创作古文小说竟至上升为部分文人的自觉意识和社会责任，这极大地促进了古文小说的发展。

其二，骈文小说的刺激。在清末民初尤其是民初的小说界，骈文小说大受欢迎。如《玉梨魂》一书，出版两年以还，行销达两万以上，堪称民国时期最为畅销的小说之一。1914 年，骈文小说专门的发表阵地《小说丛报》《民权素》等纷纷创刊，此时骈文小说的繁盛达到顶点。对于骈文小说的风行，以恽铁樵为代表的古文小说作者颇为不满，屡屡提出批评。他们从多个角度论证了骈文虽为“中国文学上之一部分国粹，然断不可施之小说”。首先，骈文小说“多用风云月露花鸟绮罗等字样，须知此种字样有时而穷”，“何况僻典非小说所宜，雅言不能状琐屑事物”。其次，文章应以意胜，骈文小说“不言其理，徒讲藻饰，此与搬弄新名词者何异？ 宜其味同嚼蜡也”。他还引用了当时流行的进化论来推断骈文小说的命运：“若夫词章之专以雕琢为工，而连篇累牍无甚命意者，吾敢昌言曰：就适者生存之公例言之，必归淘汰；且淘汰而后，于中国文学上丝毫无损。”[②]古文小说的作者又从理论上揄扬古文小说的价值：“修辞学之原则有三：曰理，曰力，曰美。头头是道，有条不紊，是之谓理，吾国古文家所谓提挈剪裁近之。……理为第一步，力为第二步，美为第三步。有其一

① 恽铁樵评语，见鲁迅：《怀旧》，《小说月报》第 4 卷第 1 号，1913 年。
② 恽铁樵：《答刘幼新论言情小说书》，《小说月报》第 6 卷第 4 号，1915 年。

无其二与三，不过程度问题；舍其一用其二与三，则皮之不存，毛将安附？此固非言小说，然小说不能离文学独立，宁得背修辞之公例？”[1]据此观点，古文成了实现小说审美价值的重要前提，至于八股家与辞章家，皆与修辞公例背道而驰，甚至“普通一般苟中八股、辞章之毒，终身不能文可也”[2]。配合这种理论上的攻势，恽铁樵将《小说月报》发展成了刊载古文小说的重要阵地，他甚至针对骈文小说一味炮制哀情的现象，提出了“言情小说撰不如译”的口号，拒绝在《小说月报》里刊载写情小说。骈文小说的确流弊甚多，但它在民初拥有十分广大的读者市场，这是不争的事实。正是骈文小说这种浩大的发展声势，激发了古文小说家们的危机意识，使得他们在理论和创作上都愈发倡导古文小说。

古文小说在清末民初的发展大致以1912年为界，分为前后两个阶段。1912年之前，古文小说的创作尚未形成气候。此时期的古文小说以翻译小说为主，其代表作家当首推林纾。林纾在翻译西方小说时，“遣词缀句，胎息史汉”，使“古文的应用，自司马迁以来，从没有这样大的成绩”。[3]林纾翻译的社会小说与政治小说如《黑奴吁天录》《爱国二童子传》等，皆可视为古文小说。1912年至1917年是古文小说在清末民初发展的第二阶段。1912年4月，《小说月报》从第三卷起改由恽铁樵担任主编，自此古文小说获得了最重要的发表阵地，其发展呈现出空前的繁盛之姿。《小说月报》《中华小说界》等刊物推出

---

① 恽铁樵：《答刘幼新论言情小说书》，《小说月报》第6卷第4号，1915年。
② 恽铁樵：《答刘幼新论言情小说书》，《小说月报》第6卷第4号，1915年。
③ 胡适：《五十年来中国之文学》，载胡适著、欧阳哲生编：《胡适文集》，北京大学出版社1998年版，第215页。

了恽铁樵、江子厚、江山渊、王梅癯、程善之等古文小说家及大量创作类的古文小说。小说界的巨擘林纾在辛亥后，亦投入到古文小说的创作，出版了《剑腥录》《金陵秋》《巾帼阳秋》等长篇小说及《践卓翁小说》《铁笛亭琐记》《林琴南笔记》等小说集。

清末民初的古文小说在发展过程中，呈现出两种截然不同的走向，产生了两类风貌迥异的作品：一类作品在题材、主题或叙事模式上趋向新变；一类作品则在意趣及写法上秉承了传统。这两类作品皆不乏佳篇杰作，共同为小说的现代转型做出了贡献。

在叙事模式上进行一些翻新尝试，这是清末民初小说的常态，古文小说也不例外。例如林纾的《金陵秋》以对话开篇，形成一起之突兀的效果，就有异于传统的纪传体例。当然，正如茅盾所批评的那样，许多小说只是“采取西洋短篇小说里显而易见的一点特别布局法而已”①。不过，当时也有少数作品在题材、主题及叙事模式上均能打破常规，体现出强烈的开创性。在这一点上，古文小说走在了骈文小说的前面。可以说，清末民初时期最具实验性、先锋性的小说正是由古文小说所奉献的。其中，恽铁樵的《村老妪》《工人小史》、鲁迅的《怀旧》等堪称佼佼者。这些小说在写法上完全突破了古文中“记”“传”之文的体例，在精神内核上则颇具现代小说的色彩。不过，这些作品仍保留了“古文”的风貌。首先，小说所体现出的关注社会与现实人生的意识与文以载道的古文传统不无契合之处。其次，就语言风格而言，这些作品秉承了古文家法，学古之迹清晰可辨。譬如恽铁

① 茅盾：《自然主义与中国现代小说》，载严家炎编：《二十世纪中国小说理论资料》（第2卷），北京大学出版社1997年版，第230页。

樵和鲁迅宗法魏晋文章，文字略显古奥奇崛。另外，这些小说在结构安排上也与古文的笔法多有相通。如鲁迅的《怀旧》，恽铁樵就其笔法多有评点："一句一转""用笔之活可作金针度人""转弯处多见笔力""不肯一笔平钝，故借雨作结，解得此法，行文直游戏耳""余波照映前文不可少"①等。纵然如此，这些小说长篇大段地描写对话、塑造场景，渗透出作者恣肆的想象力和虚构倾向，这又与古文所崇尚的"析理必从其精，述故务求其实"②以及"洁净精微"等法度有根本的差异，所以这类作品只可称之为广义的古文小说。

在清末民初，真正具有代表性和典型性的古文小说还是那些秉承传统的作品。所谓"秉承传统"，指在叙事体制上严格遵循了古文叙事惯用的纪传体或纪事本末体，在审美风格上亦唯传统的古文宗派或古文家是尚，至于作品的功能，则大都以载道为旨归、以劝谕为根本。如江子厚的《三醮女》《方孝娥》等作品刊载于《小说月报》的"短篇小说"栏目中，是典型的古文小说。《三醮女》写一女子青姑因遵从母命及奉养母亲、安葬母亲之故，三度嫁人。前两度嫁人，夫君皆于新婚之日病亡，第三次嫁人，所嫁则为阉夫，作者在感叹青姑"三迫于母命而三醮其身"的不幸遭遇的同时，亦盛赞其"非浮荡者所能及，遂志守贞，竟以处子终老"③。《方孝娥》写方孝娥备受继母虐待而无怨言，方父外出之际，继母将孝娥遣嫁于一病入膏肓之人。孝娥侍奉夫君甚勤，夫亡又勤侍翁姑。其姑以内侄为嗣，内侄见孝娥色美欲得，遭翁拒，内侄遂毒杀老翁。真相大

---

① 恽铁樵评语，见鲁迅：《怀旧》，《小说月报》第4卷第1号，1913年。
② 吴曾祺：《旧小说叙》，载吴曾祺编：《旧小说》（甲集）。
③ 江子厚：《三醮女》，《小说月报》第6卷第8期，1915年。

白后，内侄被绳之以法，姑则嫌恶孝娥，虐待备至，孝娥不堪，自杀。作者对方孝娥于百职无亏后选择自尽的行为颇为赞誉，认为“难其德之全，不难其死之烈也”①。王梅癯的《妞妞》写满族女子妞妞幼时随高人习武，十八岁时遵从父母之命嫁与表兄玉寿，玉寿有断袖癖，常与贵公子游。妞妞内心苦楚，但仍温和顺承。玉寿又与某女子任四娘有染，妞妞获知，竟准备聘礼，为玉寿迎娶四娘，玉寿遂坐拥双美。自此玉寿游兴收敛，妞妞与四娘相处甚谐，又教后者习武自保。数年后，玉寿四娘相继去世，妞妞则抚养四娘所生子女，视如己出。这类小说较古文中的孝女节妇义士传，更具有故事性，即事件复杂、曲折，重视一定程度的渲染，有一定的小说色彩。但多概述，重宣教，采取纪传体或纪事本末体，讲究笔法，是其与古文类似之处。这些作品又对事件的真实性有所提及，如王梅癯称《妞妞》所写之故事：“始闻庆小庭连言于世交，与今所述略异。今所述者，长云衢康之言。庆与长皆我祖考所属吏，先后纵谈，适相吻合，而长之说尤近理，故从长说。”②对故事来源及其真实性的交代，当然也接近于古文的写作原则。时人阅读这类作品，故事性是一大看点，古文意趣是另一大看点。如江子厚的《何心安》，其笔法就甚获好评。该文写何心安于经商途中，遭强盗抢劫一空，唯余十余钱而已，在旅店结识一同病相怜之人范幼铭。何用范所余之一金与自己的十余钱购置材料，制成各式玩具兜售，渐有盈余。后返乡经商，成巨富。小说用寥寥数笔写何范二人的结识，被誉为“婉曲简洁，达人所难达，俗笔于此费劲

① 江子厚：《方孝娥》，《小说月报》第6卷第11期，1915年。

② 王梅癯：《妞妞》，《小说海》第3卷第6期，1917年。

气力，只搔不着痒处”。小说写二人制作的玩具虽未见奇巧，但在封闭的当地仍颇受欢迎，这段交代性的文字被评为：“一句推开，一句拍合，此之谓抑扬。欲扬必先抑，不然意中宾主便不明了。无平不陂，文章与事实一理也。”①此类评语不无过度解读之处，但于此可以明显见出斯时古文小说的着意点与人们阅读古文小说的看点之所在。

根据宗法对象的不同及由此带来的题材、风格上的差异，秉承传统的古文小说又出现了两大类别：一类以左、马、班、韩的史传文为典范，为义士或奇人立传，追求“惊异”“传奇”的审美效果。另一类则有赖于归有光散文的直接影响，着重叙写家庭生活，多以朴实平淡为美。关于后者，前文“自叙传小说的发展”一节已有探讨，此处不拟重复赘述，仅就这些小说的文章化倾向略作申论。②清末民初出现了不少叙写家庭生活的作品，如《回首》《浮生四幻》《兄弟孔怀》《劫灰苦语》等。这些作品既脱胎于归有光的散文，又吸收了一些新鲜元素。因为它们大都本以个体的真实生活，且采用第一人称，所以算得上是较早的一批自叙传小说。这些作品虽名为小说，却淡化情节、追求抒情性，带有鲜明的散文化特质。这一类小说大都以个体的真实生活为原型，抒发的是一种真诚的忏悔意识或怀旧情绪，格调迥异于民初那些矫情做作的写情小说，为小说界带来了一股清新的空气。

---

① 评语见江子厚《何心安》，《小说月报》第7卷第1期，1916年。

② 在第三章之第三节“自叙传小说的发展”中，本书提出，清末民初的自叙传小说可分为两类：一类仿效归有光散文，写家庭生活、回忆故旧亲人；一类追摩《影梅庵忆语》和《浮生六记》，写婚姻生活。在这两类作品中，前者可目为古文小说，后者在题材内容上与古文的载道传统相去较远，因此不归入古文小说。

三、林纾、江山渊的古文体传奇

以左、马、班、韩等人的史传文为模范、以纪传体行文，且追求“惊异”效果者，当以林纾、江山渊为其代表。林纾是古文大家，在小说创作中会有意识地贯彻古文笔法，其行文风格平正简洁，又善写滑稽趣味，在当时享有盛誉。其小说集《技击余闻》就被钱基博评价为“叙事简劲，有似承祚《三国》”①，江山渊亦称“其文复典雅渊懿，直逼庄周马迁，不能徒以小说读也”②。在林纾的文言短篇小说集《技击余闻》《践卓翁小说》《林琴南笔记》《铁笛亭琐记》里，收录了多篇古文小说。如《巢香》《崔影》二篇皆以辛亥革命风潮为背景，前者写为清朝殉难的旗人女子，后者写为推翻清朝而牺牲的一对青年男女。作者表彰节义的思想渗透于字里行间，笔法则兼得古文与小说二者之趣。《张贲斋》一文以张氏“生平有至行”一语为文眼，撷取二三事例加以叙写，既写张氏对其至亲如嫡母、生母、兄长的态度，也写其对一般人的态度，层层点染，文末以“风义之高，一时无两”为结，既水到渠成，又呼应开篇“生平有至行”一语。整则记载，篇幅虽短，但颇呈起承转合之致，耐人寻味。又如《余渊》一文，是为在甲午海战中殉难的平民英雄立传。作者十分讲究结构布局的“章法”，开篇伊始便写余渊预知甲午海事“必败”，接下来写战争过程则聚焦于清军用人不当、设备不全及军队不和、缺乏沟通，处处皆以“必败”为内核。全篇的叙事夭矫曲折而条贯分明。同时作者又在开

① 钱基博：《技击余闻补》，《小说月报》第5卷第1号，1914年。
② 江山渊：《续技击余闻》，《小说月报》第7卷第11号，1916年。

篇大肆铺陈余渊奔赴战场前与妻子的离别情景，用笔细腻而深情，呈现出鲜明的小说意味：

甲午朝鲜事起，余知必败，适以假在苏，语汪曰："此战决无幸，吾诸无所怖，但老母一日无我，而家复贫罄，尔将奈何？"汪泫然曰："生死胜败，谁能测者？虞败而惮行，为无勇，患贫而昧忠，为屈节。勇节既丧，胡名男子？君第行，天相清国并及吾家者，君行决无患。即不尔，老姑幼子，我自任之。"余竦然立收其泪曰："吾托尔老母矣！母苦节而仅得我，我今死国，而汝复孀，使老母见汝如母之当时，将胡以堪？"汪氏不戚，言曰："姑节如寒松，我心如古井。彼族视国若家，所以能胜，我族内家外国，往往自顾其私，我虽巾帼中人，万不以私情溷君，使君隳其节操，以重吾罪。行箧为君备矣，即以今日行。"余奋然曰："可。"遂入拜老母，复归汪室。汪方为渊拾笔墨，渊取洞箫倚枕吹之，初甚凄清，作嫠妇之泣，汪不期将手中笔墨一一坠落于地，含泪顾渊曰："君忘吾前言乎？"余动色，立改为亢爽激烈之声，汪遂复常度，操作如恒。余起别，汪抱幼子送之门外。余慨然感汪言，不顾而去。①

江山渊是古文小说的另一代表作家。江山渊，名瑔，字玉泉，广东廉江人，南社社员，1917 年曾任民国政府众议员，作品有《山渊阁诗草》《诗学史》《仂庵文谈》《楚声录》等。他曾在民初的多种刊物

① 林纾：《林琴南笔记》，上海中华图书馆 1917 年版。

上发表过小说、历史散文多篇，其小说多为以历史上尤其是岭南地区实有的人物为主人公的豪侠传奇。

江山渊笔下的人物皆具有超凡的品性和轰轰烈烈的人生经历，富有鲜明的传奇色彩，传奇小说所具有的“人奇、事奇、情奇”的特质在江山渊的小说中得到了淋漓尽致的展现。如《王延善》（《小说月报》第6卷第1号，1915）写明季王延善父子四人起义抗清、忠贞不屈的英雄事迹：“王延善一诸生耳，无守土之责，义可以不死，乃断头流血，百折不挠，其子三人，或死或隐，无一为不义屈者。忠贞之气，方之史可法、张煌言诸公，岂云多让。”《莫钟英》（《小说月报》第6卷第11号，1915）中的莫钟英出身于广东的世家大族、饱读诗书、磊落有奇气，却起兵谋反，最终被戮，“盖儒而盗、盗而侠者也”。《琴缘》（《小说月报》第7卷第8号，1916）则写了四位有奇遇或性格奇异不凡的琴痴，作者在篇末自叙，“先君之得琴奇，飏阶先生得琴尤奇，刘心纮之为人奇，关以忠之为人更奇，故并记之”。《死荣生哀》（《小说月报》第8卷第3号，1917）中的“陈某”，“出处之间，生死之际，离奇谲觚，夐绝千载而无偶”，所以作者“不能不有以述之”。

作者虽然好“奇”尚“异”，但他所塑造的传奇人物大都带有浓郁的儒道文化的烙印，体现出作者对以传统思想为基础的文化人格的歌颂和向往。《琴缘》里的关以忠：“性孝友，尚任侠，外柔而内刚，视其状，恂恂然若处子，而其实气雄万夫，不可向迩。幼年时即怀抱奇志，不屑为帖括业，专究心于经史诸子兵家之学，下及琴棋书画，金石雕刻，亦皆博综兼通，而琴尤所长。然愤世嫉俗之念太盛，往往流于偏激，每谈及晚近风俗日下，举世不识道德二字，辄扼腕狂呼，目眦欲裂，故生平择交甚严，落落不苟合。”关以忠在妻死后，娶一妾，其妾不得后母欢心，时常为后母无故鞭打，关宁愿责其妾而不愿忤逆后母，后来在忍无可忍的情况下，与其妾双双自尽。在这个人物身上，既有儒家讲求的“孝友”和“知其不可为而为之”的人格特质，又不无道家的“狂狷”气息。小说中的另一个奇人刘心絃亦如此。作者写他无心功名、终日携琴与其妻遨游名山大川，在中法战争爆发之际，他又毅然决定参军抗敌，最后他浪迹街头，形态癫狂，儒家之“诚”与道家之“狂”皆集中地体现在他的性格中。至于作者所写的众多的忠臣、义士和烈女，则是儒家的理想文化人格的化身。如《王延善》里的王延善父子四人，起兵抗清，不屈不挠，最后三死一隐，作品实是一曲对忠臣和孝子的赞歌。在该作中，子之孝、兄之友、弟之悌，皆得到了浓墨重彩的表现。小说对具有传统文化人格的人物形象的塑造，表达了作者本人对传统文化的向往，也体现出作者用以针砭世俗的苦心。世风日下、道德衰颓是民初人的普遍观念，在作者看来，对那些可歌可泣的历史人物的歌颂则可以起到拯救颓风的作用。如《琴缘》里的关以忠因“举世不识道德二字”而满怀愤懑，所以即使面对残暴不通情理的后母，他也忍气吞声，不敢忤逆。另外，江山渊的作品多以民族战争中的志士为表现对象，所刻画的人物英勇不屈、充满尚武精神，作者有借以激励国人在外辱面前奋发图强的意旨。如《丘逢甲传》（《小说月报》第6卷第3号，1915）、《徐骧传》（《小说月报》第9卷第3号，1918），就是直接以丘逢甲、徐骧的英勇事迹为写作素材的。

江山渊论文尚家法：“经学有家法，文学亦有家法。家法相传，虽百变而不离其宗。古文文体虽繁杂，而其学古之迹釐然各别。”①对他本人而言，他的文章则是追踪《史记》。江山渊对《史记》推崇备至，“《史记》一书，为史家正宗，而龙门文笔亦敻绝千载，言古文者多宗之”②。他的作品深受《史记》的影响，而其中的某些篇章也颇能得《史记》的神韵。江山渊的传奇作品采用了典型的纪传体体例，他往往于作品的开篇即对人物的出身、家世和总体的性格特征加以概述，并佐以能展现人物性格的一二小细节，以达到先声夺人的效果。如《莫钟英》开篇写莫钟英的性格，“耽诗文，诗文虽未精到，然兀岸有奇气”，善骑、善相马，“有时短衣跨怒马，不置鞍，疾走如飞，未尝蹶”。《死荣生哀》的开篇写“陈某”贫寒而有奇志，当与其相依为命的老母去世后，陈某再无牵挂，慨然曰，“大丈夫当效龙飞，莫甘蠖屈，余奚恋恋于一舟一楫为哉”，“于是弃釜沉舟，岸然而行”。此类叙述手法与《史记》里的《项羽本纪》《陈涉世家》等篇极为类似。司马迁往往以典型化的场景和细节来传达人物的性格风貌，《史记》中有不少经典的场景和细节描写，十分精彩。江山渊的传奇作品相当成功地继承了这一艺术手段，在撷取场景和细节时，作者的艺术感觉颇为敏锐。如在《王延善》中，余恪受音乐的感发而毅然决定只身赴死的细节就被写得十分动人。《莫钟英》写莫钟英欣逢宝马：“以手按马背，马屹立不动，钟英腾身上马，马四足腾空行，若御长风，顷刻百余里，复驰而归。马昂首奋鬣向钟英，作长啸，声若海潮涌。”在此场景中，马的神骏被描述得极为传奇，当然也间接

---

① 江山渊：《省保斋文话》，《小说新报》1915年第1卷第2期。

② 江山渊：《省保斋文话》，《小说新报》第1卷第1期，1915年。

衬托出人物的奇异不凡。

《史记》的某些人物传记还间或会穿插一些具有浓郁的抒情气氛的描写，诗一般的抒情气息往往将人物的悲剧色彩烘托到极致。《项羽本纪》里的垓下之围和《刺客列传》中易水送荆轲的描写都是极富抒情气息的片断。江山渊的传奇作品也成功地沿袭了司马迁的这一写作特点。如《王延善》写王延善被俘后，其子余恪、余严欲以身殉父而一路跋涉、远赴燕都。行至琉璃河时，“密云不雨，星月无辉，忽闻有人唱伍子胥出关曲，慷慨激昂，声如裂帛，北风吹送，发扬达于二人之耳。二人闻而感动，声泪俱下，勃然有复仇之志。”作者于此先写景，次写音乐，再写二人的心情，层层渲染，极具抒情气氛。抒情性体现得最为明显的是小说《死荣生哀》。《死荣生哀》写蜑户出身的“陈某”的传奇一生：他出身虽低贱，但立志不凡，太平天国起义时，他投身曾国藩的门下，骁勇善战，屡建奇功，被擢为总兵。某役中，陈某见败势将至，遂投河自尽以殉职。清廷对其赐爵加谥，并允地方立祠供奉。殊不知，陈并未死，从水里生还后，陈某拜见曾国藩，希望能恢复固有的职位，却遭拒绝。陈某不仅享受不到荣华富贵，还得隐姓埋名苟活于世，最后他穷困潦倒，在抑郁中病死于破屋。作品中“陈某”的命运具有非常强烈的悲剧色彩，他虽然生还，却被摒弃在了人生的舞台之外，他存活于世，但没有身份，如同一个影子。经历了荣华，他已无法安于最初的蜑户生涯，他的死后形象虽然风光无比，却于还活着的他毫无意义。此篇异于一般的豪侠小说对快意恩仇或磊拓不群的侠士风范的关注，而是将写作的重心转移到了对某一类悲剧人生的思考上。个人被历史的偶然因素捉弄和摆布所带来的荒谬感、渺微感都在作品中得以表露。作者在开篇和结尾都用诗笔写景，渲染出浓郁的抒情气息和悲剧气氛。如结局的叙述与描写：

> 祠背枕危峰，面临沧海，由祠而西南数十丈，即陈昔日所居之故乡。浅水芦花，风景宛在，午夜潮生，海水或潮至祠侧。二三蜑户，往往舣舟海滨，入祠凭吊，慨然曰："此吾侪故人陈某之祠也。为国捐躯，腾光泉壤，吾侪亦与有荣施也。"……惟时立水滨，怅望秋水故居，作无言之慨叹，而芦花萧瑟，与秋风相战，若夙夕战场上万马奔驰，短兵接战声。沙际水鸟，亦延吭哀鸣三两声，其声凄怨，似怪芦中无人，而责陈驰逐于功名富贵，弃祖父故业于不顾者……未几，郁悒死破屋中，桐棺三尺，黄土一抔，瘗陈公祠之西偏，无一人过而吊之者。

景致依然，但人已非旧，面对广阔的大海和状似永恒的潮涨潮落，个人的命运再离奇变幻，却又何足嗟叹！作者将无尽的慨叹融入首尾呼应的景色描写中，颇有余韵袅袅之致。

江山渊的作品在风格上有一种阳刚美。这既与作者所写的人物和事件本身即具亢爽奇崛的特点有关，也与作品所使用的语言有关。江山渊持一种大文学观，主张经、史、子皆为文，骈文、散文也为文，他特别针对当时文坛的骈、散之争，提出"骈文古文，体裁虽殊而实异途而同归"的主张："两汉文字，无骈非散，无散非骈，合二者于一涂。骈散之分实起于后代，古人何尝有哉！文章之道，广大无伦，无所不容纳，无所不包罗，是不特经也、子也，史也，骈文也，散文也，皆同冶于一炉。”①江山渊本人的语言风格基本上体现了这一理念，其文字骈散结合，沉雄壮丽，既无某些古文文字的枯槁之味，也无当时不少骈文文字的柔靡伤骨。

林纾、江山渊等人的这类作品既注重表彰忠孝节义等传统道德，又追求“惊异”“传奇”的审美效果，实则构成了传奇小说的一种变格，即古文体传奇。以唐传奇为代表的传奇自然是传奇小说的正格，它们书写爱情、豪侠或神怪等无关宏旨的浪漫人生，注重想象与虚构，叙述婉曲、文辞华艳，有研究者称这类传奇为“辞章化传奇”②。古文体传奇则仍以“载道”“劝谕”为根本，所写之人大都是有裨于风教的历史英雄、先贤、耆旧、孝子、高士、烈女。叙事虽亦委曲，文辞则不尚“华艳”。这些作品皆以仿效古文经典为旨归，并不追求叙事模式上的翻新，因而透露出较为浓郁的复古气息。但它们着意于谋篇布局和语言的打磨，所以不少作品的文字奕奕有生气，相较于一些刻意求新、急就章式的小说，反倒更具艺术的魅力。此外，林纾、江山渊等古文小说家有比较明显的文以载道的意识和发扬古文传统的文化使命感，在此动机下，他们通常是以写文章的手眼来写小说，所以其作品迥异于民初众多的消闲和游戏文字，具有正统文学的品格。需要特别说明的是，这些作品尽管以古文经典为圭臬，但它们在叙事写人及营造氛围方面，极尽铺叙点染之能事，体现出作者的虚构倾向，从而大异于正统古文所追求的“高洁”或“雅洁”，因此这些作品的内核仍是小说而非古文。

---

① 江山渊：《仂庵文谈》，《小说新报》第2卷第1期，1916年。

② 陈文新：《文言小说审美发展史》，武汉大学出版社2002年版，第183页。

四、古文小说的畸变

自民国三年(1914)开始，古文小说的发展出现了一种新的倾向：小说逐渐向古文靠拢，最后小说的文体特征竟至模糊，所谓的“小说”变得完全趋同于古文。1914年至1916年是骈文小说大行其道的时候，而这几年间的《小说月报》(即第5~7卷)所载的不少古文小说已与古文无甚差异。如第1914年第5卷第1号刊载了卧园原著、铁樵校订的《罂花碧血记》，作品写民国成立之初，禁烟令虽下达，但某些官吏为自身利益，鼓动乡民种烟，又因各种利益纠葛，竟至酿成流血冲突。作者在篇首提出：“事属身经，语皆纪实，特无涂泽无附会，微嫌视时下流行小说，体裁不类。然吾闻之，小说者所以补史乘之缺，供参考昭鉴戒者也。训道不纯，愚民陷焉，得是篇为之讼冤，肉食者安所辞。”这种对纪实和载道的双重强调其实与人们对古文的要求并无二致，所谓“古文之异于小说者，析理必从其精，述故务求其实”，一旦过度凸显作品的纪实性，作品就很难成为小说了。又如1915年第6卷第11号载有一厂所撰的《记刘傅两节妇事》，该文写两位贞洁、孝烈的女子，备尝艰苦而毫无怨尤；文章旨在训诫，篇末云“两节妇均小家女，然其操守，世家弗如也。处境都不顺，故其名益显。盖苍苍者，故阨而扬之，以励末俗云”；作品叙事直质、不事敷衍，与正史里的“节妇传”无异。这几卷的《小说月报》还发表了程善之、王梅癯的文字多篇，这些作品皆意存劝诫，粗陈梗概，绝不在细节处刻意摹写，实在算不上是小说。小说向古文趋同的风气不独《小说月报》存在，其他期刊也有所沾染。如《妇女杂志》1916年第2卷第4至6期的“小说”栏目里连载了江山渊的《季明烈女传略》，写明末贞烈节孝之女子，大都记叙简略、不事敷衍，仅仅重点刻画一二场景，以凸显人物风貌，系典型的古文写法。作者开篇长序云："余昔痛清修明史，终于崇祯而三王无史，窃拟撰季明书以补其阙。纂辑之余，兼成《季明义士传略》一书，其妇人则别录成编，题曰《季明烈女传略》。人系以一传，事同则合传。事存而名佚者则详其事，名存而事略者则述其概。其处家庭之变，非关君国，而以节烈著者，亦以类录之，志盛也。权舆于天启崇祯之世，归宿于顺治康熙之间。博采于文人学士稗官野史之记载，旁参于邑志家乘断碑残碣之流传。片言之微，不敢摒弃，一事失实，证以他书，虽不免疏漏之讥，亦可略得其梗概矣。嗟乎！天悯有明倾覆之惨，特竺生奇女子于其间，以发皇馨烈，而状亡国山河之色。乃事不详于青史，名不著于后禩，纵有一二遗民秉笔纪述，然东鳞西爪，莫克详备。而销毁于暴君之劫火中者，又不知几许。发潜幽微，后死之责，余纂述此书，庶几可以扬休风于百世以下，慰英魂于九天之上。而援古以证今，借远以鉴迩，又未尝不可以砭末俗，励浇风，于世道人心不无小裨。世之读者，其或有取于斯乎？"①据此序，作者撰此《季明烈女传略》，从搜集材料之方法、编纂态度之谨严，到编纂之宗旨，无不合于历代史家。此书乃史乘，亦系古文，《妇女杂志》将其隶属于"小说"，足以见出当时小说文体概念的含混和文体界限的模糊。

小说向古文趋同现象的产生首先与古文小说的文体特质和作者的身份认同有关。在正统的目录学中，古文分别隶属于史部、集部和子部，小说隶属于子部，但各部类又多有交叉和混杂，从欧阳修到纪

① 江山渊：《季明烈女传略》，《妇女杂志》第2卷第4期，1916年。

昀，都在试图厘清各部类的界限，史部中的诸多作品就不断被清理出来而归入子部。集部文章也与子部小说多有相似相通，韩愈、柳宗元、归有光等人的古文就有不乏小说意味者，清初更是出现了以小说为古文辞的现象。具体就古文小说而言，古文的意趣与笔法是古文小说的重要构成要素，所以古文小说与古文天然地存在着纠缠不清的关系，二者的界限并非泾渭分明。对于文体界限的模糊，时人不乏认识，江山渊提出："文之与史难区殊。自古长于史者必宏于文，未有舍文而言史者。《史记》一书，为史家正宗，而龙门文笔亦敻绝千载，言古文者多宗之。归震川致力于《史记》最多，故其为文能得龙门之神。方望溪文祖震川，亦奉《史记》为圭臬。归、方评点《史记》一书，遂几为文士之津逮。章实斋作《文史通义》，乃合文史而一之矣。至文体繁杂，其中多有与史体相类者，如行状、碑文、墓志之属，与《史记》中纪传之体殊无差异，此又显而易见者也。"①文体与史体相类，而文体中的"行状、碑文、墓志"又往往最易沾染小说习气，可以见出文、史、小说之间的界限模糊。林纾曾将归有光的两篇文章《书张贞女死事》《张贞女狱事》合二为一，撰成《张贞女别传》，所谓"因以震川二文镕而为一，演成小说稗家"，该作品载于《小说新报》1916年第2卷第6期的"短篇小说"栏目。细读林纾此文及归氏的两篇原文，发现林纾只是对归文略做了剪裁，即仅仅删去原文中的少许议论，其余部分原封不动地保留下来。林纾既然"因以震川二文镕而为一，演成小说稗家"，可见他是十分清楚文章与小说之分野的，在他看来，此别传已经属于小说稗家了。这个现象说明，

① 江山渊：《省保斋文话》，《小说新报》第1卷第1期，1915年。

清末民初的小说家们并非认识不到小说与古文的区别；古文小说的“似是而非”很大程度上是由于小说与古文本身的界限含混。此外，在中唐与清初，写作古文小说的几乎都是古文家，到了清末民初，写古文小说者虽活跃于小说界，但他们仍兼有古文家的身份，甚至他们更愿意首先以古文家自居。这种身份认同使得他们在创作小说时，往往会自觉或不自觉地向古文倾斜，从而强化古文小说的“古文”特质。

古文小说向古文趋同这一现象的产生也与《小说月报》主编恽铁樵的有意倡导不无关系。恽铁樵本人创作过质量上乘的小说，也翻译过西方小说如《豆蔻葩》《波痕荑因》等，他对小说的文体性质有比较清醒的认识，曾提出：“小说之为物，不出幻想。若记事实，即是别裁。然虽幻想，而作用弥大，盖能现世界于一粟，不徒造楼阁于空中。”①既认识到小说的特质在于幻想，又强调以幻想来观照、反映现实，这无疑是一种相当成熟的小说观。但与此同时，对于“记事实”这种小说“别裁”性质的文类，恽铁樵却越来越偏爱，自第5卷起，《小说月报》所发表的趋同于古文的作品日渐增多，刊物的栏目分类标准和称谓也一直在进行调整。自第8卷第1号起，《小说月报》的栏目分类调整为寓言、记事、文苑、杂俎等，恽铁樵在《编辑余谈》中申述了他的分类标准及最近的小说观：“凡记琐事之一则，无论其事属里巷与闺阁廊庙或宫闱，要之，非正面发挥政治学术之大者，皆小说也……兹于向所谓长短篇小说者名曰寓言，明此为设事惩劝，非

① 恽铁樵：《作者七人序》，载陈平原、夏晓虹编：《二十世纪中国小说理论资料》（第1卷），北京大学出版社1997年版，第530页。

可据为典实者也。向之名掌故瀛谈者，统言之曰记事，明此为有本而言，非信口雌黄、淆乱黑白者也。此全卷之正文页，犹未足以尽小说之范围。另辟一栏曰杂俎，凡关夫小说考据，与夫零缣断素之小品文属之。”①恽铁樵将“非可据为典实”的虚构之文、“有本而言”的记事之文及零缣断素的小品文皆视为小说，并再次重申小说与古文并无明确的界限。尤其值得注意的是，恽氏之前将“记事实”的文字视为小说之“别裁”，此时则不再提“别裁”这一说法，而是将“有本而言”的记事之文列入“全卷之正文页”，与虚构之文同等。

并非不明白小说为何物的恽铁樵持有这种看似保守甚至“倒退”的小说观，不过是欲借此与当时风行的骈文小说分庭抗礼而已。骈文小说在1914年后大盛，对此，恽铁樵旗帜鲜明地表示反对。提倡小说的纪实和载道功能、强化《小说月报》的古文化色彩，诸种举措皆是针对骈文小说以情言绮语饷食青年的现象。不过，恽铁樵显然有些矫枉过正了，他本应该倡导如《工人小史》《村老妪》《怀旧》那样的写实小说，而不是“有本而言”的记事之文。对古文传统的过度眷念使恽铁樵等人在小说与古文两者之间游移时，最终仍然偏向了古文，这也使得古文小说的发展走向了死胡同。以古文的创作标准来观照小说，并非全然不合理，某些古文义法的确可资小说借鉴，但过犹不及，若过分强调小说向古文靠拢甚至泯灭二者的界限，自然不利于小说的正常发展。

① 恽铁樵：《编辑余谈》，《小说月报》第8卷第1号，1917年。

第二节　骈文小说在民初的兴盛

一、骈文小说在民初的兴盛及兴盛原因

骈文小说指的是完全用骈文写成的小说或大规模地使用骈文并形成独特美学品格的小说。骈文小说中的骈文作为整部小说的重要表述载体，在作品中承担了抒情、描写、议论甚至是叙事的综合性功能。在中国古典文学史上，尽管骈文的发展不绝如缕，但用骈文来写小说，仅是文人偶一为之的尝试，晚清以前的骈文小说只有《游仙窟》《燕山外史》两种而已。到了民国初期，创作骈文小说竟成为一股热潮，当时有数量可观的骈文小说涌现。还有部分小说虽算不上是骈文小说，但于抒情议论描写之处亦好用骈偶句式，形成了一种骈俪化的倾向。

在创刊于民国前夕的《小说时报》与《小说月报》的第1、2卷上，刊载有一些语言较为华美、骈俪的小说，不过这还只是个别的现象。骈文小说的兴起应该肇始于《玉梨魂》的发表。1912年8月3日，民初最富盛名的骈文小说《玉梨魂》在《民权报》上连载，1913年，该小说发行单行本。《玉梨魂》“出版两年以还，行销达两万以上”①，它在图书市场上取得的成功刺激了文人创作骈文小说的热情。1914年，骈文小说的发展达到鼎盛，彼时专门的发表阵地《小说丛

---

① 徐枕亚：《枕亚启事》，《小说丛报》第16期，1915年。

报》《小说新报》《民权素》等杂志纷纷创刊。范烟桥曾述及这一时期骈文小说发展的盛况："时海上杂志风起云涌，大有旌旗蔽空之概，一时载笔，争奇斗胜，各炫其才富。于是一时之作，典实累缀，不厌饾饤。"①据不完全统计，民初的骈文小说至少有30余篇，以中短篇为主，长篇且形成单行本的则有《玉梨魂》与《兰闺恨》两部。②至于虽不用骈文写成，但沾染了骈俪倾向的小说则数量甚多，难以计数。《民权报》《小说丛报》《小说新报》《民权素》这四种刊物所载骈文小说的具体篇目如下：

作者	作　品	刊　物
徐枕亚	《玉梨魂》	《民权报》1912年8月3日开始连载，1913年首次发行单行本
徐吁公	《俞影》	《民权报》1913年1月17日；徐枕亚《燕市断云》，《民权报》1913年5月3日、4日连载，《民权素》第3集(1914年9月15日)重刊
剑僧	《冢中妇》	《民权报》1913年11月6日、7日连载，《民权素》第3集(1914年9月15日)重刊
刘铁冷	《血鸳鸯》	《小说丛报》第1期，1914年5月1日
东讷	《双鸳恨》	《小说丛报》第2期，1914年6月10日
仪鄦	《丽娟小传》	《小说丛报》第4期，1914年9月1日

① 范烟桥：《小说丛谈》，大东书局1926年版，第14页。

② 据2008年华东师范大学郭战涛的博士论文《民国初年骈体小说研究》加以统计。

续表一

式稱	《江采霞传》	《小说丛报》第4期，1914年9月1日
蕉心	《青灯影》	《小说丛报》第5期，1914年10月20日
徐枕亚	《泣颜回》	《小说丛报》第9期，1915年3月25日
冷蝶	《瞧着庞儿第一遭》	《小说丛报》第10期，1915年4月30日
仪鄦	《双鱼佩》	《小说丛报》第10期，1915年4月30日
楚声 铁冷	《更无一个是男儿》	《小说丛报》第10期，1915年4月30日
文蝶等	《落花时节又逢君》	《小说丛报》第16期，1915年11月16日
东讷	《结婚前之佳话》	《小说丛报》第17期，1915年12月15日
人则	《拟燕山外史》	《小说丛报》第19期，1916年2月29日
吴绮缘	《月明林下美人来》	《小说丛报》第19期，1916年2月29日
观奕	《箧诗记》	《小说丛报》第3年第4期，1916年11月10日
瘦石	《不堪回首》	《小说丛报》第3年第6期，1917年1月10日
雪涛	《琴堂婚判》	《小说丛报》第4年第6期，1918年5月10日
绥我	《断肠词》	《小说新报》第9期，1915年10月

续表二

胡寄尘	《移花接木》	《小说新报》第11期,1915年12月
悔初	《雉经断魂记》	《小说新报》第11期,1915年12月
吴绮缘	《西湖倩影》	《小说新报》第2年第5期,1916年5月
徐吁公	《帷灯匣剑》	《小说新报》第2年第10期,1916年10月
酉山	《璇闺怨》	《小说新报》第3年第1期,1917年1月
厚生	《蒸霞妖梦》	《小说新报》第5年第10期,1919年10月
铁冷	《嫠妇血》	《民权素》第2集,1914年7月15日
吁公	《龙钟丐》	《民权素》第2集,1914年7月15日
权予	《鸳鸯铁血记》	《民权素》第13集(1915年12月15日)、第15集(1916年2月15日)连载,未完
悔初	《鬓影经声》	《民权素》第15集,1916年2月15日
碧痕	《桃花泪》	《民权素》第15集(1916年2月15日)、第17集(1916年4月15日)连载,未完
悔初	《膏肓泪》	《民权素》第16集,1916年3月15日

骈文小说在民初兴盛实非偶然。它首先与大行其道的复古思潮息息相关,复古思潮倡导发扬国粹,而骈文作为国粹之一种,亦在发扬之列,民初的骈文小说家们也是言必称国粹的。《民权素》的编者刘铁冷、蒋箸超称当此“河山迟暮、国粹沦亡”之时,应“合负提携之

责”。徐枕亚、吴双热所辑之《锦囊》的广告词亦称：“近今以来，国粹浸微，章句之学每况愈下，间有率尔从事者，类皆侈亵诨之词，不足为风骚之继，枕亚、双热两君，有见于此，因而有《锦囊》之集。”①骈文小说的兴盛又与民初的社会心理、文人心性及骈文的文体特质有密切的关联。辛亥之后，共和政制建立，但社会并未因此走向繁荣，反倒是乱象丛生，时人普遍对时势感到失望。除了对现实政治持普遍失望的情绪之外，当时的文人又因个体身份的失衡而有一种颇为普遍的怨艾和伤感情怀。1906 年，清廷宣布废除科举考试，此事对文人产生了根本性的影响。徐枕亚曾云：

小子生非无情之物，亦非忘世之夫，平日也知爱国，也知忧时，但是大局已隳，斧柯莫假，爱国徒然，忧也无益。而自顾萍蓬身世，更不可复问。东飘西荡，年复一年，只剩得几行血泪，两鬓愁丝，如今已做成了一个奇零人。本可早脱离这污浊世界而去，然而生固无穷蹙，死也未必遂有乐趣，所以还是草间偷活，笔底牢骚。一段幽情无从发泄，偶然兴到，伸纸疾书，虽无关于宏旨，亦不詟于正则。不过稍纾我胸中郁塞不平之气，自己做一个无聊之消遣罢了。②

在与友人的通信中，徐枕亚又云：

---

① “《锦囊》广告词”，《民权素》1914 年第 2 集。

② 徐枕亚之《刻骨相思记》第一回“著新书笔阵扫芜词，溯往事琴川留艳迹”，《小说丛报》第 13 期，1915 年。

> 我生不辰，入世多艰，幼年困厄于家庭，长复乖张于命运，不得已恣情小说，以一泻此衷肠积闷。汝苟劝我焚笔毁砚、捐弃此道，则出仕不善钻营，为商不善经计，而一腔孤愤无从发泄，恐常萦回于脏腑间，倍受精神痛苦，其消耗精血，更甚于斯。余著《玉梨魂》后，脑经中自觉非常愉快，《何梦霞日记》告竣，又觉撇开一重心事。今所著者为《双鬟记》，已将次结煞，余正藉此以消遣。汝毋以我为虑。①

徐枕亚的这两段话其实反映了民初相当一部分小说家的心迹。所谓“大局已隳，斧柯莫假”，既是指时局衰颓，也隐含了进身之阶堵塞、价值体系坍塌之意。因科举废除，济世无门，自幼所学陡然成了无用之物，许多文人为生计所迫而“东飘西荡”，出仕则不善经营，为商又不善经计，于是沦为在笔底求生涯的“文丐”“文娼”。所谓的“文丐”“文娼”并非只是“五四”新文化运动者对他们的贬抑，也是他们的自我调侃之语，叶小凤即如此描述张冥飞的身世：“其人于前清时曾为少爷、为师爷、为似是而非之老爷，入今民国则为新剧脚本家、为小说家、为新闻记者、为卖文之文丐甚矣。”②作为“文丐”“文娼”，他们往往“胸中有郁塞不平之气”或一腔孤愤无从发泄，产生了强烈的“奇零人”之感。如果再遭遇家庭不幸与爱情的打击(如徐枕亚)，他们心中自然会充斥一段“牢骚”与“幽情”。徐枕亚之兄徐天啸在沪上以卖文、卖字、篆刻图章为生，对此他不无忿

---

① 姚民哀：《双鬟记跋》，载徐枕亚：《双鬟记》，小说丛报社1916年版。

② 叶小凤：《十五度中秋序》，载张冥飞：《十五度中秋》，民权出版部1916年版。

忿，自称“天涯沦落人”，谓“墨汁易干，洒不了穷途之泪；宝刀虽好，斩不尽顽石之头”①。徐吁公亦自称“伤心人”，“叹七尺之昂藏，而无往可适，非四海之无家，而莫知所之”，“故伤心人每于酒酣耳热、惨绿淡黄之时，常悲歌长吟，以抒抑郁，长吁短叹，以泻幽怀”。②刘铁冷自称：“茫茫大地，愁云包之，芸芸众生，愁丝牵之，余固天生愁种，无可为欢，藉笔墨以自祛烦恼。而世之文人，潦倒如余，思著文章自娱者，亦复不少。以余书赠之，亦可省却旁人几许笔墨，自娱娱人，余意不过是。”③徐吁公在《铁冷碎墨序》中评述刘铁冷的一段话则尤为愤激，亦是当时部分文人的心态写照：“吾知铁冷之志，不在此零縑断素，固别有怀抱也。不能展其怀抱，不得已而致力于零縑断素，铁冷之心亦云苦矣。嗟乎铁冷，斯世龌龊，大道若昧，黄钟瓦釜，并世难容，吾人戴得此峥嵘头角，固难与膻腥物争厥胜负，而亦不愿惊骇聋聩、纸上谈兵，污吾一副干净之笔研，则惟有模山范水，说怪搜神，胸串记事之珠，体续庄谐之录，以消磨此无聊之岁月，安排此锦绣文章。”④

民初的这些文人对时势与自身命运大抵有“无可奈何花落去”之感，因而形成了一种敏感多愁、自伤自怜的气质，在此情形下，骈文这种文体成了他们表达与表现自我的最佳选择。骈文除了讲究对仗、用典、音韵、词藻外，又具有情致婉约、一唱三叹的特点，宜于抒情。有学者言骈、散文之异：“散文主文气旺盛，则言无不达；骈文

① “徐天啸鬻艺之宣言”广告，见徐枕亚《双鬟记》书前，小说丛报社1916年版。

② 徐吁公：《伤心人》，《民权报》1912年10月15日。

③ 徐枕亚：《铁冷碎墨序一》，载刘铁冷：《铁冷碎墨》，小说丛报社1914年版。

④ 徐吁公：《铁冷碎墨序二》，刘铁冷：《铁冷碎墨》，小说从报社1914年11月版。

主气韵曼妙，则情致婉约。”“昌黎谓，惟其气盛，故言之高下皆宜，斯古文家应尔，骈文则不如此也。六朝文中往往气极道炼，欲言不言，而其意若即若离，上抗下坠，潜气内转，故骈文蹊径与散文之气盛言宜，所异在此。”①可见，相较于古文（散文），骈文这种在表情达意上极尽纡徐曲折的文体更宜于用来抒写长吁短叹式的幽怨之情。文人们在雕章琢句中，可以缅怀过去与炫弄才学，在婉转舒缓的叙事节奏中，可以谱写心底的牢骚与幽情，基于此，本不适合用来做小说的骈文，在民初特殊的情势下，竟得以与小说广泛联姻，大批的骈文小说随之产生。

民初骈文小说的兴盛又与清代的骈文中兴有关。有清一代，骈文“往往能推陈出新，俨然有中兴之势焉”②。清初骈文，以陈维崧、毛奇龄为代表，从清代中叶开始，因汪中、洪亮吉、阮元等人的倡导，骈文中兴，其发展势头延续至民初不败。清末以骈文闻名者，有所谓“十家”，其中王闿运之骈文清新流丽，在当时影响颇大。清末民初还涌现了大量的骈文选本，著名的有《后八家四六文钞》《皇朝骈文类苑》《国朝骈体正宗续编》《国朝十家四六文钞》《骈文类纂》《国朝常州骈体文录》等。骈文之所以能在清中叶以后蔚为大观，又与汉学的复兴不无关系。清代学者不满明代游谈无根的学风，认为空谈误国，转而提倡汉学，而骈文征实重典的文体特征恰好迎合了汉学家们的学术与审美趣味。随着汉学成为清代学术思想的主流，被忽视已久的骈文便重新进入了文学界视野的中心地带。

---

① 蒋伯潜、蒋祖怡：《骈文与散文》，上海书店出版社1997年版，第117页。
② 刘麟生：《中国骈文史》，东方出版社1996年版，第104页。

骈文发展的这股势头也影响到了民初的小说界。小说家沈东讷曾“精选前清五十名家极香艳之骈文，共九万余言”①，汇编成《丽情集》一书，以襄助骈文的传播。蒋箸超专门撰文讨论骈文的作法：“夫文章之道，不外精纯，而四六之途最嫌芜杂，神欲其动，气欲其清，句必翻新，意贵凝练。任尔回环尽致，不以雕琢求工……”②在《小说丛报》社发行的诸多小说中，有多篇序言均是用骈四俪六的文字写成，小说序跋俨然成了小说家展示骈文写作能力的舞台。小说家借笔下的人物来讨论骈文作法更是一种常见的现象。如在《珠树重行录》中，男主角罗玉树某日草成骈文一篇，引发了两位女性人物侠君与珠光的热烈讨论，侠君赞誉该文清腴、典丽兼备，竟胜“六朝人小品”一筹，又批评时下名士“贺笺谢表亦强作此等缠绵悱恻文字，实见其文不对题耳。琢句雕章，务求工整，乃毫无性灵，如泥龙木马，绘画绘彩，虽极鲜华，直呆相耳。刀痕斧迹，墨渍粉污，有何趣味”③。《伉俪福》中的女主人公极好骈俪艳丽之文，其母在如何学写骈文上对她有一番训导：“词章之学不从根本入手，而徒拾人牙慧，则饾饤满纸，将令人不能句读。余意研究词章者，非从《西汉》着步不可。《西汉》一书实为词章之鼻祖，后人从《文选》及各家骈体专集入手，已是数典忘祖。近则每况愈下，坊间刊行之书如《事类统编》《四六类腋》《文选集腋》《龙文鞭影》等书，名目繁多，不及记忆，无非拾古人唾沫耳，余殊不取。且也，取法乎上，仅得其中，今

① 《丽情集》广告，《小说丛报》1914年第1期。
② 蒋箸超：《答梁楚楠书》，《民权素》第3集，1914年。
③ 张海沤：《珠树重行录》，上海民权出版部1916年版，第43页。

乃取法乎下，更当何所得乎？”①学习骈文须首先从史书入手，而不能一味依赖各家骈体专集和流行的骈文选本，这显然是作者李定夷本人的观点，不过是趁机借书中人物说出来罢了。总之，小说家们无论是亲自操刀写作骈文，或是借小说来评议骈文作法，或是编辑骈文的选本，都充分说明了骈文在当时的流行之广和影响之深。由于骈文的这种强势渗透，小说家纷纷尝试以骈文来写小说，也就成了较为自然的事情。

严格地讲，民初绝大部分的骈文小说并不算真正意义的骈文，它们几乎都是骈散兼行的，只是骈体的比重较大而已，用时人的话说，这些作品可谓“骈不能真骈”。通体皆骈的小说不是没有，但少之又少。酉山的《璇闺怨》就几乎可以说是通篇皆骈，但凡是描写、抒情或议论之处，作者皆出之以骈文。如开篇写闺怨：“金谷春融，玉楼人醉，方宜家而宜室，旋相望而相思。名家之台沼风流，不见过江人物，大塊之文章绮丽，空觇入画烟云。羡他粉黛三千，暖入鸳衾短梦，令我阑干十二，香飞翠幄轻尘。芳时之景色堪憎，良夜之忧思难解。际此侬居地角，郎处天涯，镇日含悲，拟共东君沉醉，经年怅望，谁怜春事关怀？ 试看绮阁初开，懒向鹦哥索问，一任珠帘深锁，怕教燕子传情。能勿触永昼之闲愁，惜韶华之浪掷也乎？”不过，在故事情节推进，且关涉新事物、难以用骈体讲述之处，该文作者仍不可避免地使用了散体句式，如写男女主人公离别之由，云：“石郎有舅氏名钱鉴湖者，为某省省长公署咨议，为石郎谋置财政厅会计一席，特电达以促行装。石郎无意起程，大有不愿远游之念，躬非槁

① 李定夷：《伉俪福》，上海国华书局1919年版，第70页。

木，心若死灰。智珠曰：'宴安鸩毒，不可怀也。吾兄前程远大，鸿鹄之志，安可与燕雀同群？努力为之，毋负舅意思。'寿山从之，即禀之王夫人，王夫人亦促之行。智珠忍泪拈毫，赋送行歌以为纪念。"①再以徐吁公的《龙钟丐》为例：该小说写"余"与诸友偶遇一龙钟老丐，听其讲述了不幸遭遇。作品写邂逅龙钟丐的过程主要用的是散体文言，用语如："门左有小趣，为灌花奴日涉之径。是日突有龙钟丐，徘徊其间……秃头童子，见而恶之，厉声驱斥，而彼丐如未之闻焉，侧目而睨余撰之楹联。"作品讲述龙钟老丐的不幸经历用的则是骈文，用语如："而不知国运潜消，王气已灭，胡兵南下，帅纛东沉。投水葬鱼，汨罗即为胥浦，围城掘鼠，苏垣等于睢阳。见陌上之铜驼，鼻酸故国，望吴中之山水，肠断先王。"②讲述龙钟丐的经历的部分是整篇小说的主体，因此该小说虽用了一些散体句式，但仍具有十分浓郁的骈文色彩。在当时的骈文小说中，此篇作品的骈文比例算是很大的了。民初骈文小说的代表作《玉梨魂》因篇幅曼长、描述的感情纠葛幽微曲折，所以对散体句式的依赖和倚重更大。如作品第一章写何梦霞葬花、哭花后的情景："梦霞至此，已哭不成声矣。历碌半日，心碎神疲，加以昨夜未曾安枕，经此剧痛，体益不支，遂返身入室。庭前又寂无一人，惟有新坟一尺，四围皆梦霞泪痕，点点滴滴，沁入泥中，粘成一片而已。"此处叙述完全是用的散体句式，且类似的情况在作品中十分普遍。尽管如此，作者仍将骈句与典故渗透到了小说的叙事、描写、抒情与议论中。如第二章讲述何梦霞的家世

① 酉山：《璇闺怨》，《小说新报》第3卷第1期，1917年。

② 徐吁公：《龙钟丐》，《民权素》第2集，1914年。

及赴蓉湖任教的经历，主要用散体文言叙事，却又频频在起头处用“灵椿失荫，家道中落”“燕子窥人，鹦哥唤客”等一二骈偶句式引入，使作品显得典雅整饬。第三章一开篇即大谈特谈知己之情，作者则采用了大量的骈俪句式，如“一夕话飘零之恨，泪满青衫，三生留断碎之缘，魂招碧血。国士无双，向茜群而低首，容华绝代，掩菱镜以伤神”①等等。尽管《玉梨魂》中的骈文大概不会超过整部小说篇幅的18%②，但它们或集中或分散地分布在整部小说中，是小说主要的表述载体之一，不同程度地承担了各种表情达意的功能，使小说呈现出纡徐、雅丽、阴柔等趋同于骈文的美学品格。

民初还有相当一部分小说，以散体叙事为主，只是偶尔在抒情、描写或议论处采用骈偶句式，骈文在这类作品里比例既低，亦未承担综合性的功能，这类作品很难称之为骈文小说，但它们显然是受骈文及骈文小说写作的风潮影响所致，在语言风格上呈现出一定的骈俪化倾向。当时一些名气较大的小说如吴双热的《孽冤镜》、吴绮缘的《冷红日记》《反聊斋》、李定夷的《霣玉怨》《鸳湖潮》、姚鹓雏的《燕蹴筝弦录》等，皆属于这类作品。譬如《燕蹴筝弦录》在写离别时使用了“一曲阳关，既洒江郎之别泪，三分明月，终扰杜牧之情肠”这样的句子来渲染氛围、引发读者的联想；《鸳湖潮》写景用语如“望暑风之亭，夕阳黯淡，登来青之阁，人影依稀”；《反聊斋》写书生自述尚未娶妻，云“浊世茫茫，佳人难得，故今犹咏朝飞之操，未敢作秦楼跨凤想也”。在这些小说里，骈俪句式虽然不是主要

① 徐枕亚：《玉梨魂》，枕霞阁1915年版。

② 郭战涛：《民国初年骈体小说研究》，华东师范大学2008年博士论文，第87页。

的表述载体，但它们在写景、抒情及议论处间或出现，仍使作品显得抒情、雅丽，从而程度不同地染上了一些骈文特有的美学品格。

上述作品大都是哀婉缠绵的爱情故事，男女主角亦多为知书达理的书生及闺阁女子，骈偶句子在这些作品中即便不见得十分妥帖和有表现力，倒也不至于有太大的突兀。民初又有一些作品，题材既非写爱情，主题亦非像众多的民初小说那样哀叹婚姻之不自主，但作者仍难免在全篇的散体叙事中，插入一两段骈俪化的叙写。如劫后生的《镜中人语》以男主角王镜人的行踪为线索，通过其所见所闻，既暴露了丑恶的社会现状，也较为广泛地讨论了作者所关心的社会问题。作品系社会小说，全篇以散体文言叙事，不过在写及王镜人与其女友范静仪的感情线索时，开篇仍用了一段类骈文的描写："梧桐院落，树尽秋声，萍寥州边，烟迷帆影。静仪与镜人一别后，盖自我不见，于今半月矣！罡风吹散，倏成离恨之天，异国勾留，孰是埋忧之地？未免有情，谁能遣此！静仪自车站送别镜人以来，虽不至蓬飞两鬓，泪蹙双蛾，然已思郁郁而谁语，心惘惘而若失。加以骊驹唱后，鱼雁犹稽，乌鸟兴怀，瞻依弥切，其愁肠之百结，更不待言。"①如此文雅的叙写其实已与整部作品的风格格格不入，不过于此亦可见民初小说的骈俪化倾向相当严重。

二、民初骈文小说的是非功过

骈文小说兴起后，反对的声音不断。反对最有力者当属《小说月

---

① 劫后生：《镜中人语》，上海进步书局1916年版，第56页。

报》的主编恽铁樵，他撰有《答刘幼新论言情小说书》①一文专门论证骈文“断不可施之小说”的观点。在恽氏看来，“僻典非小说所宜，雅言不能状琐屑事物”，何况风云月露花鸟绮罗等字样“有时而穷”，所以骈文不宜为小说其理甚明。针对时下青年“酷好言情小说之富于词藻者”，以致于为文“饾饤满纸，不可救药”，恽氏又特意打出了“言情小说撰不如译”的口号，甚至拒绝在《小说月报》上刊载言情小说。于1915年1月创刊的《小说海》亦在创刊号对骈文小说提出了批评：“夫文字随时代为转移。今世科学盛行，国文之用，日趋简便，绮靡诡谲，无所用之。浸假治小说而从事饾饤獭祭，甚无谓也……传曰：言之无文，行之不远。所谓‘文’，非藻饰之谓，能达人所不能达之谓，故曰辞达而已矣。吾侪执笔为文，非深之难，而浅之难，非雅之难，而俗之难。知此中甘苦者，当不以吾为失言。蕲能以深入显出之笔墨，竟小说之作用，如是而已。”在该文的作者看来，骈文小说既不适用，违背“国文之用，日趋简便”的形势，又不符合“辞达而已”的文学原理。与有文人通过小说来讨论骈文作法、倡导骈文相对应，也有文人通过小说来反对骈文小说及小说的骈俪化。尘因在其讽刺小说《鍜蠹机》中对当时小说界存在的种种不良风气进行了讥刺，其中就包括骈文小说的创作现状，他认为，将骈文运用于小说已成了炮制小说的一种捷径，“涉猎斯道，当从言情着手。记事不必提其要，纂言不必钩其玄，绯辞摛藻斯为得耳”②。闲鸥在小说《雨濯莲花》中也表达了对小说骈俪化的不满：“小说家逢写景

① 参见《小说月报》第6卷第4号，1915年。
② 尘因：《鍜蠹机》，《民权素》第5集，1915年。

处，必多浓艳之笔，间或砌用偶语，自诩工力，致犯叠床架屋及枝枝节节诸病。”①

面对诸类质疑及批判，骈文小说阵营也做出了一定的回应。其领军人物徐枕亚曾指出，当时的言情小说的确有“靡靡之音，泛滥天下，情之支流益多，而情之真源愈渺”的弊端，但“一二优秀分子，知其谬而欲矫其弊，于是视言情小说如蛇蝎，去之不遗余力(某月报主任主张如此)”，这也不过是因噎废食之谈。“夫人事以情结合者也，无情复何有人事？ 小说所以记事也，不言情复何有小说？ 不明情之真际而妄言之，妄言之而毒流社会，此言者之罪，非情之罪也。”②此番回应显然针对的是恽铁樵认为“言情小说撰不如译”的愤激之语。吴绮缘亦坚持认为：“当此小说潮流，群趋于言情一途，正滔滔莫返之际，苟欲正本清源加以挽救，仍非言情之作莫属也。惟立意宜正，下笔宜慎，不得以循俗牟利为亟亟，则庶几近矣!”若以古文行之于小说，则“令人阅之昏昏欲睡，或且因而生厌”，毋宁径直读班马庄迁诸子之文③。由于骈文小说甚嚣尘上，且多为言情之作，所以以恽铁樵为代表的部分小说家反其道而行之，专门撰写古文小说以与骈文小说对抗，吴绮缘的观点显然是对该现象做出的回应，其捍卫骈文小说的用意看似隐晦，实则流露于字里行间。另外，也有普通读者投寄信件至反对骈文小说最得力的《小说月报》，表达拥护骈文小说的立场，谓“短篇小说宜兼收并蓄，弗宜专持一体，例如骈俪之文，虽属小

① 闲鸥：《雨濯莲花》，上海民权出版部1916年版，第49页。

② 徐枕亚：《冷红日记·序》，载吴绮缘：《冷红日记》，小说丛报社1916年版。

③ 吴绮缘：《红闺轶闻大观·序》，载姜侠魂：《红闺轶闻大观》，上海交通图书馆1917年版。

道，抑亦文体之一，苟有佳著，不妨略及一二”①。

上述维护观点主要针对的是小说是否可以言情、应该如何言情的问题，至于骈文小说最被诟病的语言问题，即骈文是否宜于作小说的问题，徐枕亚等人其实并未做出回答。之所以回避这一核心问题，大概有两个原因：其一，骈文小说热销已是不争的事实，一部《玉梨魂》“出版两年以还，行销达两万以上”，几乎成为民初最畅销的小说，所以如果以市场作为判断的标尺，骈文小说地位牢固，无须从理论上加以捍卫；其二，骈文小说的作者气盛而理不足，尽管骈文小说深受读者欢迎，但以骈文写小说存在相当大的局限性甚至致命的缺陷也几乎是不言自明的事，骈文小说也很难从前代的小说创作经验中获得足够的理据以证明其存在的合理性。不过，虽然未就语言问题与古文小说家进行论战，骈文小说阵营内部的自省还是存在的。李定夷就曾检讨说：“言情之作以至诚悱恻为贵，次则清丽芊绵，亦复可诵，若至堆叠字面、排偶是求，品斯下矣。”②

当时也有立场趋于中立的小说家试图消释古文小说作者的责难，提倡两类小说并行发展的模式。譬如岭南小说家江山渊既在《小说月报》上发表了不少古文小说，又在作为骈文小说阵地之一的《小说新报》上发表了《亡国风流史》等风格骈化的作品。他还进一步提出了“骈文古文，体裁虽殊而实异途而同归”的主张。“两汉文字，无骈非散，无散非骈，合二者于一涂。骈散之分实起于后代，古人何尝有哉！文章之道，广大无伦，无所不容纳，无所不包罗，是不特经也，

① 参见《小说月报》第6卷第12号，1915年。

② 李定夷：《古情书》，《小说新报》第5卷第1期，1919年。

子也，史也，骈文也，散文也，皆同冶于一炉。”在江山渊看来，骈文与古文皆为文章之一体，无所谓尊卑，大可不必独尊古文而贬抑骈文。“然昌黎氏出，文起八代之衰，后人目为古文，遂谓古之骈文悉卑卑无足道，斯亦一偏之论也。昌黎之文，光焰万丈，焜耀千载，诚可谓目空一切、所向披靡，而骈文至梁陈如庾信、徐陵辈，淫靡妖冶，其格诚卑卑。然文章之道，有盛必有衰，六朝骈文之流为徐庾，亦与明代古文之流为何李同，趋势使然，莫之能挽，斯则末流之弊，非其文之弊也。若因徐庾而谓骈文不足道，然则亦可因何李而谓古文不足道耶？ 况西汉文章殊无骈散之区别，东汉以后渐趋于骈体，然研都炼京，十年而始就，他若晋宋体之骈文，亦复戛戛独造，未必古文独优而骈文独劣。”他甚至提出，骈文作者的学养往往较古文作者优胜：“大抵为骈文者，必广涉经史，博考物汇以为取材之资，若后世之古文家，其博学者固不乏人，而不读词章以外之书者，不亦知凡几，此所以不能免空疏之病。”①江山渊并非骈文小说阵营中的人，他的这类观点表面上纯属学理探讨，显得公允平和、不偏不倚，但在为骈文张本的同时，实际上也为骈文小说举起了旗帜。江山渊的观点应该是代表了当时不少人对于骈散之争的态度：骈文、古文既然都是国粹之一种，不妨各行其道，相应地，骈文小说与古文小说也大可以并行不悖。

骈文是否宜于用来写小说，这个问题其实应该一分为二地讨论。如果小说追求诗化风格，以浓郁的抒情色彩为旨归，且人物与情节都较简单，那么写以大量的骈文是无大碍的。骈文的长处本就在于情感

① 江山渊：《伪庵文谈》，《小说新报》第2卷第1期，1916年。

性与主观化，其叙事风格是情辞胜于事实，如果骈文在小说中运用得当，作品甚至会获得一种特别的感染力及特殊的美学效果。《玉梨魂》的成功即可证明这一点，它之所以备受欢迎，除了其“寡妇恋爱”的题材与主题具有时代的典型性和开创性之外，也与徐枕亚对骈文的合理运用有密切的关联。如小说写梨娘之死，先是用散体文言叙写梨娘弥留前的情状，紧接着用了一段骈文：“嗟嗟，腊鼓一声，残花自落，筠床三尺，余泪犹斑。家事难言，身后几多未了，痴情不死，胸头尚有微温。一霎红颜，不留昙影，千秋碧血，应逐鹃魂。此恨绵绵，他生渺渺，悲乎痛哉！”此处叙写俨然一段成功的诔文，其中传达的信息既吻合人物的身份与心境，作者的凭吊痛惜之情又溢于言表，起到了很好的表情达意的效果。这段文字亦采用了不少的典故，但作者化用自然无痕，不仅毫无堆砌烂熟之感，且真正起到了引发读者联想、拓展意蕴的妙用。小说写何梦霞病愈晓行一节：“朝阳皎皎，含笑出门。一路和风指袖，娇鸟唤晴；两旁麦浪翻黄，秧针刺绿。晓山迎面，爽气扑人；远水连天，寒光映树。晓行风景，别具一种清新之致。‘烟消日出不见人’，非身处江乡，亦不能领略此天然佳趣。梦霞半月以来，蛰伏斗室中，久不吸野外新鲜空气，闷苦莫可名状。今日破晓独行，野情骀荡，傍堤行去，一路鲜明。喜事尚在心头，好景尽来眼底，殊觉心胸皆爽，耳目一新。同一景也，失意时遇之，则觉其可怜；快意时遇之，则觉其可乐。”此段文字的用语颇为考究，既用了较多的四字句，也使用了六四、五五等句式，还使用了不少散体句式，“麦浪翻黄，秧针刺绿”这样的描写更是清新可人。整段文字整齐中有变化，读起来明丽晓畅，毫不刻板僵滞。可见，骈文并不是绝对不能施之以小说，关键是使用得当，这对写作者的文字造诣提出了很高的要求。除了长于抒情，骈文又有注重音韵和讲究藻饰的特点，这样的文体特征若能在小说中恰当运用，又可以使作品形成一种华美缛艳的风格。如式稃所撰《江采霞》一文，开篇云："娲皇炼石，莫补圆穹，精卫衔冤，难填沧海。青天月老，竟成离恨之天，大地风回，孰是埋忧之地？情伤儿女，伊古已然，然未有劫历红羊，变生苍兕，明星有烂，喧传满地风波，翠钿飘零，满望连天烽火，锋餐矛淅之中，悲鸣只翼，雨苦风凄之地，缘尽三生。如江氏女之事，可伤心者也。"①此类语言雅而艳，用以叙写极富传奇性的往事轶闻或不食人间烟火的才子佳人，并不显突兀；作品所形成的华艳富丽格调作为审美风格中的一种，也自有其艺术的魅力。

民初的骈文小说对小说的发展还做出了一个虽无意为之、却客观存在的贡献，即对传统的叙事模式有所打破。骈文小说不重叙事而偏重于抒情，作者往往以大段的心理表述及景物描写来强化抒情的气息，这便在客观上延宕了叙事的节奏，使人物的情感发展与某种特定的氛围成为叙事结构的重心，从而打破了以情节为中心的传统叙事模式。例如刘铁冷的"哀情小说"《血鸳鸯》写一妇人哭奠亡夫，作者对妇人的身份及其夫亡的原因略做交代，便开始集中描写哭夫的情景。全篇几乎无甚情节，作者以大量的笔墨反复渲染了妇人恸哭之情状，甚至在小说一开篇，就用骈四俪六的文字来营造感伤的氛围，使小说的叙事呈现一种近乎静止的状态。开篇如下：

龙华道上，车水鞭丝；石室门前，红愁惨绿。苍松涛涌，遍

---

① 式稃：《江采霞》，《小说丛报》1914 年第 4 期。

地风波；白打飞灰，漫天蛱蝶。楚歌四面，灵均埋沉汨之冤；麦饭一盂，杞妇动崩城之哭。若断若续，媲孤雁而益哀，不疾不徐，与悲笳而相和。谁家少妇，底事怆怀？村妪牵衣，频拭桃花之面；牧童弄笛，谱成薤露之歌。①

这段描写较为板滞生硬，从表情达意的角度来讲，无论如何也不算成功，不过作者这种对骊白骈黄文字的沉迷及将小说当文章来经营的苦心倒是无意中造就了一种延宕叙事，使情节退居到了极其次要的位置。《玉梨魂》与《雪鸿泪史》亦无十分曲折的情节，作者将叙写的重心放在了男女主人公情感与心理的剖白上，作品中夹杂了大量的诗词、尺牍，后者较之前者，诗词信札甚至增加了十之五六。采取这样的写法固然是为了迎合爱读艳情尺牍者的口味，但也多少借鉴了《茶花女》等西方小说的技法，对于以情节为中心的连贯叙事构成了一定程度的冲击。

当然，以骈文写小说存在相当大的局限性，这一点毋庸置疑。骈文很难准确、利落地叙事，尤其难以精确生动地呈现细节，所谓“雅言不能状琐屑事物”，恽铁樵的批评是很有道理的。因此，具有写实风格的小说、情节及人物较复杂的小说以及写情小说之外的其他类型的小说，都是很难用大量的骈文或骈俪化的文字写就的。即使在写情小说的领域内，骈文的使用仍无法避免以下问题：其一，骈文须用典，而典故毕竟有限，须知此种“风云月露花鸟绮罗等字样有时而穷”，所以骈文小说家极易陷入词穷或语言上陈陈相因的尴尬境地。

① 刘铁冷：《血鸳鸯》，《小说丛报》1914 年第 1 期。

如有作家一旦形容失意恍惚的状态，则曰“咄咄书空、琅琅雪涕”；写世家没落，则曰“旧时王谢堂前燕，飞入寻常百姓家”；写生离之痛胜于死别，则曰“南浦生离，其悲惨不减于北邙死别也”……诸类用语在不同的作品中频频出现，既无法准确地摹写各种具体的情状，更缺少个性与创新。其二，骈四骊六的语言用以叙写才子佳人或许并无不妥，但若用以刻画普通民众就显得非常突兀与不合时宜了。正如胡适所说：“明明是极下流的妓女说话，他们却要他打起胡天游、洪亮吉的骈文调子！……请问这样的文章如何能达意表情呢？既不能达意，既不能表情，那里还有文学呢？”①这个弊端在民初的骈文小说中的确屡见不鲜，甚至所谓的小说名家也未能避免，如吴双热在《孽冤镜》中写王可青的仆人转述可青死前的情形，云：“苍凉荒冢，情鬼来謦，酸楚秋风，书生沈痛。可怜哉，公子之哭祭环娘也！口似桃花之洞，血雨缤纷，眼翻沧海之澜，泪潮汹涌。哭良久，公子晕矣。”②以上用语不可谓不雅丽，但完全不类仆人的口吻。其三，民初的骈文小说几乎无一不言情且大都有刻意造作哀情之弊，这与骈文长于抒写哀情的特性多少是有些关联的。由此可见，以骈俪化的文字来写小说，的确很难发挥小说自身的文体优势，“五四”新文学革命者讥刺此类小说为“滥调四六”，并非过激之论。

---

① 胡适：《建设的文学革命论》，载胡适著、欧阳哲生编：《胡适文集》（四），人民文学出版社1998年版，第62页。

② 吴双热：《孽冤镜》，上海泰华书局1915年版，第176页。

第五章　文言小说的终结与遗响

第一节　文言的废弃与文言小说的终结

随着“五四”新文化运动的发起和展开，中国的文言小说逐渐走向了生命的尽头。虽然在“五四”时期和“五四”以后，文言小说仍不乏人创作，虽然清末民初小说界的大师级人物林琴南还在为文言文学的命运奔走呼号，但文言文学包括文言小说衰竭的命运已是势所难免了。民初那些一度对白话小说很不感兴趣的小说刊物在步入“五四”以后，已开始顺应时代的趋势，逐步减小了文言小说在刊物中的比例，有的刊物甚至彻底改头换面，成为现代白话小说的发表阵地，著名的如《小说月报》。民初的一些以创作文言小说出名的小说家也纷纷表示"悔其少作"，甚至对白话文学的优越性进行鼓吹。"如《水浒》《石头》及《三国演义》诸书，倘非白话体裁而能传神阿堵，决非文言所得企及十一"①，此种论调并不陌生，只是原本应出诸清末民初的白话小说倡导者之口，而现在却由以创作文言小说为主的鸳鸯蝴蝶派小说家说出。许指严在1919年发表《说林扬觯》一文回顾自己的创作历程，对于过去未能用白话创作，他深表懊悔："其欲以白话小说启迪社会而为文学界树一新帜之厦，竟成虚语矣。逮客秋得读北京大学之《新青年》刊著物，中载诸名流之绪论，始服其肝胆迫人，而益枨触不才之前尘往事。"他将过去的创作一概否定，自称其文字"如村妇浓妆，自炫其美，不上不下，低昂无所就"②。总之，民初是文言小说发展的最后一期，也堪称是最为辉煌的一期，"五四"时代的到来终结了漫长的文言小说传统。

一、文言的废弃

文言小说的终结首先应归因于文言的废弃。"五四"时期，新文化运动的倡导者向文言文学及文言发动了全面的批判和否定。与晚清的白话文运动相比，"五四"时期的白话文运动在态度上更为坚定和彻底，在理论上更为完善和周密。

晚清白话文运动最为"五四"人诟病的就是所体现出的等级观，周作人、胡适等屡次对此提出批判。"那时只是为一般没有学识的平

① 吴绮缘：《小说琐话》，《小说新报》第5卷第12期，1919年。
② 许指严：《说林扬觯》，《小说新报》第5卷第4期，1919年。

民和工人才写白话的，在那时候，古文是为老爷用的，白话是为听差用的。”“他们的最大缺点是把社会分成两部分：一边是‘他们’，一边是‘我们’。一边是应该用白话的‘他们’，一边是应该做古文古诗的‘我们’。我们不妨仍旧吃肉，但他们下等社会不配吃肉，只好抛块骨头给他们吃去罢。”①此类批判不无道理，清末民初人主要是从开通民智的角度提倡白话文，白话鄙俗的观念在他们头脑里其实是根深蒂固的。梁启超等人也试图以进化论为武器来论证白话取代文言的必然性，但清末民初人仍认为白话文的胜利是因为其适合于现实社会，而不肯承认白话在审美方面也可能具有美感。因此，在晚清时期，白话文只是文言文的有效补充，它还无法与文言文分庭抗礼：“白话还不是独立的语言体系，它属于古代汉语的范围，还附属于文言文，因而文言包容了白话。”②“五四”白话文运动则完全矫正了晚清白话文运动的缺陷。周作人提出：“古文的著作，大抵偏于部分的、修饰的、享乐的、或游戏的，所以确有贵族文学的性质。至于白话，这几种现象似乎可以没有了。但文学上原有两种分类，白话固然适宜于人生艺术派的文学，也未尝不可做纯艺术派的文学。纯艺术派可以造成纯粹艺术品为艺术唯一之目的，古文的雕章琢句，自然最是相近；但白话也未尝不可雕琢，造成一种部分的修饰的享乐的游戏的文学，那便是虽用白话，也仍然是贵族的文学。”③在此，周作人将白

① 胡适：《五十年来中国之文学》，《胡适文集》（四），人民文学出版社 1998 年版，第 387 页。

② 高玉：《现代汉语与中国现代文学》，中国社会科学出版社 2003 年版，第 129 页。

③ 周作人：《平民文学》，载胡适编：《中国新文学大系·建设理论集》，上海文艺出版社 2003 年版，第 210 页。

话与文言相提并论，认为二者同样可以制造“贵族文学”，这意味着白话并非只是适用于下等人的“菽粟”。胡适更是于1921年专门写有《白话文学史》一书，高歌白话及白话文学在审美方面的价值。他提出，白话文学史是中国文学史上“最热闹、最富于创造性、最可以代表时代的文学史”，“国语文学的进化，在中国近代文学史上，是最重要的中心部分，换句话说，这一千多年中国文学史是古文文学的末路史，是白话文学的发达史”。①他甚至提出，“古文文学是模仿的、沿袭的、没有生气的，白话文学是自然的、活泼的、表现人生的”②。胡适将运用白话视为衡量文学的最高标准，并因此否定了全部古文文学的价值，这样的论调无疑是矫枉过正了。但在当时的人看来，唯有彻底的“破坏”，方能有全新的创造，所谓“改良中国文学，当以白话为文学正宗之说，其是非甚明，必不容反对者有讨论之余地，必以吾辈所主张者为绝对之是，而不容他人匡正也”③。

晚清白话文运动就如何改造白话的问题在理论上进行了一些探讨，如姚鹏图提出：“言文一致者，乃文字改为浅近，言语改为高等，以两相凑合；非强以未经改良之语言，即用为文字也。”④但类似的探讨并不多，而且时人所强调的主要还是泛泛的“言文一致”的观点，譬如黄遵宪提出的“我手写我口，古岂能拘牵”。在此问题上，“五四”白话文运动的论述则深入许多。胡适提出了著名的“文学的

① 胡适：《白话文学史》，载胡适著、欧阳哲生编：《胡适文集》（四），人民文学出版社1998年版，第22页。

② 胡适：《白话文学史》，载胡适著、欧阳哲生编：《胡适文集》（四），人民文学出版社1998年版，第33页。

③ 陈独秀：《答胡适之》，《新青年》1917年第3卷第3号。

④ 姚鹏图：《论白话小说》，载陈平原、夏晓虹编：《二十世纪中国小说理论资料》（第1卷），北京大学出版社1997年版，第151页。

国语、国语的文学”的口号。他在《建设的文学革命论》中设计了一条建设国语的道路：“要造国语，先须造国语的文学。有了国语的文学，自然有国语。”“我以为我们提倡新文学的人，尽可不必问今日中国有无标准国语。我们尽可努力去做白话的文学，我们尽可量采用《水浒传》《西游记》《儒林外史》《红楼梦》的白话；有不合今日的用的，便不用他；有不够用的，便用今日的白话来补助；有不得不用文言的，便用文言来补助。这样做去，决不愁语言文字不够用，也决不用愁没有标准白话。中国将来的新文学用的白话，就是将来中国的标准国语。”[①]在胡适看来，国语形成的路径就是用一种新型的白话创作文学作品，通过文学作品的锤炼和在社会上的推广，新的国语也就产生了。在胡适那里，文学作品使用的白话应当是旧式的白话、今日的白话和少量文言的融合。另外，欧化是“五四”知识分子确立的语言变革的一个极其重要的方向。傅斯年认为，“我们仅仅作成代语的白话文，乞灵于说话就够了，要是想成独到的白话文，超于说话的白话文，有创造精神的白话文，与西洋文同流的白话文，还要在乞灵说话以外，再找出一宗高等凭藉物”，就是“直用西洋文的款式、文法、词法、句法、章法、词枝……一切修辞学上的方法，造成一种超于现在的国语，欧化的国语，因而成就一种欧化国语的文学”。[②]瞿秋白在1931年曾论及“五四”新文学所使用的白话的特征：“五四以来的新文学的确形成了一种新的言语，然而这种新的言语却不是国语——现代的普通话。这种言语，可以叫做新式白话。新文学所用的

---

① 胡适：《建设的文学革命论》，载胡适著、欧阳哲生编：《胡适文集》（四），人民文学出版社1998年版，第64页。

② 傅斯年：《怎样作白话文》，《新青年》1917年第1卷第2号。

新式白话，不但牛马奴隶看不懂，就是识字的高等人也有大半看不懂。这仿佛是另外一个国家的文字和语言，因为这个缘故，新文学的市场，几乎完全只限于新式智识阶级——欧化的智识阶级。”①因为要以彻底民间化的语言甚至表音文字作为国语改革的目标，所以瞿秋白在分析“五四”新文学的语言革命时，观点颇为偏激，不过他的论述倒是从反面证明了“五四”新文学在语言方面明显的欧化程度。事实上，语言欧化的结果并非仅如傅斯年所说，带来的是修辞学上的变化。更重要的是，人们借此接受了新的术语、概念、范畴与话语方式，从而接受了新文化本身。

理论的完善固然是“五四”白话文运动之所以取胜的重要因素，但仅仅是次要的因素。“五四”的白话与文言之争，与其说是语言之争，倒不如说是思想之争，白话文运动的发起和胜利其实是与当时的时代命运和社会心理息息相关的。

中国自辛亥革命以后，虽然成立了共和政府，但政局实际上完全为军阀所操纵。1914 年，袁世凯解散国会，废除宪法。1915 年和 1917 年相继发生了未获成功的帝制运动和复辟运动，自那以后，各个地方的实权都操持在互相对抗的督军手里，中央政府的大权则落在了袁世凯的旧部段祺瑞手中。1917 年 9 月，孙中山在广州组织军政府以与北京政府对抗，并发动了一系列的南北内战。与政局的混乱相对应的是时人思想和观念的守旧。民初是一个复古之风盛行的时代，旧有的伦理道德和思想文化虽受到了一定的冲击，但整体上仍然根深蒂固。对

① 瞿秋白：《鬼门关以外的战争》，载瞿秋白：《瞿秋白文集·文学编》（第 3 卷），人民文学出版社 1989 年版，第 147 页。

此，深受西方文化熏陶、甫自国外归来的知识分子们痛感到思想启蒙的必要，而这种启蒙已不是晚清人所谓的开通民智，而是实现“伦理之觉悟”。在此情形下，废弃文言、打倒文言文学的呼吁不再是一种单纯的语言和文学的变革，而是与实现科学与民主、实现伦理觉悟的口号一脉相承的思想运动。陈独秀在《新青年罪案之答辩书》一文里，提出：“要拥护那德先生，便不得不反对孔教、礼法、贞节、旧伦理、旧政治。要拥护那赛先生，便不得不反对旧艺术、旧宗教；要拥护德先生又要拥护赛先生，便不得不反对国粹和旧文学。”①“五四”知识分子所发动的白话文运动正是贯彻了科学与民主这两方面的精神。“五四”时期的知识分子提倡语言变革的目的之一，是要以一种更准确精密、更具个性化的言说方式来表达思想、反映现实生活，并在此过程中，同时促成思维的缜密和严谨。鲁迅曾谈道：“假如有一位精细的读者，请了我去，交给我一只铅笔和一张纸，说道，‘您老的文章里，说过这山是“崚嶒”的，那山是“巉岩”的，那究竟是怎么一副样子呀？ 您不会画画也不要紧，就钩出一点轮廓来给我看看罢。请，请，请……。’这时我就会腋下出汗，恨无地洞可钻。因为我实在连自己也不知道‘崚嶒’和‘巉岩’究竟是什么样子，这形容词，是从旧书上钞来的，向来就没有弄明白，一经切实的考察，就糟了。此外，‘幽婉’，‘玲珑’，‘蹒跚’，‘嗫嚅’……之类，还多得很。”②鲁迅主张语言的欧化，他翻译外国的文学作品，注重直译，还因此被人讽刺为“硬译”，就是旨在尽量保存西方语言精密的文

① 陈独秀：《新青年罪案之答辩书》，《新青年》1919 年第 6 卷第 1 号。

② 鲁迅：《人生识字糊涂始》，载鲁迅：《鲁迅全集》（第 6 卷），人民文学出版社 1981 年版，第 296 页。

法，以改变朦胧模糊的思维习惯。傅斯年等人极力提倡白话语言的欧化，也有相同的意旨。另外，在“五四”人看来，古文文学里多陈词滥调，一大堆固定的词汇和典故陈陈相因，严重影响了文学对个体生命的表达，所以要创作“人的文学”和“平民的文学”，就必须使用最能贴近生活本身的语言，而白话是唯一能创造新文学的工具。胡适在《建设的文学革命论》里很详细地谈到文言在达意表情方面的缺陷：“那些用死文言的人，有了意思，却须把这意思翻成几千年前的典故；有了感情，却须把这感情译为几千年前的文言。明明是客子思家，他们须说‘王粲登楼’，‘仲宣作赋’；明明是送别，他们却须说‘《阳关》三叠’，‘一曲《渭城》’……结果也抛弃了真实的人生不察不写，只写了些佯啼假笑的不自然的恶札；其甚者，竟空撰男女淫欲之事，创为‘黑幕小说’，以自快其‘文字上的手淫’。”①根据胡适等人的看法，唯有白话方能避免这一弊端，真正履行表情达意的功能，从而造就“平民的文学”“人的文学”，最终实现“个人主义的人间本位主义”，即人的自我的发现与觉醒。

语言攸关思维方式的改造和伦理的觉悟，也攸关科学与民主的深入程度，这是“五四”新文化运动的发动者的思路。这一主张在当时的社会引起了很大的反响，而随着“五四”事件的发生，举白话废文言的呼吁最终取得了决定性的胜利。白话文运动的主张在1917年就由胡适、陈独秀等人提出，1919年所爆发的“五四”事件则为这一主张的胜利提供了最强有力的契机。胡适、陈独秀等人所提出的废弃文言

---

① 胡适：《建设的文学革命论》，载胡适著、欧阳哲生编：《胡适文集》（四），人民文学出版社1998年版，第62页。

和旧文学的呼吁得到了广大新青年的欢迎。胡适在1922年就“五四”事件对文学革命的影响做了如下的描述：

> 民国八年的学生运动与新文学运动虽是两件事，但学生运动的影响能使白话的传播遍于全国，这是一大关系；况且“五四”运动以后，国内明白的人渐渐觉悟“思想革命”的重要，所以他们对于新潮流，或采取欢迎的态度，或采取研究的态度，或采取容忍的态度，渐渐地把从前那种仇视的态度减少了。文学革命的运动因此得自由发展，这也是一大关系。因此，民国八年以后，白话文的传播真有“一日千里”之势。①

伴随着“五四”运动的浪潮，充当了数千年的书面语言的文言终于被废弃，白话取得了“正宗”的书面语言的地位。由于文言不再被使用为书面语言，所以文言小说自然鲜少有人创作，文言小说的历史的终结遂以“五四”时代的到来为标志。清末的国粹思潮和民初的复古思潮与清末民初人寻求身份认同的心理有关，“五四”时期的语言革命仍然反映了国民的这种心理，只不过，此一时期的社会心理蜕变为否定传统、以“今日庄严灿烂之欧洲”为取法的典范，西方文明成为现代文明的同义词。梁启超在晚清时期已引用过欧洲诸国的语言变革历程作为废止文言的依据，这一论证方式在“五四”时代被再三使用，而且论证更为具体有力——语言的变革极其显豁地反映了“五

① 胡适：《五十年来中国之文学》，载胡适著、欧阳哲生编：《胡适文集》(四)，人民文学出版社1998年版。

四”时期人们对西方文明的艳羡情结及彻底摒弃传统的决心。当然，“五四”语言革命能取得胜利，也与社会阶层发生了重大的变化有关。“五四”时期，产业工人的数量继续上升，这一部分人成为城市居民的重要来源，他们的文化需求越来越受到知识界和出版业的重视。民初的一些针对市民群体的小说刊物虽然仍以文言为主，但所用的文言已相当白话化了，“五四”后文言为白话所取代也是这条发展道路的自然延伸。还要看到，在清末民初，“出于旧学界而输入新学说者”始终是文化消费市场的一大主力；而进入“五四”以后，受过新式教育、一心向往西方文明的学生逐渐发展成为新文学的消费主力，崭新的知识结构使得他们对文言已没有什么执着了。因此可以说，白话取代文言的确遵循了“天演”的规律，不能为人力所抗拒。

二、文言小说的终结

文言的被淘汰可谓时代和社会的需求，而在小说领域，文言小说的没落除了与文言的废弃相关外，还与小说本身的演进规律有关。进入“五四”以后，现代小说的标准被新时代的作家们建立起来，这套标准在关于小说的观念、写法等诸多方面，大都与过去的文言小说背道而驰。可以说，“五四”作家的主流对古代小说的全面反动导致了文言小说的终结。

“五四”作家对古代小说批判的一个重心是小说观。茅盾在其《自然主义与中国现代小说》一文里，谈到民国时期“旧式章回体长篇小说”的作者持有两个牢不可破的观念：“一是‘文以载道’的观念，一是‘游戏’的观念。中了前一个毒的中国小说家，抛弃真正的人生不去观察不去描写，只知把圣经贤传上腐朽了的格言作为全篇

'枉意'，凭空去想象出些人事，来附会他'因文以见道'的大作。中了后一个毒的小说家本着他们的'吟风弄月文人风流'的素志，游戏起笔墨来……"①茅盾虽然特指的是当时国内流行的"旧派"小说，但实际上，文以载道的观念和游戏的观念也是古代众多的小说作者一直持有的创作观念。就文言小说而言，"劝善惩恶、动存鉴戒"与"犹贤博弈"是为众多作者反复宣称的两种创作动机。当然，小说创作的实际情形其实要复杂一些，如不少作品其实也是表达"孤愤""哀穷悼屈"之作，但是"寓劝诫"与"供消遣"的传统在文言小说中一直是根深蒂固的。虽然"载道"与"游戏"并非绝对不能产生好的作品，但在整体上这两种小说观的确会妨碍小说朝纵深方向发展，使作品或流于思想的浅薄、迂腐，或流于炫弄才学。小说一旦定位为"供消遣""寓训诫""资考证"或"广见闻"，那么采用文言也无妨，甚至对文人而言，使用文言还更有利于上述几个功能的实现，所以在传统小说观的支配下，文言小说的系统一般缺乏语言变革的内在动力。然而，"五四"作家将小说的功用定位为真实地表现或再现人生，则大大降低了文言小说存在的必要性。

就小说再现人生和表现人生而言，人物的塑造是创造者的主要任务之一。"人类所以要艺术品，就为的要满足他的复杂的情绪的需求。""要一篇小说出色，专在情节布局上着想是难得成功的；应该在人物与背景上着想。两篇好的恋爱小说所以各有面目，各能动人，就因为他们中间的人物的个性是不同的、背景的空气是不同的。读者

---

① 茅盾：《自然主义与中国现代小说》，载严家炎编：《二十世纪中国小说理论资料》（第2卷），北京大学出版社1997年版，第227页。

所欣赏于他们的，是灵魂的搏战与人格的发展，决不是忽离忽合像做梦似的情节。”[①]既然要以“灵魂的搏战与人格的发展”为欣赏的重心，那么文言就绝不适用了，胡适早说过，“文言不是能写人情世故的利器”。俞平伯也提出：“用文言来写小说，本是用违所长，故人物性格常显托不出，总是‘某生某地人也性倜傥不羁’之类。况笔记小说，其着重点只在事状之奇诡与文藻之华缛而已，以文言写人物本不易写得好，而既无意于写，故尤写不好。”[②]在“五四”作家看来，小说不仅要以表现人生为要义，还要面向广阔的社会、以世间普通人的生活为表现对象。周作人在《平民文学》一文中写道：“平民文学应以普通的文体，记普遍的思想与事实。我们不必记英雄豪杰的事业、才子佳人的幸福，只应记载世间普通男女的悲欢成败。因为英雄豪杰才子佳人，是世上不常见的人；普通的男女是大多数，我们也便是其中的一人，所以其事更为普遍，也更切己。”胡适也谈到新文学应“推广材料的领域”：“即如今日的贫民社会，如工厂之男女工人、人力车夫、内地农家、各处小贩及小店铺，一切痛苦情形，都不曾在文学上占一位置……种种问题，都可供文学的材料。”[③]在过去的文言小说中，英雄豪杰、才子佳人的确是两大类主角，作者即使写普通男女，涉及的也主要是爱情，平民和贫民的现实的喜怒哀乐很少成为文言小说关注的对象，因此，文言在刻画人物性格方面的局限性尚

---

① 沈雁冰：《杂谭》，载严家炎编：《二十世纪中国小说理论资料》（第2卷），北京大学出版社1997年版，第299页。

② 俞平伯：《谈中国小说》，载吴福辉编：《二十世纪中国小说理论资料》（第3卷），北京大学出版社1997年版，第28页。

③ 胡适：《建设的文学革命论》，载胡适著、欧阳哲生编：《胡适文集》（四），人民文学出版社1998年版，第70页。

未得到充分的暴露。然而，一旦小说要表现各个阶层的人尤其是平民的生活，古文和骈文的文腔就再也不适合了。总之，当现代小说树立起表现和再现现实人生的观念以后。当人物被列为现代小说的重要因素以后，文言小说的确很难再有立足之地。

胡适于1918年发表了《论短篇小说》一文后，现代短篇小说的标准基本上建立了起来，在此文刊出之后，论短篇小说的文章不少，但大都以胡适的基本观点为基础。现代短篇小说的标准对文言小说的传统写法造成了不小的冲击。胡适认为："短篇小说是用最经济的文学手段，描写事实中最精彩的一段或一方面，而能使人充分满意的文章。"他对"事实中最精彩的一段或一方面"进行了具体的解释："譬如把大树的树身锯断，懂植物学的人看了树身的'横截面'，数了树的'年轮'，便可知道这树的年纪；一人的生活，一国的历史，一个社会的变迁，都有一个'纵剖面'和无数'横截面'。纵面看去，须从头看到尾，才可见全部。横面截开一段，若截在要紧的所在，便可把这个横截面代表这个人，或这一国，或这一个社会。这种可以代表全部的部分，便是我所谓'最精彩'的部分。"①根据以胡适为代表的"五四"作家的定义，文言小说符合这个标准的很少。受历史散文的影响，古代的文言小说大都采取纪传体或纪事本末体的写法，以人物的生平或事件的始终为写作对象，以物理时间为叙事时间，所以在外观上大都不是"横截面"式的小说，而是"五四"作家所谓的"某生者体"小说。例如《聊斋志异》"即史家列传体也"，

① 胡适：《论短篇小说》，载严家炎编：《二十世纪中国小说理论资料》（第2卷），北京大学出版社1997年版，第37页。

“以传记体叙小说之事，仿《史》《汉》遗法”①。在胡适看来，“自汉到唐这几百年中，出了许多‘杂记体’的书，却都不配称作短篇小说”，至于唐代的传奇，“看来看去，只有杜光庭的《虬髯客传》可算得上品的‘短篇小说’”，不过他倒也承认清代的《聊斋志异》等书里面，很有几篇可读的小说。胡适所列举的可归为真正的“短篇小说”的古代作品包括一些诗歌和散文，这些作品大都属于片断式、场景式，不以介绍主角的身世开场。他认为，一开口便是“某生”“某甲”的人，“真是不曾懂得做小说的ABC”。②胡适的此类观点在当时很有影响力，很多作家对文言小说的批评与胡适如出一辙。俞平伯就曾说过，文言小说“就内容言之，则其对象非人生之全体或一部，而为琐屑怪异的偶发事情；其机能亦不在示现人生之真，无非述异闻、炫博学、发议论、示劝惩等等而已。就形式言之，结构一端，或凭主观之意兴，或凭客观之实事为起讫，其本无价值可知”③。

“五四”作家对文言小说从观念到写法的批判是以西方的小说理论为衡量尺度的，至于这种评判是否合理，此处暂不讨论。鉴于民初小说界“游戏的消遣的金钱主义的文学观”对作者的侵袭以及大量的“聊斋”派文言小说的盛行，鉴于意欲以新文学来唤醒时代和社会的强烈渴望，新文化运动的倡导者在批评过去的文言小说时，语辞激烈，以否定的姿态为主。在“五四”时代的疾风骤雨中，文言作为书

---

① 冯镇峦：《读聊斋杂说》，载黄霖、韩同文选注：《中国历代小说论著选》(上)，江西人民出版社2000年版，第542页。

② 胡适：《论短篇小说》，载严家炎编：《二十世纪中国小说理论资料》(第2卷)，北京大学出版社1997年版，第42、44、39页。

③ 俞平伯：《谈中国小说》，载吴福辉编：《二十世纪中国小说理论资料》(第3卷)，北京大学出版社1997年版，第30页。

面语言的权利已基本被摒弃，新时代的作家既不肯如民初的小说家那样，用文言创作叙事新变型的小说，更不愿用文言创作典型的传奇体和笔记体小说，因此，中国文言小说的历史在此时期正式宣告终结。

第二节　文言小说的遗响

自“五四”新文学革命开始，中国现代小说的时代正式到来，现代小说以新式白话为语体，在题材、主题及审美旨趣等方面与古代小说都差异颇大，郁达夫等人甚至据此认为中国的现代小说属于欧洲小说的体系。但实际上，现代小说与古代小说之间并非判若鸿沟。语言与文学的历史实则很少以断裂的姿态发展，就语言而言，现代白话体系的形成并非一蹴而就，而离不开此前的若干语言实验；就文学而言，某种文学体裁在后世可能已不被使用，但它所寓含的某些精神或许还在不断为后世借鉴。“五四”时期的知识分子虽然以决绝的姿态否定了传统，但与此同时，他们又吸纳了传统文学的养料，文言小说中的“传奇精神”和“文章意识”就为“五四”及“五四”后的一些作家所继承和发展。

一、清末民初小说的语言实验

在“五四”新文化运动后，白话已经取代文言成为“正宗”的书面语言，但是文言其实并未彻底消失。少数人还在固执地以文言写文章，1927 年潘光旦还谈到，“古话文和今话文或白话文究竟能不能划清界限，是一个疑问”①。继“五四”后，舆论界也曾再次掀起过有关文言与白话的大讨论，当然这样的讨论最终仍然无法威胁到白话所取得的地位。然而，值得注意的是，白话虽与文言属于两套不同的语言系统，但二者之间并非壁垒森严，事实上，尽管白话在“五四”以后取代了文言的地位，但此时作为书面语言的白话在明显欧化的同时，也吸纳了不少文言的成分。胡适在提出创造国语的文学时，就已表明，“有不得不用文言的，便用文言来补助”。瞿秋白对“五四”文学革命所建设的“新式白话”甚为不满，他批判道：“现在没有国语的文学！而只有种种式式半人话半鬼话的文学，——既不是人话又不是鬼话的文学。亦没有文学的国语！而只有种种式式文言白话混合的不成话的文腔。”②他的说法虽嫌偏颇，但从侧面反映了“新式白话”对文言的吸收程度。在某些现代作家譬如鲁迅的部分作品中，语言的文言化甚至十分鲜明，成仿吾曾对此提出批评，“作者是中途使用白话文的一人，他用了许多无益的文言”③。姑且不论成仿吾的评论是否恰当，总之由此可看出文言在新式白话的建设中，的确起了很大的作用。

文言与白话的交流与渗透当然不是始于“五四”时期。就小说而言，在两种小说并行不悖的发展过程中，文言与白话相互渗透的现象就一直存在。例如蒲松龄在《聊斋志异》中引用了不少口语作为人物的对话，而在《红楼梦》这样的白话小说中，文言的句式也间或可

① 《时事新报·学灯》，1927年12月26日。

② 瞿秋白：《鬼门关以外的战争》，载瞿秋白：《瞿秋白文集》（第3卷），人民文学出版社1989年版，第138页。

③ 成仿吾：《〈呐喊〉的评论》，载严家炎编：《二十世纪中国小说理论资料》（第2卷），北京大学出版社1997年版，第360页。

见。不过，将两种语言在小说中的差异上升到理论的层面并进行自觉或自发的实践，主要还是在清末民初时期。时人基于开通民智、进化论及小说的审美品格的角度而论及文言与白话之别，对此前文已有论述。在该时期，有作者既用文言创作，也用白话创作，对某些作者来说，使用文言或白话并非都是随意的，而有一定的讲究。晚清的小说大家吴趼人创作长篇章回体小说时，用的是典型的白话，但在创作短篇小说时，却时用文言时用白话。民初著名的小说家吴双热在写作长篇言情小说时，几乎都是使用文言甚至频频夹杂骈语，而在写作谐趣、讽刺小说时，却大都采用白话。又如民初的短篇小说家徐卓呆在写小市民如箍桶匠、卖药童的生活时，往往采用白话，在写受过较多教育的人如作家、学校青年的生活时，往往使用文言。就是在同一篇作品里，有时还会出现文言与白话兼用的情形。例如晚清小说《爱之花》（《浙江潮》第6~8期，1903），作者“侬更有情”就是先模仿说书体以白话引出故事的主角屈敖，再附上屈敖的自叙，而自叙基本上用文言。在包天笑、徐卓呆的短篇小说《无线电话》（《小说时报》第9期，1911）中，叙述用文言，人物对话则用白话。这种语体和文体的交替使用，在某些作品和作家那里，还比较生硬，但都旨在有意识地服务于作品的审美风格和作品中的人物。清末民初作家对语体的交替使用，也昭示了语言在小说创作中具有越来越重要的意义，增强了读者对语言的敏感度。

在当时的文言小说中，作品的语言有一个值得注意的现象，即雅化与俗化的分流存在：雅化即拟照前人，采用比较古雅的文言，当时的古文小说和骈文小说中的语言即是；俗化则是尽可能地使文言简单通俗、靠拢白话，当时不少报刊中类似于社会新闻的文言小说即采用了这样的语言。按照瞿秋白的说法，前者属于“古代文言”，后者为“现代文言”。“林纾的古文小说，南社文人的诗古文词，骈文，魏晋齐梁体的文章，——在文腔改革的意义上说，根本不能算得‘新的文学’……因此，这种所谓文学，只能够有极短的寿命。辛亥革命之后，《民权日报》有《民权素》，《申报》有《自由谈》，《新闻报》有《快活林》等等——这些‘报屁股’出现，是所谓‘礼拜六’派的老祖宗。这些报屁股的新派文学家，虽然还用古代文言企图表现‘新的文学’，表现反对帝制，改良礼教，谈谈公德、爱国等的所谓新思想(例如《玉梨魂》——四六体的小说，表现寡妇恋爱‘发乎情止乎礼义’之类的东西)，可是，不久，这种文腔就澌灭下去。代替他的是用现代文言做的笔记小说，黑幕小说。这种所谓现代文言，就是不遵守格律义法的变相古文，而且逐渐增加梁启超式的文体，一直变到完全不象古文的文言。”①其实所谓的“现代文言”并非是在《玉梨魂》等作品的文腔“澌灭”以后才产生，而是早已有之。在晚清的文言小说中，就有一些作品白话化的痕迹甚重，甚至某些作品的语言似文言非文言、似白话非白话。譬如黄伯耀的短篇小说就多有俗语化的特点，在《双美缘》(《中外小说林》1908 年第 2 期)中，作者用句如“无何歌妓连翩而至，就在花舫里应酬一番”，“则见该妓年方二八，身裁之修短合宜，个对眉儿，如新月弯弓的样，个幅脸儿，又如出水芙蓉韶秀不过”，“风月场中、琵琶队里，乃有此佳品，那得不令怜香惜玉的青年，消魂真个呢”。上述句式的口语化色彩无疑是非常明显

---

① 瞿秋白：《鬼门关以外的战争》，《瞿秋白文集》(第 3 卷)，人民文学出版社 1989 年版，第 142～143 页。

的。在其短篇小说《猛回头》(《中外小说林》1908 年第 6 期)中，作者用了这样一些句子：“为人领得二百银元，就购置烟具什物，租了小店一所，号曰云来。自烟馆既已开办，为人就在烟馆居住。”“而自经此一场迎娶用度，未免挥霍多些，云来烟馆本钱，就支绌起来，即个人经济问题，亦拮据渐迫，向之烟客，复少问津。乃将云来烟馆家私烟具，招人承顶去了。”作者的叙述语言在整体上虽用文言，但呈现出鲜明的俗语化的特点，某些句子即如上面所列举的那样，已跟白话几乎没有区别。1918 年《小说新报》第 4 卷第 2 期刊登了逸盦的一篇小说《稻香亭》，该作品用语如：“李老益怒，遂持烟杆击哥哥的头。 头破血流，哥哥益怒……追吾赶去，哥哥已不见了。”所用语言亦呈现出文白混用、不文不白的特点。

文言的俗化或“现代文言”的出现，是应市民读者的阅读需求而产生，就语言本身的审美性来说，俗化的文言的确不及古雅的文言有美感，甚至还予人不伦不类之感，不过这是语言演进过程中的必然现象，其最终的指向是文言为白话所取代。清末民初小说家的语言实验除了体现为两种语体的交替使用及文言的俗化外，还体现在语言的欧化趋新上。清末文言小说《可怜虫》在行文中夹杂长篇英文书信、《文明贼》《飞行之怪物》等羼入大量西方名物和音译词语等，皆透露出语言欧化的端倪。总之，在经历了清末民初小说家的语言实验后，

“五四”作家所确立的“新式白话”并不显得十分突兀。①当然，清末民初的小说中所存在的“语言实验”现象，有些是出于作家的自觉，有些则是不自觉的，有些是成功的，有些则不成功，但它们无疑都在实践方面为“五四”时期的语言革命创造了条件。

二、现代小说对传奇精神与文章意识的吸纳

学界往往以五四时期作为现代小说的起点，认为现代小说与古代小说迥异，郁达夫等人甚至认为中国的现代小说属于欧洲小说的体系。但实际上，现代小说与古代小说并非判若鸿沟。如果说西方小说的影响是促成现代小说形成的重要驱动力，那么这个影响也是始于清末民初，“没有晚清，哪来五四”，王德威先生的这个观点已为学界广泛认可。清末民初大量的叙事新变型小说的存在，已为现代小说的形成做了充分的铺垫。此处要着重讨论的是传统型文言小说对于现代小说的影响。文言小说为现代作家所借鉴者不少，其中最重要者，莫过于传奇小说所蕴含的“传奇精神”和“文章意识”。

当代不少学者将中国的文言小说划分为笔记与传奇二体，笔记可以《搜神记》《世说新语》《阅微草堂笔记》等为代表，传奇则可以唐人小说及《聊斋志异》等为代表。其实无论笔记还是传奇，它们在题材上往往都搜奇志逸、体现出对奇异世界和超现实意象的高度兴趣。

---

① 清末民初时期语言的欧化倾向在部分翻译小说中体现得尤为明显。另，袁进先生又特别提出，在白话的欧化进程中，近代来华的西方传教士起到了重要的作用，“是他们创作了最早的欧化白话文”。“现代汉语的文学作品是由西方传教士的中文译本最先奠定的，它们要比五四新文化运动宣扬的白话文早了半个世纪。它们在社会上自成一个发展系统，连绵不断。”（参见袁进《中国文学的近代变革》之第二章“语言与形式”，广西师范大学出版社2006年版）总之，五四时期所确立的现代白话体系离不了清末民初各个领域，包括文言小说领域内所进行的诸种语言实验。

尤其是传奇体的小说，尽管传奇的文体特征在于“叙述宛转、文辞华艳”[①]等，但不能否认“传奇”之得名很大程度上还是来源于它在题材和审美风格上对“奇异”效果的追求。梁绍壬在《两般秋雨盦随笔》(卷一)里，谓“裴铏著小说，多奇异可以传示，故号传奇”，不仅唐代裴铏的小说如此，传奇作品其实大都是“多奇异可以传示”的。可以说，“传奇精神”是文言小说最重要的一个特质。秉承“传奇精神”的作品关注的不是现实人生里平凡琐碎的事件，而是超乎寻常的奇人、奇事、奇情、奇节；通过书写传奇，这些作品追求的是对琐屑、庸俗人生或人性的超越，而不以真实地再现、冷峻地反思现实为旨归。

在现代小说史上，具有“传奇情结”、崇尚传奇风格的作家不乏其人。鲁迅的《故事新编》在题材、情节上与魏晋志怪与唐宋传奇有着非常密切的关联，其代表作《彷徨》中的不少作品带有浓郁的怪谲气息；施蛰存、穆时英为代表的新感觉派，其作品或者是现代都市传奇，或者是融合了历史、宗教、神话与传奇的“海上奇谈”；延续了新感觉派风格的“后期浪漫派”作家徐讦及无名氏的创作更是具有十足的传奇特征。在那些志在启蒙或革命的文学中，也存在着某些传奇的因素或追求传奇的思维模式，特别是革命文学、左翼文学和40年代的解放区文学中，一种具有政治浪漫主义色彩的“革命传奇”和“战争传奇”小说时常出现。当然，除了从中国的文言小说中汲取养料外，现代小说中“传奇精神”的形成无疑也受到了西方浪漫主义等文学思潮的影响；不过，在部分作家如沈从文、张爱玲那里，可以明显

---

① 鲁迅：《中国小说史略》，上海古籍出版社1998年版，第44页。

看到他们对中国古典小说的钟爱、对文言小说中“传奇精神”有意识地吸纳。

沈从文自叙“从小又读过《聊斋志异》和《今古奇观》”①，他曾把自己的一篇作品命名为《传奇不奇》，他还在多篇作品中屡次提到“传奇”的字眼，以点明故事的奇异色彩。如《雪晴》：“我明白，我又起始活在一种现代传奇中了。”“现在我又呼吸于这个现代传奇中了。”《巧秀和冬生》：“局里还有半部石印《聊斋志异》。这地方环境和空气，才真宜于读《聊斋志异》。”“先是翻了几天《聊斋志异》，以为‘青凤’‘黄英’会有一天忽然掀帘而入，来此以前且听到楼梯间细碎脚步声……这种悬想的等待，既混合了恐怖与欢悦，对于十八岁的生命自然也极受用。”“我那天晚上，却正和团防局师爷在一盏菜油灯下大谈《聊斋志异》，以为那一切都是古代传奇，不会在人间发生……”《传奇不奇》：“我还不曾看过什么‘传奇’，比我这一阵子亲身参加的更荒谬更离奇，也想不出还有什么‘人生’，比我遇到的自然更近乎于人的本性——一切都若不得已。”沈从文秉承了古代小说的“传奇精神”，通过对湘西世界的描述建构了“原乡神话”，从而与占主流的现实主义思潮对“日常性”“平凡性”的要求形成对峙。沈从文笔下的故事大多以尚未为现代文明裹挟、具有浓郁的巫风和蛮荒气息的湘西为背景——这个背景本身就充满了神秘的氛围，是一种传奇的时空。他多描写一些具有传奇色彩的事件如富家小姐嫁与山大王、山寨之间的原始火并等；作者所表现的人物也多具有奇特的经历或不寻常的性格特征，如在沉潭时沉静并无怨无悔的寡

① 沈从文：《沈从文文集》，花城出版社1984年版，第69页。

妇、在残酷的山寨火并中人性复苏并勇于牺牲的农村青年、哭不以时候笑也很偶然的疯子等等。可以说，传奇小说对奇人、奇事、奇情、奇节的追求在沈从文的笔下被表现得淋漓尽致。当然，较之古代的传奇小说，沈从文的传奇作品具有鲜明的现代小说的气息，它们具有以神性精神来反思现代都市文明的意义，但是作品所浸润的浪漫主义色彩和追求人性超越的意识与古代的文言传奇一脉相承。

张爱玲也是一个醉心于传奇小说的作家，她曾直接把自己的作品命名为《传奇》。张爱玲的传奇小说有两个显著的特点：一是力求挖掘和表现世俗生活中的奇人、奇情，即所谓“在传奇里面寻找普通人，在普通人里面寻找传奇”①，而不似古代的传奇作家那样往往将笔触伸向非现实的世界；二是倾向于以“畸”写“奇”，即着意展现异常、变态甚至疯狂的人生，营造一种神秘、病态的审美格调。这种以“畸”写“奇”的倾向在过去的文言小说中虽非主流，但也已初显端倪，只是张爱玲进一步发展了这一倾向，并形成一种极具个人特色的审美风格。《聊斋志异》中的名篇《阿宝》写一位书生为了向心上人表白，竟然用斧头自断手指，就颇有畸情的色彩。民初作家周瘦鹃的文言小说《西子湖底》也是一篇表现畸恋的作品。小说写一位舟子将自己暗恋的女子密闭于沉船之中，他天真地以为人居水下能长生不死，但当他次日潜至水底幽会时，却发现心上人已与世长辞。三十余年后，舟子发现从女子身上拾取的玫瑰花重新怒放了，于是他跳进了西子湖底与心上人团圆。小说讲述的正是一种通过毁灭的方式来实现占有欲的变态之爱，类似的主题在张爱玲的《金锁记》《倾城之恋》

① 张爱玲：“扉页自题”，载张爱玲：《传奇》，人民文学出版社1986年版。

等作品中，我们也能看到。事实上，张爱玲对民初的鸳鸯蝴蝶派小说十分喜爱，她在写作上受周瘦鹃作品的启发和熏染，也是颇为自然的事。

除了“传奇精神”之外，文言小说写作中的“文章意识”也往往为现代小说家所吸纳。古代的小说作者及评论者大都有以文章的概念来观照和约束小说的意识，他们认为小说与文章并非畛域分明，小说应以左、马、班、韩等经典文章为范本，在审美要素方面，小说除了要塑造人物外，还应讲究“文法”，形成一种“文章之美”。由于所使用的语言与文章相同，篇幅的长短与文章一致，特别是在起源上文言小说脱胎于史传，因此将小说与文章相提并论，甚至认为二者同构的现象在文言小说系统里尤为突出，文章意识在文言小说的创作与评论中，也就相当显著了。

清代冯镇峦评点《聊斋》：“读《聊斋》，不作文章看，但作故事看，便是呆汉。惟读过左、国、史、汉，深明体裁作法者，方知其妙”“作文有前暗后明之法，先不说出，至后方露，此与伏笔相似不同，左氏多此种，《聊斋》亦往往遇之”“先秦之文，段落浑于无形，唐宋八家，第一段落要紧，盖段落分，而篇法作意出矣。予于《聊斋》，钩清段落，明如指掌。”①冯镇峦用评点古文的手眼来评点小说，显然是认为小说与文章同构的。②在新旧思想杂糅甚至碰撞的清末民初时期，由于国粹思潮的影响，文言小说中的文章意识不仅未偃

① 冯镇峦：《读聊斋杂说》，载黄霖、韩同文选注：《中国历代小说论著选》（上），江西人民出版社2000年版，第541页。

② 冯镇峦：《读聊斋杂说》，载黄霖、韩同文选注：《中国历代小说论著选》（上），江西人民出版社2000年版，第541页。

旗息鼓，反倒得到了进一步的强调。如林纾称《黑奴吁天录》的“开场、伏脉、接笋、结穴，处处均得古文家义法”[1]，又感叹《斐洲烟水愁城录》的文法“何乃甚类我史迁也”等等，皆是以文章的标尺来观照小说。刘铁冷赞誉李定夷的《鸳湖潮》是“展子建之才思，著司马之文章；恨写江郎绚烂生花之笔，艳传宋玉绮靡神女之篇”[2]。该评价将一个小说的作者比附为古代的诗文圣手，评判作品的标准则几乎完全与小说文体无涉。小说家刘仪鄦翻译的《福尔摩斯探案狞犬》在出版时，其广告语曰：“仪鄦之文磅礴古茂，尤为世人所共赏。此书既成，泱泱乎大观也。凡喜阅名译小说及研究古文者均不可不手置一编。”[3]李定夷所著《定夷说集》的广告云：“言情则意绪缠绵、情文悱恻；状物则入情入理、惟妙惟肖；行文则词华典雅、笔姿精峭，可作小说观，亦可作文学书观，洵艺林之至宝也。”[4]张冥飞所著文言长篇小说《十五度中秋》的广告词云：“至描写琐屑微渺处，无不设身处地，达以深入显出之笔；至词华之丽则、文笔之爽朗，是又以骚选之腴，运以欧苏之气者。”[5]诸类广告语说明，当时的读者具有与小说家相似的期待视野：小说既须体现出“状物”或“描写”之类的文体属性，又得在“词华”“笔姿”或“文气”等文章特质上有若干讲究。这种普遍存在的阅读心理无疑会进一步强化小说家的文章意识。鲁迅是对古代小说进行现代学科化研究的领军者之一，但他评价唐传

① 林纾：《黑奴吁天录·例言》，载陈平原、夏晓虹编：《二十世纪中国小说理论资料》（第1卷），北京大学出版社1997年版，第43页。

② 刘铁冷：《鸳湖潮·序》，载李定夷：《鸳湖潮》，上海国华书局1914年版。

③ 《福尔摩斯探案狞犬》广告词，载胡仪鄦、徐枕亚、许指严等合著：《红羊佚闻》，小说丛报社1915年版。

④ 《定夷说集》广告词，《小说新报》1918年第4卷第11期。

⑤ 《十五度中秋》广告词，《民权素》第12集，1915年11月。

奇“叙述婉转，文辞华艳”，“大归则究在文采与意想”①，仍然不免采用了论文的标准。在文章意识的影响下，写、论文言小说者大都追求“文章之美”，这种“文章之美”的具体体现当然是多样化的：或者是向经典的古文看齐，在伏笔、接笋、转折等结构布局方面巧具匠心；或者是汲取骈文的养料，强化语言文字的对称美和音乐美；或者是如散文那样弱化叙事，营造抒情的气息。

当然，由于世易时移、审美标准有所变化，古人所追求的“文章之美”，在今天看来，则未必能真正生成美感；但是，在某种程度上，对“文章之美”的讲究的确可以赋予小说一种诗或散文的情致。实际上，并非只有人物、情节和环境三要素才足以构成审美的对象，诗情画意、语言文字之美等皆可生成小说的美感。例如，民初时期有一篇文言小说《华胥国》(《小说丛报》第1期，1914)写漆园吏庄周某日读赫胥连(即赫胥黎)的《天演论》，对乌托邦心生向往，遂化蝶而行，坠入华胥国，目睹了该国种种“假共和”的情形，正彷徨之际，忽闻声而醒。后再欲游该国，则听人说该国已“入天演界中而淘汰之矣”。作者描写漆园吏化蝶入华胥国的文字如下：

> 栩栩然化而为蝶，身轻似叶，乘风而行，其途缥缈，寻之无端，所谓乌托邦者，竟如海上三神山，几几欲至，卒为风引去而不可至。正徘徊间，俄有黑风自天外吹来，顿觉暗无所睹，其身荡荡焉不能定，一落千丈，正堕其身于华胥国中。至则其国之中方讲求共和政体，漆园吏张目视之，犹以为此乌托邦也。入其

① 鲁迅：《中国小说史略》，上海古籍出版社1998年版，第45页。

境，则满目荒芜、道途不治，第觉世宙昏黄，日月异色，茫茫混混，几无昼夜之可分。国之中人民攘攘，近接之，觉完全者绝少，大率盲者跛者聋者哑者狂者痴者，胶胶扰扰，或踯躅于街衢或嬉游于市井，沉酣颠倒。观其意，若甚自得，竟不知人世间有忧戚事者。

关于该篇的构思、思想内容等姑且不论，此篇有一个较大的特点，即语言优美，从上述引文中略可管窥。王力先生提出，整齐、抑扬、回环是形成音乐美的重要因素，而文学语言要造成类似的效果，则一般要求语句具有整齐、押韵、反复的特点。上述引文的语句于变化中相对整饬、双声叠韵的词语较多，从而形成了一种音乐美。当然，对小说“文章之美”的讲求必须有一个限度：它首先要以不破坏文章的基本的故事框架为前提(故事可以是断片，但能维持起码的场景感)；其次，纯粹骈四骊六的文字不宜用来做小说，因为它往往会把读者的注意力单一地牵引至语句本身，并破坏场景的立体感，老舍曾说，“好的文字是由心中炼制出来的，多用些泛泛的形容字或生僻字去敷衍，不会有美好的风格”①，骈文则正当此弊；再次，诗意小说或散文化小说通常适用于短篇，具宏大的叙事结构的长篇小说很难在整体上去体现“文章之美”。

由于对“文章之美”的讲求，有些文言小说往往在散文与小说的交叉地带徘徊，成为两种文学体裁的融合体。英国的小说理论家弗吉

① 老舍：《言语与风格》，载吴福辉编：《二十世纪中国小说理论资料》（第3卷），北京大学出版社1997年版，第450页。

尼亚·伍尔芙曾将散文化视为小说发展的必然和正途："我们正在向着散文的方向发展，而且在十至十五年内，散文将会具有过去从未有过的用途……在那些所谓小说之中，很可能会出现一种我们几乎无法命名的作品。它将用散文写成，但那将是一种具有许多诗歌特征的散文。它将具有诗歌的某种凝练，但更多地接近于散文的平凡。它将带有戏剧性，然而它又不是戏剧。"①但无论如何，散文化的确是小说发展的重要一翼，这在源远流长的文言小说中已经得到了体现。某些现代小说家为了对抗甚嚣尘上的小说三要素理论，吸纳了文言小说中的"文章意识"，有意识地倡导小说的散文化。

周作人在《〈晚间的来客〉译后附记》中写道，"小说不仅是叙事写景，还可以抒情"，"内容上必要有悲欢离合，结构上必要有葛藤、极点与收场，才得谓之小说，这种意见，正如17世纪的戏曲的三一律，已经是过去的东西了。"他在为废名的小说所写的序中，高度赞扬废名的小说所体现出的文章之美："我觉得废名君的著作在现代中国小说界有他独特的价值者，其第一的原因是其文章之美。""废名君用了他简炼的文章写所独有的意境，固然可喜，再从近来文体的变迁着眼看去，更觉得有意义。"②周作人认为，废名的小说以简洁生辣的文笔矫现代文章的庸俗之弊，类于竟陵派以奇僻的文风矫公安派之流丽，因此具有文体革新的意义。在此，周作人也援用了评文的标准来评价小说，他聚焦的不是小说的人物、情节、环境等三要素，而

---

① 〔英〕弗吉尼亚·伍尔夫著、瞿世镜译：《论小说与小说家》，上海译文出版社2000年版，第326～327页。

② 周作人：《〈枣〉和〈桥〉的序》，载吴福辉编：《二十世纪中国小说理论资料》（第3卷），北京大学出版社1997年版，第187～188页。

是小说的文章特质。

另一个热衷于以散文的眼光看小说和写小说的是沈从文。他曾称自己总是在试图对“小说的规范”有所突破，“愿在章法外接受失败，不想在章法内得到成功”，以写散文的手法创作小说也正是对“章法”的一种挑战。他在《〈石子船〉后记》里自叙：“文章更近于小品散文，于描写虽同样尽力，于结构更疏忽了。照一般说法，短篇小说的必需条件，所谓‘事物的中心’，‘人物的中心’，‘提高’或‘拉紧’，我全没有顾全到。”[①]沈从文的某些小说的确是很难与散文划清界限的，如《山鬼》写一个疯子的生活，故事虽然奇幻，但那个有头无尾的故事并不是作者着意描写的对象，作者要展现的还是淳朴、清新又带着些许神秘气息的山野生活以及具有类似特质的人性，因此，作品中充斥的是看似琐碎的小细节和状似漫不经心的景物描写，某些片断就是情景交融的散文诗。“五四”以后以写散文的姿态来创作、评论小说的作者还有很多，小说发展的这一重要支流甚至延续到现在。

当然，文言小说与现代小说对“文章之美”的追求有不尽相同的内涵。文言小说作家多以古典的散文为典范，因此他们称道的“美文”必须要吻合古代的作文法则；对于小说中的故事是应强化还是淡化，他们尚无明确的理论探讨。现代作家倡导“文章之美”的出发点是让小说从三要素的藩篱尤其是讲故事的窠臼中摆脱出来，并且小品文化、随笔化。其次，文言小说作家对“文章之美”的讲究一方面是

① 沈从文：《〈石子船〉后记》，载吴福辉编：《二十世纪中国小说理论资料》(第3卷)，北京大学出版社1997年版，第115页。

出于艺术的直觉，另一方面是在小说尚未取得独立地位的情况下，通过强调小说的文章性以提高小说的文学价值。当然，无论古代还是现代，强调小说的文章性都是旨在使小说向它种文体倾斜。此外，文言小说与现代小说要获得诗化、散文化的效果，所采用的手法其实异曲同工，如淡化情节、以景物渲染氛围等，这也使得现代作家易于从古代小说中获取灵感以打破现成的程式。

施蛰存曾对"五四"之后近三十年的小说发展进行了总结："新文化运动兴起以后，我国的小说，正如诗与散文一样可以说是与旧的传统完全脱离，而过继给西洋的传统了。""年老的作家……却连正格的小说也不愿意写，而高兴采用起故事体甚至随笔体的小说来……这实在是有点近似复古，但是从复古中去取得新的。"①施蛰存所说的"复古"及"从复古中去取得新的"，正是指出了现代小说家对包括文言小说在内的古代小说的继承与发展。当代小说的现状屡屡让人诟病，或许当代小说的突围不在于创造，而在于对传统文学的召唤——一种奇特的充满回忆的召唤？

---

① 施蛰存：《小说中的对话》，载吴福辉编：《二十世纪中国小说理论资料》（第3卷），北京大学出版社1997年版，第470页。

附录

清末民初稀见文言小说30种叙录

说　明

一、在海量的清末民初文言小说中，笔者精选了30种较为稀见的小说单行本进行叙录。这30种小说大都在内容写法上颇具典型性，或颇见特色。叙录内容主要包括：描述作品版式，抄录出版信息，选录序跋及广告，概述作品内容及艺术特色，介绍作品版本及著录概况等。通过这样的叙录，笔者希望可以呈现和保存当时小说版本的"原生态"，为研究者和读者提供第一手的文献资料。在叙录中，对现有小说书目存在的舛误，还做了一些正误工作。如指出李岳瑞的《春冰室野乘》在多种近代小说目录中，"室"均被误写作"宝"；张冥飞的长篇小说《十五度中秋》的"中秋"被误写作了"春秋"，等等。

二、这30种小说之所以被称为"稀见"，是基于以下因素：(1)未被学界现有的文言小说书目或近代小说书目所著录。譬如日本学者樽本照雄所编的《新编增补清末民初小说目录》是目前收录近代小说最为全备的小说书目，但仍存在一定的遗漏，如失收蒋景缄的小说《火星飞艇梦》、皖北啸岩山人所著《秋窗月影录》等。笔者对部分失载的小说进行了叙录，以备查考。(2)虽然见载于小说书目，但未被当代的出版社影印或点校出版，读者较难窥见其真面目，部分作品甚至连专门的研究者也鲜少接触或未曾目睹。如清末小说《可怜虫》在几种主要的近代小说书目中都有著录，但信息甚为粗略，该书的内容、写作特点等都无法据以管窥，且随着时间流逝、文献损毁，今人已较难见到原书，石昌渝先生主编的《中国古代小说总目》即称此书“今未见”。笔者在上海市图书馆与上海师范大学图书馆均有幸发现此书，对其做了较为详细的介绍。其他被学者们列入“稀见小说”的还有《双泪碑》《忍不住》《绿波传》等，笔者也逐一提要，以飨读者。

三、本叙录以时间为序，按年系目，于同一年出版的小说，据其出版月份的先后排序。

四、本叙录所收的30种小说基本上馆藏于上海市图书馆，行文中不专门说明。个别馆藏于他处者，在行文中说明。

1.《寄蜗残赘》十六卷 葵愚道人撰

同治十一年(1872)不惧无闷斋刊本。八册。上海师范大学图书馆藏。

书名页题“寄蜗残赘”“石道人书”。牌记题“不惧无闷斋藏版”。卷端题“寄蜗残赘卷×”“葵愚道人纂”。每两卷为一册，册首列两卷之目录。左右双边，无界格。半叶八行，行十八字。书前有作者自序。序文后钤印二枚，分别书“汪堃之印”“忠义气节之杰”。

序云：“余进为逆党所陷，退为奸孽所谗。向日有忧，吁天无路。庚申遇变，避迹光福山中。贼氛肆炽，闾里震慑，绅民同时蓄发。余曾受两朝知遇之恩，定分所在，大义攸关，岂肯俯首随众，蒙面偷生？ 流离迁徙，不亏臣节者，祇余及金溆芷太守两家而已。屏匿小楼，无可排遣，因将生平闻见，缀录成帙。久置行箧，今书贾怂恿付梓，略加补辑，勉徇其请。窃念稗官杂说汗牛充栋，惟河间纪氏《阅微草堂笔记》，命意深微，立论透辟，精理名言，耐人寻绎。余门下师承，私淑有自，而浅识少闻，岂能远绍渊源于万一？ 前官蜀中，当黔匪逼扰之际，扼险追剿，献馘擒渠。外患方张，内变猝起。檄挐叛首，保卫地方，而辜恩党逆之贼臣，黩贿纵匪，酿成巨害。余义不辜国，慷慨誓天，全川糜烂，预操左券。今前言尽雠，因撮大概，附赘于后。同治壬申孟秋葵愚道人识于不惧无闷斋。时年六十有六。”

根据该序，此书的主体部分撰写于太平天国运动爆发、作者在光福山中避难期间。付梓之际，作者又“略加补辑”，且将在四川为官时所撰之疏、禀等撮其大概，“附赘于后”。作者葵愚道人乃汪堃的号。汪堃(1808～？)，江苏苏州昆山人，道光辛丑年(1841)进士，曾签选四川川南永宁兵备道，加盐运使衔。此书的前十三卷多载神怪异闻及轶闻遗事，系小说；第十四、十五、十六卷所载为诗文、疏、禀等，与小说无涉。书中也有部分轶闻遗事反映了吏治与民风之得失，具有一定的参考价值。如卷七“吴中秀才案”“抢米案”等条目写轰动一时的社会新闻及治安案件。此书出以笔记体，效仿《阅微草堂笔记》的倾向甚著。该书未见小说书目著录。

2.《榾柮谈屑》一卷　欧阳兆熊撰

光绪二十一年(1895)湘潭欧阳氏刊本。一册。上海师范大学图书馆藏。

牌记题“光绪乙未孙述谨刊”。正文卷端书名题“榾柮谈屑”，著者题“湘潭欧阳兆熊 晓晴父”。单鱼尾，左右双边，半叶九行，行二十一字。版框高17.4厘米，宽12.9厘米。书前有光绪十九年(1893)八月郭庆藩序，次为《匏道人自传》。正文后有作者的孙子欧阳述谨于光绪二十一年(1895)所写的跋语。

郭庆藩序云：“先生生前所著多经世书，然不自矜惜，随意散失。冢孙伯元太守手藏先生《榾柮谈屑》一卷，大都客邸条记之作，然寻绎其文，于当代嘉言善行与相从诸贤朝夕参稽，识解之异同、论议之得失，粲然略具梗概，他日徵文考献之士，或有取焉。因为校其舛伪，促伯元亟付手民以行于世。呜呼！军兴以来，畸人杰士节钺背望如先生之清高冲远，盖与先光禄公之虑澹物轻、不求自利者同一志节，岂非得天之厚、见道之深者哉？然则是书也，虽属丛谈杂说，亦足见精神运量之所存，又岂仅资谈助已耶？光绪十有九年秋八月年家子湘阴郭庆藩谨识。”

作者欧阳兆熊，字晓晴，号匏道人，湖南湘潭人。据《匏道人自传》，作者生于嘉庆戊辰年(1808)，道光乙酉年(1825)入学为弟子员，两年后“纳赀为校官，署宝庆新宁县教谕”，丁酉年(1837)领乡荐入京赴试，戊戌年(1838)下第南归。与曾国藩、胡林翼、江忠源等咸、同时期的湘籍名将皆有交谊。光绪《湖南通志》卷一七九有传。此书为作者生前所撰，记生平见闻及亲身经历，包括“于当代嘉言善行与相从诸贤朝夕参稽，识解之异同、论议之得失”(郭庆藩序)。书中有不少关于曾国藩、左宗棠、江忠源等“中兴名将”的记载，既写他们用兵决策、运筹帷幄时的情形，也写他们的逸闻趣事。诸类记载虽为丛谈杂说，但大都为作者亲历或亲睹，真实可信，可为史乘之补。书中也有部分叙述杂取街谈巷议，间涉虚妄，如第十四叶记载了安徽巡抚江忠源战亡后显灵的种种传闻。此类叙述，事件既妄诞，描摹复细腻生动，已大有小说的风味。书中的不少条目多为后来的笔记小说如《晓窗春语》《春冰室野乘》等徵引，《小说月报》第2卷(1911年)的第6、8、12期的笔记栏也刊载了此书中的部分内容。该书未见小说书目著录。

3.《忍不住》四卷　沈友莲著

光绪三十一年(1905)十月上海科学书局印行。铅印本。一册，70页。

封面题“忍不住艳情小说”“季英题”。正文首页书名题“忍不住”，无著者署名。版权页题“光绪三十一年十月初版 光绪三十一年十月发行”“著述者 安徽沈友莲”“印行者 上海科学书局”“总发行所上海棋盘街北段 文明书局”等。

小说中的主人公顾友直，字愚莽，在武昌城外的庄园大兴土木，并置姬妾凡16人，终日杜门取乐。在众姬妾中，愚莽最宠者为欢娘，欢娘工于翰墨，与愚莽时有吟咏。不久，欢娘与数位姬妾相继亡殁，愚莽患上郁闷症，日渐憔悴。其子遂延请李芙初为其父排忧。愚莽听李芙初讲述各种奇闻怪事和笑话，不禁心情大快。其后，愚莽携芙初东游江南，寻觅佳丽，但无果而归。愚莽的另一姬妾夜里梦见欢娘相邀，愚莽得知后再度陷入愁闷。芙初曰：“君于欢娘不能忘情，殆忍不住也。我与君出游在上海时，因思天下最难忍者，莫如剥皮。”芙初遂为愚莽讲述种种“剥皮”（即欺诈压迫）之事，如一人被强盗抢劫，为“剥一人之皮”、众人被强盗抢劫，为“剥众人之皮”、朝廷剥海内之皮、鸨母剥妓女之皮、妓女剥嫖客之皮、嫖客剥妓女之皮等。芙初又将各种类型的“剥皮”谱成曲子，描述上海的租界、报馆、戏馆、石印局、照相馆、彩票店、跑马等风景。二人相处五六年，愚莽已年近五旬，无复往日的风月情怀。在禅师的点化下，愚莽“深明佛理，一味清修”，芙初亦相依以终。

本书的第一卷、第二卷、第四卷的卷尾皆有按语。作者写作此书，大抵是借顾愚莽的蜕变表达对人之情感的思考：面对真情，须忍不住，待以真心、执着无惮；情缘逝去后，则须忍得住，心无挂碍、一尘不染。此书虽标为“艳情小说”，但除了第一卷写顾愚莽与众姬妾的感情生活确可谓香艳旖旎外，其余三卷的内容均与艳情无涉。本书的情节颇为松散，第二、三卷主要由各种奇谈趣闻组成，部分内容真实反映了上海的近代生活。此书文笔不俗，语言堪称流畅丰腴。书中夹杂了大量的诗词歌赋，有炫弄才学之嫌。该小说又有上海科学书局光绪三十二年(1906)二月再版本，该本版权页题“印行者 上海科学书局”“印刷所 作新社印书局”“总发行所 文明书局”等。

4.《李苹香》十二章　铄镂十一郎著

光绪三十一年(1905)十月再版，上海科学会社发行。铅印本。一册。

封面为三横栏：上栏小字竖排题“再版”，大字横排题“李苹香”；中栏有一扇面，扇面内横排题“天韵阁”；底栏有仕女作画图，彩色。书名页竖排题“李苹香”。次为照片一张，题“天韵阁主人小影”。次有光绪甲辰年(1904)“当湖惜霜”的序。正文首页书名题“李苹香”，著者署名题“铄镂十一郎”。正文后附《天韵阁诗选》《天韵阁尺牍选》。附录后版权页题“光绪三十一年十月十五日再版”“著作者 铄镂十一郎”“印刷所 中新译印局”“总发行所 上海科学会社”。此书标识为“再版”，不知其初版于何时。

郑逸梅在《艺林散叶》第3936条中记载：“章士钊著有《李苹香》一书。”据此，铄镂十一郎或为章士钊的笔名。另，作序者“当湖惜霜”为弘一法师李叔同的笔名。据载，李叔同在沪上曾流连于烟花之地，与当时的名妓李苹香等多有往来。该书的传主李苹香实有其人。作者在第一章《绪论》中自叙其写作意图：“吾今者痛心疾首于中国女教之已失、女学之不兴，久欲立一说以发明之，而空言不足以破积习。吾今者又欢忻鼓舞于中国有开女学堂者、有著女教科书者，亦欲进一解以董劝之，而法语不足以动听。孔子曰：‘中人以上可以语上也。中人以下不可以语上也。’今日中国之女子，目炯炯而心茫茫，比比皆是，即有中人以上之资，亦降而流于中人以下。苏明允曰：‘与晓事人语，不烦言而解也。与愚人说法，非明白晓喻不可或动。’今日中国国之女，不学无术，势渐趋于下愚，如欲破其积习而动其听闻，必也于今日中国女流之中，求一有才能而解文字、负盛名者为之品题，使人乐道之，以激发中国女流之志气、以端正中国女流之趋向。”

小说的主人公李苹香原本委身于一已婚之“潘郎”，为生计所困，在上海沦落为妓，因工于翰墨，被目为“诗妓”。有一“盛唐梦月生”以“天韵阁”三字名其居。“吾友病红山人”曾写有《访天韵阁记》，感怜其身世。李苹香在盛名之下，一直与潘郎保持亲密关系，且家蓄恶奴。有一“富春山民”者，钟情于苹香，写诗相赠，其友人“冷钵斋主”“惜霜仙史”“补园居士”等也各有赠诗。不久，李苹香卷入讼案，潘郎远遁。案后，李苹香重操旧业。作者笔下的李苹香有一定的才华，其沦为妓女固然有一定的苦衷，但似乎也颇有自甘堕落的意味。作者展望李苹香的将来，冀其在女学萌芽之际，“舍其旧而谋其新”，即希望她能主动脱离风尘，读书求学、立志自强。作者虽然在绪论和结论中反复声明自己有十分严肃的写作态度，但作品的实际趣味似乎并不高。书中不仅多处引用消闲小报《春江花月报》的无聊报道，还夹杂了大量的诗文，这些诗文除了展现流连于妓院的众“文人墨客”的文采外，意义并不大。清末文人的狎妓之风，倒是可以在此书中见一斑。

5.《文明贼》 大爱著

光绪三十二年(1906)十二月小说林总发行所印行。平装，一册，64页。

封面题“小本小说”“文明贼”“第一集第五册”。正文首页题“文明贼”“著作者 大爱”。版权页题“丙午年十二月初版”“同年同月发行”“定价一角半”“编辑者 小说林总编译所”“印刷者 小说林活版部”“发行者 小说林总发行所”。书前有云间一鹤生、品石山民所撰《文明贼题词》。书后有《小说林广告》，刊《谨告发行小本小说之趣旨》及小说林社所发行小说书目等。

《谨告发行小本小说之趣旨》云：“本社编著小说，荷蒙大雅不弃，风行一时，事迹之离奇、笔墨之简洁，久为识者推许，但舟车携带时有以不便忠告本社者。爰择若干种，仿丛刊之例，都为十集，每集八种，订成洋装精本，袖珍小册，大小一律。以供诸君酒后茶余，公暇课罢，作一消遣法，殆亦海内社会所欢迎焉。上海棋盘街小说林社总发行所启。”后又附第一集七种书目：第一种《孤儿记》；第二种《红泪记》；第三种《黄钻石》；第四种《钱塘狱》；第五种《雾中案》；第六种《鬼室余生录》；第七种《瑶瑟夫人》。第八种未列书目。

小说写侦探亚福某日读《中华泰晤士报》，见报上分别刊有一则《失窃启事》及一则《更正》。《更正》称：所谓失窃的案卷，失之者虽惜，得之者有用。如再饶舌，当为披露，下署名为“The thief of civilization”。亚福受失主劳伯史委托侦查此案。他先请弟弟爱华前往报社调查，爱华出门后，竟一直未返家。第七日，亚福接到爱华婚礼的邀请函。原来当日爱华在去报社途中，与五年未见的女友相遇，在高等结婚介绍所干事侠变的撮合下，两人自由结婚。爱华又称，据他的侦查，侠变即“文明贼”。侠变得知身份败露，留下书信一封，然后做环球旅游。在信件里，他交代了充当文明贼的目的在于戳破心口不一者的伪善面目。如在天足会演讲而归家后大玩三寸金莲者、表面上大兴教育而背地里好读淫书小说者等等，皆为侠变所揭破。

此书的讽喻性质十分明晰。小说一方面通过介绍侠变开设“高等结婚介绍所”的宗旨，表明了作者本人对自由结婚的看法，即自由结婚不仅应基于感情，更应基于智识。另一方面，小说亦通过写“文明贼”揭发伏藏，讥刺了当时众多“青年学子”与“老大名儒”的伪善面目。在作者看来，立场无论“新”与“旧”，皆应心口如一、言行如一，伪善自是文明之贼。小说采取了亚福自述的方式，作者在叙写时频频使用倒叙，以此增强故事的悬念。如爱华与侠变的经历均为作品的重要内容，小说皆以倒叙的方式写出。自《福尔摩斯探案集》被译介入中国，侦探小说在清末大为流行，这篇小说学习《福尔摩斯探案集》的迹象亦甚明。无论是对自由结婚问题的探讨、对社会风气的讽喻，还是采用倒叙及糅合侦探小说的元素，这篇小说皆十分吻合晚清新小说的诸种特质。此书的缺陷在于，作品多概述、论议而少细腻生动的场景、人物的性格与主要的情节缺乏足够合理的逻辑性，而这亦几乎是清末小说的通病。

6.《双泪碑》 南梦著

光绪三十四年（1908）二月上海时报馆印行。铅印，平装。一册，26页。

封面正中题“双泪碑”，左栏题“时报馆悬赏小说第二等”，右栏题“写情小说”。书名页题写情况同封面。正文首页题“哀情小说双泪碑”“时报馆悬赏小说第二等”“著者南梦”。版权页题“光绪三十四年二月朔日印行”“著者 南梦”“印刷所 时报馆活版部”“发行所 时报馆”。此书的封面及书名页均题署此书的类型为“写情小说”，正文首页则题“哀情小说”，而小说的末页则题署“侦探小说双泪碑终”。

小说写李碧娘与苏州某学校教员王秋塘本有婚约，不料某日，王修书一封，称不愿凭媒妁之言成亲，且已与他人举行婚礼，嘱碧娘另行择配。王另娶之女子汪柳侬也是学校教员，乃一才貌双全的新女性，在许嫁王生之前，并不知道他已定亲。婚后第十一日，柳侬收到碧娘的书信，获知王已有婚约，几近晕厥。柳侬心潮起伏，修书与碧娘、王生及家人后，咯血而亡。碧娘收到柳侬的来信，认为是自己害死了柳侬，一病而亡。王生将碧娘与柳侬安葬后，亦自刎于墓侧。小说通过写两女一男的感情纠葛，探讨了婚姻与自由风尚的关系这一极具时代性的议题。与当时众多持保守立场的文人不同，作者并未对自由之风采取一味攻击的态度。与此同时，对于仅凭父母之命、媒妁之言缔结的婚姻，作者也颇有微词。正因为如此，作者才会借汪柳侬之口对书中的“负心”男子王生表达理解与宽恕。不过，作者也对汪柳侬式的人物表达了劝诫之意，认为他们“浮慕自由结婚之美名，漫不加察其生平，而一朝误用其情致，势必饮恨毕生”。因作者持有这种相对公允和宽容的立场，作品中人物的性格与心理，都被写得较为合理、妥帖。小说中的男女主角虽可以不至于死，但作者安排他们死亡或殉情，也符合人物性格自身发展的逻辑，并不算得勉强。这篇小说的情节虽然简单，但由于反映了流行的议题、对人物的刻画也较合理，所以成为“时报馆悬赏小说第二等”。

7.《鸦片案》　傲骨著

光绪三十四年(1908)二月小说林社总发行所印行。平装，一册，44页。

封面题“中国侦探案”“第二册”“鸦片案”“著者傲骨”“小说林出版”。正文首页题“鸦片案(中国侦探第二案)”“著者傲骨”。版权页题“光绪三十四年二月初版”“同年同月发行”“定价洋一角五分”“编辑者 傲骨”“印刷者 小说林社活版部”“发行者 小说林社总发行所”“分发行所 苏州珠明寺前宏林书局、常熟海虞图书馆”“分售者 各省书局”等。书前有作者自撰《弁言》，次为《鸦片案目次》。书后有《小说林书目》。

《弁言》曰：“鸦片之足以死吾国，五尺童子尽能言之。近禁烟之令颁，四海苍生咸欣欣然有喜色相告，谓从此可以除妖雾，强种裕民。乃官吏视为具文，奉行不力，一二热心志士从事调查，辄遭社会所痛诟，若书中过亢者，且丧其生命矣！呜呼！荒坟累累骷髅，到处是鸦片烟鬼，败屋嗷嗷乞丐，将来尽黑籍冤魂，中烟毒而死者，不知几千万人矣！今烟运已终，过亢何辜，犹遭波及。烟之害人，可胜言哉？吾愿读吾书者，因是知禁烟之弊，改良办法，得收好效果焉。若徒以侦探案视之，则非著者之本心矣！”

作者傲骨，另著有侦探小说《砒石案》，翻译小说《身外身》。《身外身》题“厌世小说”，宣统元年(1909)正月初版，发行者为傲骨本人，由中国图书公司、时中书局代售(见版权页题署)。书前有戊申冬潘葛孤序、戊申十月傲骨自序，书后有戊申冬甦民跋。自序称，戊申年(1908)作者翻译是书时，“年才二十年耳”，据此，作者约生于1888年。另，现行各大书目还著录有傲骨的另一种翻译小说《魂游记》，题“幻想小说”，上海进步书局、文明书局、中华书局1915年12月初版。按：该书与《身外身》实系同一部作品，原著作者为意大利人格恩梅。《鸦片案》叙写了一个与禁烟有关的侦探故事。精思是上海的一名侦探，受托调查伏机镇娟娟的冤案。娟娟的丈夫过亢突然中鸦片之毒身亡，娟娟被视为疑凶遭到收押。精思在海外留学归国的友人的协助下，终于查清真相：烟肆老板庄延即是真凶。过亢乃禁烟局的调查员，奉命至庄延开设的秘密烟肆调查时，庄延伪称鸦片是桂圆糕，使过亢服食后中毒身亡。小说对于案情的设置较为周密，叙述亦清晰细腻。作品对于清末禁烟政策下，地方政府执行不力、民间阳奉阴违的现实有所揭露和抨击。

8.《飞行之怪物》八章　肝若著

宣统元年(1909)二月再版，改良小说社印行。铅印，二册。44叶。

封面中栏题“绘图飞行之怪物”，右上题“科学小说”，左下题“改良小说社印行”。正文首页题“科学小说飞行之怪物”。版权页题“宣统元年二月再版”“定价大洋三角”“总发行所 改良小说社”等。书前有《上卷目录》，目录叶题书名及“肝若著”，次为插图四叶。本书为铅印平装本，但采用了线装的版式：四周双边、半叶十行，行二十五字。版心镌“说部丛书”“改良小说社印行”。是书目录谓“上卷目录”，正文末页题“科学小说飞行之怪物上卷终”，据此，是书似应有下卷，但下卷今未见，亦不知作者是否完成。

本书写公元1999年11月下旬英国巡洋舰史图尔脱在太平洋航行时，大佐韦理士等人目睹一黑色之怪物向军舰当面冲来，速度极快，险与军舰相撞。该怪物既可在空中飞行，又可下降入海。抵达中国香港后，韦理士等从报馆了解到，该怪物已肆虐美国，造成巨大的人员及财产伤亡。爱尔兰居民拾得从怪物上坠落的零件，呈交政府。据此，各国始知该怪物其实是一种新发明的器械。日本博士研究发现，坠落的零件实为中国人惯用的鼻烟壶；中国顿时成为怪物拥有者的最大嫌疑。美国因独受巨创，于是纠集列强，向中国索赔。中国政府先后任命的外务部大臣包媚骨、卫转园与各国谈判，答应了赔款、出让矿产权等丧权辱国的条件。其后，英国理学博士贝尔根在北冰洋附近突遇怪物，并被幽囚于怪物内。贝尔根伺机逃脱，巧遇了以前的女友，二人又遇到追踪前来的韦理士等，诸人乘小舟向史图尔脱军舰行驶，却见怪器械从海底钻出，将军舰撞成齑粉，韦理士等为波涛所冲激，失去了知觉。全书想象奇特、悬念丛生，对怪器械的出现及目击者的反应，描述尤其细腻生动。小说所写之海上风景及北冰洋等绝域风光，较为壮丽，亦使作品平添了几分浪漫气息。作品写一鼻烟壶引发了政府的外交危机与耻辱，情节看似荒诞，却又在情理之中，作者的讽刺可谓辛辣。是书在清末民初小说中，颇为不俗。

9.《姊妹花》十一章 黄翠凝著

宣统元年(1909)二月再版，改良小说社印行。铅印，平装。一册，40叶。

封面正中题“绘图姊妹花”，右上题“哀情小说”，左下题“改良小说社印行”。正文首页题“姊妹花”“番禺女士黄翠凝著”。版权页题“宣统元年二月再版”“定价大洋三角”“总发行所 改良小说社”等。书前有插图6叶。本书为铅印平装本，但采用了线装的版式：单鱼尾、四周双边、半叶十一行，行二十九字。版心下镌“说部丛书”“改良小说社印行”。

小说写富孀鲍夫人有三女，亲友以姊妹花称之。长女名冰姿，次女冰节，三女冰雪。鲍夫人五十大寿时，宾客盈门。但因夫人素守旧风，男宾与女宾不得晤面。冰姿姐妹遂向母亲讲说女界新风气，称应使女子“交接社会，与男士多往来，然后阅历增而智识广矣”，亦应令女子入学堂就读，方能改变男女不平等的现状。鲍夫人被说服，于是让男宾与女宾杂处。男宾丁楚田对冰雪心生爱慕，屡屡表白爱意，冰雪多次婉拒后被打动，同意与楚田订婚。又有一女子宋红亭爱慕楚田，展开追求，楚田亦爱红亭之妩媚，多次与之幽会。宋红亭唆使医士方春时杀死冰雪，行迹败露后，两人饮弹自杀。因冰姿病亡，冰节与姐夫赵庄士结婚，楚田则后悔悲痛不已。此书所叙，不离三角恋、见异思迁、为爱铤而走险等元素，主要的情节较为老套；全书后半部分的叙写又十分仓促，对人物的心理及动机并未做充分的描述。但该书的前半部分无论是写冰姿姐妹宣讲新女性观，还是写冰雪婉拒楚田求婚的种种心理活动，均合情合理，且符合新时代的精神。小说以浅易文言写成，文笔流畅。

10.《费娥剑》二十四章　蒋景缄著

宣统元年十月初七日(1909 年 11 月 19 日)至宣统二年正月二十五日(1910 年 3 月 6 日)《舆论时事报》剪贴本。石印、线装。两册。

无内封、目录及序跋。正文每一叶的前半叶为绘图，后半叶为文字。每一叶的前半叶在装订处题有“大清宣统×年×月×日舆论时事报图画”；每后半叶与次叶的前半叶合在一起，在边角上组成“时事画报”四字。版心处题有“绘图费娥剑”与章次、叶次、本章刊行的时间及刊行者“时事报”。在每章的章首，书名题“义烈小说费娥剑”著者署名题“蒋景缄著”。但第 2、3、16、42 叶的著者署名又题为“蒋景缄译”，据此，有研究者认为该书是译作。其实，该书是创作小说而非翻译小说。该书在 1921 年 8 月由文明书局再版。

小说写太平天国起义爆发期间，扬州女子甄凤娘被贼人骗走，从此开始了险象环生的经历。她先被骗至江上，在贼人欲玷污她时，投江自尽。被人救起后，她与姨母巧遇，但再度碰上此前劫持她的歹徒。危急关头，凤娘为石达开的手下所救。对方意欲将她献给石达开，她被押送到南京，关押在“女馆”，虽有机会获得一位云中侠士搭救，但顾及姨母的安危，她放弃了逃命的机会。在和石达开举行婚礼的当天，清军兵临城下，婚礼取消，石达开带兵出征。凤娘趁机习武，打算伺机刺杀石达开。数月后，石达开返回，凤娘在行刺时，不敌身亡。小说的女主人公甄凤娘虽为一柔弱女子，但贞义节烈，且在危急时刻，不乏机智。明末崇祯亡国时，宫女费娥假扮为公主，嫁给李自成手下的将领，在花烛之夜，费娥伺机手刃贼人，后自杀身亡。小说取名《费娥剑》，即是将女主人公比作历史上的奇女子费娥，表彰其节义勇敢。作者写凤娘的所想所为，包括习武、刺杀石达开等，虽不无传奇色彩，但尚在情理之中。小说采用倒叙，情节曲折、悬念迭出，且善于以景物描写来渲染气氛。

11.《可怜虫》不分章 虚我生著

宣统二年(1910)正月上海集成图书公司刊行。铅印本。一册。共78页。上海市图书馆、上海师范大学图书馆藏。

封面右上小字题“哀情小说”，正中大字题“可怜虫”，左下小字题“集成图书公司刊印”。无序跋及目录。正文首页书名题“哀情小说可怜虫(一名学界一斑)”，著者署名题“虚我生”。正文后版权页题有“宣统元年腊月印刷 宣统二年正月出版”“著作者 虚我生”“印刷者 上海南京路集成图书公司”。

此书写太古国之天然省，其西境有一混沌府，府之西有一可风桥，桥边居住了一户人家，主人名叫殷先民，思想顽固，但其女儿殷尚时聪颖好学，尤爱读东西洋各国小说。受西洋小说的影响，尚时兴起了入学堂求学的念头，其父坚决反对。殷尚时的舅父何先觉(字觉后)为某中学教员，他力劝殷先民成全尚时。通过数番劝说、辩论，殷先民被说动，同意尚时进入女子学堂求学。尚时在清明节出游时，邂逅了精通英文、以译著小说为业的青年男子马克夫，二人一见钟情。在表姐徐梦兰的帮助下，尚时得以和马克夫幽会，二人私定终身，且立下“家庭果不从，立死”的盟誓。殊不知，尚时的父母早已为尚时订下一门婚事，得知此事后，尚时痛苦异常，选择自尽。马克夫亦投河自尽。此书的前半部分写尚时在其舅父的争取下进入学堂读书，后半部分写尚时的爱情遭遇。作品关注的是女子的平等自立和婚姻自由的问题，这也是清末民初最具有时代性的议题之一。作者通过何先觉这一寓意很鲜明的人物介绍新式学堂的优点，并倡导女子自立，书中的女配角徐梦兰正是诠释新式女性的代表人物。作者讴歌双双自杀的男女主人公，实则是在为婚姻自由高唱赞歌。不过在作者看来，这种自由在民智未完全开通的“混沌府”“尚需待时”。作品的立意不可谓不高，但情节简单、人物形象单薄。不过，作者的文笔颇为诙谐，对笔下人物时有调侃之意，不少描写令人解颐。

阿英《晚清小说目》著录，称此书为“宣统元年集成图书公司刊”。据此书版权页，此书为“宣统元年腊月印刷”“宣统二年正月出版”，即出版的确切时间当为“宣统二年(1910)”。石昌渝《中国古代小说总目》据阿英《晚清小说目》著录了此书，虽称此书“今未见”，仍将其列入了白话卷。实则该书以文言写成，当为文言小说。樽本照雄编《新编增补清末民初小说目录》标注作者虚我生即陈蝶仙。按：墨者《稀见清末小说目》(刊载于《学术》第1辑，上海学术社1940年出版)著录：“《可怜生》，不分回目。虚我生撰。宣统二年上海集成图书公司排印本。一名《学界一斑》。虚我生为天虚我生陈蝶仙早年笔名。”樽本照雄以虚我生为陈蝶仙，盖源于此。实则，墨者不仅将《可怜虫》误写为《可怜生》，且在著录《胡雪岩外传》时，尚不知作者大桥式羽即陈蝶仙的另一笔名，可见其对陈蝶仙并无十分之了解，是以其论断“虚我生为天虚我生陈蝶仙早年笔名”或出于臆测。另据郑逸梅、范烟桥等所编《鸳鸯蝴蝶派小说书目索引》，陈蝶仙并无《可怜虫》一书。所以，此“虚我生”是否即“天虚我生”陈蝶仙，还须待考。另据阿英《晚清小说目》，虚我生还著有《浪子回头》(十回，改良小说社光绪三年刊)。

12.《春冰室野乘》一卷 李岳瑞撰

宣统三年(1911)六月上海广智书局印行。铅印本，一册。平装。

书名页正中大字题“春冰室野乘”，右上小字题“李孟符先生著”，左下小字题“上海广智书局校印”。版权页题“宣统三年六月初版”“著者 咸阳李岳瑞”“印刷所 广智书局活版部”“发行所 广智书局”。正文首页书名题“春冰室野乘”，著者题“咸阳李岳瑞”。书前有目录，无序跋。该书又有民国十二年(1923)八月世界书局印行的三版本。

该书主要为明清两代尤其是清代掌故轶闻的汇集。书中所记之人，或为帝王，或为有清一代的权臣、名流，如和珅、曾国藩、左宗棠、李鸿章、张之洞等；所记之事，既有与时事要闻或重要案件相关的传闻，如“桂林寇警轶闻”“浙案异闻”等，亦有名人的生活趣事。作者所记，及于近世，晚清人物如大刀王五、徐树铮等也都赫然在列。书中所叙写的掌故轶闻，大都具有较强的戏剧性，令人称奇。如“栗恭勤公遗事”所记道光朝名臣栗毓美的经历，就极为曲折奇异。书中的各则故事，篇幅或长或短，作者均善于撷取典型的事例或关键的场景加以叙写、描摹，文笔细腻。书中有不少材料采撷自前人的笔记丛谈，但作者对原材料进行了一定的加工改写，使所记较之于原文更为细腻繁复。如第74页“左文襄轶事”条即据欧阳兆熊《榾柮谈屑》中的相关记载改写敷衍而成。原文写左宗棠在家信中谎称遇盗事，不过用了“云舟中遇盗，谈笑却之”数语，此书则将此扩充为近百字的场景。除了掌故遗事外，此书还有少数条目涉及对典籍文化的溯源和评价，有一定的参考价值。民国二年(1912)胡寄尘编《虞初近志》对是书有所选录。是书《中国近代小说目录》著录，但误将“春冰室野乘”之“室”写成了“宝”；《新编增补清末民初小说目录》《晚清小说目录》亦沿袭其误。

13.《弱女飘零记》八章　胡寄尘著

民国三年(1914)一月上海广益书局发行。一册，100页。

封面题“弱女飘零记”“颠公题”。书名页题“弱女飘零记”“姜月子书”。正文首页题“奇情小说”“弱女飘零记”“安吴胡寄尘著”。版权页题“中华民国二年十二月付印”“中华民国三年一月出版”“定价大洋二角”“著作者 泾县胡寄尘”“发行者 上海广益书局”等。书前有著者小影、民国二年冬作者自序。版权页印有胡寄尘所著小说《黛痕剑影录》的广告。

作者自序云：“壬子之冬，闲居沪南，朔风苦寒，白日易暮，小楼蛰处，殊不自聊。有西人某创设华文报，徵说部于余，尽三昼夜之力成此书应之。比成而某报以事中止，稿置之行箧。明年春，桂林邓孟硕主《中华民报》，见余文而加赞赏，遂命撰《松滨漫载》六卷，而此帙亦逐日排印报端，读之者多谓余此书结构离奇，余甚愧焉。自是年仲春至孟秋，数月间藉得笔资，稍稍偿吾宿债。未几时事又变，孟硕入狱，报纸停刊。尘事丛脞，此稿亦散失不复检阅。又未几偶与广益书局主人言及，复命余检拾零稿，付之手民，以免散逸。既成，客又有赏其结构离奇者。余谓天下事何莫非离奇，他不论，即此帙自秉笔至杀青，其间许多曲折，孰为前所及料去？遂举此为之序。时严冬，万象森肃，余境况萧条如故，孟硕尚在狱也。民国二年冬寄尘自序。”

小说写少女方小翠与童小红的奇遇。二人相携从海盗家逃离，辗转中又遭遇海难，漂流至一孤岛。小红在孤岛上竟邂逅亦遇海难漂流至此的父亲童子之。三人离开孤岛途中，虽再遇风暴，各自离散，但均获救助，先后返回福州。小翠认童子之为义父，寄居童家。小红的伯父做主，将小红许配给甘生，而甘生本为小翠的心上人，二女由此产生矛盾，小翠离开了童家。最终甘生说服其弟与小红定亲，自己则与小翠成亲。红、翠二女相处融洽。小说的情节较为离奇和曲折，既有遭遇海盗、孤岛求生等海上奇遇，又有好姊妹反目成仇等情海风波。小说的前半部分在写海上奇遇时，想象较丰富，写景亦可称奇丽。小说的后半部分写好姐妹反目成仇的情节时，用笔则较为仓促、草率。是书又有广益书局民国十八年(1929)三月的再版本。

14.《绿波传》十六章　蔡达著

民国三年(1914)九月商务印书馆印行。铅印、平装。一册，94页。

封面为三横栏：上栏小字题“新小说”，中栏大字题“绿波传”，底栏小字题“商务印书馆印行”。正文首页书名题“言情小说”“绿波传”，无著者署名。版权页题“中华民国三年九月初版”“每册定价大洋二角伍分”“编纂者 东台蔡达”“发行者 商务印书馆”等。书前有商务印书馆出版“林琴南先生译”的广告。次为民国元年(1911)十二月孤桐所撰《叙》。版权页上又印有《说林》的广告。《说林》的广告词曰：“《小说月报》出版以来，蒙大雅不弃，风行一时，其中短篇小说，标新领异，尤承社会欢迎。兹特将一二三年《月报》中短篇一百余种，汇刻成集，名为《说林》，以便爱读诸君之流览，茶余饭后极良好之消遣品也。”

作者《叙》云(节录)：“《绿波传》者，取列女游侠而一之者也。夫随陆无武、绛灌无文，不能兼用，信非完美。古之名媛奇女，亦同斯叹。余将以是补其憾矣。”“书中所载，往往见贞烈之守，无郑卫之音。或恐阅者不察，反复以申其意者数矣。且其故事在于吾土，居礼教之下，贞义节操为其特色，庸不胜于谈殊方之俗，接吻抱腰以为相悦，离合任意、醮继随情者？余窃不自量，殆以示情之正，正民风于万一也。”“海通以来，朴雕文胜，欲令民智，未智而弱。都人士女，如粉蝶怡人而已。胭脂将泣，玉树旋徂，余不复知余悲之何从。读是书者，其有所感乎？”

小说写定陶人燕伯华文武双全、慷慨仗义。其女儿绿波与燕伯华的养子周飞云青梅竹马，共同学习武艺。燕伯华前往巨野，途中遇盗贼，不敌身亡。自此，燕家日渐萧条。绿波生性谨严，且值家变，对飞云虽有爱情，并不表露于外。飞云难以理解绿波的疏远，同时与邻女宫蕙心接触频繁，渐受迷惑。飞云修书绿波，称已与宫蕙心订婚。绿波消沉多日后，重新振作。某日，宫家被强盗抢劫，绿波慨然相救。蕙心感激绿波的救命之恩，又得知飞云与绿波早已有婚约，决定退出。最终蕙心削发为尼，绿波则与飞云成婚。女主人公绿波是一个兼具“烈女”“侠女”特征的“完美”女性。作者写作此小说，旨在宣扬贞义节操和激发国民的尚武精神。小说的前半部分无论叙事、写人或绘景，皆间有精彩之笔，尤其是写男女主人公青梅竹马时的种种情致，笔触细腻生动，但小说的后半部分多概述、少描写，行文较为仓促。

周越然《稀见小说五十种》著录，称该小说“民国元年商务印书馆印行”。据本《叙录》所著录之版本，该小说初版的时间是民国三年(1914)而非民国元年。实际上，该小说先于1913年4月1日至6月1日在《东方杂志》第9卷的第10至12号连载，1914年由商务印书馆印成单行本出版，商务印书馆民国五年(1916)十月再版。书前孤桐之《叙》撰于民国元年十二月，周越然或据此认为该书印行于民国元年。有学者认为《绿波传》的作者“孤桐”就是章士钊，实则大谬。章士钊的确用过笔名“孤桐”，但此处的孤桐即版权页所署的“蔡达”。蔡达(1893~1970)，原名达官，字观明，笔名孤桐，江苏东台(今属如东县)人，通文史，兼擅金石书画。民国初期曾在上海圣约翰大学、光华大学任教。除了《绿波传》，他还著有小说《游侠外史》等(详见孟庆澍《〈绿波传〉非章士钊所作》，《中国现代文学研究丛刊》2007年第6期)。

15.《破涕录》 李警众、沈肝若编辑

民国三年(1914)十一月上海民权出版部发行。一册，122页。

封面题“破涕录”“周浩题”。正文首页题“破涕录(一)”“警众”。版权页题“中华民国三年十一月廿日初版”“定价大洋三角”“编辑者 警众 肝若”“总发行者 民权出版部”等。书前有广告4页，刊民权出版部发行《民权素》《勃雷克探案之二》《葡萄劫》《蝶花劫》《勃雷克探案之一》《玉梨魂》《锦囊》等书的广告。次为民国三年十一月徐枕亚序、民国三年十一月倦鹤序、胡寄尘序、民国三年秋李定夷序、民国三年十一月作者自序。 书后有民权出版部发行《孽冤镜》《兰娘哀史》《铁冷丛谈》诸书的广告。

作者自序云："余辑《破涕录》，夫岂得已哉？顾今日者，国事蜩螗，大道榛芜。官邪之朝，忌嫉清议，代表舆论之机关，视如贯心之毒矢，必欲芟荑蕴崇，以摧折其萌蘖，掩垂绝之呻吟，使呐之而不敢吐诸喉舌之间。若夫杜牧罪言、贾谊痛哭、韩非说难、不韦孤愤，其足以激荡民心、转移国步之不平鸣，举不为时势所容纳。即无町畦之辞以为爰书，将凡直道之民公评月旦，乃于己勿利稍有异同者，则悉被以莠言乱政之科条也。噫，又何异祖龙坑儒，钳制万口者乎？我生不辰，丁此浊世，但知明哲，奚裨救时？爰述笑谈，藉破岑寂。事非幽怪，意属滑稽，寓讽刺于嘲讪，略释胸中抑郁，命名之旨胥在是矣！嗟乎！云海苍茫，空作楚囚之泣，河山危殆，愿效杜宇之啼。无国无家，孰宾孰主，虽曰破涕，岂得已哉！中华民国纪元之三年十一月寿州李铎警众识于红冰碧血馆。"

李警众，名铎，字警众，寿州人，除《破涕录》外，尚著有《胆汁录》《言情尺牍》《风流艳集》《嚼舌录》《红冰碧血馆丛书》（包括《红冰碧血馆笔记》《红冰碧血馆诗话》《红冰碧血馆联话》《红冰碧血馆丛说》《红冰碧血馆杂录》五种）。据《红冰碧血馆笔记》（上海震亚图书局 1927 年 10 月版）的书前广告称，李氏曾于"戊午赴湘，壬戌赴陕，参赞戎幕使十余载。"《玉梨魂》（上海民权出版部 1914 年 9 月版）书前有《破涕录》的广告，兹附于此："是书原为李警众先生所编，搜罗宏博，亦庄亦谐，古之《齐谐志》、今之《笑林广记》等书咸不足方其精覈。但本社发行各项书籍向不肯草率从事，必至精益求精，始敢出而问世。是书虽为有目者所共许，尚恐有一瑕之掩，故复敦请文学大家沈肝若先生力任校雠，并为之精心删改，去其稍陈者，而易以最新颖之语。末后又增辑《续录》一卷，言皆有物，语无不妙。用雅驯之笔墨，尽诙谐之能事，洋洋乎成为巨观，洵近世罕觏之作也。全书七卷，都七万余言。洋装精制，封面新鲜，定价三角。”此书乃《笑林广记》一类的笑话集，辑录的大都是以清末民初社会为背景的奇闻趣谈。此书所涉对象颇广，晚清以来的所谓“海归”、学堂教员、儒林士子及其他可笑的政治及社会怪现状，莫不在作者的讽刺之列，部分讽刺堪称辛辣。

16.《燕蹴筝弦录》三十章 姚鹓雏著

民国四年(1915)五月小说丛报社发行。平装，一册，168 页。

封面题“燕蹴筝弦录”，正文首页小字题“哀情小说”、大字题“燕蹴筝弦录”“云间姚鹓雏著”。版权页题“民国四年五月五号初版”“定价大洋五角”“著作者 云间姚鹓雏”“发行者 小说丛报社”“印刷者 中国图书公司和记印刷所”“总发行所 小说丛报社”等。书首有《燕蹴筝弦全目》、民国四年一月吹万居士序、松陵亚子序、民国四年五月刘铁冷序、民国三年作者自序。正文后有甲寅(1913)年冬作者跋、民国四年三月徐枕亚跋。

姚鹓雏自序云：“情有所独至者，天必靳之。其靳之也，乃所以福之也。如水然，洪流瀚漫，一泻千里，至于决堤败筑，不可捍御，则往往为患矣。天下至情之人，每于缱绻缠绵不可卒解之际，乃为礼防所迫，终自束约，当是之时，未尝不憾天之靳我，区区而不余畀，至于斯极。然而终以自好，两不致败名堕行，而情之一字，亦弥永至于无既。盖情者，形上之物，固不以浊世区区之遂否而为消长。吾人解此意以言情，即亦自趋于纯粹洁白之境。此书所言，即为实徵。书中事迹大类胜朝之初，秀水某钜公早年影事。要之寓言十九，无足深考，惟在著者之意，固不欲矫前人细行，指陈其事，以为后生口实。实则今日言情之书夥矣，旖旎风光，固已为载笔诸君发泄以尽，成此书后，亦欲使读者发情止义，知名辈风流固自有别，则区区之意也。甲寅之岁长至前五日鷞雏叙于茸城之红豆书屋。”

小说以清代朱彝尊的爱情故事为蓝本，写吴江少年诸衍(字鸳机)与两个表妹嫦姑、寿姑之间的感情纠葛。诸衍与寿姑相爱，但其母中意嫦姑之老成敏慎，安排嫦姑与鸳机订婚。寿姑则与高氏订婚。诸衍虽心如刀割，亦无可奈何。高氏突然染病身亡，寿姑未嫁而矢志守节。后寿姑病故，临终前焚其诗稿，并留下旧帕一方与诸衍。诸衍偕嫦姑至寿姑墓前祭奠时，见飞燕一双，翩跹空中。小说中的嫦姑、寿姑有《红楼梦》中宝钗与黛玉的影子。鸳机面对自己的婚事，徒有无奈，最后与嫦姑结婚，虽也“意难平”，但到底接受了举案齐眉的生活。徐枕亚在《跋》中云：“宝玉与鸳机同为千古情种，而其结果，一则恋情不遂，遁入虚无缥缈之乡，一则以义为归，自得名教伦常之乐，其立品均高出一层。”作品写寿姑未嫁而守节，众人皆交口称赞，作者虽云此“固拘泥执著”，但又云此“极其弊尚不致流于佚荡，此亦可以借鉴也”，可见作者对旧道德是相当固执的。小说用笔细腻，较少民初写情小说夸张滥情之弊。作者好用典故、语言雅致，部分文字有骈俪化倾向。

17.《电妻》十六章　蒋景缄著

民国四年(1915)八月上海进步书局印行。一册，68页。

封面题“家庭小说电妻”“上海进步书局印行”。正文首页题“家庭小说电妻”“蒋景缄著”。版权页题“中华民国四年八月初版”“著者 蒋景缄”“每部定价洋二角”“印刷所 文明书局”“发行所 文明书局”“发行所 中华书局”等。书前有广告4页，刊上海文明书局发行“最近出版各种新小说”的广告、上海进步书局出版《笔记小说大观》的广告等。次为“家庭小说电妻提要”。 本书开篇有《赘言》，称作者有感于现今之女界道德日下，“世界竞争，女权萌芽，自由平等风说昌于社会，女子所谓节、所谓孝，唾弃之唯恐不速”，乃“偶忆客岁成都孝妇割肝事，演为一编”，“言之不文，然于社会之横流，不无小补。”尾署“钱塘蒋寄生识”。

小说写成都双流县有妇人陈丽则，精通文学与音律，且曾以师范生的身份留学日本。在其夫亦赴日本留学后，丽则与婆婆相依为命。丽则为了恪尽孝道，断然拒绝了女校聘其为讲师的邀请。穆琳生觊觎丽则貌美，多次接近，皆遭丽则严词拒绝。穆琳生于是勾结恶医宋仁钟，欲置丽则的婆婆于死地。宋又半夜潜入丽则家企图施暴，丽则拼命反抗。在危急关头，丽则获一神秘高人相救。丽则的婆婆劝儿媳改嫁，丽则执意不从，且不惜毁容明志。丽则为使婆婆的病情好转，又割肝为药。丽则的表兄陈去非为德国医院的学生，医术高明，在他的治疗下，丽则及其婆婆逐渐康复。陈去非又有一友人松荫太郎，身手不凡，好行侠仗义，此人即救助丽则的“神秘高人”。在陈去非与松荫太郎的联手下，两个坏人皆遭惩处，丽则的丈夫也回国与家人团聚。小说中的女主角陈丽则受过西式教育的熏陶，但又秉持了传统妇女的美德，贞孝两全，作者视之为女界的楷模。以今天的眼光来看，作者的诸多观点未免陈腐，不过在清末民初，接受新知又同时保守旧道德，实为大多数人的立场。是书以人物对话为叙述之始，且善于以景物描写来烘托气氛，皆体现出作者革新小说叙事模式的意识。但书中人物沦为思想的传声筒，形象单薄。

该小说原名《美人肝》，初刊于《舆论时事报》的第544号至600号，刊载时间为宣统元年五月初一日至六月二十八日(1909年6月18日至8月13日)。其间个别期号有暂停刊载的情况。该小说又有上海文明书局民国十二年(1923)三月四版。该版的封面题“电妻”“上海文明书局印行”；版权页题“中华民国五年八月出版”“中华民国十二年三月四版”“发行者 文明书局”“印刷所 文明书局”“发行所 文明书局”“发行所 中华书局”等。

18.《悲红悼翠录》二十五章　喻血轮著

民国四年(1915)八月上海进步书局印行。一册，96页。

封面题“哀情小说”“悲红悼翠录”“上海进步书局印行”。正文首页题“哀情小说”“悲红悼翠录”“喻血轮著”。版权页题“中华民国四年八月初版”“每部定价洋二角二分”“编辑者 喻血轮著”“印刷所 文明书局”“发行所 文明书局”“发行所 中华书局”等。书前有广告5页，次为《悲红悼翠录提要》。书后有广告4页。封底为包天笑主编之《小说大观》的广告。

书前广告，其一为上海文明书局发行之小说的广告，内容大致包括各小说所属类型、价格、册数及内容提要。所列小说有：《碧梦痕》(言情小说)、《生死美人》(侦探小说)、《玉如意》(苦情小说)、《双婿案》(妒情小说)、《双泪痕》(言情小说)、《写真缘》

(言情小说)、《鸳鸯梦》(哀情小说)、《秘密女子》(奇情侦探小说)。书后广告4页，皆为上海文明书局发行之小说的广告，内容大致包括各小说所属类型、价格、册数及内容提要。所列小说有：《女学生之秘密记》(哀情小说)、《淫毒妇》(侠情小说)、《春梦》(滑稽寓意小说)、《身外身》(怪异小说)、《上下古今谈》、《火星与地球之战争》(怪异小说)、《八十万年后之世界》(理想小说)、《最近之情天趣史》、《秘室》(侦探小说)、《费娥剑》(义烈小说)、《情仇》(言情小说)、《情孽》(社会小说)、《妻之百面观》(家庭小说)、《续海上繁华梦》(警世小说)、《伦得小传》、《顺治太后外纪》。

小说讲述了一对青年男女的爱情悲剧。黄之俊幼年丧父，自幼在舅父陆彬文家寄养。之俊在陆家住“裁红院”，表妹锦媛住“刻翠轩”。二人同读共嬉，互生情愫。陆父亦表示，来日会将锦媛许配之俊。之俊与当地大士庵的竺山和尚过从甚密，陆父大为不满，斥其所交非友。多次争执后，陆父令之俊离开陆家。陆父有意将锦媛许配他人，为了让锦媛死心，陆父竟伪造之俊来信，称已另娶他人。锦媛大病，竟咯血而逝，之俊得知锦媛死讯，遁入空门。作者在小说的结尾感叹：“多情人结局竟如斯，彼世间锦绣佳人才子，妄想为因，起颠倒缘者，闻之当可以为戒矣！”作者似在呼吁世人勿执着于情爱，不过，小说对于阻挠男女主人公爱情的家长专制在客观上是有批判作用的。在民初众多的言情小说中，本书有一定的水准。作者能颇为细腻妥帖地描写人物的心理与言行，在写陆父与之俊的冲突时，能更多地从性格、观念不合这一角度着眼，较有说服力。小说的语言虽较绮丽，但写人物对话又能适当地采用口语。该小说又有上海进步书局民国十八年(1929)九月七版。该版的首页题“哀情小说”“悲红悼翠录”“上海进步书局印行”；版权页题“中华民国四年十月初版”“中华民国十八年九月七版”“每部定价洋二角五分”“编辑者 喻血轮”“发行者 进步书局”“印刷者 文明书局”“发行所 文明书局”“发行所 中华书局”等。

19.《泣路记》二十回 许指严著

民国四年(1915)十一月上海小说丛报社发行。一册，150页。

封面题“泣路记”。正文首页题“哀情侠义小说泣路记”“昆陵许指严著”。版权页题“民国四年十一月十五号初版”“定价大洋六角”“著作者 许指严”“发行者 小说丛报社”“印刷者 中国图书公司和记印刷所”“总发行所 小说丛报社”等。书前有广告一页，载哀情小说《武林秋》(一厂著、铁冷评)的广告。广告云：“是书用白话章回体述海上花丛中某少年之艳史。语语真实，节节离奇，而描摹社会情形亦极透澈。共三十二回，凡十五万言。精印一厚册，定价六角。”次为《泣路记目次》《泣路记自叙》。书后有广告2页，分别载哀情小说《孽海双鹣记》(杨南村著，沈东讷评)、侠情小说《蝴蝶儿传》(丁悟痴著、徐枕亚评)、恢奇小说《惧内秘记》(铁冷著，东讷评)的广告。

其中《孽海双鹣记》的广告云：“是书为湘南抒怀斋主杨南村先生所著。先生为当代文豪、小说巨子，佳辞妙语，誉在江东。特草此编，尤为鸿制。中分二十章，凡八万余言。情节新奇，文笔雅丽，实足使人拍案叹观止，诚言情小说中不可多得之作。又请东讷先生详加评语，或缠绵旖旎，或慷慨激昂，尤足指孽海之迷津，补情天之缺憾。而柏生先生所画双美封面，亦极俊秀。三大特色屹然鼎立，阅者幸勿交臂失之。现已出书，定价大洋五角。”《蝴蝶儿传》的广告云：“书叙前清时山东一女侠，名蝴蝶儿，因其情人无辜陷狱，设法营救，演出种种骇人听闻之事。而前清官场之龌龊，亦可于是册中得其真相，足令阅者拍手称快。可作《儿女英雄传》读，亦可作《官场现形记》读。全书分三十二回，共得五万余言。书已付印，不日出版，特此预告。”

小说讲述了崇祯皇帝之子定王（即朱三太子）流亡民间、历尽劫难，最终遭清王朝杀身灭族的故事。小说除“楔子”外，共20回，书名取自杜甫的诗句“腰下宝玦青珊瑚，可怜王孙泣路隅”。崇祯崩于煤山后，定王出逃，数年间辗转流落，一度出家为僧，多人因护他而死。年十九，定王与余姚士人刘朝度之女成亲。其所藏黄衫及符玺失窃，身份败露，定王受刘氏家族排挤，无奈出走。他以教课为业，又为人聘为记室，被称之为“张先生”。后举家迁居吴中，暮年以读书课耕为乐。昔日友人一念和尚劝其图谋兴复，遭其拒绝，一念竟以扶立朱三太子之名，图谋起义。事情败露后，张先生一家被处决，清廷又大肆缉捕嫌犯，株连极广。在小说中，朱三太子（张先生）历尽沧桑，看淡世事，不过是一个勉为良民的忠厚长者及宿儒，但仍不免杀身灭族的命运。许多无辜的人牵连其中，亦遭受屠戮。由此作者大为感慨：“吾笔至此，吾以为帝王相斫之惨剧观止矣，虽有他事，蔑以加矣！ 呜呼！ 物极必反，共和之理不即基于是哉？ 然而有嗜脍残之鱼、拾腥秽之痂者，则何说也。”作者既有感于专制之残毒及共和之必然，又联系时事，暗批欲行专制如袁世凯之流。小说情节复杂，所涉人物众多，有相当一部分事件仅粗陈梗概而已，不过作者对朱三太子的叙写还是颇为精彩的。

20.《火星飞艇梦》 蒋景缄著

中华民国四年(1915)十一月初版，上海进步书局印行。一册，84 页。

封面题“理想小说火星飞艇梦”“上海进步书局印行”。正文首页题“理想小说火星飞艇梦”“钱塘蒋景缄译”。版权页题“中华民国四年十一月初版”“每部定价洋二角”“编译者 钱塘蒋景缄”“发行者 进步书局”“印刷所 文明书局”“发行所 文明书局”“发行所 中华书局”等。书前有广告页，刊上海文明书局所发行的《太平天国轶闻》及《清代声色志》等书的广告。次为《火星飞艇梦提要》。

该书虽署“编译”，但查考其内容，似应视为创作。小说中的“余”为中国某报馆记者，在睡梦中受火星上烈炎国之渥格博士的邀请，乘飞艇至该国游历。在飞艇上，“余”教授渥格华语，当“余”抵达该国后，“即有报馆新闻记者走访余，详询余以吾华之政体、之军事、之外交、之财政”。诸类叙述说明，该书或许有所本，但又带有十分鲜明的再创作色彩。小说写火星上各国皆崇奉“希灵”即“不自由神”。希灵为格林顿国人，重视工业、持不自由主义。格林顿国原本实行君主专制，民党志士爱森林姆发动革命推翻了专制政权，建立了共和政体。不过，“社会每举一事，既不依据法律，复不顾全公德，行政者偶有措施，动以专制相诮”。面对此种情形，爱森林姆遂退位让贤，鼐克利接任。鼐克利任用希灵为顾问，在全国强制推行了不自由政策。后来希灵虽被暗害，但其推行的政策逐渐取得实效，于是火星上各国皆奉不自由主义为圭臬。小说中的这段描写，实则影射了民国草创之初的情状。小说又写及烈炎国与毗邻的强国威刚的诸种外交、军事上的冲突，亦影射了当时中国所面临的外交困境。总之，作者写作是书，主要出于反思时势的需要，尤其是对于当时流行的“自由”议题，作者借此书表达了自己的保守立场。小说标目为“理想小说”，实则具有一定的科幻小说的意味，尤其是写“余”乘飞艇时的种种见闻，颇具奇思妙想。但作为小说，存在观念先行、人物形象单薄等不足。该书《新编增补清末民初小说目录》未著录。

21.《双城女子》十二章 徐吁公著

民国五年(1916)二月上海小说丛报社发行。一册，铅印，114页。

封面题“双城女子”“徐吁公著”“东讷□”(上图所藏本封面残缺，“东讷”后之文字缺失)。正文首页题“奇情小说”“双城女子”“东海徐吁公著”“四忏词人评”。版权页题“丙辰年阳历二月十五日初版”“双城女子”“定价二角”“著者 东海徐吁公”“评者 四忏词人”“发行者 小说丛报社”“印刷者 中国图书公司和记印刷所”“总发行所 上海小说丛报社”等。书前有广告页三页，刊载《孽海双鹣记》《武林秋》《泣路记》《铁冷碎墨》《野草花》《蝴蝶儿传》等书的广告。次为《双城女子目录》。次为乙卯年作者自序、谢素声序、甲辰年葛荫春序、丙辰年王绮序、崔昆玉序、穆辰公序、丙辰年尊闻阁主人序。次为黄玉峰、苏生、葛廉夫等人的题词。书后有四忏词人跋。

作者自序云："往读郑卫之诗，慨乎其俗之敝也。今之文人好逞绮思，采兰赠芍之词如三峡之倒流，滔滔满地。艳语固不足以诲淫耶？则余将何辞焉。不然者，登徒好色，洛妃伤春，观兹男女众生，衍为罪恶，宋玉曹植辈恐不得辞其咎也。余少而痴顽，好为艳语，妃黄俪白，人争爱之。每读少作，殊添恐怖，以无赖游戏之辞，已多半流落人间，误煞苍生矣。年来失意，万缘枯寂，耿耿于怀，靡穷追悔者，唯此一椿孽案。《双城女子》之作，聊当忏悔已耳。乙卯岁除夕徐吁公书于京寓。"

小说写山东红柳村有一少女名红红，字双城，其父为镖客，双城亦雅好技击。同村少年柳生与双城彼此爱慕，但双城被父母许配给了钱氏子。双城嫁钱氏子后，虽受虐待，却并无怨尤，甚至写信开解柳生。同学赵生散布谣言中伤双城与柳生，双城遭其夫毒打，但仍表示安于命运。赵生因觊觎双城，将钱氏子害死，双城则不知去向。柳生至广东，某日竟在珠江看见双城为赵生侑酒。次日柳生闻报，妓女小红杀死赵生后逃逸。柳生北上途中遭遇匪徒，为双城所救。双城救人后飘然而去。作者写作是书，颇有宣扬传统道德之意，小说中的女主角双城贞洁而侠义，被塑造成了所谓理想道德的化身。双城精于技击，并非柔弱女子，但仍将婚姻不幸视为命运的安排，无反抗之意，这种"知其不可奈何而安之若素"的思想大概也是作者自身心理的写照，毕竟作者"遭逢之不偶，与双城相仿佛"（四忏词人跋）。小说的前数章夹杂诗词较多，语言缛丽，情节的推进较慢。后半部分的故事虽一波三折，无奈节奏太快，行文颇见仓促。樽本照雄《新编增补清末民初小说目录》著录："《双城女子小史》（警世小说），上海小说丛报社 1916. 2。”按：本叙录所录之书，即小说从报社 1916 年 2 月版，但该版本之封面、正文首页及版权页，所题书名皆为“双城女子”，并无“小史”二字。另，该书之正文首页，所题小说类型为“奇情小说”，并非“警世小说”。

22.《十五度中秋》四十章 张冥飞著

民国五年(1916)三月上海民权出版部发行。一册，186 页。

封面题“十五度中秋”“无垢”。正文首页题“十五度中秋”“长沙张冥飞著”。版权页题“中华民国五年三月十五号初版”“十五度中秋”“每册大洋五角”“著作者 长沙张冥飞”“发行者 民权出版部”“印刷者 中国图书公司和记印刷所”“总发行所 民权出版部”等。书前有广告两页，刊民权出版部发行之书数种的广告。次为张海沤序、蒋箸超序、叶楚伧序、丙辰二月杨尘因序及三篇作者自序。书后有广告两页，刊民权出版部发行之《萧斋说集》《兰娘哀史》《孽冤镜》《葡萄劫》等书的广告。版权页后附“珠树重行录出版”之广告。

书前广告有颇可注意者，赘列三条：(1)《铁冷丛谈》：“是书之优点在以挽救颓风为主脑，与志异说怪者迥乎不同。且既严于搜罗又工于藻饰，以萧家三品之笔续虞初九百之书，炳炳麟麟，洋洋洒洒，诚剳记小说之巨擘而亦刘君铁冷之杰构也。书凡十万言，都八十余章，初版校雠匆促，多有豕亥鲁鱼之误，现已再版，详细更正。爱读是书者请捷足得之。”(2)《锦囊》：“近今以来，国粹浸微，章句之学每况愈下，间有率尔从事者，类皆侈亵诨之词，不足为风骚之继。

枕亚双热两君有见于此，因而有《锦囊》之辑。洒去珊瑚之网，搜来金玉之音，洵众美之毕收，读百回而不厌。虽范围较狭，无非芳草美人，而模样从头，当得黄钟大吕。书已再版，装订精良，定价五角。”(3)箸超著《蝶花劫》：“《蝶花劫》，哀情小说也。著之者何人？ 箸超也。箸超何为著是书？ 海虞吁公实饷之。癸丑秋曾披露于《民权报》，惜未告终止，而仓促之间，结构又欠细致。今经改削，完全脱稿矣。内容都十八章，凡七万二千余言，言情则流露皆真，用笔亦巨细不苟，借哀情之题目寓警世之苦心。至词料之丰富，尤其余事。佐以汪君绮云之水彩画，令阅者爱不忍释，诚遣情之极品也。定价五角。”书后广告，其中《萧斋说集》云：“年来出版小说，风尚所趋，泰半靡靡亡国之音。萧斋先生忧人心之堕落，爰出其所著小说四种曰(梦游桃花运记)、曰(石室仙人记)、曰(小廊半日记)、曰(一夜之地狱)，汇为一集。其理想之超轶、才气之瑰宏，文如天马行空，为小说界之药石，为学界作文之模范。至其事迹之幽秘，尤令阅者忘倦。每册三角。”

蒋箸超序云：“小说，社会教育之一也。昔之小说，言才子佳人，私定终身，言一夫多妻，易钗而弁，以今日之眼光观之，不值一哂也。无他，社会不同矣。今之小说，言自由恋爱，放浪形骸，言幽期密约，曲绘横陈，以他日之眼光观之，其必不值一哂也。则社会又不同矣。故今昔之小说，皆顺社会之趋势以产出者，非能教育社会者也。是以社会小说不多见，而写情小说则汗牛充栋而未有已。岂不以社会小说多讽刺社会之罪恶，写情小说能迎合社会之心理哉？ 吾尝纵览今昔之社会小说。若《水浒》，写官吏之迫人为盗甚显明也，而其写奸雄借金钱之力以笼络人心，则其旨微矣。若《儒林外史》，写势利小人之态度甚显明也，而其写名士纯盗虚声以罔市利，则其旨微矣。若《官场现形记》，写官场之卑污苟贱、无恶不作，甚显明也，而其写钻研之门径、倾轧之手段，则其旨微矣。若《二十年目睹之怪现状》，写人类之龌龊贪鄙，甚显明也，而其写家人骨肉趋忘义，则其旨微矣。然而之四书者，虽脍炙人口，而阅者多谓其无余味，是知社会小说在今日之社会中，信不能与写情小说抗衡矣！ 然吾观今之写情小说，云谲波涌，百怪杂糅，要之不过才子佳人自由恋爱八字，足以尽之。又岂不以才子佳人者，世界之宝，而自由恋爱者，又才子佳人之宝哉？ 虽然，宝则宝矣，而当作者未捉笔未伸纸未挥毫疾写以前，终不免有迎合社会心理之一念，而因以为名焉，而因以为利焉。而于是小说之为小说也，乃汗牛充栋而不可已矣！ 张子冥飞，善写社会之情状者也，而不闻写一社会小说，乃以新作写情小说《十五度中秋》者来请序，则是张子犹未免有迎合社会心理之心欤？ 则是张子亦不善用其所长也已。故吾之序之也，不以誉而以规。古越蒋箸超。”

小说第一章“归舟”以第一人称写劫后余生出狱后重归故里的情景。适逢中秋，舟行于若耶溪上，劫后余生感慨联翩，在梦中思念起了昔日的爱人。 小说接下来的部分正面讲述了劫后余生及其爱人(即本书的男女主角)的曲折人生故事。萧镡(字铁云)与陆孟琬青梅竹马、缔有婚约。铁云接受其族兄萧鏐(字一峰)的建议，前往东京的工业学校留学。铁云结识了日本女子井上芳子，竟为之心动。一峰斥责铁云亏负孟琬。铁云愧疚，于是疏远芳子。因留学生与日本政府发生矛盾，风潮不断，一峰与铁云暂时回国。再至日本后，铁云托一峰修书，表示想迎娶孟琬。此时孟琬之母丧，因丧期未满，孟琬辞婚。铁云思念孟琬，某日写《秋中月影记》，备述历年中秋与孟琬相处的情状。孟琬之父病亡，铁云闻讯回国，治丧完毕后再至日本。铁云与井上芳子重燃爱火，铁云虽感惭愧，却难以自持，不久，芳子染病身亡。孟琬的父妾非花竟与奸人合谋玷污孟琬，孟琬识破后，驱逐了非花。非花纵火潜逃，孟琬无家可归，前往武昌寄居于婶母何夫人家。何夫人的丈夫已逝，膝下仅二女，名苕姑、华姑。族人觊觎何夫人的家财，频频以立嗣相扰。萧一峰归国，任南京武备学堂教习。是时南北洋军大会操，一峰兼任督练官，趁机在军中宣传革命理念，并引导铁云投身革命。时值暑期，铁云回国探视孟琬，刚至武昌，竟遭陆氏族人告发为革命党，被捕入狱，后为一峰搭救。铁云与一峰再赴日本。此时革命党内部出现矛盾，一峰愤而出走。驻日公使怀疑铁云为革命党，取消了他的公费资格。铁云奔赴香港，为革命党制造炸弹。黄花岗起义爆发，有七十二烈士牺牲，一峰即其一。不久，四川掀起保路运动、武昌起义爆发，铁云赶赴武昌。何夫人先后迁居至汉口、长沙、湘潭。亲家程家遭盗匪洗劫，亲家程翁、苕姑及其夫婿不幸死亡。程翁之妾朱氏的侄儿朱艺亭觊觎华姑貌美，求婚不成，竟杀死何夫人。铁云被任命为军政府参谋，访得孟琬的消息，赶赴湘潭。因中部时局动荡，孟琬等迁居至上海。铁云为求革命速成，欲北上开展暗杀行动。与孟琬诀别时，孟琬誓言绝不负铁云。其后南北议和，民国成立，铁云则一直杳无音讯。孟琬作《孤燕歌》以自悼，后与华姑迁居绍兴。朱艺亭又现身，逼嫁华姑。孟琬一方面寻求教会的帮助，一方面巧设计谋，终使朱入罪。铁云至北京欲刺杀良弼，不料行刺前被逮捕入狱，此后在牢中艰难度日，亦无法与外界通信。铁云在狱中，补充近年之事，续写《秋中月影记》。又逢中秋，孟琬祷月之际，铁云意外归来，原来铁云获日本狱医搭救得以出狱。两人阔别重逢，是时铁云已28岁，孟琬27岁，订婚15载后始成婚。婚后的首个中秋佳节，二人共读《秋中月影记》，决定游历海外。

小说主要写十五年间陆孟琬与萧铁云这一对恋人的坎坷人生，时空跨度较大。作者写男女主角的经历时，紧紧依托于当时的政治及社会现实，小说亦因之显得波澜壮阔，有较浓郁的历史气息。小说的女主人公陆孟琬在15年中，经历了死丧之痛、室家之累、兵戈寇盗之警与转徙流离之困，依然坚贞果敢、聪慧决断，展现出崇高的美德和顽强的生命力。因作者的笔触细腻，铺叙耐心，所以陆孟琬这一人物颇具感染力，并不显得概念化。作者又有意识地以铁云陪衬孟琬，"写孟琬，乃不得不兼写铁云，然而宾矣"（作者自序下），所以写萧铁云与日本女子恋爱，虽明知亏负孟琬，仍对对方不能忘情。作者如是安排，反倒使萧铁云这一形象变得较为立体和丰满。本书糅合了社会与写情两大因子，在民初小说中，本书颇为不俗。樽本照雄《新编增补清末民初小说目录》著录了该书，但将书名中"中秋"二字误写为了"春秋"。

23.《镜中人语》 劫后生著

民国五年(1916)三月上海进步书局印行。一册，102页。

封面题"社会小说""镜中人语""上海进步书局印行"。正文首页题"社会小说""镜中人语""劫后生著"。版权页题"中华民国五年三月初版""每部定价洋三角""编辑者 劫后生""发行者 进步书局""印刷所 文明书局""发行所 文明书局""发行所 中华书局"等。书前有上海文明书局发行以下小说的广告：《猩娘小传》（奇情小说)、《刺蔷薇》(军事小说)、孤雏劫(奇情小说)、《火星飞艇梦》(理想小说)。次为《镜中人语提要》，曰："是书叙述近来人心风俗之现相，有声有色，惟妙惟肖。阅之能令人时而喜笑，时而怒骂，燃犀之炤无此穷形尽状也。事实既确凿有据，文笔亦庄谐兼作，稗官小说之有益社会，断推此种。"封底有上海文明书局发行林纾译作《利俾瑟战血余腥记》及《黑奴吁天录》的广告。

小说写青年学生王镜人(名鑑，号镜人)在日本留学时，与同学范静仪自由恋爱。因母亲重病，镜人回国。镜人在寻医途中竟遇猛虎，幸得一位老者拔枪相救。老者名刘潜菴，是镜人父亲的生前好友，其外甥女正是镜人的对象范静仪。刘潜菴邀镜人至其居住地"小桃花源"小憩。小桃花源民风淳朴，潜菴常诫之以"纲常名教之重，立身行己之要"。两人还议及近时的学风与道德。经潜菴治疗，镜人的母亲病愈。镜人的堂弟剑岑向镜人谈起衣肆老板甄渊甫被捕之事：县令的亲戚持假币前去购衣，被甄渊甫拒绝，县令竟以私售军械罪逮捕了甄，在勒索大笔金钱后才将其释放。剑岑又述及果实铺老板陈三的遭遇：学界贵胄某常去果实铺白拿货物，陈三向其索要欠款时，竟遭其殴打。某教士欲为陈三讨取公道，陈三不想外国人为自己出面，拒绝了教士的好意。镜人去自家开设的当铺探查，提出了减利惠民的措施。镜人听说同学谢喻颜的父亲为了还清贷款，不惜变卖字画，镜人于是写信给谢喻颜，劝其勿一入政界即置父母于不顾。某日镜人与友人卓然君谈论沪上提倡国货的情形。卓然君认为国货不敌舶来品，原因在于中国的教育不注重实质，镜人则认为解决之道在于"必使人人有爱己爱群爱国之心"。富翁莫有润依靠不法手段发迹，十年前曾向镜人之父借千金，但未立字据。镜人前去催讨，遭其抵赖。莫有润的子女全是无德败家之徒，其女儿不守妇道，现混迹于学界。镜人在返家途中，见一不孝子百般凌虐其父，不禁义愤填膺。回到家后，有一伊姓老翁主动来归还多年前的欠债，镜人不受，老翁将钱捐给了学堂。辛亥革命期间，镜人拿出钱、米分赠给有困难的亲友。静仪从日本回国，被某女校聘为教员。莫有润之子莫珂鸣欲强暴静仪，静仪施出催眠术催眠莫珂鸣，安全脱身。经潜菴做媒，镜人与静仪终于成亲。镜人最后捐资办学，莫有润则家败人亡。本篇小说在命意和结构上都十分接近《二十年目睹之怪现状》一类的谴责小说，作品以王镜人的行踪为线索，通过其所见所闻，既暴露了一些丑恶的社会现状，也较为广泛地讨论了作者所关心的社会问题，小说的褒贬甚明。该小说亦有晚清谴责小说“笔无藏锋”的特点，人物有概念化之嫌，结构的安排较松散随意。

24.《飞英劫》十章 白蝶魂著

民国五年(1916)五月上海小说丛报社发行。

封面题“飞英劫”“枕亚书眉”“小说丛报社发行”。正文首页题“飞英劫”“白蝶魂著”。版权页题“民国五年五月一号初版”“飞英劫”“定价大洋五角”“著作者 白蝶魂”“发行者 小说丛报社”“印刷者 中国图书公司和记印刷所”“总发行所 小说丛报社”等。书前有《飞英劫目录》。

小说写姑苏女子金飞英的坎坷人生。金飞英三岁丧母，受远亲林鹤笙及其妻朱氏之邀，飞英与父亲金慰廷前往琴川，寄居林家。林鹤笙在江汉之地经商，遭手下方、李二伙计出卖，货物被洗劫一空，自己也病死异乡。金慰廷赴江汉料理被劫案，又为方、李两人诬陷，因之下狱。因林家债台高筑，飞英卖身救父，沦为妓女。飞英才色俱绝，很快即艳帜高张。客人中有陆生者，与飞英相契，愿娶飞英，但陆生已婚，飞英表示不愿为妾。后陆生暗中留下四百金与飞英，自己则流连风月场，窃愿飞英动怜而嫁己，不久竟因纵欲而病亡。飞英发现陆生留赠的金钱与书信后，懊悔不已。朱氏将飞英卖给张雍儿为妾，飞英逃离琴川，途中结识了女学生蕴玉。经蕴玉的介绍，飞英进入上海某校求学。为了摆脱朱氏与其子的纠缠，飞英又转学至汉口。两年后，武昌起义爆发，飞英在逃难途中，遭歹徒觊觎，无奈之下投江，但被舟子救起。同舟妇人银倩怜惜飞英的遭遇，邀其至苏州同住。飞英游留园时，邂逅了雪痕。雪痕出身于官宦之家，毕业于华盛顿大学，曾游历日本，武昌起义时投笔从戎，现为都督府参谋。雪痕择偶甚苛，但对飞英倾心不已。飞英为雪痕的痴情打动，与雪痕成婚。张雍儿提告雪痕串拐其侍妾飞英，但败诉。雪痕与飞英伉俪情深，新年后，雪痕以南京有差事相告，辞别飞英。雪痕一去竟不复返，且杳无音讯。某日，飞英收到雪痕来信，方知事件始末：二次革命兴起后，雪痕投身革命，事败流亡海外，有家难归。飞英在家中苦候雪痕，“破镜重圆，正不知待于何日。”在民国初期，写女子历劫的小说甚多，此篇则较有特色。小说写飞英之坎坷命运，与时代风云的结合较为紧密。尤其是第六章“求学”至第十章“望夫”，以上海的新式学校及武昌起义、二次革命等为背景，并且时代风云与人物的命运有直接的关联，这使作品平添了几分时代气息。此外，小说写女主角飞英的心理及行为，还算细腻妥帖。飞英历经磨难，又因偶然的机缘受到了新式教育的熏陶，性格坚韧、心智圆熟，行事风格不同于普通的闺阁女子，作者对飞英的塑造还是较为成功的。小说语言缛丽，写景好用骈语，但写人物对话时所用之典故及骈语较显酸腐。

25.《雨濯莲花》三十二章 闲鸥著

民国五年(1916)九月上海民权出版部发行。一册，185 页。

封面题“雨濯莲花”“无垢题”。正文首页题“奇情小说”“雨濯莲花”“闲鸥著述”“箸超评校”。版权页题“中华民国五年九月一号初版”“定价大洋五角”“著述者 闲鸥”“评校者 蒋箸超”“发行者 民权出版部”等。书前有广告两页，刊民权出版部发行《民权素》《茉莉花》《留东外史》《萧斋说集》《珠树重行录》《兰娘哀史》诸书的广告。次为《雨濯莲花目录》。版权页后附广告 3 页，刊民权出版部发行《葡萄劫》《十五度中秋》《铁冷丛谈》《锦囊》《蝶花劫》《求幸福斋随笔》诸书的广告。其中《求幸福斋随笔》的广告云：“书为何海鸣先生最近手笔……书名曾一现于春间，顾其时著者身为逋客，文网严密，发行阻碍，令人有闻声不见之叹。比者日月重光，人书咸享自由，兹蒙先生畀以行世，且将旧作严加润删，复增新稿五万字，都十余万言。先生事业文章，彪炳当世，凡仰止景行者允宜人手一编焉。 书已出版，定价七角。总发行所民权出版部。”

小说写小说家毕湘帆为了搜集素材，化名“毕助”到魏悭藏家当佣人。悭藏之女莲姑貌美温雅，其父欲将其许配给冒充富商的无赖葛礼。莲姑请求毕助带她离家出逃，毕助应允。毕助将莲姑带回已家，莲姑始知毕助即小说家毕湘帆。莲姑与湘帆的父母及妹妹兰娘相处融洽，又学习制衣，以图自立。湘帆将写好的小说带至书林报社出售，竟遭拒稿，好不容易卖给少年丛报社，仅获五十金。莲姑外出游玩时，遭表兄平助骚扰，幸得二男子欧阳惕声、岑尔音及时解围。湘帆游览西湖时，遇到一位“中央代议士”（国会议员），与其大论朝政。又有一老者，自称“觉罗氏嫡族”后人，得知湘帆是小说家后，老者建议湘帆以冷红生自砺。湘帆返家后，与莲姑订下婚期。魏悭藏病重，莲姑返乡省亲。莲姑担心其父嫌弃湘帆贫寒，竟不敢承认已与湘帆有婚约。在悭藏临终之前，为了令其心安，莲姑同意招赘岑尔音为婿，岑尔音遂与莲姑成婚，改名魏承业。莲姑不肯与承业圆房，遣侍女寄信给湘帆，但信函为欧阳惕声拦截。欧阳惕声骗称，已将莲姑成婚的消息告知湘帆，湘帆失望之下，也与莲姑的同学菊姐成亲。莲姑遂同意与魏承业合卺。五年后，魏承业当选议员，在议员夫人的聚会中，莲姑遇到菊姐，得知菊姐并未与湘帆成婚，湘帆迄今仍然单身。莲姑又听到众人讨论毕湘帆的自叙体小说《未了缘》，大受触动。莲姑拜访毕家，在湘帆的卧室，见到自己的画像。莲姑向魏承业提出离婚，魏同意。湘帆为了让莲姑与魏承业重归于好，竟将莲姑拒之门外。欧阳惕声做媒，兰娘嫁魏承业。几经辗转，莲姑终于嫁给毕湘帆。

民初小说所传达的道德观念大都保守，但此书写莲姑逃婚离家、离婚再嫁等，完全打破传统的贞节观，作者的思想毫不迂腐。小说题署为“奇情小说”，毕湘帆与莲姑这一对恋人的离合是作品的主要线索及叙写重心，除此，作品又用了不少笔墨描述当时的社会现状，小说家的生存处境、议员的活动等在作品中均有所反映，所以此书又具有社会小说的因素。小说于魏悭藏之悭吝、毕湘帆之窘迫、议员夫人之自以为是等，颇多讽刺，笔法夸张诙谐，因此就风格论，此书又不无滑稽讽刺小说的特点。

26.《打单》三十章 梁翀著

民国六年(1917)二月上海小说丛报社发行。一册，168 页。

封面题“打单”。正文首页题“秘密社会实事小说打单”“浈川博陵居士著”。版权页题“中华民国六年二月十日初版”“定价大洋五角”“著作者 梁翀”“发行者 小说丛报社”“印刷者 中国图书公司和记印刷所”等。书前有广告一页，刊徐枕亚小说《兰闺恨》《余之妻》、俞天愤小说《中国新侦探案》等书的广告。次为《打单目录》。版权页后刊《小说丛报社出版书目》。

据小说第一章《开端绪述》，作者梁翀为广东人，曾留学日本，回国后在江浙一带经商。“打单”乃粤语，意指盗贼恃其声威，向民众尤其是豪商富室勒取钱财的行径。其特别之处在于，盗匪会事先投递名片，写明索要之钱物，至于所勒之数目，双方则可以酌情商定。事迄后，双方相安无事。小说写广东西江沿岸的六围村，有储忠、植福二堂，二堂本同房近支，为当地望族。某日，二堂忽然收到打单，称索要千金，限于某日交至墟内酒肆长亨店。二堂回函要求减金，盗匪同意稍作削减。植福堂诸人仍感不堪重负，遂遣刚从沪上归来的叔伯兄弟阿零向寄居于澳门的治纲求救。治纲少年时曾参加乡试中举，因不满朝政而放弃仕进，漫游世界。后跟随唐才常从事革命，事败，改营实业。民国以来，仍“隐于商而志于学”。治纲向阿零面授机宜，建议他单独与盗首谈判。返乡后，阿零果然在约定之日独自前往长亨店。阿零向盗首说明：储忠堂的大部分钱财在外地，该堂乡居的人少，所持钱财亦寥寥无几；植福堂的主要收入来源是田产，灾后歉收，筹措资金十分困难。阿零又暗示二堂已多购武器，随时可能铤而走险。盗首同意将索金减少，以次日为期。次日，阿零再至，但表明乡众及二堂并未允诺。群盗大怒，欲对阿零不利，阿零趁乱攫得手枪。盗首终为阿零的气概所折服，将索金减至三百金。此事结束后，阿零返回上海，向“余”讲述了事件始末，“余”草成此书。

此书讲述了发生于岭南的一桩打单事件，纾解打单危机的两个关键人物阿零与治纲皆是在外乡历练、受新学熏陶甚至沐浴了欧风美雨的人物。作者如此安排，其宣扬新学、呼唤现代文明的意旨十分彰显。在叙述中，作者穿插了大量的关于时政、世风的议论，也有不少粤地民风民情的描写。如小说写植福堂收到打单后，召集乡众商议，作者便借“民史氏”之口发表了长篇的议论，从乡人莫衷一是的情形论及在朝政客与在野名士各自为阵、党同伐异的现象，并对南北若鸿沟、中央与地方如秦越的时势表达了不满。作者之所以“附以道德之倡言、政治之论列”，是希望以此书考见“一方之风土人情，一隅之民生世局，是或足为他日言民史者几微之参观也。”作者在叙述时，又采用了纪实的笔调，如使用第一人称讲述者、强调“特就实地、确迹、现势、时情而演之”等。基于诸上因素，此书的确有异于当时一般的写情述异之作，呈现出几分“小说变体”的意味。正如作者在第三十章《例言》中所述：“近日所谓新小说者，大都译自欧美各说部之通称，此则非也。所谓旧小说者，大都以纤文绮语叙男女之私、以白话俚辞述专制时之公案，或弹词传奇之通称，此亦非也。所述实为吾国社会之确况，岭南一方之实迹，然是亦小说一派也。”虽强调据实而录，但作者亦直言并未摒弃虚构与“点缀装饰”，可见作者对小说的认识还是颇为合理的。此书在“以纤文绮语叙男女之私”的民初小说中显得独树一帜。

27.《鸳鸯血 红丝网》 天虚我生著

民国六年(1917)六月上海中华图书馆发行。一册。

封面题“鸳鸯血 红丝网”“上海中华图书馆发行”。版权页题“中华民国六年六月初版”“鸳鸯血红丝网合刊”“定价大洋一角”“著作者 天虚我生”“发行者 中华图书馆”“印刷者 中华图书馆”等。此书乃两个故事的合刊,《鸳鸯血》的首页题“奇情小说”,《红丝网》的首页题“言情小说”。

《鸳鸯血》写巨绅孟苹淮之弟孟载蓝与大家闺秀叶斐兰成亲后,叶斐兰拒绝同房,且不告知缘由。载蓝被兄长派往上海公干,待再度返家,竟看见斐兰怀抱婴儿,称兄长苹淮之妾诞下一子后,服毒身亡,原因不明,兄长将婴儿托付给斐兰照料。载蓝欲娶烟花女子苏媚梨为妾,托报馆记者尤默恩撮合之。媚梨与报馆编辑狄蔼香相好,狄蔼香鼓动尤默恩,称若能成全自己与媚梨,将酬付千金。尤为金钱驱使,竟行刺孟载蓝,事败后逃遁。孟载蓝某日至苏媚梨处,夜宴后竟离奇死亡。狄蔼香涉嫌被捕,苏媚梨为救狄,亦自称是凶手,二人皆遭拘捕。审判之日,叶斐兰意外现身,她在投寄状词后,自刎身亡。据叶的状词,官府拘捕了孟苹淮,他认罪后自杀。后来某报披露了此案的来龙去脉:原来孟苹淮与叶斐兰有私情,叶怀孕三月后,被安排嫁孟载蓝。孟苹淮又移花接木,以叶所生之子为妾子,并用鸳鸯之血毒死其妾以灭口。因孟载蓝提议分家,孟苹淮一不做二不休,又用鸳鸯血毒死了孟载蓝。叶斐兰良心不安,投案自首。《红丝网》叙写了一个“无巧不成书”的爱情故事。某日,学生鲁席珍收到了同学苏爱娜的书信,称其心上人林蕊馨已有婚约在身。鲁席珍向林蕊馨求证,林否认。事实上,鲁席珍本人亦有婚约,为了逃婚,他变易姓名,在外四年。又某日，鲁席珍接到父亲的家书，称婚约已解除，可将当年交换的信物玉鱼坠归还对方家庭。席珍取出玉鱼坠时，玉坠已被压碎，适逢苏爱娜看见，苏遂用红丝线编织成网，盛装玉鱼坠。与此同时，林蕊馨也接获家书，称同意她与鲁席珍成亲。鲁、林新婚之日，彼此见到信物，方才知道对方即是从前订婚的对象。

是书又有上海中华图书馆民国八年（1919）六月的再版本。《鸳鸯血》原载于1912年11月20日至12月1日的《申报·自由谈》，《红丝网》原载于1914年2月13日至19日的《申报·自由谈》。两篇小说最早的合刊本即为本叙录所著录之版本，二小说并未分别单行出版。《新编增补清末民初小说目录》将1917年6月合刊的二小说分开著录，易令人误会为两个单行本。

28.《江上青峰记》二十四章　黄花奴著

民国六年（1917）十一月国华书局印行。铅印，平装。一册，154页。

封面有仕女图，题“红羊佚闻”“江上青峰记”“花奴”。正文首页小字题“红羊佚闻”、大字题“江上青峰记”，著者署“白沙黄花奴著”。版权页题“民国六年十一月出版”“江上青峰记壹册”“定价大洋六角”“著作者 黄花奴”“校订者 包醒独”“发行者 国华书局”“印刷者 国华书局”等。

小说写长沙女子沈绛雪父母双亡，听闻洪秀全、杨秀清的军队逼近长沙，绛雪遂携老仆陈义、佣人徐妈等雇舟前往苏州投靠表兄即未婚夫俞紫云。陈义昔年为江湖大盗，人称“铁臂大王”，因受沈氏恩遇，为沈氏仆。舟子乃父子二人，名刘三、刘英，其中刘三昔称“湖南大侠”，驰名江湖。绛雪等所乘之舟在某地停泊时，骤遇劫匪。刘三、陈义上岸追杀，不料中调虎离山之计，船只反为盗贼劫走。刘三、陈义亦因此踏上了寻找绛雪的漫长征程。二人先往盗窟所在地杜家山，与盗魁张八彪展开打斗，后获知绛雪与另一被掳女子姚佩珠已被张八彪手下殷龙带离盗窟。刘三、陈义沿江而下，一路寻访，至金陵、苏州，未见绛雪。在逆江返程时，二人遇到本与绛雪同行的佣人徐妈。徐妈称殷龙将雪姑和自己一行人救出后，先将姚佩珠送回老家，在去苏州的途中，殷龙被手下杀死，自己与雪姑投江。自己被人救起，雪姑则下落不明。其后，刘三前往杜家山，陈义继续寻找绛雪。在某小村落，陈义见到酷似绛雪的女子张雪珠，得知邻村某叟从江中救起一女子，或即为绛雪。陈义奔赴邻村，却被告知绛雪已前往苏州。陈义立即赶赴苏州，又被告知绛雪并未至俞家。此时洪杨军队已攻陷金陵，长江以南全归为太平军的势力范围。在刘三的劝谕下，张八彪加入洪杨军。刘三与失散的儿子刘英意外重逢，刘英自述：当日船只被劫走，自己亦受伤，流落江湖，后来充当了太平军某王的家丁，现打听到绛雪已为某王爱姬。刘三听罢，与友人郭剑虹夜探王府，但发现某王爱姬原来是张雪珠。数年后，陈义与老友刘三重逢，绛雪仍渺无音讯。又过数年，曾国荃军队攻破金陵，张八彪战亡，刘三父子、陈义、郭剑虹护送百姓出城，做了许多侠义之事。洪杨败后约数年，一中年道人在船上听人讲述旧闻：在战乱中，一位名叫沈绛雪的女子始被太平军某将掳获，复落入清军某将手中，沈绛雪刺杀某将不成，被残忍处死。其旧仆陈义复仇后死亡。道人即沈绛雪的未婚夫俞紫云，二十年来尽尝飘泊之苦。

全书以太平天国起义为背景，写一女子在战乱中的不幸遭遇，并由此写及相关人等为寻访女子而历经艰困，作者对这场让生灵涂炭的战争充满了挞伐之意。小说以寻访沈绛雪的下落为线索，十分细腻地刻画了刘三之侠、陈义之义，也间接写出绛雪之贞烈。全书想象丰富、情节曲折，故事所跨越的时间与空间皆较为宏阔，但叙写丝毫不乱，展现出作者较强的结构能力。小说写女主角之不幸与节烈，主要是经由他人的转述，作者将直接聚焦的对象定位为寻访女主角的侠义之士，由此使得小说的视野更为开阔、作品的风格亦颇为阳刚。小说有部分描写十分出彩，如第四章写长江风景、写绛雪目睹刘三、陈义二人角艺等，堪称精彩。不过，该书的缺点也相当明显。小说的第十一章至第十七章皆是徐妈讲述绛雪被盗匪劫持后的情况，以长达七章的篇幅来转述一个事件，未免详略失当，且作者用语文雅，未能尽拟下人之口吻。另外，小说所写的另一女子，始名“姚佩珠”，数章后又名“何佩珠”，此或系写作匆促、印行失校所致。

29.《秋窗月影录》二卷　皖北啸岩山人著

民国九年(1920)六月再版，大中图书局印行。平装、铅印。两册，各册皆122页。

封面题“秋窗月影录”，正文首页小字题“笔记小说”、大字题“秋窗月影录”，著者题“皖北啸岩山人著”。版权页题“中华民国九年四月出版”“中华民国九年六月再版”“著作者 皖北啸岩山人”“校阅者 吴下王大错”“发行者 大中图书局”“印刷者 大中图书局”“总代发行所 上海中华图书馆”等。书前有民国庚申(1920)孟春作者自序，次为“笔记小说秋窗月影录目次”。全书分上、下卷。卷上末页题有“同胞速醒”字样。

作者序云：“凡事之有异于寻常者，人莫不欲知之，藉以广胸臆而益知识也。世风高下，亦可于此卜之。每读记事诸书，皆专重文藻，事多失实，仅为笔墨之一端，于劝惩之旨，悉多不注意，而读者亦只赞其文法之工，致实事皆目为空撰，于人之心理，究鲜裨益。余幼时即喜读野史，及长，尤好读故事，有所闻见，皆泚笔记之。辛亥癸丑之间，两遭兵燹，藏书积稿，均遗失一罄。近睹社会现象，较前数十年之恶劣为特甚，乃于雨窗灯夜，将从前遗失之记载，追忆补录，并现时之闻见，赓续记之。走笔直书，固不计其词之谫陋也，然事皆徵实，趣味尚浓，或可以资酒后茶余之谈助焉，幸阅者谅之。是为序。民国庚申孟春月啸岩山人识于海上。”

是书载录了清代及民初的野史轶闻，大致包括官场掌故、名臣轶事、社会新闻、民间奇人故事、市井或士林趣闻等。是书对咸、同年间诸中兴名将的轶事及湘、淮军中众将士的起落沉浮之事记载尤多。如《侍郎踢巡抚》写彭刚直因救人不及，盛怒之下竟脚踢巡抚裕禄，其性格之火爆刚硬可见一斑。《二孝廉》写有孝廉二人投谒左宗棠，皆进谀词，且年少者所谀更切，但左宗棠用年长者而黜年少者，以折年少者躁进之气。《统领行乞》《徐瞽》《乌龟精》《卞大个子》《敖天印》等篇则写左宗棠、李鸿章等手下将士的变泰发迹之事，其中不乏深具传奇色彩者。如《敖天印》写左宗棠之部将敖天印勇猛嗜杀，曾管带一艇，未及一月，杀不服者二十余人，事发后逃逸，竟率数十人收复一海岛，由此高升，且寿考以终。作品也对清季民初吏治腐败、地方豪强横行、世风窳敝等现象有直接的揭露。《胡式嘉》

《王百万》《仪征令杨某》等，披露了清末地方官吏的贪赃枉法或昏聩颟顸，《查复碰乳》披露了袁世凯家族以权谋私、仗势凌人的不法行径。因作者有感于最近之社会现象"较前数十年之恶劣为特甚"，所以书中又有不少篇目反映了民初社会的怪现状。如《小铁匠自挽》写一铁匠之子嗜好鸦片、负债累累，一旦所求为其父拒绝，就大倡其家庭革命，其忤逆不孝而又振振有词之状至为可笑。书中也有不少篇目仅止于新人耳目或供读者一噱，并无深意。该书的可读性较强，记叙的不少传闻离奇曲折，确实有足以新人耳目者。作者用笔生动有致，写名将风采，大都能活画如生；写市井或士林趣闻，则诙谐幽默，足可解颐。是书《新编增补清末民初小说目录》未著录。

30.《红闺青灯》三十回　华醉石著

民国十年（1921）六月上海精勤印务局印行。一册，114 页。

封面题"哀情小说红闺青灯""吴门华醉石著""香溪钱寿臣题"。正文首页题"红闺青灯""吴门华醉石著"。版权页题"中华民国十年六月出版""定价大洋五角""著作者 醉石华南山""印刷者 上海法界麦底安路精勤印务局""总发行所 精勤印务局""代售处 各大书局"等。书前有民国十年夏黄石盦序、方韵秋序。次为《红闺青灯目次》。

小说写吴中富绅吴清，其妻柳氏，生一女一子，女名爱德，子名继清。爱德嫁张少栋，张游手好闲，在外眠花宿柳。其母凶悍狠毒，爱德不堪虐待，悬梁自尽。吴清病逝，家中又遭遇火灾，房屋尽毁，柳氏无奈，携继清暂住于镇上蒋家。继清与蒋家女儿静韵互生情愫。

柳氏又投奔姐夫冯亦英。其姐病亡，留下一女雪珍。冯续娶沈氏，生一女月珍。继清与雪、月相处渐久，二女皆对继清心生爱慕，继清则只钟情雪珍。柳氏病逝后，冯亦英令继清前往金陵大学求学。张少栋在苏州偶遇雪珍、月珍，色心大动，与友人朱秀良谋取二女。月珍先遭朱秀良奸污，后又与张少栋发生私情。月珍视雪珍为眼中钉，竟将雪珍卖至妓院。雪珍被老鸨携往上海，途中乘船倾覆，幸亏被蒋静韵及其母周氏救起。雪珍与周氏母女同行至上海，将音讯告知在南京的继清。时倒袁革命爆发，交通受阻，继清在十余日后才得以抵沪，至则二女已离开旅馆。原来数日前，二女遭诱拐，被卖与富绅李仁卿为妾。二女禀明真相后，李及妻子大为同情，认二女为义女。李之内侄想强娶二女，二女又逃出李宅。月珍毒死朱秀良，与张少栋私奔至上海，不料竟被张少栋卖至妓院。月珍逃出妓院，途中巧遇雪珍与静韵。三人返回苏州，雪珍、静韵同嫁继清，月珍痛悔前事，落发为尼。从此，“一则红闺春暖，一则青灯孤冷”。

小说中的几位女主角遭遇了各种风险和磨难，写女子历劫的故事在民初小说中十分普遍。与民初诸多的写情小说一样，该小说亦好采用第一人称评述情节或人物。此外，作品延续了鸳鸯蝴蝶派小说的特征，于抒情、描写之处，好用华丽典雅甚至骈俪化的语言。是书《新编增补清末民初小说目录》未著录。

参考文献

一、刊物

包天笑主编:《小说大观》，文明书局发行，1915 年创刊。

包天笑主编:《小说画报》，文明书局发行，1917 年创刊。

陈景韩(冷血)主编:《新新小说》，1904 年创刊，上海书店 1980 年影印本。

陈景韩、包天笑主编:《小说时报》，小说时报社发行，1909 年创刊。

邓实等主编:《国粹学报》，上海国粹学报馆发行，1905 年创刊。

傅熊湘、张丹斧、胡适主编:《竞业旬报》，《竞业旬报》编辑所发行，1906 年创刊。

胡寄尘主编:《小说名画大观》，文明书局、中华书局 1916 年版。

胡石庵主编:《扬子江小说报》，《汉口中西日报》《扬子江报》发行，

1909 年创刊。

黄伯耀、黄小配主编：《中外小说林》，夏菲尔国际出版公司 2000 年影印本。

黄人主编：《小说林》，1907 年创刊。

蒋箸超、刘铁冷主编：《民权素》，民权出版部发行，1914 年创刊。

警僧主编：《新世界小说社报》，1906 年创刊。

李伯元主编：《绣像小说》，上海商务印书馆发行，1903 年创刊。

李定夷主编：《小说新报》，国华书局发行，1915 年创刊。

梁启超主编：《新民丛报》，日本横滨新民丛报社发行，1902 年创刊。

梁启超主编：《新小说》，广智分局发行，1902 年创刊。

日本同乡会编：《浙江潮》，1903 年创刊。

沈瓶庵主编：《中华小说界》，中华书局发行，1914 年创刊。

谈小莲主编：《小说七日报》，1906 年创刊。

王钝根主编：《礼拜六》，中华图书馆发行，1914 年创刊。

王蕴章、恽铁樵主编：《小说月报》，上海商务印书馆发行，1910 年创刊。

吴趼人等主编：《月月小说》，1906 年创刊。

徐枕亚主编：《小说丛报》，《小说丛报》社发行，1914 年创刊。

亚东破佛主编：《竞立社小说月报》，1907 年创刊。

羽白等主编：《小说旬报》，国华书局发行，1914 年创刊。

二、资料

阿英：《晚清小说史》，人民文学出版社 1980 年版。

阿英辑：《晚清文学丛钞》（小说戏曲研究卷），中华书局 1960 年版。

包天笑：《钏影楼回忆录》，香港大华出版社 1971 年版。

冰心:《冰心选集》，四川人民出版社 1984 年版。

陈伯海、袁进主编:《上海近代文学史》，上海人民出版社 1993 年版。

陈大康:《中国近代小说编年》，华东师范大学出版社 2002 年版。

陈蝶仙:《黄金祟》，栩园编辑社 1917 年版。

陈洪主编，王振良、王之江副主编:《民国中国小说史著集成》，南开大学出版社 2014 年版。

陈平原:《二十世纪中国小说史》，北京大学出版社 1997 年版。

陈平原:《中国小说叙事模式的转变》，北京大学出版社 2003 年版。

陈平原、夏晓虹:《二十世纪中国小说理论资料》(第 1 卷)，北京大学出版社 1997 年版。

陈文新:《传统小说与小说传统》，武汉大学出版社 2007 年版。

陈文新:《文言小说审美发展史》，武汉大学出版社 2002 年版。

陈文新:《中国文言小说流派研究》，武汉大学出版社 1993 年版。

陈旭麓:《近代中国社会的新陈代谢》，上海人民出版社 1992 年版。

陈寅恪:《陈寅恪集·诗集》，三联书店 2001 年版。

陈子展:《中国近代文学之变迁·最近三十年中国文学史》，上海古籍出版社 2000 年版。

程国赋:《明代书坊与小说研究》，中华书局 2008 年版。

邓实:《光绪癸卯政艺丛书·政学文编》(卷 7)，台北文海出版社 1976 年版。

邓伟:《分裂与建构：清末民初文学语言新变研究(1898～1917)》，中国社会科学出版社 2009 年版。

樊增祥:《樊山政书》(卷 20)，中华书局 2007 年版。

范伯群主编:《中国近现代通俗文学史》，江苏教育出版社 2010 年版。

范烟桥:《中国小说史》，苏州秋叶社 1927 年版。

高玉:《现代汉语与中国现代文学》，中国社会科学出版社2003年版。

郭延礼:《中国近代文学发展史》(第3卷)，山东教育出版社1993年版。

韩邦庆:《海上花列传》，人民文学出版社2014年版。

韩愈著，刘真伦、岳珍校注:《韩愈文集汇校笺注》，中华书局2010年版。

〔美〕亨利·詹姆斯著，朱雯、朱乃长等译:《小说的艺术》，上海译文出版社2001年版。

侯忠义:《中国文言小说史稿》，北京大学出版社1990年版。

胡怀琛:《中国小说概论》，北京中国书店1985年版(据世界书局1936年版影印)。

胡怀琛:《中国小说研究》，商务印书馆1933年版。

胡寄尘主编:《小说名画大观》，文明书局、中华书局1916年版。

胡适编选:《中国新文学大系·建设理论集》(1917~1927)，上海文艺出版社2003年版。

胡适著、欧阳哲生编:《胡适文集》，人民文学出版社1998年版。

胡应麟:《少室山房笔丛》，中华书局1958年版。

黄霖:《近代文学批评史》，上海古籍出版社1993年版。

黄霖、韩同文选注:《中国历代小说论著选》，江西人民出版社2000年版。

黄遵宪:《日本国志》，上海古籍出版社2001年影印本。

蒋伯潜、蒋祖怡:《骈文与散文》，上海书店1997年版。

蒋景缄:《帽影钗光录》，上海新华书局1916年版。

蒋景缄:《身外身》，上海进步书局1916年版。

瞿秋白:《瞿秋白文集·文学编》，人民文学出版社1998年版。

康有为:《〈日本书目志〉识语》，台北宏业书局有限公司1987年版。

康有为著，姜义华、张荣华编校:《康有为全集》，中国人民大学出版社2007年版。

李伯元著、胡寄尘校订:《南亭笔记》，上海古籍书店影印本1983年版。

李伯元著、薛正兴校点:《李伯元全集》，江苏古籍出版社1997年版。

李定夷:《定夷丛刊初集》，上海国华书局1914年版。

李剑国:《唐前志怪小说史》，南开大学出版社1984年版。

李剑国:《唐五代志怪传奇叙录》，南开大学出版社1998年版。

李欧梵:《现代性的追求》，三联书店2000年版。

李宗为:《唐人传奇》，中华书局1985年版。

梁纪佩:《粤东新聊斋》，广州科学书局1918年版。

梁启超:《清代学术概论》，上海古籍出版社2000年版。

梁启超:《饮冰室合集》，中华书局2015年版。

林辰:《神怪小说史》，浙江古籍出版社1998年版。

林纾:《畏庐漫录》，上海文艺出版社1993年版。

刘麟生:《中国骈文史》，东方出版社1996年版。

刘师培著，陈引驰编校:《刘师培中古文学论集》，中国社会科学出版社1997年版。

刘小枫:《现代性社会理论绪论》，三联书店1998年版。

刘叶秋:《笔记小说概述》，中华书局1980年版。

刘叶秋:《古典小说笔记论丛》，南开大学出版社1985年版。

刘永文编:《晚清小说目录》，上海古籍出版社2009年版。

刘永文编著:《民国小说目录》，上海古籍出版社2011年版。

鲁迅:《鲁迅全集》，人民文学出版社1981年版。

鲁迅:《唐宋传奇集》，齐鲁书社 1997 年版。

鲁迅:《中国小说史略》，上海古籍出版社 1998 年版。

罗志田:《国家与学术：清末民初关于“国学”的思想论争》，三联书店 2003 年版。

〔加〕米林娜编、伍晓明译:《从传统到现代——19 至 20 世纪转折时期的中国小说》，北京大学出版社 1991 年版。

苗壮:《笔记小说史》，浙江古籍出版社 1998 年版。

宁稼雨:《中国文言小说总目提要》，齐鲁书社 1996 年版。

欧阳健:《晚清小说史》，浙江古籍出版社 1997 年版。

〔英〕珀西 · 卢伯克著、方土人译:《小说技巧》，上海文艺出版社 1990 年版。

蒲松龄著、张友鹤辑校:《聊斋志异》，上海古籍出版社 1997 年版。

钱基博:《现代中国文学史》，上海书店 2004 年版。

瞿秋白:《瞿秋白文集 · 文学编》，人民文学出版社 1998 年版。

〔法〕热拉尔 · 热拉特著、王文融译:《叙事话语、新叙事话语》，中国社会科学出版社 1990 年版。

任访秋主编:《中国近代文学史》，河南大学出版社 1988 年版。

芮和师、范伯群等编:《鸳鸯蝴蝶派文学资料》，福建人民出版社 1984 年版。

沈从文:《从文自传》，北京十月文艺出版社 2008 年版。

沈从文:《沈从文文集》，广州花城出版社 1984 年版。

沈复:《浮生六记》，江苏古籍出版社 2000 年版。

石昌渝:《中国小说源流论》，三联书店 1994 年版。

石昌渝主编:《中国古代小说总目 · 文言卷》，山西教育出版社 2004 年版。

时萌:《中国近代文学论稿》，上海古籍出版社 1986 年版。

汪辟疆:《唐人小说》，中华书局 1963 年版。

王德威:《想像中国的方法》，三联书店 1998 年版。

王国维:《宋元戏曲史》，中华书局 2015 年版。

王国维著、傅杰编校:《王国维论学集》，中国社会科学出版社 1997 年版。

王继权、夏生元主编:《中国近代小说目录》，百花洲文艺出版社 1998 年版。

王清原、牟仁隆、韩锡铎编纂:《小说书坊录》，北京图书馆出版社 2002 年版。

王栻主编:《严复集》，中华书局 1986 年版。

王韬:《淞滨琐话》，齐鲁书社 2004 年版。

王韬:《淞隐漫录》，人民文学出版社 1983 年版。

王韬:《弢园文录外编》，中华书局 1959 年版。

王文濡:《古今说部丛书》，上海文艺出版社 1991 年版。

王文濡:《香艳丛书》，上海书店 1991 年版。

王一川:《中国现代性体验的发生》，北京师范大学出版社 2001 年版。

魏绍昌主编:《鸳鸯蝴蝶派研究资料》，上海文艺出版社 1984 年版。

吴福辉:《二十世纪中国小说理论资料》(第 3 卷)，北京大学出版社 1997 年版。

吴礼权:《中国笔记小说史》，商务印书馆国际有限公司 1997 年版。

吴绮缘:《反聊斋》，上海清华书局 1918 年版。

吴志达:《中国文言小说史》，齐鲁书社 1994 年版。

吴组缃、端木蕻良、时萌编:《中国近代文学大系》(小说集)，上海书店 1991 年版。

武润婷:《中国近代小说演变史》，山东人民出版社 2000 年版。

夏晓虹:《晚清社会与文化》，湖北教育出版社 2001 年版。

徐载平、徐瑞芳:《清末四十年申报史料》，新华出版社 1988 年版。

许奉恩:《里乘》，齐鲁书社 2004 年版。

宣鼎:《夜雨秋灯录》，上海古籍出版社 1987 年版。

薛洪勣:《传奇小说史》，浙江古籍出版社 1998 年版。

薛洪勣:《宋人传奇选》，湖南人民出版社 1985 年版。

薛绥、张俊才:《林纾研究资料》，福建人民出版社 1983 年版。

严家炎:《二十世纪中国小说理论资料》（第 2 卷），北京大学出版社 1997 年版。

杨洪升:《缪荃孙研究》，上海古籍出版社 2008 年版。

杨联芬:《晚清至五四：中国文学现代性的发生》，北京大学出版社 2003 年版。

杨世骥:《文苑谈往》，上海中华书局 1946 年版。

杨义:《中国古典小说史论》，人民出版社 1998 年版。

杨义:《中国现代小说史》（第 1 卷），人民文学出版社 1986 年版。

于青、金宏达编:《张爱玲研究资料》，海峡文艺出版社 1994 年版。

俞樾:《右台仙馆笔记》，上海古籍出版社 1986 年版。

郁达夫:《达夫文艺论文集》，香港港青出版社 1981 年版。

袁进:《鸳鸯蝴蝶派》，上海书店 1994 年版。

袁进:《中国文学的近代变革》，广西师范大学出版社 2006 年版。

袁进:《中国小说的近代变革》，中国社会科学出版社 1992 年版。

袁行霈、候忠义编:《中国文言小说书目》，北京大学出版社 1981 年版。

占骁勇:《清代志怪传奇小说集研究》，华中科技大学出版社 2003

年版。

张爱玲:《传奇》,人民文学出版社 1986 年版。

张潮:《虞初新志》,上海古籍出版社 1994 年版。

张岱年主编:《中国启蒙思想文库》,辽宁人民出版社 1994 年版。

张振国:《晚清民国志怪传奇小说集研究》,凤凰出版社 2011 年版。

张之洞:《张文襄公全集》,中国书店 1990 年版。

张仲礼主编:《东南沿海城市与中国近代化》,上海人民出版社 1996 年版。

章培恒、王继权等编:《中国近代小说大系》,百花洲文艺出版社 1993 年版。

章士钊:《章士钊全集》,文汇出版社 2000 年版。

章太炎:《章太炎全集》,上海人民出版社 1985 年版。

赵明政:《文言小说——文士的释怀与写心》,广西师范大学出版社 1999 年版。

郑师渠:《晚清国粹派》,北京师范大学出版社 1993 年版。

郑逸梅:《清末民初文坛轶事》,学林出版社 1987 年版。

郑逸梅:《书报话旧》,学林出版社 1983 年版。

郑振铎编选:《中国新文学大系·文学论争集》(1917~1927),上海文艺出版社 2003 年版。

中国第二历史档案馆编:《中华民国史档案资料汇编》(第 3 辑),江苏古籍出版社 1991 年版。

中国史学会编:《北洋军阀》(第 2 卷),上海人民出版社 1957 年版。

周振鹤编:《晚清营业书目》,上海书店 2005 年版。

周作人:《鲁迅的青年时代》,河北教育出版社 2002 年版。

周作人:《新文学的源流》,岳麓书社 1989 年版。

周作人:《艺术与生活》，河北教育出版社 2002 年版。

朱联保编撰:《近现代上海出版业印象记》，学林出版社 1993 年版。

朱一玄编:《〈聊斋志异〉资料汇编》，南开大学出版社 2002 年版。

朱有瓛主编:《中国近代学制史料》第 1 辑，华东师范大学出版社 1986 年版。

朱有瓛主编:《中国近代学制史料》第 2 辑，华东师范大学出版社 1989 年版。

朱有瓛主编:《中国近代学制史料》第 3 辑，华东师范大学出版社 1990 年版。

邹弢著、王海洋校点:《浇愁集》，黄山书社 2009 年版。

樽本照雄主编:《新编增补清末民初小说目录》，齐鲁书社 2002 年版。

三、论文

陈大康:《打破旧平衡的初始环节——论申报馆在近代小说史上的地位》，《文学遗产》2009 年第 2 期。

郭战涛:《民国初年骈体小说研究》，华东师范大学 2008 年博士论文。

何云涛:《清末民初小说语体研究》，南开大学 2013 年博士论文。

凌硕为:《申报馆与王韬小说之转变》，《求是学刊》2007 年第 1 期。

潘建国:《清末上海地区书局与晚清小说》，《文学遗产》2004 年第 2 期。

潘盛:《“泪世界”的形成——对民初言情小说一个侧面的考察》，《中国现代文学研究丛刊》2008 年第 6 期。

陶鹤山:《论中国近代市民群体的产生和发展》，《东方论坛》1998 年第 4 期。

王笛:《清末近代学堂和学生数量》，《史学月刊》1986 年第 2 期。

王恒展:《近代“新体文言小说”散论》,《山东师范大学学报》2011年第4期。

王庆华:《论“笔记体小说”之基本文体观念》,《浙江学刊》2011年第3期。

王姗萍:《西学东渐与晚清小说读者的变化》,《西安外事学院学报》2006年第1期。

文娟:《申报馆与中国近代小说发展之关系研究》,华东师范大学2006年博士论文。

袁进:《试论晚清小说读者的变化》,《明清小说研究》2001年第1期。

庄逸云:《清末民初文言小说史》,复旦大学2004年博士论文。

庄逸云:《清初小说对古文的渗透:以小说为古文辞》,《四川师范大学学报》2010年第3期。

后　记

大约有五年的时间，我生活在上海。准确地说，多数时候生活在上海的图书馆；更准确地说，是生活在收藏近代文献最丰富的上海市图书馆。那时我写过一阵子日记，标题就叫作《我在上图的日子》，其中一篇如下：

今天去了上图。有太阳，但风大、冰冷。我穿黑色的连帽衣，帽子里是白色的绒毛，戴上帽子，白绒毛看不见了，整个上身连头便是一片乌黑。穿行在熟悉又陌生的巷道里，听着脚下梧桐枯叶发出的脆响，我神情冷淡，格外清晰地意识到自己是一个过客，既相对于这座城市，也相对于这个时代的生活。我每天活在一百年前的故纸堆里，所谓薪资涨跌、口水八卦，都远离了我，我俨然与俗世隔绝。

这段记载，个中是很有些孤寂的。在复旦读博之始，我向导师黄霖先生汇报，要以收官阶段的中国文言小说作为博士论文选题，先生当即首肯。殊不知，这必然注定我将生活于图书馆，一头扎进海量的清末民初文献。从复旦邯郸校区乘校车往枫林校区，再走过约 20 分钟的喧闹大街，去到上图。从现世的紫陌红尘骤然切入百年前的浮世扰攘，常觉时空恍惚。在上图的日子，孤寂而外，也偶有尴尬。在读者餐厅打破过一个碗，被索赔十元钱。还有过生理不适：在胶片放映机上读《碎琴楼》一整天，被胶卷药水刺激得突然反胃，跑去厕所干呕。 相应地，自然有些收获。在 1914 年版的《玉梨魂》里，发现了枯萎的玉兰花瓣，惹人悬想。樽本照雄先生在《新编增补清末民初小说目录》中，称《碎琴楼》连载于《东方杂志》第 8 卷的第 1 至 12 号，但是我发现第 8 卷的第 10 号停载了一期。只是相较于阅读整日以致恶心反胃，这个发现的意义不知算不算大。寻找到既有小说目录统统谓之“今未见”的清末小说《可怜虫》时，倒是结结实实地雀跃了一番。阅读增加，清末民初文言小说发展轨迹上的许多链条可以被我连接得愈加紧密了。日就月将，我自谓“厚积”，岂料未及等到“薄发”之日，我突然舍弃了近代！ 无他故，任性而已。这一“悬置”，便是数年。这数年间，除了疏懒度日，倒也系统地阅读了《杜诗详注》、苏轼诗文集和一些完全与近代无干的书籍。这一时期的阅读，我称之为“以唐宋经典对抗近代庸常”“报复性的反弹”。

因国家社科基金项目结题的机缘，我终于重新翻检和修订了固有的《清末民初文言小说研究》。较之多年前的阅读，我是时对清末民初小说的体悟似乎更多了些缱绻暧昧之同情与理解。张爱玲对“不彻底人物的评价”大致适用于清末民初那些个作者：“他们虽然不彻底，但究竟是认真的。他们没有悲壮，只有苍凉。悲壮是一种完成，而苍凉则是一种启示。”

在我兜兜转转、疏懒任性多年的学术生涯中，特别要致谢一直不曾放弃我的黄霖师。因黄师，我得以跨入学术之门槛，窥见其门径；也得以知悉学术之境界应具化为“三新”，即新材料、新观点、新角度，文章若无其中之一，可勿写。读博时，黄老师多次慷慨出借他的藏书，他常建议我读什么书的同时，就直接把书借给我了。直至毕业，那些书我才陆续还尽。2012 年夏，有幸与几位师兄一道，随同黄老师赴日本参加学术会议。开会之余，年届七十的老师在如火骄阳下健步如飞，领着我们去神保町逛中文旧书肆。犹记得我买了一本北大中文系 1955 级编、1960 年出版的《中国小说史稿》，以及一本浮世绘画册。老师是最为纯粹的学者，却绝不迂执，为人圆融，却绝不圆滑。我生性执拗、内向，虽与老师联系不勤，内心深处却一直有很强的亲近感。

还要诚挚地感谢我的博士后合作导师孙逊教授。求学期间，他给予了我很多的指点和最大程度的包容。 感谢商务印书馆迟剑锋老师对本书的垂青，他对本书做了大量精细的编辑工作，提出了诸多中肯的意见。 感谢四川师范大学文学院对本书出版的资助。

赫尔曼 · 黑塞笔下的求道者悉达多，从苦修的树林来到喧嚣的人世，他只具备三项技能：斋戒、等待、思考。我无志于求道，然亦愿以静修与安处之心，践行接下来的学术和生活。

庄逸云

2018 年 10 月 30 日于狮子山

图书在版编目(CIP)数据

收官:中国文言小说的最后五十年/庄逸云著.—北京:商务印书馆,2019

ISBN 978-7-100-17521-0

Ⅰ.①收… Ⅱ.①庄… Ⅲ.①文言小说—小说研究—中国—近代 Ⅳ.①I207.41

中国版本图书馆CIP数据核字(2019)第101226号

收官:中国文言小说的最后五十年

庄逸云 著

商 务 印 书 馆 出 版

(北京王府井大街36号 邮政编码100710)

商 务 印 书 馆 发 行

山东临沂新华印刷物流集团

有 限 责 任 公 司 印 刷

ISBN 978-7-100-17521-0

2019年11月第1版 开本960×1245 1/32

2019年11月第1次印刷 印张13⅝

定价:69.00元